Julia K. Stein

From Tokyo with Love

Julia K. Stein

From Tokyo with Love

one

Dieser Titel ist auch als Hörbuch und E-Book erschienen

Originalausgabe

Julia K. Stein wird vertreten von Agentur Brauer.

Umschlaggestaltung: Kristin Pang
Umschlagabbildungen: © shutterstock.com; Adobe Stock
Satz: 3w+p GmbH, Rimpar (www.3wplusp.de)
Gesetzt aus der Adobe Caslon
Druck und Einband: GGP Media GmbH, Pößneck

Printed in Germany
ISBN 978-3-8466-0153-2

5 4 3 2 1

Sie finden uns im Internet unter: one-verlag.de
Bitte beachten Sie auch luebbe.de

Liebe Leser:innen,

dieses Buch enthält potenziell triggernde Inhalte. Dazu findet ihr eine Triggerwarnung auf S. 383.

ACHTUNG: Diese enthält Spoiler für das gesamte Buch.

Wir wünschen uns für euch alle das bestmögliche Leseerlebnis.

Euer Team vom ONE-Verlag

For the music
'cause I will never be able to thank you
enough for always being there for me.

Finn Wolfcraft
Album: Folksy

Stop Watering Dead Plants
You're not sorry
My Pretty Legend
Hometown Glory
Remember Coffee Houses
Pretty Addictions
Beautiful Fool
Kiss me better
Skinny Jeans
Naked in Town
Shut up and smile, Boy

Bonus: *Falling Light* (Tory Best featuring Finn Wolfcraft)

Tokyo Christmas Concert
Playlist Hailee Bridgewater

Come as you are (Nirvana Cover)
Hot British Boyfriend
One Life
Fake Friends are better than none
He wasn't
22 Bikers

Optional: *Don't you dare think this song is about you*

Hailee Bridgewater
Album: My first Album

From Tokyo with Love
2 Girls in New York
Sugar Nails
Mom, who knew?
I'm sorry I was not what you wanted
We all ache for something
I like you more than I planned
Floating
The kind of love that breaks your heart
Fun without taking your clothes off
You're my safe high
I heard you had trouble finding your place in the world

Hailee

Listen, when the room is dark
I do not need a man to
Drool over, an idol
To fantasize about

aus: *I'm sorry I was not what you wanted,*
Hailee Bridgewater

Auf Instagram sieht mein Leben super aus. Gerade habe ich Bilder von mir und einem Champagnerglas gepostet *(Business Class nach Tokio. I think I made it 😁).*

Doch die Realität ist viel weniger glamourös. Inzwischen bin ich aus dem Flieger gestiegen, hieve gerade meinen viel zu schweren Koffer vom Gepäckband – und rempele dabei aus Versehen einen vornehmen Japaner an. Doch statt mich anzuschnauzen, wie ich das aus New York gewohnt bin, verbeugt er sich höflich, als hätte er *mich* angerempelt und nicht umgekehrt. Ich lächele ihn entschuldigend an und verbeuge mich zurück, auch wenn das mit Sicherheit wesentlich weniger elegant aussieht als bei ihm. Dann richte ich mich auf, schlucke die Beklemmung herunter, die mich gerade überkommt, und versuche, mich in der hellen weißen Flughafenhalle zu orientieren.

Das High nach der Landung und dem unglaublich luxuriösen Flug mit den überhöflichen Stewardessen ist verflogen, und gerade fühle ich mich ziemlich durcheinander. Die fremden Schriftzeichen erscheinen mir unergründlich und geradezu bedrohlich, aber ich habe auch viel zu wenig geschlafen. Eigentlich gar nicht.

Ich freue mich wirklich, dass ich diese Chance tatsächlich noch bekomme, und bin total dankbar für alles, aber trotzdem steigt Panik in mir hoch, ohne dass ich etwas dagegen tun kann. Was, wenn ich es nicht hinbekomme? Was, wenn sie meine Musik hier nicht mögen? Und vor allem: Was, *wenn* sie sie mögen! Will ich überhaupt mit der Musik, die so anders ist als die, die ich selbst schreibe, bekannt werden? Und dann auch noch durch Finn Wolfcraft, der charakterlich ungefähr das Schlimmste ist, was das Showbusiness derzeit hervorbringt? Ich habe seine Musik abgöttisch geliebt – bis ich diese Storys über ihn gelesen habe. Ich mache mir echt Sorgen, dass Finn privat genauso ätzend ist, wie man munkelt. Ätzend, oder eben »der unglücklichste, verbittertste und arroganteste Star am Akustik-Pop-Himmel«, wie *Gossip Mojo* geschrieben hat – und *Gossip Mojo* ist normalerweise ein wohlwollendes Magazin. Ich muss an die Story mit seinen Fans denken, die ein Meet & Greet gewonnen hatten und dafür über den Atlantik geflogen waren. Er hat sie nur dreißig Sekunden getroffen und lediglich ein einziges Foto *ohne Anfassen* und *ohne Gespräch* erlaubt. Darüber wurde in jedem Blog berichtet, und es gab kein einziges Dementi. Wenn man so was hört, erwartet man keinen netten Menschen … Auch Mistkerle können gute Musik schreiben.

Ich lasse meinen Blick wieder durch die riesige Ankunftshalle schweifen. Alle um mich herum tragen eine Art Einheitskleidung – helle Hemden, dunkle Pullover, schwarze Hosen oder Röcke und schwarze Schals und Mützen. Mit meinen zerrissenen Jeans, der gelben Folklore-Bluse und vom Flug zerzausten Haaren komme ich mir wie ein Paradiesvogel vor. In New York fällt man mit so einem Outfit nirgendwo auf. Irgendwie hatte ich angenommen, dass hier alle aussehen wie die berühmten Harajuku Girls. Okay, die sind wahrscheinlich in diesem Yoyogi-Park zu finden, wie im Reiseführer stand, oder eben in Harajuku und nicht im Tokyo Haneda Airport. Die Leute hier sprechen leise, sodass es viel ruhiger ist, als man es bei so vielen Menschen eigentlich erwarten würde.

Bevor ich mich noch einsamer und völlig fehl am Platze fühle, folge ich dem Exit-Schild, das mir den Weg immerhin auch in für mich verständlichen Buchstaben weist.

»Reiß dich zusammen, Hailee«, denke ich. Schließlich ist es die größte Chance meines Lebens, Weihnachten in Tokio zu sein. Ich sollte mich einfach nur freuen und nicht mit so was wie Heimweh anfangen! Es ist eine *Ehre*, das hat mein Manager Marc mir ungefähr hundertmal gesagt, und ich weiß es ja selbst: Wie bescheuert wäre ich, es nicht zu machen, nur weil ich einmal das Weihnachtsfest mit meiner Familie verpasse? Es läuft ohnehin jedes Jahr nach dem gleichen Schema ab, sodass es in meiner Erinnerung wahrscheinlich gar nicht auffällt, wenn ich es einmal ausfallen lasse. Ich kann ja noch nicht mal bei alten Fotos erkennen, in welchem Jahr sie aufgenommen wurden. Wieso bin ich eigentlich mit fast zwanzig so eine sentimentale Heulsuse! Ist das eine verfrühte Midlife-Crisis? Puh.

Ich straffe meine Schultern und laufe weiter Richtung

Ausgang, während mein schwerer Koffer geräuschlos über den wie geleckt aussehenden Boden rollt. Der Flughafen ist sauberer als die meisten Wohnungen, die ich bisher gesehen habe, jedenfalls definitiv sauberer als meine in Williamsburg. Wie kann es sein, dass *niemand* irgendetwas auf den Boden wirft? Alles blitzt und glänzt, weil er mit einer Art Lack überzogen ist, und er spiegelt sogar die weißlich-blauen Lichter, die um Drahtgestelle geschlungen sind – wahrscheinlich soll das Weihnachtsdekoration sein. Die wirkt allerdings so unterkühlt wie ein Gefrierschrank mit arktischen Vibes.

Ich denke an das verschneite New York mit seinem verschwenderisch-kitschigen Weihnachtsschmuck. Beim Abflug stand mitten im Flughafen ein rot-gold-blinkender Weihnachtsbaum mit verkleidetem Weihnachtsmann, an dem die bis an die Zähne mit Geschenken bewaffneten Passagiere vorbeigeeilt sind, um in ihre Heimatorte zu fliegen. Das nahm ich jedenfalls an, vielleicht weil ich selbst vor drei Jahren aus einem Kaff in Pennsylvania geflohen bin, um in New York mein Glück zu versuchen.

Und nach all den Zweifeln der letzten Jahre – jetzt bin ich tatsächlich in Tokio! Und jemand anderes bezahlt den Trip, das Hotel, einfach alles, nur, weil sie meine Stimme mögen! Das hätte ich mir noch vor ein paar Monaten nicht träumen lassen. Das aufgeregte Kribbeln aus dem Flugzeug kehrt zurück, und ich laufe weiter in Richtung der großen Schiebetüren.

Als ich aus dem Flughafengebäude trete, schneidet mir der kalte Wind ins Gesicht und dämpft meine neu aufgeflammte Begeisterung noch einmal. Ich kontrolliere meine Wetter-App: ein Grad. Man braucht eigentlich keine

App, um zu verstehen, dass es saukalt ist. Keine Ahnung, warum ich hoffe, dass dort was anderes steht. Ich hätte nicht auf Marc hören sollen. Von wegen »milder japanischer Winter, wo Schnee eine Seltenheit ist«. Ich wickele meinen viel zu dünnen Parka fester um meinen Körper.

Vor dem Flughafen überschlägt sich eine Frau im Blazer mit Goldknöpfen und adretter Mütze vor Eifer, um mir zu helfen, ein Taxi zu finden. Sie verbeugt sich mehrmals, dann zeigt sie strahlend auf ein altmodisch quadratisches Auto und verneigt sich erneut. Ich grinse die ganze Zeit dämlich zurück und nicke linkisch. Sie ist so wahnsinnig freundlich, das bin ich aus New York einfach nicht gewohnt. Ich bekomme allerdings keine so elegante Mischung aus Kopfnicken und Verbeugen hin, sondern eher etwas, das an einen Wackeldackel mit steifem Nacken erinnert. Die Bewegung sollte ich dringend vorm Spiegel üben.

Der Taxifahrer, ebenfalls im dunklen Anzug, verbeugt sich auch und hilft mir, das Gepäck einzuladen. So höflich bin ich in meinem ganzen Leben noch nie begrüßt worden. Wahrscheinlich bin ich dagegen, trotz meines Dauergrinsens und Wackeldackel-Nickens, der unhöflichste Mensch, der dem Taxifahrer jemals begegnet ist, weil ich gerade gegen jede Menge Regeln der Etikette verstoße, die ich leider nicht kenne. Ich habe zwar einen Reiseführer gelesen, doch sogar dort stand, dass Benimmregeln in Japan verwirrend sind, aber meist Nachsicht mit Leuten aus dem Westen geübt wird. Hoffen wir mal. Ich versuche, den Taxifahrer im Rückspiegel anzulächeln, allerdings blickt er stur geradeaus, die weißen Handschuhe fest ums Lenkrad gewunden, als er uns durch den dichten Verkehr am Flughafen manövriert.

Seufzend stecke ich mir noch mal meine Kopfhörer rein und höre zum letzten Mal *Falling Light.* Endlosschleife. Ein krasses Duett von Tory Best, meinem Lieblings-Country-Star, zusammen mit Germaine. Country und Folklore und Pop – das ist die Mischung, die ich selbst schreibe. Allerdings spiele ich das nicht auf der Bühne. Dort singe ich klassischen Rock. Früher habe ich mit meiner Schwester vor allem Cover von fremden Stücken performt. Seit ich vor vier Monaten endlich meinen Manager gefunden habe, singe ich Lieder, die er für mich schreiben lässt, im gleichen Stil. Für meine eigenen Songs sieht Marc derzeit keine Chance, weil er glaubt, die Rock-Schiene lässt sich aktuell besser vermarkten. Trotzdem brennt mein Herz für diese Art Musik auf ganz andere Art und Weise. *Falling Light* habe ich schon im Flugzeug sechs Stunden lang auf Repeat gehört. Ich könnte jeden Akkord aus dem Gedächtnis aufschreiben. Ich hoffe, das ist nicht der einsetzende Wahnsinn. Vielleicht sollte ich auf Instagram mal unauffällig nachfragen, ob andere das auch machen.

Aufgeregt blicke ich nach draußen. Einerseits sieht es ähnlich aus wie an Flughäfen anderer Großstädte, aber dann auch wieder ganz anders. Die Autos fahren links statt rechts, was zu meiner allgemeinen Orientierungslosigkeit beiträgt. Die Gebäude an den Straßenrändern, die Autos und vor allem die Busse wirken kastiger, als hätte man hier eine Vorliebe für kantige Formen. Außerdem hängen in den Fenstern der Busse Spitzendecken, die aussehen wie handgeklöppelt. Am Straßenrand gibt es viel weniger Niemandsland als in New York, wo es in den Außenbezirken jede Menge Flächen mit verrottenden Gebäuden und Müll gibt. Sogar der Weg neben der Schnellstraße wirkt hier gefegt.

Im Flugzeug hat es sich noch wie eine gute Idee angefühlt, die ganze Zeit wach zu bleiben, um bloß nichts von diesem luxuriösen Trip zu verpassen. Jetzt brennen meine Augen, während ich rausschaue, und mein Kopf dröhnt vor Müdigkeit, die ich mir aber fest vorgenommen habe zu ignorieren. Ich muss hier wirklich jede Sekunde auskosten, schließlich ist es mehr als unsicher, ob ich jemals wieder eingeladen werde. Die Musikindustrie ist so unbeständig wie die Zuneigung eines verfressenen Welpen. Einen Moment lang gehypt, wenn man hat, was gerade angesagt ist, und dann fallen gelassen, falls irgendwo was Besseres auftaucht – ich habe es wirklich oft genug gesehen. Und Marc macht zwar gerade auf besten Kumpel, nachdem meine rockigen Lieder, die er für mich hat schreiben lassen, gut anlaufen, aber ich habe mal mitbekommen, wie er eine Klientin gefeuert hat. Da war er genauso superduperfreundlich und hat sie dann mit großen braunen Hundeaugen wissen lassen, dass es »mit uns beiden einfach keinen Sinn mehr macht«.

Über zwei Jahre ist meine Karriere keinen Schritt vorangekommen. Ich habe bei jedem Wettbewerb mitgemacht, an Ausschreibungen für neue Bands teilgenommen und eine Menge schlechte Radiowerbung eingesungen, um überhaupt zu überleben. Meine Schwester Evie, die am Anfang noch dabei war, hat schon aufgegeben. Erst seit ich meinen Manager Marc habe, sieht es ein winziges bisschen besser aus. Zwar singe ich nicht meine eigenen

Songs, aber ich mache jetzt immerhin Musik – und keine Werbung mehr für Produkte, die ich bescheuert finde. Dafür habe ich auch schon genug Spott von alten Mitschülern in der Ehemaligen-Gruppe meiner Highschool geerntet. Und dann kam plötzlich aus heiterem Himmel dieses unglaubliche Angebot. Dieser Auftritt muss jetzt einfach die Wende bringen, sonst haben meine Eltern endgültig keine Geduld mehr mit meinem »verrückten Traum«. Im Januar werde ich zwanzig. Wenn sich bis dahin nichts verbessert hat, mache ich eine Ausbildung oder mein Kulturmanagement-Studium weiter, so wie meine Eltern es wollen. Das ist der Deal. Denn momentan habe ich ein abgebrochenes Studium vorzuweisen, bin Single und ohne irgendeine Karriere. Meine Schwester Evie hat vielleicht sogar recht mit ihrer Panik, dass ich später mit einem Haufen Perserkatzen in Williamsburg wohne, wenn ich nicht aufhöre, jeden Typen, der Interesse an mir zeigt, zu vergraulen. Schließlich hält niemand eine Freundin aus, der Musik immer wichtiger ist als er und die außerdem ständig frustriert ist, weil es mit der Karriere nicht läuft. Ich vermisse Popcorn, meine graue Mischlingskatze – sie ist eine sehr gute Freundin, egal was Evie sagt. Der Gedanke an Popcorn macht mich fröhlicher: Leben mit Katzen ist kein Weltuntergang. Ich seufze. Okay, hör auf, dir was vorzumachen. Ein Leben mit Popcorn, egal wie süß, sollte definitiv nicht zu meinem Plan A werden.

Eine Dreiviertelstunde später sitze ich in der Hotellobby des Aman Tokio. Schon nach einer Minute weiß ich, dass dies das allerschönste Hotel ist, das ich je gesehen habe. Die Deckenhöhe beträgt angeblich fast dreißig Meter, und in der Mitte der Lobby geht eine Art Lichtschacht nach oben, der wirkt, als wäre er mit beleuchtetem Papier ausgekleidet. Man hat das Gefühl, in das Innere einer Shoji-Laterne, einer japanischen Papierlampe, zu schauen. Der Schacht reicht vom 33. bis zum 38. Stock, und mir wird beinahe schwindelig, wenn ich nach oben schaue. Ich wusste gar nicht, dass Höhenangst auch in die umgekehrte Richtung funktioniert. Alles ist unglaublich elegant – graue Steinwände, eine überdimensionierte Vase mit winterlichen Zweigen. Sitzgruppen in unaufdringlichen Farben verteilen sich über den Raum. Es gibt Plätze mit höheren westlichen Tischen und Sitzgruppen mit niedrigeren Tischen und kleinen Hockern. Und die bodentiefen Fenster bieten einen großartigen Blick über Tokio mit all seinen Hochhäusern, Straßen und dem mehr als sechshundert Meter hohen Tokyo Skytree, einem riesigen Fernsehturm.

Ich habe mich an die Seite gesetzt, wo so eine Art Bar ist, an der man auch Essen bestellen kann, denn eine Sache habe ich mir gemerkt: Nicht nur das Taxi und der Flug, auch Kost und Logis sind inbegriffen und werden von Finn Wolfcrafts Management gezahlt. Dieser Ausflug ist mein Sechser im Lotto. Ich *muss* also so viel Sushi essen wie irgendwie möglich, bevor ich ins Bett gehe, weshalb bereits ein ziemlich großer Teller mit gemischtem Sushi auf dem Tisch vor mir steht, leider auch mit sehr viel Seeigel dabei. Aber weil es umsonst ist, werde ich eben auch Seeigel essen, und genauso den scharfen Ingwer, der schon beim Gedanken auf der Zunge brennt.

Morgen früh ist die Bühnenprobe, und dann gibt es wohl noch ein Shooting für einen kleinen Spot, einen

Werbespot fürs Konzert oder so, Finn ist anscheinend auch dabei. An den kommenden Tagen stehen dann diverse Pressetermine und zwei Konzerte an. Vier Tage Tokio! Es ist einfach der Wahnsinn. Eigentlich will ich gar nicht schlafen, damit ich jede freie Minute nutzen kann, um die Stadt zu erkunden. Geht das? Gab es nicht diesen Briten, Tony Wright, der elf Tage wach geblieben ist? Dann müssten vier doch absolut möglich sein.

Als ich mein erstes echtes japanisches Nigiri esse, ein dünnes Stück glänzende weiße Meerbrasse auf süß-salzigem Reis, stoppen alle Gedanken, weil es so gut ist. Wow. Sonst ertränke ich mein Sushi in Sojasauce, hier brauche ich eigentlich nichts, was vom Geschmack ablenkt. Ich schiebe direkt das nächste hinterher, weißer Fisch, der süßlich-herb schmeckt und weich ist wie Butter.

Marc hat gesagt, dass ich noch einen genauen Ablaufplan von Finns Managerin bekomme. Ich bin jetzt in seinem Revier, und seine Leute bestimmen über mich. Okay, solange ich solches Sushi essen kann, ist es auszuhalten. Das ist also mein Weihnachten dieses Jahr. Weihnachten in Tokio. Ahh!!!

Plötzlich kommt ein Typ mit Baseball-Kappe mit schnellen Schritten zu meinem Tisch gelaufen, als würde er verfolgt, und setzt sich auf einen der Hocker. Er zuckt zusammen, als er mich in meiner dunklen Ecke erspäht. Anscheinend hatte er geglaubt, dass der Tisch gar nicht besetzt war.

»Hi«, sagt er atemlos. »Ist hier noch frei?«

Die Frage ist auf Englisch gestellt. Langsam lasse ich das Lachs-Nigiri, das ich mir gerade in den Mund schieben wollte, wieder sinken. Ich hatte meinen Tisch extra so gewählt, dass er etwas abseits in einer besonders unauffälligen Ecke gelegen ist, damit niemand mitbekommt, wie viel Sushi ich in einer Sitzung essen kann. Der Typ trägt Jeans und einen schwarzen Hoodie. Er hat die Kapuze über den Kopf gezogen, sodass man von seinem Gesicht hauptsächlich die runde Hornbrille auf seiner Nase sieht. Dabei sind seine Hände in den Taschen des Hoodies vergraben, was ihn etwas unsicher wirken lässt. Ein schüchterner Nerd, der Anschluss sucht und vielleicht nicht versteht, dass man sich in die hinterste Hotelecke setzt, um eben *nicht* angesprochen zu werden. Na großartig. Er sieht sich nochmals gehetzt um, was mir etwas verrückt erscheint. Dann wendet er sich wieder mir zu.

»Hi?« Ich versuche, es wie eine Frage klingen zu lassen, schließlich brauche ich gerade keine Gesellschaft. Oder vielleicht bräuchte ich welche, aber ich will keine, weil ich nicht glaube, dass ich irgendeine sinnvolle Unterhaltung hinbekomme, so stark wie ich den Jetlag inzwischen spüre. Möglicherweise ist es auch der Kulturschock – der Begriff hat seit meiner Ankunft am Flughafen eine ganz neue Bedeutung bekommen. Der größte Kulturschock war für mich bisher der Umzug von Pennsylvania nach New York. Und das war kein Vergleich zu jetzt. Mit der Zeitverschiebung und dem wenigen Schlaf fühle ich mich eher wie nach der Vollnarkose bei meiner Blinddarmentfernung, und ich bin mir nicht sicher, ob ich mich morgen noch an heute erinnern werde.

»Du hast auch eine weite Anreise hinter dir, oder?«, fragt er zögernd und blickt sich erneut um. Vielleicht leidet er an Verfolgungswahn? Hoffentlich ist er nicht verrückt! Ich werfe ihm einen prüfenden Blick zu, aber er wirkt nicht wie ein Stalker, der mich mit glasigen Augen fixiert (alles schon passiert). Es wäre wahrscheinlich auch ein bisschen größenwahnsinnig zu glauben, dass es in Japan irgendwelche Leute gibt, die jemals etwas von meiner Musik gehört haben und mich deshalb stalken wollten.

»Ja, es *war* frei«, beantworte ich seine allererste Frage. Die Ironie scheint ihm zu entgehen, weil er auf die Umgebung fixiert ist. Von seinem Gesicht sieht man weiterhin hauptsächlich die Hornbrille.

Im Teil der Lobby, wo wir sitzen, ist das Licht stark gedimmt, was elegant wirkt und den Blick über das beleuchtete nächtliche Tokio in Blau- und Lilatönen besonders eindrucksvoll macht. Nur wenige weiße Kerzen erleuchten unsere Lounge mit den niedrigen Sofas und Stühlen. Es ist etwas unwirklich, eher so, als würde man in einem halbdunklen Spa sitzen und gleich mit einer Meditation beginnen. Tatsächlich ist die Hotellobby des Aman Tokyo ziemlich voll besetzt. Eine größere Gruppe Japaner, die viele der grazilen Sofas belegt, scheint etwas zu feiern, jedenfalls sind alle elegant in Anzüge und vornehme Kostüme gekleidet. Daneben gibt es noch eine amerikanische Fraktion, die besonders laut wirkt – was vielleicht auch an den hellen, aufgeregten Stimmen von ein paar der Mädchen liegt. Der Typ schaut zu der Gruppe rüber.

»Sorry, das war unhöflich«, seufzt er, als er mir wieder seine Aufmerksamkeit widmet. »Aber ich dachte, ich setze mich lieber zu dir. Ich komme mir schon den ganzen Tag wie der unsensibelste Trampel vor, weil ich die japanischen Benimmregeln nicht verstehe und ständig in die größten Fettnäpfchen trete. Vorhin bin ich mit Schuhen in mein Hotelzimmer gegangen, und die Hotelangestellte hat mich so angeekelt angeschaut, als hätte ich gerade laut gerülpst. Oder Schlimmeres.«

Ich überlege kurz, ob ich beleidigt sein muss, dass er mich sofort als Ausländerin erkannt hat, aber schließlich sitzen wir hier in einer Hotellobby. Da ist die Trefferquote bei solchen Vermutungen ziemlich hoch. Und er scheint ebenfalls Amerikaner zu sein. Außerdem waren die letzten Sätze im Vergleich zu seinem vorherigen Verhalten erfrischend normal. In dem weiten Hoodie wirkt er etwas schlaksig und zu groß für den zierlichen Stuhl, auf dem er gerade sitzt.

»Du hast Glück, du magst Sushi«, sagt er mit Blick auf meinen Teller.

Ich schaue auf den rosigen Lachs und den frischen Thunfisch. »Stimmt. Ich liebe Sushi.«

»Ich mag keinen Fisch«, erklärt er. »Tokio ist essenstechnisch nicht so meine Stadt.«

»Ich freue mich total auf das Essen hier, ehrlich gesagt«, bemerke ich und schiebe mir ein weiteres Stück Sushi mit viel Wasabi in den Mund. Der Fisch zerfließt auf der Zunge, so zart ist er.

»Und die Weihnachtsdeko ist auch Mist, kein Vergleich zu New York. Minimalismus zu Weihnachten geht gar nicht«, fügt er hinzu und will gerade noch etwas sagen, doch seine Worte gehen in meinem Hustenanfall unter.

Das … war zu viel … Wasabi. Mein Hals brennt, und Tränen schießen mir in die Augen. Ich unterdrücke einen weiteren Huster, während ich seinem Blick folge, der jetzt auf dieser Maxi-Vase in der Mitte der Lobby ruht. Die Zweige, die darin stecken, sind so überdimensional groß, dass das Ganze als eine Art Baum durchgehen kann, der geisterhaft in kaltem Weiß erstrahlt. Überirdisch schön, für mich jedoch kein bisschen weihnachtlich.

»Aber war doch irgendwie klar, dass es hier weder Schnee noch einen Weihnachtsbaum New-York-Style mit goldenen Engeln und roten Äpfeln gibt«, sage ich. Natürlich würde ich nie zugeben, dass ich so ziemlich den gleichen Gedanken hatte. Eigentlich weiß ich gar nicht, warum. Der Typ ist nett, aber ich möchte gerade trotzdem lieber allein sein.

Er zieht eine Augenbraue nach oben, weil ihm mein etwas zu patziger Tonfall nicht entgangen ist, lässt sich aber nicht davon abschrecken.

Eine Kellnerin kommt, und er bestellt einen Ingwer-Zitronentee und nichts zu essen.

»Du bist also aus New York? Warum bist du um diese Jahreszeit in Tokio?«, fragt er mich. Auch wenn ich sein Gesicht im Halbdunkel noch immer kaum erkennen kann, spüre ich seinen Blick auf mir. Die Frage habe ich befürchtet. Ich bin nicht so gut im Lügen, und die Wahrheit zieht immer weitere Fragen nach sich. Und das geht gerade beim besten Willen nicht, denn ich möchte eigentlich nur schnell was essen und dann ins Bett. (Meinen wahnwitzigen Vier-Tage-wach-Gedanken von vorhin halte ich inzwischen nicht mehr für realistisch.) Mit seiner Frage erinnert er mich an all die Zweifel, die ich die ganze Zeit schon habe. Und an meine Befürchtung, dass ich aus den falschen Gründen hierhergekommen bin. In der Mischung aus Jetlag, Müdigkeit und allgemeiner Verlorenheit erscheinen mir meine Zweifel gerade mehr als berechtigt. Egal wie gut die Musik von Finn Wolfcraft ist – ich finde den Typen zum Kotzen und verkaufe hier meine Seele.

Die Möglichkeit, nach Tokio zu kommen, war einfach zu verlockend. Welche nur sehr begrenzt erfolgreiche Sängerin hätte diese Chance ausgeschlagen?

»Ich bin hier, um zu arbeiten«, erwidere ich zögernd.

»Was denn? Jetzt? An Weihnachten?«

»Ich … ich habe einen Auftritt.«

Er richtet sich auf und mustert mich mit neuem Interesse. »Einen Auftritt? Was für einen denn?«

Auch diese Reaktion habe ich befürchtet. Jetzt schnell abwimmeln und ab ins Zimmer. »Musik.«

»Echt? Wie heißt du denn, kenne ich dich?« Sein Tonfall wirkt im Vergleich zu vorher fast aufgeregt. Mir fällt auf, dass er eine total angenehme Stimme hat. Und ja, auf schöne Stimmen stehe ich. Bestimmt so eine Musikerkrankheit. Jetzt mustert er mich mit neuer Eindringlichkeit. Und auch wenn er seine Kapuze noch immer nicht abgenommen hat (vielleicht findet er diesen Style cool?), macht mich sein Blick dennoch nervös, und ich werde mir unweigerlich bewusst, wie zerstört ich aussehen muss. Auf meiner gelben Bluse ist inzwischen ein Fleck von einem nicht korrekt zwischen den Stäbchen balancierten Stück Sushi. Zudem will ich gar nicht wissen, wie dunkel die Schatten unter meinen Augen sind. Wahrscheinlich schon schwarz-blau, aber das sollte mir natürlich sowieso egal sein.

Irgendwie hätte ich nicht gedacht, dass er einer der Menschen ist, die sich für Stars interessieren. So wirkt er überhaupt nicht.

»Ehrlich gesagt bezweifele ich, dass du meine Musik kennst.« Ich betrachte ihn ebenfalls noch mal genau. Das war auf jeden Fall nicht gelogen, so unbekannt wie ich mit meiner eigenen Musik bin. »Ich bin in Japan erst recht nicht bekannt, aber der Auftritt soll meine Karriere nach vorn bringen, und wenn du es genau wissen willst, bin ich mir immer noch nicht so richtig sicher, ob es so eine gute Idee war, hierherzukommen.« Meine Stimme bricht etwas bei den letzten Worten, die mir einfach so über die Lippen gekommen sind. Sein Schweigen (ist es bewunderndes Schweigen, weil er vielleicht doch so ein *Starstruck*-Typ ist?) spornt mich an, weiterzureden. »Es soll nämlich so eine Art letzte Chance sein, und ich singe noch nicht mal meine eigenen Songs. Wenn ich dir einen Rat geben darf: Werde auf keinen Fall Musiker. Die Karriere ist voll überbewertet, weil du ganz schnell nur noch den Scheiß machst, den andere sagen. Und das bedeutet dann auch, Weihnachten in Tokio zu verbringen, um mit irgendeinem Schmalzsänger-Arsch, der seine Fans wie Dreck behandelt, auf der Bühne irgendwelche Schmalz-Weihnachtssongs zu singen, obwohl du seine hysterischen weiblichen Fans, die schon anfangen zu sabbern, wenn sie ihn nur sehen, garantiert nicht haben willst.« Hilfe, das ist mir jetzt so rausgerutscht. Es stimmt nicht mal so ganz, denn ich habe diese Fans wirklich bitter nötig, aber darum geht es ja gerade nicht.

Der Hoodie-Nerd sieht ziemlich erstarrt aus, seine Knie stehen spitz nach oben, weil der Hocker eben für einen zierlichen Japaner, aber nicht für einen großen Amerikaner gemacht ist. Er blickt mich durch seine Brille an und stammelt: »Oh. Das … das tut mir leid.«

»Braucht es nicht. Mein Selbstmitleid reicht für uns beide. Sei mir nicht böse, aber ich habe echt Kopfschmerzen. Gute Nacht.« Und damit stehe ich auf und stapfe durch die Lobby davon.

Mein ganzes Gesicht prickelt, und ich bereue schon drei Sekunden später alles, was ich gerade gesagt habe. Wieso hab ich diesen armen Kerl so angefahren, der gar nichts dafür kann? Er wollte nur nett sein und hat eben ein bisschen Anschluss gesucht. Er war süß! Ich hätte froh darüber sein sollen. Möglicherweise war er ja total einsam, schließlich habe ich ihn noch nicht mal gefragt, was er eigentlich über Weihnachten in Tokio macht, vielleicht steckt ja eine ganz traurige Geschichte dahinter. Ich bin so rücksichtslos. Wenn ich ihn beim Frühstück sehe, werde ich mich entschuldigen. Es muss der Jetlag sein, und wahrscheinlich habe ich zu viel grünen Tee getrunken, der macht mich immer aggressiv.

Ich haste weiter und nehme den Fahrstuhl nach oben, der schnell und völlig geräuschlos an den Stockwerken vorbeirauscht. Wieso ist hier alles so leise?

Mein Zimmer ist der Wahnsinn. Die bodentiefen Fenster, die supermodernen, aber gleichzeitig einfachen Möbel in gedeckten Farben – alles sieht teuer und luxuriös aus. Eine Wand besteht komplett aus einer Glasscheibe, vor der eine flache Bank platziert ist, von der aus man nach draußen schauen kann. Davor ein Tisch mit einem Schälchen mit Schokolade und zwei perfekten Himbeeren sowie ein schlichter weißer Blumentopf mit einer perfekten blassrosa Lilie. Ich bin das einzige nicht Perfekte in diesem Zimmer.

Als ich meine Schuhe direkt an der Tür ausziehe, wie es in meinem Reiseführer als Benimmregel Nummer eins stand, muss ich schon wieder an den Typen von gerade denken. Was macht er hier? Ich weiß seinen Namen nicht, und ich ärgere mich gewaltig über meinen Ausbruch.

Im Badezimmer aus dunklem Stein schrecke ich erst mal zurück, als ich das Licht anmache, um mich zu waschen und mir die Zähne zu putzen. Ich habe meine Haare im letzten Jahr entweder wasserstoffblond oder pink getragen, jetzt sind sie tiefschwarz, und für einen Moment sehe ich nur eine Fremde.

Im Anschluss räume ich die Sachen aus meinem Koffer in den Schrank. Meine Bühnenoutfits sind wesentlich sexyer als meine normale Kleidung. Das kommt gut auf der Bühne, und laut Marc kann es nie sexy genug sein. Also jede Menge Leder mit überdimensionierten Sicherheitsklammern (Retro Punk!), zerrissene Strumpfhosen und Strapse mit kurzen Ledershorts. Ich finde den Look nicht schlecht, aber er ist nicht wirklich mein Stil, sondern der von meinem Bühnen-Ich.

Danach setze ich mich auf die Bank vor dem Fenster und schaue über die nächtliche Skyline. Am liebsten würde ich direkt hier schlafen. Es ist so schön. Und es war natürlich die richtige Entscheidung, nach Tokio zu kommen. Ich mache mir nur immer viel zu viele Gedanken. Der Ausblick durch die riesige Glasscheibe ist unglaublich: Die Lichter der Hochhäuser schimmern in der Ferne. Ich kenne die New-York-Silhouette bei Nacht in- und auswendig, aber irgendwas wirkt an diesem Anblick hier anders. Vielleicht die Form der Fenster oder das Licht, das bläulicher scheint? Die vielen Hochhäuser sind ein vertrauter Anblick, und doch wirkt das hier ganz neu. Auf jeden Fall hat es diese unbeschreibliche Großstadt-Magie.

Ich seufze, stehe auf und platziere mich vorm Fenster, um ein Selfie für Instagram zu machen (*Yo, Aman Hotel $$$ Tokio, Leute,* ✌). Mein Manager hat mir eingebläut, richtig viel zu posten, weil ein Japan-Konzert mit Finn Wolfcraft einfach was ganz Großes ist und ich mit den richtigen Hashtags auch Finns Follower bekommen kann – was dann wieder gut für neue Verträge ist. Ich schreibe noch mehr Text dazu: *Morgen Probe mit Finn!* Das klingt, als würde ich mich freuen, und es ist nicht gelogen, weil ich ja nicht ausdrücklich gesagt habe, dass ich mich *wirklich* freue. Ach, es ist kompliziert. Ich will immer ehrlich sein, aber Marc hat natürlich recht, wenn er sagt, dass Social Media ein verkäufliches Image präsentieren muss.

Als ich das Foto gerade gepostet habe, piepst mein Handy, und auf dem Bildschirm poppt ein Bild von Evie vor ihrem Weihnachtsbaum auf. Meine Schwester hat sich in einen scheußlichen Weihnachtspullover mit einem bunten Elch und einem Schlitten gequetscht, der ihren riesigen Babybauch noch größer erscheinen lässt, und sich vor den üppig dekorierten Baum gestellt. Ich muss grinsen, sie liebt Weihnachtspullover und kauft sich jedes Jahr einen neuen. Ihre Hände liegen über dem Bauch, weil man das als Schwangere wohl so macht.

Plötzlich merke ich, wie mir verdammte Tränen über das Gesicht laufen. Fakt ist, dass ich am Tag vor Weihnachten im Aman Hotel sitze und mich wirklich über diese Chance freue, aber in dieser Sekunde total gern bei meiner Schwester im ollen Philadelphia wäre. Nein, Philadelphia ist nicht oll, es ist sogar ganz hübsch – aber gähnend langweilig und vor allem zu weit weg von New

York. Vorbei die Zeiten unserer Band *Nuclear Barbies*, als wir zusammen im Café um die Ecke aufgetreten sind. Ich wünschte, wir wären immer noch zusammen, vielleicht hätten wir es ja zu zweit geschafft. Doch dann hat sie James kennengelernt und ist zurück nach Pennsylvania. Sie ist mein größter Fan, und wegen ihr habe ich noch nicht die Hoffnung verloren, vielleicht sogar irgendwann mal mit meinen eigenen Liedern auf der Bühne zu stehen. Gemeinsam waren Niederlagen weniger schlimm und Erfolge tausendmal besser. Aktuell dreht sich bei Evie alles um Schwangerschaft und Baby. Und bei mir um meine Solokarriere. Aber ich habe das Gefühl, dass ich erst jetzt wirklich verstehe, was das eigentlich heißt: Ich bin ganz schön solo.

Am nächsten Morgen holt mich mein Wecker aus dem Tiefschlaf. Ich fühle mich, als wäre einer dieser japanischen Bullet Trains über mich rübergefahren – und das, obwohl das Bett wirklich himmlisch weich ist. In New York ist es jetzt Abend, und mein Körper ist völlig durcheinander.

Auf der Toilette verbringe ich etwas mehr Zeit, denn sie ist eine Art Abenteuerspielplatz. Die Klobrille ist beheizt, und an der Wand daneben gibt es ein Bedienfeld mit jeder Menge Knöpfen sowie eine Schaltzentrale, die auch eines Raumschiffs würdig wäre. Damit steuert man eine in der Toilette integrierte Dusche, bei der man sogar die Intensität und Richtung des Wasserstrahls auswählen kann. Anschließend kann man den Po auch wieder trockenföhnen. Auf Wunsch gibt es Walgesang zum Abspielen (um andere Geräusche zu überdecken).

Als ich ein paar Minuten später aus der Dusche komme, die leider nicht mit technischen Spielereien überrascht, sind immerhin meine Augen so weit offen, dass ich etwas im Spiegel erkennen kann. Meine gebeutelten Haare sind dank dem Conditioner weich und duften wie Zitronengras. So gute Hotel-Haarspülung hatte ich noch nie! Nach dem letzten Shampoo in dieser billigen amerikanischen Hotelkette, die ich sonst als Unterkunft bezahlt bekomme, hatte ich sogar Haarausfall. (Oder es lag am Chemikalien-Overkill nach der Pink-Färbung, das kann natürlich auch sein.) Ich ziehe mir bequeme Leggins, ein kurzes schwarzes Kleid mit kleinen Totenköpfen und Boots an. Zufrieden betrachte ich mich im Spiegel, bevor ich mich auf den Weg zum Frühstück mache – das allein deswegen schon fantastisch schmecken wird, weil Finn Wolfcrafts Management dafür bezahlt hat. Herzlichen Dank!

Eine Stunde später hält mein Taxi am Tokyo Dome, wo das erste Konzert morgen Abend stattfinden wird. Der Taxifahrer hat tatsächlich den Sitz abgewischt, bevor ich eingestiegen bin. Ich habe die Vermutung, er wird ihn auch mit diesem antibakteriellen Spray einsprühen, nachdem ich ausgestiegen bin.

Der Dome ist eine riesige Location, die Finn Wolfcraft füllen will. Zweimal sogar. Was er natürlich schafft. Das Konzert-Venue, das eigentlich ein Baseballstadion ist, fasst bis zu 43.000 Personen – und allein mit den zahlreichen Angestellten, die wie Ameisen um mich herumwuseln, ist schon richtig was los. Unvorstellbar, was so eine große Tour mit so viel Personal, einem derartig gigantischen

Bühnenbild und Tanzeinlagen für einen Aufwand bedeutet. Und für Kosten. Allein bei der Vorstellung, wie viele Menschen morgen hier sein werden, bekomme ich Schnappatmung. Der Gedanke, dass ich ebenfalls auf dieser Bühne stehen werde, ist einfach unglaublich verrückt, und es scheint immer noch fast ein zu großer Zufall zu sein, dass gerade *ich* diese Chance bekomme. Wäre der eigentliche Support-Act Tobi Ray nicht ausgefallen, wäre ich niemals gefragt worden, hier einzuspringen. Aber wieso mein Manager ausgerechnet zu Finn Wolfcrafts Managerin einen so guten Draht hat, dass sie eingewilligt hat, mich zu buchen, ist mir ein Rätsel. Marc ist bossy, aber ich muss ihm zugutehalten, dass ich endlich überhaupt irgendwelche Chancen bekomme.

Nein, ich bin nicht undankbar – und auch nicht neidisch auf Finns Leben und seinen Erfolg. Okay … ein bisschen eifersüchtig vielleicht schon. Denn wieso sonst muss ich mir wie ein Mantra immer wieder sagen, dass ich nicht neidisch bin? Seine Musik ist toll, aber der Typ ist einfach schlimm. Wobei Marc ja die ganze Zeit behauptet, das wäre nur die Presse …

Mein Manager reist erst morgen an, weil er in New York noch zu einer Hochzeit von einem Freund eingeladen ist, und ich bin ganz froh, dass ich heute meine Ruhe vor ihm habe und später vielleicht ein bisschen die Stadt anschauen kann, für das Getränke-Shooting sind nur zwei Stunden angesetzt. Soundcheck und Probe sind zum Glück früh am Tag. Ich glaube kaum, dass ich heute irgendwelche weiteren Termine vom Wolfcraft Management bekomme – dreht sich ja alles eher um Finn hier.

Ich gehe durch den Seiteneingang in den Dome, der von außen wie eine gewaltige, plattgedrückte Glaskugel-Hälfte aussieht. Ein Angestellter checkt meine ID, telefoniert und weist mir den Weg, und plötzlich stehe ich vor der riesigen Bühne. Größer als alle, auf denen ich je gestanden habe, aber auch im weltweiten Vergleich unglaublich groß. Ein breiter Laufsteg, der noch nicht ganz fertiggestellt ist, führt von der Bühne durchs Publikum. Seitlich sind zwei große Leinwände aufgestellt. Mir bleibt wieder kurz die Luft weg, und mein Herzschlag beschleunigt sich. Natürlich habe ich Bilder vom Dome gesehen und war schon als Zuhörerin bei Konzerten im Madison Square Garden mit 20.000 Besuchern, aber das hier ist noch mal eine andere Dimension. Es ist überwältigend.

»Hi, willkommen Hailee«, reißt mich eine Japanerin in perfektem Englisch aus meiner Starre. Sie trägt einen schwarzen Jogginganzug, und als sie sich zur Seite dreht, sehe ich den Schriftzug *Wolfcraft Crew* in Weiß auf ihrem Rücken prangen. Sie geht in die Hocke und springt von einer Seitentribüne herunter. »Wir können gleich loslegen. Ich hole schnell Kelsey, die sagt dir, wie alles abläuft, und dann zeige ich dir später die Umkleiden und alles.«

Ich nicke ihr freundlich zu und blicke mich um, während sie weggeht. Hier sind wirklich ohne Ende Leute in diesem Wolfcraft-Crew-Outfit. Wie sich das wohl anfühlt, wenn überall dein Name steht? Wenn so viele Menschen nur für dich arbeiten?

Mein Handy vibriert. Eine Sprachnachricht von Marc. In meinem Jetlag-Kopf wirkt seine Stimme in meinem Ohr besonders nah und aufdringlich. »Hailee, du wirst nicht wahnsinnig mögen, was ich dir jetzt sage, aber ich habe mit dem Management von Finn gesprochen. Wie du weißt, ist Clarissa eine alte Bekannte von mir, und ohne meine Verbindung zu ihr wärst du nicht hier.« Ich verdrehe die Augen, weil Marc mir diesen Fakt schon wieder auf die Nase bindet. »Finn will dich unbedingt heute ein bisschen informeller treffen, damit morgen die Chemie auf der Bühne stimmt. Vielleicht hast du ja sogar die Möglichkeit, einen seiner Songs mit ihm zusammen zu singen, wenn du charmant bist. Das ist echt deine Chance. Die Leute posten hier wie bekloppt, und du bekommst jede Menge Presse. Ich habe gesagt, dass du einverstanden wärst, und ihr heute nach der Probe einen Ausflug durch die Stadt macht, ganz entspannt, okay? Den Werbespot schaffst du trotzdem. Clarissas Team hat alles im Griff.«

Die Nachricht klingt in meinem Kopf nach, als hätte sie ein Echo. Oh nein. Ich hatte mir schon alle möglichen Orte herausgesucht, die ich mir in den freien Stunden anschauen wollte, den Asakusa-Schrein, den glitzernden Stadtteil Shibuya und Kanda-Jimbocho, den Stadtteil, wo sich alles um Bücher dreht, will ich eigentlich auch noch sehen. Ich muss jede freie Minute nutzen. Sobald Marc ankommt, wird nämlich kaum noch Zeit sein. Und jetzt soll ich heute den halben Tag mit Finn Wolfcraft verbringen? Vielleicht kann ich einfach so tun, als hätte ich die Nachricht nicht abgehört und gleich behaupten, dass ich ›wegmuss‹?

Da vibriert mein Handy schon wieder. Diesmal eine Textnachricht.

Marc MEIN MANAGER!: Hailee, ich weiß, dass du das abgehört hast. Finn kann echt dein Durchbruch sein. Ohne Ende Fans und jede Menge Reichweite. Du solltest jede Minute mit dem Kerl verbringen, die du kannst. Und Fotos! Das ist fast so wirksam wie ein Auftritt mit Taylor Swift.

Ich beobachte die drei tanzenden Punkte auf dem Bildschirm, die anzeigen, dass Marc weiterschreibt.

Marc MEIN MANAGER!: Und er ist doch süß! 🍭

Hailee: Genau. Sehr süß. Ich esse keinen Zucker, weil ich davon Bauchschmerzen und schlechte Laune bekomme. Vergessen?

Marc MEIN MANAGER!: Siehst du, ich wusste doch, dass du das liest.

Hailee: F*ck u!

Marc MEIN MANAGER!: Braves Mädchen.

Ich fasse mir an den Kopf. In meinem Magen rumort es. So ein tiefes, unangenehmes Rumoren, kein Hunger. Ich liebe meine Freiheit. Und ich liebe Musik. Aber in letzter Zeit ist das nicht mehr das Gleiche. Für Musik würde ich alles tun – das habe ich schon immer stolz umherposaunt.

Aber jetzt fühlt es sich ein bisschen so an, als müsste ich nicht nur meine Freiheit, sondern auch meine Seele verkaufen. Will ich wirklich nett zu Leuten sein, die ich nicht mag? Es gibt Stars, die zu Stars werden, weil sie so sind, wie sie sind. Billie Eilish zum Beispiel. Sie ist berühmt geworden, ohne sich verdrehen zu müssen, und jetzt sind alle umgeschwenkt in den Kiss-Ass-Modus, und niemand sagt ihr mehr, was sie zu tun hat, sondern alle tun alles, um ihr zu gefallen. Manchmal wünschte ich, Marc wäre im Kiss-Ass-Modus. Aber dazu muss man erst ein paar Millionen Downloads haben – wovon ich Lichtjahre entfernt bin.

Aus dem Augenwinkel sehe ich, wie sich mir jemand nähert. *Finn.*

»Hi«, sagt er und lächelt. Doch sein Lächeln wirkt verkrampft und sieht alles andere als echt aus. »Du bist Hailee.«

»Hi, Finn«, grüße ich. »Schön dich kennenzulernen, ich freue mich darauf, mit dir zu sin…« Die Worte bleiben abrupt in meinem Hals stecken, als wären Schottersteine ins Getriebe geraten. Mein Atem beschleunigt sich.

Nein.

Das kann nicht sein.

Ich schaue wieder hin. Den Hoodie kenne ich. Er trägt eine Baseball-Kappe, aber die Brille ist nicht da, und …

Für einen winzigen Moment habe ich noch Hoffnung, dass ich mich vertan habe. Aber ein weiterer Blick in sein Gesicht macht es unmöglich, mir noch etwas vorzumachen.

Finn Wolfcraft ist der Hoodie-Nerd von gestern.

»So schnell treffen wir uns wieder. Wie *schön*«, sagt er, klingt dabei aber so begeistert, als hätte ich gerade vorgeschlagen, eine Darmspiegelung zu machen. Mit seinem bohrenden Blick könnte er wahrscheinlich Vögel tot vom Baum herunterfallen lassen.

Verdammt … Was habe ich gestern gesagt? Schmalzsänger-Arschloch? Mir schießt das Blut in die Wangen.

Finn

Maybe I'm a dreamer
But you should be too

aus: *Naked in Town*, Finn Wolfcraft

Ich habe sie schon von Weitem erkannt, wie sie vor der Bühne steht. Sie ist es wirklich. Hailee. Auf dem Bild, das Google von ihr ausgespuckt hat, ist sie blond und hat eine zerrissene Leder-Hotpants an. Erst vorhin habe ich auf ihrem Instagram-Account gesehen, dass sie jetzt wellige schwarze Haare hat. Im Kontrast dazu wirken ihre blauen Augen besonders hell. Sie trägt Boots und ein weites Kleid, über das sie einen grünen Armeeparka gezogen hat. Ja, sie ist total attraktiv, und das weiß sie wahrscheinlich sehr genau. Oh Mann. Jetzt beißt sie sich auf die Unterlippe, während ein Ausdruck der Erkenntnis über ihr Gesicht huscht.

In dieser stockdunklen Hotellobby konnte man kaum was erkennen, und ich war im Tarn-Modus unterwegs. Gestern dachte ich noch, dass das ein Vorteil wäre. Ich habe mich nur zu ihr gesellt, um diesen Mädchen aus Kansas zu entkommen, die mich schon seit dem letzten Konzert verfolgen. Mit diesem Level von Fan-Nähe kann ich momentan nicht umgehen, so gar nicht. Und hätten die mich in der Lobby gesehen und wären zu mir gekommen, wäre es möglicherweise hässlich geendet. Dabei dachte ich, dass es mit der Panik besser geworden ist. Doch da habe ich mich wohl getäuscht. Ich habe mich schon dabei ertappt, wie ich mich umgeschaut habe, ob Dave mit seiner bescheuerten Yankee-Kappe und ausgefahrenem Teleobjektiv in der Nähe ist. Der schafft es ja, irgendwelche Horror-Situationen einzufädeln, damit die Bilder besser laufen. Clarissa meint, wenn ich selbst mehr private Aufnahmen teilen würde, wäre es einfacher, weil dann niemand mehr so sehr an seinen Fotos interessiert wäre.

»Hi«, wiederholt sie noch mal. Hailee läuft rot an und scheint fieberhaft zu überlegen, was sie jetzt sagen soll. Ich ziehe eine Augenbraue nach oben.

Wieso ist Tobi nur krank geworden? Clarissa hat mich bekniet, Hailee würde einen interessanten Wind reinbringen, und außerdem ist es angeblich schwierig, so kurzfristig jemanden zu bekommen. Es soll ja wirklich Leute geben, die Weihnachten mit ihrer Familie in der Heimat feiern möchten. (Und nein, ich gehöre nicht dazu, aber das hat andere Gründe.) Jetzt habe ich so eine karrieregeile Tante am Hals. Mir ist ja egal, ob sie meine Musik mag oder nicht, aber die Rumschleimerei und freundliche Begrüßung kann sie sich dann auch sparen. Vielleicht ist es gut, dass ich sie gestern getroffen habe, sonst hätte ich sie wahrscheinlich noch direkt toll gefunden. Clarissa hat mir tatsächlich erzählt, dass Hailee ein totaler Fan von mir sei und nur deshalb mit mir auftreten wollte. Die wird noch was zu hören bekommen, verarschen kann ich mich alleine.

In dem Moment kommt meine Show-Managerin Kelsey mit ihrem Klemmbrett. Sie hat ihren Mund knallrot geschminkt und ihre schwer zähmbaren hyperlockigen Haare in einen hohen Pferdeschwanz gezwungen.

»Da ist ja schon unsere Weihnachtsüberraschung.« Sie lächelt Hailee warm an und reicht ihr die Hand. Kelsey wirft mir einen Blick zu, wirkt kurz minimal irritiert, doch dann strahlt sie sofort wieder. Sie ist und bleibt ein Profi. Ihre langen Fingernägel sind passend zum Mund rot lackiert, und vielleicht fällt mir deshalb auf, dass Hailees Nägel nur an ihrer linken Hand kurz geschnitten sind, wie man das macht, wenn man Gitarre spielt. Sie fasst eine Strähne zwischen Daumen und Zeigefinger und zwirbelt sie hektisch um ihren Daumen. Eindeutig, Gitarrenfinger. Wusste ich gar nicht, ich dachte, sie kann nur singen. Gleichzeitig ärgert es mich direkt, dass es mir überhaupt auffällt.

»Gut, dann wollen wir mal loslegen«, versucht Kelsey die eisige Atmosphäre zu überspielen. Sie klemmt sich den Stift hinters Ohr und schaut auf die Zettel auf ihrem Klemmbrett. »Ihr wollt ja nachher noch etwas zusammen unternehmen und braucht ein bisschen Zeit, hat Clarissa mir gesagt. Wenn wir jetzt direkt anfangen, sind wir auch schnell durch. Du weißt ja, Finn, perfekte Planung ist meine *Zone of Genius.*« Sie blickt hoch und strahlt mich an. Ich bemühe mich zu lächeln, aber ich glaube, es gelingt nicht richtig. Kelsey zieht eine Augenbraue hoch, schaut noch mal fragend zur knallroten Hailee, die sicherlich gleich aus den Ohren zu dampfen beginnen wird, und dann wieder zu mir. Kelsey atmet einmal hörbar aus.

»Dass wir schnell durch sind, klingt gut«, erkläre ich so nüchtern, wie ich nur kann. Ich straffe die Schultern, ehe ich Kelsey das Klemmbrett aus der Hand nehme, um selbst einmal draufzuschauen – aber auch, um etwas Zeit zu gewinnen und mich abzuregen. Das habe ich inzwischen nämlich gelernt. Wenn ich mich aufrege, geht das nie gut aus. Die anderen machen sich Sorgen, und Kelsey wäre total enttäuscht, weil sie bestimmt wieder unendlich viel Zeit in diesen Plan investiert hat. Sich aufzuregen ist noch schlimmer, vor allem wenn Presse da ist. Sogar wenn Paparazzi über die Mauer im Garten meiner Eltern klettern, um irgendwelche Fotos zu machen, darf ich nicht ausrasten. Das wollen sie nämlich nur, um dann die Schnappschüsse extra teuer zu verkaufen. Habe ich schmerzhaft gelernt. Gelingt mir dennoch leider nicht immer. Mein Image ist aktuell eine Katastrophe.

Clarissa hatte mich ja vorgewarnt, dass wir uns unbedingt heute Vormittag treffen sollen, um am Nachmittag Zeit für eine Tour durch Tokio zu haben. Meine Managerin hat behauptet, »das wäre Hailees Traum« und total wichtig für unsere Bühnenchemie. Wer's glaubt! Und ich Idiot habe zugesagt.

Ich sehe auf dem Plan, dass Kelsey drei Stunden für uns eingeplant hat, danach habe ich dieses Shooting für ein Getränk. Ich weiß überhaupt nicht mehr, warum ich diesem Werbe-Deal zugestimmt habe. Immerhin konnte Kelsey das Shooting auf Fotos statt auf einen Werbespot reduzieren. Drei Stunden meiner Lebenszeit mit einer Person, die mich nicht mag, sind allerdings zu viel. Ich nehme (und ich schwöre, dass ich dabei ganz ruhig atme und es sich um eine völlig rationale Entscheidung handelt) Kelseys Stift und streiche den Terminpunkt ›Tour durch Tokio‹ durch. Kelsey sieht mich mit gerunzelter Stirn an. Normalerweise ändert niemand etwas an ihrem Plan außer Clarissa. Das ist der Preis: Wenn man das Zentrum einer so großen Operation geworden ist und so erfolgreich, dann ist man selbst nur noch ein kleines Zahnrad im Getriebe dieses Erfolgs. »Ich kläre das mit Clarissa«, sage ich zu ihr und schaffe es sogar, zu lächeln.

»Okay«, murmelt Kelsey, »wenn du das sagst.« Sie wirft Hailee noch mal einen Blick zu und zieht ab.

Hailee schaut mich aus ihren großen blauen Augen an. Sie sind fast so rund wie bei einer Manga-Figur und haben etwas Unschuldiges, was nicht zu Hailees sonstigem Stil passt. Aber ihr Gesicht ist immer noch sehr rot. Ich könnte Mitleid haben, aber hinter meinem Rücken spricht sie von einem Schmalzsänger-Arsch, und dann zieht sie vor unserem Management so eine Schmusenummer mit Chemie-auf-der-Bühne und Unbedingt-vorher-Treffen ab. Na, vielen Dank. Kein Mitleid.

»Ist dir heiß?«, frage ich unschuldig. Sie ist inzwischen so rot, als würde sie gleich explodieren. Immerhin ist es ihr unangenehm. Wahrscheinlich hat sie jetzt Angst um ihre Karriere.

»Du hättest mir gestern schon sagen können, dass du es bist, und mich nicht in dein offenes Klappmesser laufen lassen müssen«, murrt sie. Momentan wirkt sie eher sauer als verlegen. Das wird ja immer besser.

»Stimmt, als Schmalzsänger-Arsch werde ich gewöhnlich nur anonym auf Social Media bezeichnet, ins Gesicht sagen mir das die wenigsten Leute. Vor allem keine, mit denen ich zwei Tage später auftreten soll.«

Hailee schließt die Augen und verzieht das Gesicht, als hätte sie Schmerzen. »Nein, das habe ich nicht so gemeint, also …«

»Ist schon okay«, schneide ich ihr das Wort ab, bevor sie noch weiter rumsülzt. »Wir sind ja nicht zum Spaß hier, sondern für den Job. Es ist alles für dich vorbereitet. Du kannst jetzt deine Songs durchspielen«, sage ich und deute mit einer einladenden Handbewegung in Richtung der Treppe, die auf die Bühne führt.

Das Schöne an einer Konzertreise mit riesiger Entourage ist, dass man nicht die ganze Zeit zusammen abhängen und womöglich ein Zimmer teilen muss, so wie früher. Wenn der heutige Tag vorbei ist, sehen wir uns nur auf der Bühne. *It's business*, wie Clarissa zu sagen pflegt.

Ich lasse Hailee stehen und lehne mich an eine der Säulen neben der Bühne. Reflexartig ziehe ich mein Handy aus der Tasche und seufze im selben Moment. Derzeit versuche ich wirklich, den Griff zum Smartphone unter Kontrolle zu bekommen, aber gerade ist mir das Handy wesentlich lieber als Hailee. Auf dem Display leuchten mir Benachrichtigungen aus unserem Familienchat entgegen. Mein Vater hat Bilder von zu Hause in Ohio gepostet. Auch wenn ich jetzt in L.A. wohne, wird das immer mein Zuhause sein, und ich versuche oft nach Hadonfield zu kommen. Ich blicke in die lachenden Gesichter meiner zwei jüngeren Schwestern – Charlotte und Ivy – und meines Vaters und muss über ihre identischen Pullover mit Rentiermuster schmunzeln. Charlotte und Ivy sind Zwillinge und leben den Vibe gerade völlig aus, nachdem unsere Eltern jahrelang versucht haben, sie nicht gleich anzuziehen, weil sich das angeblich negativ auf die Entwicklung der Identität auswirken soll. Aktuell finden meine Schwestern es einfach nur lustig, Leute zu verwirren. Während ich die Bilder durchscrolle, schleicht sich ein Lächeln auf meine Lippen, gleichzeitig fühle ich einen leichten Stich in der Brust.

Finn: Ich hoffe, ihr habt einen Pulli für euren Lieblingsbruder aufbewahrt!

Dann schicke ich noch ein Foto, auf dem ich versuche, so gruslig zu schauen wie Jack Nicholson in seinen besten Zeiten. Ich stelle mir vor, wie sie kichern, was sie ziemlich oft tun. Aber ich bin trotzdem froh, dass ich nicht zu dem üblichen Weihnachts-Warmup-Abendessen beim Bürgermeister muss, wo sich immer alle Leute aus Hadonfield treffen. Aus Gründen.

Ich vermisse meinen Vater, der mich fast immer auf Tour begleitet. Ohne ihn wäre ich schon lange verrückt geworden. Ich habe genug Eltern in diesem Business gesehen, die ihre Kinder »fördern«. Meistens wollen sie aber eigentlich bloß ihre eigenen geplatzten Träume über ihren Nachwuchs verwirklichen und haben dabei nicht das Wohl ihrer Kinder im Sinn, sondern ihr eigenes Ego oder Geld. Mein Vater sorgt dafür, dass mir nicht zu viele Schleimbeutel zu nah kommen, die nur an mir verdienen wollen. Denn inzwischen geht es leider um so viel Geld, dass Menschen sich anders verhalten, wenn sie wissen, wie viel da möglicherweise zu holen ist. Sie sehen nicht mehr mich, sondern unsichtbare Dollarscheine, die an meiner

Stirn kleben. Für sie bin ich kein echter Mensch mit Gefühlen, ich bin nicht Finn – sondern bloß eine leere Hülle oder ein Statist, um viele Likes zu bekommen …

Aber dieses Mal ist mein Vater nicht hier bei mir, sondern in Hadonfield, damit meine kleinen Schwestern zu Hause ein einigermaßen normales Weihnachten feiern können, während unsere Mutter auf einem Einsatz in Afghanistan ist. Sie rettet mit ihren Missionen für Ärzte ohne Grenzen die Welt. Im wörtlichen Sinne. Es gibt kaum jemanden, der weniger mit dem Showbusiness zu tun hat als sie, aber sie ermutigt mich immer, das zu tun, was ich liebe, und gibt mir nie das Gefühl, dass ihre Tätigkeit sinnvoller ist als meine.

Ich schaue noch kurz die Instagram-Posts meiner Freunde an. Jason, mein Drummer, ist ebenfalls bei seinen Eltern und postet Fotos, auf denen alle rote Weihnachtsmützen tragen, sogar der Hund. Weihnachten, da werden die sonst unabhängigsten Typen ziemlich anhänglich und ziehen alle nach Hause ab. Ich kann es ja verstehen. Auch wenn ich es mir nur ungern eingestehen will, fühle ich mich ganz schön einsam gerade. Ich wollte dieses Jahr allerdings keinesfalls zurück nach Hadonfield. Zu viele Leute, die ich nicht sehen will, und vor allem eine, die mir das letzte Weihnachten zur Hölle gemacht hat. Wenn es nur um mich gegangen wäre, hätte ich es schlimm gefunden, aber sie hat meine ganze Familie da reingezogen und ihnen ihre Privatsphäre geraubt. Ich habe jede Menge Anwälte gebraucht, um die Fotos wieder aus dem Netz löschen zu lassen. Ein Weihnachtskonzert in Tokio kam mir da gerade recht.

Ich reiße mich von den Gedanken an zu Hause los –

bloß nicht schon wieder in diese Spirale reingeraten – und wende mich wieder Instagram zu. Tobi postet von seinem Krankenbett aus Fotos von meterhohem Schnee in New Hampshire, wo er herkommt. Bilder von dampfenden Zitronentees und überdimensionierten roten Schals mit jeder Menge Entschuldigungen an seine Fans. Ich schreibe ihm eine Nachricht:

> **Finn:** Du kannst gern in einer anderen Tonlage singen. Es ist alles egal. Auch Halsschmerz-Falsett kann toll sein! Dein Ersatz entwickelt sich zum Albtraum ...

Wir hatten uns schon das perfekte Weihnachten in Shibuya ausgemalt: Sake in allen Geschmacksrichtungen, um alle bescheuerten Gedanken an Frauen zu ertränken. Dazu vegetarisches Sushi und Tempura für mich.

> **Tobi:** Mate, ich kann noch nichts, auch wenn die Lungenentzündung schon fast weg ist. Auf Instagram wirkt Hailee so gar nicht albtraumhaft. Alles nur Filter?

Eine Berührung an der Schulter lässt mich zusammenfahren.

»Du, wegen gestern, ich hab das echt nicht so gemeint, das war nur, weil ich so …«

Ich schaue auf, und mein Blick trifft auf große blaue Augen. Hailee. Schnell lasse ich das Handy in meiner hinteren Hosentasche verschwinden. Sie verstummt augenblicklich und starrt mich an, als hätte ich sie dabei ertappt, wie sie das Haus nach versteckten Weihnachtsgeschenken absucht. Sie runzelt die Stirn und sieht absolut zerknirscht aus.

»Mach dir keine Sorgen«, erwidere ich knapp und wende mich schnell ab, weil diese Augen irgendwie ... Sie schauen so intensiv, dass man es körperlich fühlt. Und nein, ich lasse mich jetzt nicht von diesem Blick einwickeln. Wir machen die Konzerte, und dann war's das. Ich brauche eine Vorband, keine Freundin.

Ohne Hailee noch einen weiteren Blick zu schenken, lasse ich sie wieder einfach stehen. Ich laufe Richtung Garderobe, die in den Räumen hinter der Bühne eingerichtet ist. Eigentlich wollte ich noch ein Lied durchspielen, aber jetzt werde ich erst einmal mein Buch weiterlesen und vielleicht noch das neue Album von Tory anhören, von dem sie mir die ersten Tracks im Rohschnitt geschickt hat. Bin gespannt, was sie gemacht hat. Ich habe ja heute drei freie Stunden dazugewonnen.

In meiner Garderobe, die ziemlich groß ist, empfängt mich Ichika, die sich um mich kümmern soll, solange ich hier bin. Ich ziehe als Erstes die Schuhe aus, das habe ich inzwischen gelernt. Diesen angewiderten Blick, als ich das beim letzten Mal vergessen habe, will ich nicht noch mal erleben. Ichika ist unglaublich nett und trägt heute eine Art modernen blauen Kimono und einen farblich passenden Haarreif. Sie weicht mir nicht von der Seite, sobald ich meine Garderobe – ihr Revier – betrete.

»Hallo, Mr Finn«, begrüßt sie mich und verbeugt sich. »Ich habe Tee vorbereitet, möchten Sie etwas trinken?«

»Bitte nenn mich doch einfach Finn«, erwidere ich. »Sonst fühle ich mich so alt.«

Ichika lächelt, macht eine einladende und anmutige Handbewegung und leitet mich mit geräuschlosen Schritten zu dem flachen Tisch, der in der Mitte des Raums steht. Ich knie mich auf das graue Kissen, das sie bereitgelegt hat. Ichika lässt sich mit einer einzigen fließenden Bewegung neben mir nieder und schenkt mir Tee ein. Dabei stellt sie die Kanne und die Tassen sorgfältig ab. Ein herber, aber angenehmer Geruch steigt mir in die Nase. Inzwischen habe ich herausgefunden, dass es hier als unhöflich erachtet wird, Geräusche zu machen, und meine Crew draußen, deren Gespräche und Schritte man sogar durch die Tür hört, kommt mir gerade noch lauter vor als sonst. Ichika verbeugt sich wieder und steht auf, indem sie sich problemlos aus der knienden Haltung nach oben drückt. Da sind ganz klar gut trainierte Muskeln unter ihrem langen Rock versteckt. Ich möchte ihr eigentlich sagen, dass sie sich wirklich nicht ständig verbeugen muss und dass ich mir den Tee auch gern einfach selbst nehmen kann. Während ich noch abwäge, ob mein Angebot einen Verstoß gegen die Höflichkeitsformen darstellen würde, holt sie einen Teller von einer Ablage.

»Snacks?«, fragt Ichika vorsichtig und senkt ihren Kopf wieder nach unten. Ihre kinnlangen, zu einer Art Bob geschnittenen Haare umrahmen dabei ihr Gesicht. Unbeholfen nicke ich, und sie stellt den Teller neben das Bambuskörbchen auf den Tisch vor mich. Ich öffne den Deckel und schaue hinein. Wenn das ein Snack sein soll, ist mir sofort klar, warum Japaner statistisch gesehen länger leben und gesünder sind. In dem kleinen Bambuskörbchen liegen getrockneter Fisch, Seealgen und kleine Reisbällchen. Null Prozent Zucker und null Prozent Fett würde ich tippen. Ich muss an die Chips, Oreo Cookies und süßen Fruchtjoghurts denken, die es zu Hause in den Garderoben immer gibt. Dann zieht Ichika sich an die Seite des Zimmers zurück, um zu warten, dass ich neue Anweisungen gebe.

Bevor ich ihr sagen kann, dass sie gern eine Pause machen kann, dringt eine Frauenstimme durch die dünnen Wände. Hailee testet das Mikro, und nach ein paar kurzen Sätzen beginnt sie zu singen. Das Lied kenne ich natürlich. *Falling Light*, einer meiner aktuellen Lieblingssongs, den ich sogar schon überlegt habe zu covern – oder zumindest Tory zu fragen, ob wir nicht irgendetwas zusammen mit dem Lied machen sollen. Hailees Version ist … wirklich wunderschön. Ihre Stimme taucht den Song in ein anderes Licht, eine wesentlich softere Variante, es liegt so viel Ausdruck in ihrem Gesang, echtes Gefühl, das ich ihr fast nicht zugetraut hätte, und eine interessante Modulation. Dabei singt sie doch eigentlich ausschließlich so eine Art Angry Rock, wenn ich das richtig verstanden habe. Ich dachte, das wäre ihr Markenzeichen. Nicht schlecht, aber eben ziemlich angry, genau wie ihr Instagram-Feed. Alles betont cool und rockig-selbstbewusst und hin und wieder ein bisschen diese Pseudo-Verletzlichkeit für mehr Fan-Nähe. Immerhin heult sie nicht in die Kamera, wie gewisse andere Personen in meiner Vergangenheit, um dann allen zu verkünden, dass ihr Leben nicht so perfekt ist, wie es auf Instagram wirkt. Ach nee, echt jetzt? Es gibt wenig, was ich mehr hasse als Social Media. Hailee hingegen scheint es zu lieben und hat schon angefangen, über Tokio zu posten.

Ich nippe an meinem Tee. Er schmeckt genau, wie er

riecht. Gut, herb, aromatisch. Dennoch habe ich Lust auf Schokolade. Vielleicht bin ich doch ein Zuckerjunkie?

Ich lausche weiter Hailees Performance, die inzwischen lauter und dramatischer geworden ist. Dann bricht ihre Stimme abrupt ab. Okay. Gänsehaut. Wow. Das muss ich ihr zugutehalten: Sie hat eine magische Stimme mit so vielen Höhen und Tiefen und einem besonders schönen Ausdruck, der unter die Haut geht. Ihr Gesang berührt mich, ob ich will oder nicht. Was das angeht, hat Clarissa nicht übertrieben. Schade nur, dass ihr gefühlvoller Gesang offensichtlich nicht zu ihrem Wesen passt.

Es klopft an der Tür. Laut und aufdringlich. Bevor ich »herein« sagen kann, stürzt meine Managerin Clarissa ins Zimmer. Enger Hosenanzug, streng zurückgebundene Haare, matter Lippenstift und hohe Schuhe mit einer Schuhspitze, die weh tun muss.

Ichika sieht sie mit großen Augen an, als könnte sie nicht fassen, wie man sich so unhöflich verhalten kann.

»Ah, Finn. Alles klar. Singt doch gut, diese Hailee, oder? Habe ich dir zu viel versprochen? Deine Fans werden es lieben«, redet Clarissa sofort auf mich ein.

Ichika verbeugt sich zur Begrüßung in Clarissas Richtung, die ihr kurz zunickt, als ihr Blick auf sie fällt. Es stört Clarissa nie, Publikum zu haben, da verhält sie sich wie eine Adelige aus dem 19. Jahrhundert, die konstant von ihren Hausangestellten umringt ist. Sie tut immer so, als wären wir alleine oder als würde niemand verstehen, was wir reden, außer es ist wirklich wichtig.

Ichika bringt kommentarlos ein paar graue Hausschuhe, die in einem Korb bereitstehen, und stellt sie neben Clarissas Füße. Nach einem verwirrten Blick schlüpft Clarissa aus ihren Pumps und in die Hausschuhe hinein, und Ichika legt Clarissas Schuhe in einen Korb neben der Tür.

»Warte erst, bis sie die Lieder fürs Konzert singt, genialer Rock-Vibe«, fährt Clarissa unbeirrt fort.

»Ist nicht schlecht.« Was soll ich auch sonst dazu sagen.

Clarissa stützt ihre Hände in die Hüften. Obwohl sie nicht sonderlich groß und sehr dünn ist, weil sie täglich schon um fünf Uhr morgens Pilates macht und ungefähr die selbstdiszipliniertestе Person ist, die ich kenne, kann sie einschüchternd sein. Und ich habe eine Vermutung, was kommt.

»Was hast du dann gegen Hailee? Kelsey meinte, du hättest die Stadttour für heute gestrichen?«

»Ich singe mit ihr. Ich brauche ja nicht ihr BFF werden.« Ich nehme demonstrativ mein Buch hoch.

»Du willst lesen?«

»Ich würde tatsächlich gern lesen. Es gibt Menschen, die tun das freiwillig. Das Neue von Haruki Murakami.«

»Gott, fürs Lesen habe ich echt keine Geduld. Ich bin schon immer genervt, dass ich meine Podcasts nur auf zweifacher und nicht auf dreifacher Geschwindigkeit hören kann.«

»Du bist nicht wirklich jemand, der das Wort *Entspannung* versteht«, entgegne ich.

Clarissa blinzelt einmal. »Du hättest heute Zeit, dir mit Hailee ein bisschen Tokio anzuschauen. Ich habe wirklich gute Ideen fürs Sightseeing. Das Buch läuft dir nicht weg. Du willst doch eh Tokio sehen, und wenn Hailee dabei ist, können wir die Fotos für PR verwenden. Das passt noch perfekt vor dem Werbeshooting.«

Ich schaue sie verwirrt an.

»Ich singe mit ihr, morgen ist PR, nicht heute«, sage ich bestimmt. »Da mache ich wieder alles brav mit. So wichtig kann das jetzt nicht sein.«

Clarissa fixiert mich, und irgendwie liegt etwas in der Luft. Sie zupft an ihrem engen Oberteil unter der Jacke herum, und ihr Blick geht zu Ichika. »Würden Sie uns einen Moment entschuldigen?«

Ichika verbeugt sich und ist eine halbe Sekunde später so geschmeidig verschwunden, als hätte sie ein Ninja-Training absolviert.

Ich blicke überrascht zu Clarissa. »So ernst?«

Meine Managerin schenkt sich einen Becher Wasser aus einer bereitstehenden Karaffe ein. »Schaffst du es, momentan keine Presse zu lesen, wie du es dir vorgenommen hast?«

»Ich schaffe es einigermaßen, und es fühlt sich gut an. Es ist erschreckend, wie mich das sonst immer runterzieht. Und ich bin gerade auch nicht wirklich auf Social Media unterwegs.« Okay, das mit Hailee und den Weihnachtsposts meiner Freunde zählt nicht. Das hat mich außerdem direkt wieder runtergezogen.

»Du meinst, weil du ein Sensibelchen bist?« Clarissa lächelt mich an und zwinkert mir zu, während sie nebenher etwas in ihr Telefon tippt.

»Ich bin ein Sensibelchen. Damit kann ich leben.«

»Dafür lieben dich die ganzen Mädchen da draußen. Also, ich finde diese Japanerinnen wirklich zauberhaft.«

»Und was ist mit dir und den Männern?«, frage ich sie, um das Thema zu wechseln. Vielleicht aber auch einfach nur, um sie zu ärgern.

»Was soll da sein?«, murmelt Clarissa.

»Die Armen beißen sich die Zähne an dir aus. Du bist gegen die meisten Männer immun.«

»Ich bin glücklich mit meinem Job verheiratet. Das reicht«, entgegnet Clarissa geistesabwesend, ganz vertieft in ihr Telefon.

»Aber ich habe schon ein schlechtes Gewissen, wie wenig Freizeit du im letzten Jahr hattest«, rede ich weiter. »Du hättest Weihnachten für diese Show Ersatz finden können«, erinnere ich sie. »Ich wäre auch ohne dich klargekommen. Natürlich nicht so gut, aber trotzdem.«

Sie wischt den Einwand mit einer schnellen Handbewegung weg. »Wir sind jüdisch. Meine Familie zu Thanksgiving reicht mir. Jedenfalls wäre es sehr gut, wenn du heute eine kleine Tour mit Hailee machst. Morgen ist viel weniger los, keine Sorge.«

»Aber wieso denn? Wir hatten doch ausgemacht, dass ich mir ungezwungen die Stadt anschauen kann. Allein!«

»Ihr Manager Marc kann erst morgen kurz vor dem Konzert kommen und hat mich gebeten, mich um sie zu kümmern.«

»Ähhh, seit wann bin ich jetzt auch noch Babysitter? Geh du doch mit ihr in die Stadt, wenn Hailees Bespaßung dir so wichtig ist.«

Clarissa atmet geräuschvoll aus. »Hast du sie singen gehört? Sie ist gut. Sie ist auch sehr sexy auf der Bühne. Ist dir das nicht aufgefallen?«

»Was hat das eine denn mit dem anderen zu tun?« Ich stutze. »Sag mal, willst du mich verkuppeln?«

Clarissa tritt unruhig von einem Fuß auf den anderen und beantwortet schon wieder eine von ihren Hunderten von Nachrichten.

»Clarissa! Es macht mich echt nervös, dass du das nicht sofort abstreitest!«

Sie schaut auf. »Ich weiß, dass du keine Lust dazu hast. Aber bitte, mach diese kleine Tour mit Hailee. Es ist im Moment echt ziemlich schwierig für mich, meinen Job hier gut zu machen, mit dieser ganzen negativen Presse. Wir müssen das letzte Weihnachten durch eine positive Erfahrung ersetzen.« Ihr Tonfall ist ein völlig anderer geworden. Bittend.

Ich starre sie an. »Würdest du mir jetzt die Wahrheit sagen? Warum ist dir das so wichtig?«

Für einen Moment liefern wir uns ein Scheingefecht mit Blicken. Clarissa presst die Lippen zusammen. Ich kenne sie lange genug, um zu wissen, dass sie einen wichtigen Grund hat, ihn mir aber nicht sagen will. Immerhin lügt sie mich nicht an.

»Deshalb hast du mir auch erzählt, dass sie ein totaler Fan von mir ist, oder? Dabei hat sie mich *Schmalzsänger-Arsch* genannt. Du hättest mir einfach die Wahrheit sagen können, dass es dir wichtig ist, warum auch immer.« Ich werfe ihr einen vielsagenden Blick zu.

»Hailee hat dich Schmalzsänger-Arsch genannt?« Clarissa reißt den Mund auf und ist wirklich überrascht. »Nicht dein Ernst.«

»Sie wusste nicht, dass ich es bin. Aber einen echten Fan stelle ich mir anders vor.« Ich lege den Kopf schief und verschränke die Arme vor der Brust.

Clarissa seufzt. »Du hast ja keine Ahnung, was in der Presse los ist. Die rasten gerade total aus, wegen diesem Mädchen, das behauptet, dass du sie nur ausgenutzt hast. Dann immer noch die Sache mit Ella, die zu Weihnachten wieder hochkommt. Und dieser Kerl, der die Bettgeschichte mit dir erfunden hat. Ganz zu schweigen von den zwei geplatzten Fan-Events, bei denen du nicht aufgetaucht bist. Das alles zusammengenommen in Kombi mit deinem totalen Rückzug aus der Öffentlichkeit im letzten Jahr ergibt eine ziemlich explosive Mischung, die es mir schwer macht, dein Image davor zu bewahren, den Bach runterzugehen.« Sie wirft mir einen eindringlichen Blick zu. »Das Fan-Event morgen ist winzig, und auch heute ist alles total low-key. Ihr lernt euch ein bisschen kennen, was sowieso nicht schaden kann, und du machst dabei vor allem selbst ein paar Fotos und Storys von deinem Besuch in Tokio, um Fans und Presse zu versorgen. Das schaffst du. Es gibt ja noch nicht mal eine echte Pressekonferenz. Du willst als Tokio-Fan eben lieber Sightseeing machen – das ist ja auch die Wahrheit. So kommuniziert, ist das ein Kompliment an die Stadt und kein Desinteresse an deinen Fans. Perfekt. Und wir sind in Japan, da gibt es nicht so schlimme Paparazzi wie zu Hause. Wenn du mir ein Weihnachtsgeschenk machen willst, dann zieh das einfach die nächsten Tage durch, okay?«

Oh Mann. Ich weiß, warum Clarissa so erfolgreich in ihrem Job ist. Sie kann bei jedem den richtigen Knopf drücken.

»Noch besser wäre natürlich eine kleine Lovestory mit Hailee, also nur so angedeutet und …«

»Vergiss es«, unterbreche ich Clarissa vielleicht etwas zu barsch.

Nach einer kurzen Pause fügt sie hinzu: »Sie hat dich echt Schmalzsänger-Arsch genannt?« Ich sehe, wie sich ein Grinsen in ihrem Gesicht ausbreitet.

Clarissa spürt wahrscheinlich, dass ich kurz davor bin, einzuknicken, weil ich weiß, dass sie es im letzten Jahr schwer mit mir hatte. Richtig schwer. Aber ich konnte einfach nicht anders. Und mir tat es mindestens genauso weh, meine Fans zu enttäuschen. Egal wie schwierig das von außen zu verstehen ist.

Ich nicke gespielt betreten. Wenn ich ganz ehrlich bin, haben mich Hailees Worte allerdings wirklich gewurmt.

Sie prustet los.

»Ich würde an deiner Stelle nicht lachen. Du bist meine Managerin. Ich könnte dich feuern«, scherze ich etwas gequält.

»Du musst zugeben, das ist echt lustig. Sie hat es dir einfach so ins Gesicht gesagt. Ich meine, sie hat ziemliches Glück, dass Tobi ausgefallen ist. Sonst hätte sie jetzt nicht die Chance, mit dir zu spielen, und ich hätte ihr so viel Unerschrockenheit gar nicht zugetraut.«

»Sie wusste wirklich nicht, wer ich bin.«

»Wow, das ist natürlich großartig.« Clarissa kichert so heftig los, dass sie fast das Wasser ausspuckt, das sie gerade getrunken hat. »Okay, dann ist ja alles klar«, sagt sie anschließend mit veränderter Miene, und ich nicke.

»It's business, Finn, mehr nicht. Mach dir keinen Kopf. Und: Danke. Ehrlich.«

Irgendwie wirkt sie ein bisschen zu erleichtert. Als würde noch mehr dahinterstecken.

Hailee

So many doors, but wolves
Behind them all

aus: *We all ache for something*, Hailee Bridgewater

Nach der Probe bin ich direkt losgelaufen, weil ich gesehen habe, dass man den Kaiserpalast, der in einem weitläufigen Park mit Wiesen, Brücken und Teichen gelegen ist, vom Dome aus auch zu Fuß erreichen kann.

Die kühle Luft auf den Wangen tut gut nach dem Gefühlschaos am Morgen. Tief atme ich den Sauerstoff in meine Lungen und kuschle mich in den weichen blauen Schal, den ich mir von Hina geliehen habe, damit ich mich bloß nicht erkälte. Vorhin habe ich mir ein Kratzen im Hals eingebildet, aber das ist Sängerinnen-Paranoia. Hina war superfreundlich und wird während der Konzerte meine Maske machen und mich unterstützen. Generell sind alle hier ganz schön nett zu mir. Na ja … Fast alle.

Unfassbar, wie mir das mit Finn passieren konnte. Wie bescheuert kann man sein, dass man Finn Wolfcraft nur wegen einer fetten Brille und Kapuze nicht erkennt! Vielleicht brauche *ich* eine Brille.

Ein Gutes hat es ja: Weil er mich so derartig grob abblitzen lassen hat, habe ich schnell am eigenen Leib erfahren, dass an den Berichten über seine fehlende »Freundlichkeit« was Wahres dran sein muss. Auch gut, so sparen wir uns wenigstens aufgesetztes Gehabe. Dennoch spüre ich, wie sich ein komisches Gefühl in meinem Inneren ausbreitet. Mir wäre es lieber gewesen, wenn Finn doch ganz anders wäre, als die Presse behauptet. Aber es hilft nichts, ich muss versuchen, es runterzuschlucken, damit nicht alles noch schlimmer wird und ich den Aufenthalt zumindest genießen kann.

Der Weg führt durch schmucklose Geschäftsstraßen, die in keinem Reiseführer als Highlight aufgeführt werden. Doch für mich ist es aufregend, durch die fremde Welt mit den unleserlichen Schriftzeichen, der unbekannten, bunten Werbung, den ungewohnten Gerüchen und den ulkig geformten Autos zu spazieren. Meine Seitentasche vibriert, und ich taste nach dem Handy.

Marc from Hell: Clarissa hat gesagt, dass sie sich um dich kümmert, bis ich komme, und dir bis dahin ganz Tokio zeigt.

Ich blinzele. Ich hatte vergessen, dass ich Marc nach den letzten Nachrichten in *Marc from Hell* umbenannt hatte. Aber das trifft es gerade eigentlich ganz gut. Er kennt offensichtlich die neuesten Entwicklungen noch nicht.

Hailee: Finn hat die Rundfahrt gestrichen. Der Typ mag mich nicht.

Marc from Hell: ????

Hailee: Ich habe ihn Schmalzsänger-Arsch genannt. Kam nicht so gut.

Marc from Hell: WHAT???????

Hailee: Ich wusste nicht, dass er es ist.

Marc from Hell: !!!! Echt jetzt?!

Hailee: …

Marc from Hell: Fuck. Melde mich.

Nach der letzten Nachricht bleibt der Bildschirm dunkel. Mir ist klar, dass das echt doof gelaufen ist – und Finn scheint auch noch ziemlich nachtragend zu sein. Okay, wäre ich vermutlich auch, wenn er mich auf diese Art beleidigt hätte. Aber bei mir wäre Unsicherheit der Grund. Er bekommt so viel Bestätigung für seine Musik – wir reden hier von zwei ausverkauften Konzerten im Dome –, dass ihn so ein kleines *Schmalzsänger-Arsch* wirklich nicht aus der Fassung bringen sollte.

Außerdem: Ist es echt so eine große Sache, dass wir nun keinen gemeinsamen Sightseeing-Trip durch die

Stadt machen? Schließlich ist das keine gigantische PR-Tour, die hier geplatzt ist. Ich meine, als Warmup-Act wird die Presse früher oder später doch ohnehin auf mich aufmerksam werden. Und wenn Finn keinen Bock auf mich hat, werden das sicher eh nicht die besten Fotos.

Ich schüttle mit dem Kopf, als mir bewusst wird, was ich hier gerade mache. Ganz offensichtlich versuche ich, mir die Situation schönzureden. Aber wenn ich ehrlich bin, ist es doch so: Ich hab's verbockt.

So oder so: Ich muss jetzt einfach das Beste draus machen. Dann schaue ich mir eben alles allein an, ist doch auch okay. Das bringt mich auf andere Gedanken. Es ist immer noch so surreal, dass ich hier bin. Noch bin ich inmitten von Hochhäusern, aber die Gärten des kaiserlichen Palastes sind nur ein paar Straßen weiter. Der Bildschirm leuchtet wieder auf.

Marc from Hell: Es läuft wieder. Ihr fahrt ins Pop-up Monster Café. Es hat gerade erneut aufgemacht, und Finn liebt das offenbar. Und ich würde sagen, du liebst das Ding jetzt auch. Es war schwer genug, das noch einmal geradezubiegen.

Äh, wie ist das denn jetzt so schnell passiert? Ich will gerade eine Antwort an Marc tippen, als mein Handy erneut eine eingehende Nachricht anzeigt – dieses Mal von einer unbekannten Nummer.

Anonym: Die Stadttour ist on. 12:20 Treffen vor dem Hoteleingang. Wir fahren zum Monster Café. Bis gleich! Clarissa

Marc from Hell: Hailee. Sei nicht naiv. Das ist deine letzte Chance, und du weißt es.

Ich starre für einen Moment auf die Nachrichten und weiß nicht, ob ich mich freuen oder heulen soll. Schön, dass es jetzt weitergeht, aber keine Ahnung, was Marc dafür tun musste. Ich speichere Clarissas Nummer ein und merke direkt, wie ich mich verkrampfe und mein Atem flacher wird. Das war einfach ein scheiß Start.

Monster Café. Was auch immer das ist. Klingt passend. Jetzt bloß nicht wieder alles versauen.

Finn

Don't become the person
Who wrecked you
Don't forget that I'm human, too

aus: *Stop Watering Dead Plants,* Finn Wolfcraft

Der Duft nach künstlicher Mango, der fast greifbar durch die Luft im Taxi wabert, benebelt meine Sinne, und ich bin froh, als ich endlich wieder auf der Straße stehe. Ich habe extra nicht den Tour-Van genommen, um bloß unerkannt von A nach B zu kommen. Der Taxifahrer fährt so gemächlich davon, dass ich in Versuchung gerate, ihn anzuschieben. Okay, niemand weiß, dass ich hier bin, und ich werde das hier easy schaffen. Ich atme einmal ganz tief ein. Sauerstoff ohne Mango-Parfüm ist eine echte Wohltat.

Bevor ich ins Monster Café gehe, um Hailee zu treffen, will ich noch die berühmte Takeshita-Straße in Harajuku anschauen. Ein bisschen Zeit für mich. Immerhin bin ich bisher noch nicht oft erkannt worden, wenn ich es nicht wollte. Ich seufze und schiebe meine Hände in die Taschen meines Hoodies. Es ist echt ziemlich kalt – und ja, ich hätte nicht nur einen Hoodie anziehen sollen. Manchmal vergesse ich, dass ich nicht in Kalifornien bin.

Auf dem Weg zur Takeshita-Straße laufe ich an den Fassaden großer, charakterloser Gebäude entlang. Alles Grau in Grau. Ich will Tokio wirklich bewundern, aber in einigen Gegenden wirken die Häuser wie eine lieblos errichtete Neubausiedlung. Vielleicht verstehe ich die japanische Architektur einfach noch nicht.

Dann wird alles plötzlich wesentlich bunter und bedeutend voller. Da sind wir, Takeshita-Straße. Ich lege den Kopf in den Nacken und lasse meinen Blick schweifen. Der Eingang ist durch eine Art Tor markiert, das mit einer beleuchteten Lichtinstallation bestehend aus Äpfeln, Donuts und übergroßen Schleifen dekoriert ist. Die Ladenfassaden sind hier extra bunt mit einer überwältigenden Menge an Angeboten. Überall ragen unterschiedlich große und blinkende Reklametafeln auf die Straße wie mittelalterliche Nasenschilder, welche die Zunft- oder Gildezugehörigkeit angeben, an die ich mich wegen der seltsamen Bezeichnung noch aus dem Geschichtsunterricht erinnern kann. Die Schilder hängen wild übereinander, weil die Läden nicht nur auf Straßenebene sind, sondern auch in höheren Etagen liegen. Die japanischen Schriftzeichen auf den Leuchtreklamen mischen sich mit den bekannten Logos westlicher Marken. Mir fallen ein McDonalds-Zeichen und einige Schilder in englischer Schrift ins Auge, die wahrscheinlich den Touristen helfen sollen, sich besser zu orientieren. In der Luft verbinden sich die Stimmen der Menschen, die ungewohnten Laute der für mich fremden Sprache mit den Geräuschen der Autos, welche die angrenzende Straße befahren. Dazu kommt fast surreale

Musik, die klingt wie ein Mix aus Videospielen und Spielautomaten.

Die überraschend schmale Gasse ist voller Menschen, und ich bahne mir meinen Weg vorbei an Einheimischen und Touristen. Das Publikum hier ist mindestens genauso bunt wie die Geschäfte, sodass ich perfekt in der Masse untertauchen kann. Ich bin ohne Bodyguard unterwegs – denn mit einem breitschultrigen, grimmig schauenden Typen im Schlepptau fällt man wesentlich mehr auf als ohne. Ein Trick, den ich natürlich nicht öffentlich verraten darf, damit sich niemand auf die Lauer legt.

Ich komme nur langsam voran, doch nachdem ich die ersten fünfzig Meter gelaufen bin, knicke ich unter der Last der ständigen Werbebotschaften und neonfarbenen Werbetafeln ein. Wenn ich bei meiner Ankunft die Deko noch für kühl gehalten habe, hat sich meine Meinung spätestens jetzt gewandelt: Einige Läden sind mit der verspieltesten und überkitschigsten Weihnachtsdeko vollgestopft, die ich je gesehen habe: Nicht nur Weihnachtsmänner, auch pinke Monster und harmlose Häschen wurden mit samtigem Weihnachtsmantel oder Minirock mit Plüschbesatz ausgestattet, dass einem beim Hinschauen fast die Augen tränen.

Ich kann nicht widerstehen und kaufe in einem kleinen Laden mit pinker Dekoration noch ein paar absurd kitschige Haarspangen mit kleinen Sushis und Törtchen für Charlotte und Ivy. Sie stehen auf diesen ganzen Kawaii-Kram, und ich habe keine Ahnung, wie viel Zeit letztlich für Shopping bleiben wird. Auf keinen Fall werde ich ohne Geschenke für meine Schwestern nach Hause fahren.

Ich bezahle und verlasse dann schleunigst den Laden, der genauso stark nach Mango riecht wie das Taxi vorhin.

Mein Telefon leuchtet auf mit einer Nachricht.

Mom: Geht es dir gut, mein Schatz? Ich vermisse dich. Nächstes Jahr wieder Weihnachten zusammen!

Eine Nachricht meiner Mutter. Natürlich schreibt sie nichts von Afghanistan und dem Elend, das sie gerade sieht. Typisch für sie. Mom will niemandem ein schlechtes Gewissen machen. Sie ist mit Ärzte ohne Grenzen wieder wochenlang in Gebieten unterwegs, für die eine Reisewarnung ausgesprochen wurde. Kurz verfasse ich eine Antwort und frage mich, wie spät es bei ihr wohl gerade sein mag.

Dann vergrabe ich meine kalten Hände wieder in den Taschen meines Hoodies. Ich schlendere weiter und lasse mich von den knallbunten Farben und der Geräuschkulisse mittragen. Die einzelnen Läden sind nicht sehr geräumig, und meistens ist jeder Quadratzentimeter mit Waren vollgestopft, was mich daran erinnert, wie teuer Platz und Immobilien in Japan sind. Überall gibt es Crêpes-Stände und Stofftiere in Plastikfolie, die nach Kirschen durften. Die würden meinen Schwestern sicher auch gefallen – sie finden alles süß, was große Augen hat.

Ich google die Adresse des Monster Cafés. Die Bilder sehen … interessant aus. Ein bisschen wie eine psychedelische Traumwelt. Aber gut. Ich folge den Anweisungen und verlasse die Takeshita-Straße, bis ich vor dem YM Square, einer Art gläsernem Einkaufszentrum, stehe.

Als ich auf der Rolltreppe den Schildern Richtung Monster Café folge – für Touristen extra in westlichen Buchstaben geschrieben –, drehe ich mich um und ertappe zwei junge Frauen dabei, wie sie mich anstarren. Die eine stößt die andere an und kichert, als ich sie ansehe. Sie hat stark geschminkte Augen, eine blaue Schleife in ihrem schwarzen Haar und ist sehr hübsch, auch wenn sie nicht ganz echt aussieht, sondern eher wie eine Puppe. Die Haare ihrer Freundin sind zu einem kurzen Bob geschnitten und leuchten im selben Blau wie die Schleife. Als die Rolltreppe endet, laufen die beiden die letzten Stufen ein wenig schneller nach oben. Folgen sie mir? Sofort beschleunigt sich mein Herzschlag. Ich gehe weiter Richtung Café und tue so, als würde ich etwas auf meinem Handy checken. Vielleicht habe ich mich getäuscht und sie folgen mir nicht bewusst? Meine Muskeln verhärten sich.

Da holen mich die beiden ein. »Finn *Wooofcaft?*«, fragt das Mädchen mit der blauen Schleife.

Ich brauche einen Moment, aber dann schaffe ich es, meine Schultern zu entspannen und sogar ein wenig zu lächeln, weil die beiden mich so breit anstrahlen. Dann fangen sie an, aufgeregt mit den Füßen auf der Stelle zu trippeln und die Hände vor dem Mund zusammenzuschlagen. Ich bleibe ruhig stehen und ignoriere das leichte Summen in den Ohren, aber niemand sonst ist in der Nähe, alles okay.

Das Mädchen kommt näher und fragt. »Foto?«

Ich nicke, ihr Lächeln ist irgendwie unwiderstehlich und macht gute Laune, sodass ich mich sogar noch mehr entspanne, auch wenn mir unnatürlich warm wird.

Die beiden stellen sich rechts und links neben mich,

machen eine Art Victory-Pose, das eine Mädchen hat in Windeseile einen Selfie-Stick bereit gemacht und schießt ein Foto, auf dem definitiv ich derjenige bin, der am wenigsten professionell posiert.

Weitere Leute kommen die Rolltreppe hoch und schauen zu uns. Schnell ziehe ich mir den Hoodie über den Kopf, damit es nicht ausartet. In Japan verkaufe ich, aus mir selbst nicht ganz erklärlichen Gründen, besonders viele Alben. Deshalb hatte Clarissa mich auch überredet, diese Konzerte hier zu geben und mich auf den PR-Krempel einzulassen. Ich bin meinen Fans unglaublich dankbar, egal, ob die Presse etwas anderes behauptet. In letzter Zeit werde ich oft als arrogant dargestellt – wenn's gut läuft. Wenn's schlecht läuft als rücksichtloser, egomanischer Kotzbrocken, der seine Fans verrät – und das vor allem, weil ich nicht jeden Scheiß aus meinem Leben mit der Öffentlichkeit teilen will. Das war nicht immer so. Doch die negative Berichterstattung ist im vorigen Jahr aus dem Ruder gelaufen – seit der Sache mit diesem Paparazzo zu Weihnachten, als ich komplett ausgeflippt bin. Diese ganzen vernichtenden Schlagzeilen in der Klatschpresse setzen mich ziemlich unter Druck, auch wenn ich krampfhaft versuche, mir nichts davon reinzuziehen. Auf der Bühne merke ich das zum Glück nicht, da ist alles wie immer, und ich freue mich unglaublich auf heute Abend. Aber sobald ich da runter bin, wird's haarig. Ich spüre, wie sich wieder dieser bekannte Knoten in meiner Magengegend zu formen beginnt. Doch bevor ich weiter über all das nachdenken kann, reißen mich die beiden Mädchen, die fertig mit der Betrachtung ihrer Fotos sind, aus meinen Gedanken.

»Ich liebe deine Musik. *Stop Watering Dead Plants* ist mein Lieblingssong«, schwärmt das blauhaarige Mädchen in gebrochenem Englisch, als ich ihren Rucksack signiere, auch wenn mir der Stift fast aus meinen schwitzigen Fingern gleitet. Sie selbst ist so aufgeregt, dass sie zittert. Das kenne ich schon. Es ist unglaublich merkwürdig zu sehen, wie nervös einige Mädchen und Jungen in meiner Gegenwart sind. Ich weiß, dass das nichts mit mir zu tun hat. Sie kennen mich ja überhaupt nicht. Aber sie haben in ihrem Kopf ein Bild von mir, von ihrem Idol, und das lässt sie erzittern. Es sind schon Leute bei Meet & Greets in Ohnmacht gefallen oder haben sich ohne Unterwäsche in den Backstagebereich geschlichen.

Und ja, auch wenn ich gern das Gegenteil behaupten würde: Ich gebe zu, dass ich mich schon mal mit weiblichen Fans eingelassen habe. Als ich so richtig durchgestartet bin und alles noch neu und faszinierend war, habe ich das ein paarmal gemacht. Irgendwie vielleicht auch, weil ich testen wollte, wie weit ich gehen konnte. Tobi war mit dabei, und wir haben oft einen draufgemacht. Okay, wir waren jung, dumm und unendlich naiv. Wir wussten nicht, was wir tun. Dennoch habe ich nie mit einem dieser Mädchen geschlafen. Natürlich glauben das alle – ist aber nicht so.

Clarissa hätte es gern, wenn ich mich mit einer Frau an meiner Seite zeigen würde. Das Image eines abweisenden Sonderlings ohne Freundin mit einem Aggressionsproblem ist nicht wirklich sympathisch. Aber den Gefallen kann ich ihr nicht tun. Dafür hat Ella mehr als zuverlässig gesorgt. Ella … mit ihren unzähligen Videos auf Instagram und YouTube, die sie immer noch nicht von ihren

Kanälen gelöscht hat. Wenn man meinen Namen googelt, poppen direkt zahlreiche Artikel auf, in der auch ihr Name fällt. Ich bin immer noch ihre Trophäe. Genau wie die von *meinem* Paparazzo Dave …

Ich fahre mir mit der Hand über den Nacken und hole mich zurück ins Hier und Jetzt. Die beiden Mädchen verabschieden sich mit einem Winken und laufen kichernd davon. Erleichterung macht sich in mir breit. Diese Fans waren süß, und ich wünschte, ich könnte das wieder so sehen wie früher, ohne das ganze Misstrauen, über das ich immer noch keine Kontrolle habe.

Ich straffe die Schultern und folge weiter den Schildern zum Monster Café, das hier irgendwo sein soll.

Schmalzsänger-Arschloch. Wieder muss ich an Hailees Bezeichnung denken. Keine Ahnung, warum mich das wurmt. Vielleicht weil ich in letzter Zeit mehrmals das Gefühl hatte, dass das, was mich hierhin gebracht hat, irgendwann verloren gegangen ist. Meine Leidenschaft dafür. Ich liebe es zu singen, aber der Rest, die ganze Show drumherum … Das macht mich gerade krank.

Oh Gott.

Am Eingang des Monster Cafés kommt eine junge Frau auf mich zu, die aussieht wie eine durchgeknallte Rokoko-Queen. Alles an ihr ist exzentrisch – lila Haare, rüschige Mischung aus Kleid und Unterwäsche, und um ihre Hüften hängen ausgestopfte Ringelstrümpfe. Ihr Gesicht ist weiß gepudert, und ihre Wangen leuchten knallrot. Ihre Füße stecken in absurden Plateau-Schuhen, in denen sie erstaunlich gut herumspringen kann. Bunt, laut, crazy. Genauso wie die sofort einsetzende Musik.

»Deine Freundinnen sind schon hier. Ich hole dich ab«,

begrüßt sie mich mit nur leichtem Akzent. Sie riecht wie diese parfümierten Stofftiere, die ich vorhin gesehen habe. Ich folge ihr, und die Musik wird noch lauter mit einem Beat, der vor allem verwirrend ist. Aber ich nehme sie kaum mehr wahr, weil ich so überwältigt bin. Ich bin in einem aus buntem Plastik gekneteten *Alice im Wunderland* gelandet. Und ich muss es leider so sagen, wie es ist: In meinen Augen liegt das Design zwischen großartig und Brechreiz. So etwas habe ich echt noch nie gesehen.

Moment mal! Hat Clarissa nicht gesagt, dass Hailee das Café vorgeschlagen hat?

Weitere grellkostümierte Fantasiewesen kommen herbei, während ich der lila Königin in einen abgedunkelten Raum folge. Sie zappeln vor mir herum wie Aufziehpuppen und klimpern mit den überlangen Wimpern. Im Zentrum des Raums dreht sich ein gigantisches Torten-Karussell, das gleichzeitig eine Art Tanzfläche darstellt und vollgestopft mit ebenso überdimensionierten Plastikfiguren ist. Überall stehen bunte Tische unter grellbunten Pilzstatuen. Es wirkt, als hätte sich jemand überlegt, wie man maximale Mengen neonfarbenen Kunststoffs verwenden könnte, um jede Dimension von Kitsch noch mal zu toppen.

Und da sind sie. Clarissa winkt mir zu. Hailee sitzt neben ihr, sie ist über den Tisch gebeugt, als würde sie etwas aufschreiben, und wirkt etwas verkrampft. Ich habe sie vorhin ganz schön abblitzen lassen. Plötzlich will ich sie irgendwie trösten, kein wirklicher Gedanke, eher das Gefühl, meine Hand vorsichtig auf ihre angespannte Schulter zu legen und mich zu entschuldigen. Aber dann fällt mir ein, dass ich es schon wieder tue. Mich manipulieren lassen. Und ich möchte mich dafür ohrfeigen. Kaum kommt eine attraktive Frau, und schon werfe ich alles Gelernte über Bord. Dann bin ich eben abweisend und kühl. Mit dem Image muss ich ohnehin zu leben lernen. Ich presse die Lippen zusammen und gehe auf den Tisch zu.

Hailee

I wish I had a hot British boyfriend
Who served me Earl Grey after making love

aus: *Hot British Boyfriend*, Hailee Bridgewater

Vielleicht ist dieser Laden eine einzige Touristenfalle, aber die hemmungslose Verrücktheit, der Über-Kitsch und die Knallfarben gefallen mir. Allerdings merke ich, dass hinter dem Wahnsinn System steckt: Immer, wenn die Tür aufgeht und neue Gäste das Café betreten, beginnen die kostümierten Darstellerinnen zu tanzen – jedes Mal die gleiche Performance, fast wie Roboter. Mir wird schon schwindelig beim Zuschauen, und das waren erst fünf Mal oder so.

Clarissa, Finns Managerin, scheint sich für den Trubel um uns herum nicht zu interessieren – und für mich auch nicht. Obwohl wir uns hier im Café zum ersten Mal getroffen haben und ich mit Smalltalk gerechnet habe, haben wir noch keine zwei Sätze miteinander gewechselt, weil sie die ganze Zeit in ihr Handy getippt hat und jetzt die Speisekarte studiert.

»Ich fürchte, glutenfrei und ohne Zucker und Zusatzstoffe wird ein Problem«, murmelt Clarissa da plötzlich neben mir und gleitet mit dem langen, in einem klassischen Perlmutt-Ton lackierten Fingernagel die Speisekarte entlang. Es stimmt. Auf dem Menü stehen nur Dinge, die ungefähr aus fünfhundert gefärbten Zusatzstoffen und eimerweise Zucker bestehen. Am Nachbartisch werden gerade lilafarbene Nudeln und grüne Hamburger mit blauen Augen gegessen.

Hier wollte Finn unbedingt hin? Den Laden hätte ich ihm nicht zugetraut. Finn wirkte bisher so spaßbefreit wie gedünstetes Gemüse. Immerhin sind wir nicht in einem dieser Restaurants, wo angeblich alle Frauen als Zimmermädchen verkleidet sind. Ich muss unbedingt rausfinden, ob es die wirklich gibt.

Nach kurzem Überlegen wähle ich einen Milkshake und Burger mit bunten Pommes aus, schließlich sind Zucker und künstliche Inhaltsstoffe mein Spezialgebiet. Außerdem bedeutet das Essen hier eine weitere kostenlose Mahlzeit für mich. Noch nicht mal mein Manager Marc weiß, wie unglaublich pleite ich bin.

»Er ist jeden Moment hier«, sagt Clarissa und hackt dabei schon wieder wild auf ihr Handy ein, als wollte sie zeigen, wer der Stärkere ist. Ihren Posteingang will ich echt nicht haben. Wie muss es sein, jemanden wie Finn Wolfcraft zu managen?

Mir wird etwas flau im Magen, wenn ich daran denke, ihm hier gleich gegenüberzusitzen. Ich drücke meine Füße fester in den Boden, um den Fluchtimpuls zu unterdrücken. Sollte ich noch mal versuchen, mich bei Finn zu entschuldigen? Schließlich mag ich seine Musik wirklich, und die Chemie auf der Bühne wird besser sein, wenn wir uns *nicht* hassen. Ich kann meinen Frust darüber, ungerecht behandelt worden zu sein, herunterschlucken und auf ihn zugehen. Meine Schwester Evie sagt immer, dass man Entschuldigungen als Chance sehen sollte, über seinen eigenen Schatten zu springen.

In dem Moment schwingt die Tür erneut auf, und die Performance beginnt von vorn. Aber es ist wieder nicht Finn. Es ist mehr als seltsam, am helllichten Tag in dieser kuriosen bunt beleuchteten Welt zu sitzen, vielleicht sollte man besser abends hierherkommen?

Ich lasse den Blick schweifen, doch als Finn auch beim nächsten Öffnen der Tür nicht auftaucht und Clarissa keine Anstalten macht, ihr Smartphone zur Seite zu legen, hole ich mein rotes Notizbuch heraus, ein Bullet Journal. Manchmal, wenn mein Kopf zu platzen droht, schreibe ich mir alles von der Seele – ich nenne das einen Gedanken-Download.

Ich habe in New York einen ganzen Stapel von Notizbüchern, weil ich schon als Kind damit angefangen habe. Meine Eltern sind Steuerberater, für die war ich immer zu dramatisch, zu emotional, zu anders. Aber wenn ich meiner Mutter Erika vorgeworfen habe, dass sie mich nicht versteht, hat sie das verletzt, weil sie nicht meine leibliche Mutter ist. Meine Notizbücher hingegen haben schweigend jeden verzweifelten Moment aufgenommen, ohne mich zu kritisieren oder gekränkt zu sein. Ich klickere ein paarmal mit meinem Kuli – ein Werbegeschenk aus dem Black Cat, meiner Lieblingsbar in New York, wo ich regelmäßig mit den *Nuclear Barbies* aufgetreten bin – und beginne dann zu schreiben. Ich notiere, was ich auf dem Weg nach Japan und seit meiner Ankunft hier in Tokio schon erlebt habe, versuche, das Aman Hotel zu beschreiben, fasse zusammen, was ich zu Finn gesagt habe. All die Dinge, die unangenehm sind oder peinlich. Es tut immer so gut, das alles aufzuschreiben, und gleichzeitig benutze ich mein Notizbuch später, um Ideen für Liedtexte zu finden. Die Songs, die bisher nur für mich sind. Durch das Aufschreiben wird mein Kopf leichter, als hätten die Worte und Empfindungen darin tatsächlich Gewicht.

»Hi«, erklingt die dunkle Stimme, die ich inzwischen kenne, über die laute Popmusik hinweg und reißt mich aus meinen Gedanken. Dass ich sie trotz der Lautstärke gehört habe, ist erstaunlich. Die Ein-Wort-Begrüßung war schließlich mehr als knapp, vielleicht war es wirklich eher das Vibrieren seiner Stimme, die ja auch auf der Bühne bis in die Fußspitzen geht.

»Hi, Finn«, begrüße ich ihn und bemühe mich, ganz normal zu lächeln, während ich schnell mein Notizbuch zuschlage und es in die Tasche gleiten lasse.

Finns Gesicht ist in bläulich-rosafarbenes Licht getaucht, und für den Bruchteil einer Sekunde habe ich den Gedanken, dass wir auf einem Date sind und nicht bei einem gezwungenen Treffen – mittags in einem abgedunkelten, zu hundert Prozent aus Plastik bestehenden Café. Dieses seltsame Licht lässt seine mandelförmigen Augen unwirklich leuchten und seine Gesichtszüge noch markanter wirken. Finns Kinn besitzt eine scharfe Linie, und für einen Kerl hat er ziemlich hohe Wangenknochen. Außerdem, nun ja, hat er eine tolle Figur, die er perfekt mit einer dunkelblauen Jeans, weißem T-Shirt und einem verwaschenen blauen Hoodie in Szene gesetzt hat. Okay, wahrscheinlich hat er einen Personal Trainer, der ihn bühnenfit machen soll – wenn sogar ich von meinem Management einen bekommen habe. Neben dem Diätplan, an den ich mich allerdings nicht halte. Wenn ich Finn so anschaue, vermute ich, dass er sich sowohl an seinen Diätplan hält als auch das Training durchzieht. Hilfe, ich schaue ihn schon an wie seine Fangirls!

»Hi, Finn. Da bist du ja endlich. Ich gehe mal kurz nach draußen«, begrüßt Clarissa ihn, ohne von ihrem Smartphone aufzusehen. Entweder bemerkt sie sein abweisendes Verhalten mir gegenüber nicht – was schwer vorstellbar ist – oder sie hat beschlossen, es zu ignorieren. »Macht doch später ein paar Fotos mit dem Handy, ganz easy, zum Posten. Deine japanischen Fans freuen sich«, sagt sie an Finn gewandt und schiebt sich an ihm vorbei, während sie einen Telefonanruf annimmt.

Jetzt bemerke ich Finns Ausdruck. Seine Gesichtszüge sind verkrampft, er wirkt wieder so seltsam gehetzt wie bei unserem ersten Treffen in der Lobby. Gerade wollte ich noch irgendetwas Nettes sagen, um das Eis zu brechen, aber ganz ehrlich, wenn das so eine Zumutung ist, bloß fünf Minuten mit mir hier zu sein, fällt mir auch nichts mehr ein.

»Das sieht ja köstlich aus«, meint Finn mit Blick auf meine grün und blau gefärbten Pommes, die mittlerweile zusammen mit dem Mini-Burger in Monsterform gekommen sind. Sein Ton ist ätzend, und er bekommt kaum die Zähne auseinander. Dann blickt er sich um, als wollte er möglichst schnell einen Fluchtweg finden. Er vermittelt mir das Gefühl, dass ich Frankenstein bin, dabei bin ich im Vergleich zu den anderen Monstern hier wirklich harmlos.

»Du brauchst dich nicht mit mir zu unterhalten, wenn

das so schlimm ist. Wir können auch einfach ein paar Fotos machen und gehen«, erkläre ich seufzend.

Man kann echt froh sein, dass wir gar keine Pressekonferenz oder große Fan-Events haben, wo wir gemeinsam auftreten. Das wäre ja fast rufschädigend, so offensichtlich wie Finn seine Abneigung gegen mich zeigt. Hoffentlich kriegt er das morgen hin. Die Temperatur, die er mir gegenüber ausstrahlt, sinkt unter den Nullpunkt. Wir sprechen von sibirischen Temperaturen. Während er zu mir schaut, zuckt sein Augenlid. Klar, wenn er denkt, ich will nur rumschleimen, hat er mit so einem Satz natürlich nicht gerechnet. »Wir brauchen ja nicht gleich die besten Freunde zu werden, aber können wir zumindest versuchen, uns einfach normal zu verhalten, und kurz vergessen, was für einen holprigen Start wir hatten?«

Finn wirkt immer noch verdutzt, dass ich das einfach so ausspreche. Aber dann erkenne ich, wie seine Schultern sich zumindest minimal lockern, und er macht eine Bewegung, die ein Nicken sein könnte. »Die haben keine Angst vor Lebensmittelfarben in diesem Laden«, bemerkt er und betrachtet konzentriert den Shake, den die Bedienung vor mir abgestellt hat.

Vielleicht ist ein Themenwechsel sein Verständnis von einem Friedensangebot. Kenne ich von Evie, die kann sich auch nie ausdrücklich entschuldigen.

Ich folge seinem Blick und, nun ja, er hat recht: Vor mir steht ein großes Glas voll mit rotem Eis, getoppt mit einer quietschgrün gefärbten üppigen Sahnehaube in Form eines Christbaums, auf dem rote und goldene Smarties prangen. Der Strohhalm sieht aus wie eine Zuckerstange.

»Du solltest dich lieber nicht lustig machen. Warte, bis du die Karte siehst.«

»Gehören die Saucen alle dazu?« Finn verzieht das Gesicht und beäugt den Mayonnaise-Regenbogen vor mir.

Ich nicke. Und nicht nur die Mayo ist kunterbunt, auch der Teller sieht aus wie ein Regenbogen. Die Japaner sind einfach Perfektionisten. Beeindruckend, wie viele Farben man in ein einziges Gericht wie Pommes überhaupt quetschen kann.

»Zählt das als Green Smoothie?«, fragt er und deutet erneut auf meinen Weihnachts-Shake. »Das sieht aus, als wolltest du dich vergiften.«

Ich zucke mit den Schultern und nehme einen Schluck Milkshake, der so süß ist, dass es mich nicht wundern würde, wenn ich gleich einen Zuckerschock erleiden würde.

Finn hat sich inzwischen neben mich gesetzt, strahlt aber trotz der Unterhaltung immer noch ein Level an Unwohlsein aus, als hätte Clarissa ihn eine Mathearbeit schreiben lassen. Ich versuche, den Gesichtsausdruck jetzt nicht persönlich zu nehmen. Schließlich machen wir Fortschritte. Wir sind bei Smalltalk angelangt. Wenn wir das Level halten können, ist das doch schon mal was. Ich finde mich gerade selbst ganz schön professionell, wenn ich das mal anmerken darf.

In dem Moment kommt die Kellnerin mit den lila Haaren und strahlt Finn an. »Vielleicht einen Milkshake?«, fragt sie. »Der Dog-Lover ist eine Spezialität hier.« Sie deutet auf Finns Hoodie, auf dem ein kleiner gefleckter Hund als Logo abgebildet ist.

Er zuckt bloß mit den Schultern, und ich versuche, die

Kellnerin besonders nett anzulächeln, um seine Gleichgültigkeit wieder wettzumachen. »Ja, der Dog-Lover-Shake klingt gut«, antworte ich, weil Finn kein Wort rausbringt.

Finn wirft mir einen seltsam resignierten Blick zu, aber er widerspricht nicht. Dann seufzt er, lehnt sich zurück und schaut interessiert zu den uns umgebenden Tischen. An einigen sitzen Touristen, an anderen Einheimische, die sich teilweise für den Besuch verkleidet haben.

»Wartest du auf jemanden?«, erkundige ich mich.

Sein Kopf schnellt zu mir zurück. »Nein, nein. Ich frage mich gerade nur, wie du auf genau dieses Café gekommen bist?«

»Wie jetzt?« Verdutzt ziehe ich meine Unterlippe zwischen die Zähne, eine Angewohnheit.

Er antwortet nicht, sondern sieht mich genauso verdutzt an. Dann wandert sein Blick zu meiner Unterlippe, die unter seiner Aufmerksamkeit zu kribbeln beginnt. Schnell lasse ich sie los.

»Ich dachte, du hättest das Monster Café ausgesucht und wolltest unbedingt hier hin«, bemerkt er und räuspert sich.

»Ich? Also, ich dachte, du wolltest …«

Für einen Moment sagen wir beide gar nichts, als uns klar wird, dass es vor allem die Idee unserer Manager gewesen sein muss, hierhin zu kommen. Dann wandert unser Blick fast gleichzeitig zu Clarissa, die etwas entfernt steht. Finns Ausdruck macht klar, was er davon hält, aber diesmal beziehe ich das nicht auf mich, sondern darauf, dass Clarissa ihm tatsächlich Käse erzählt hat.

Als wir uns wieder in die Augen schauen, habe ich das

Gefühl, dass zumindest eine der Schranken, die zwischen uns steht, verschwunden ist.

Aber obwohl Finns Blick nun klarer ist, ist der Effekt das Gegenteil. Er vernebelt mein Gehirn, und jetzt kribbeln nicht nur meine Lippen, sondern irgendwie alles. Schnell wende ich mich wieder dem Shake zu.

Er greift genauso hektisch nach dem Wasserglas auf dem Tisch, sodass unsere Hände fast zusammengestoßen wären, wenn wir sie nicht beide eiligst zur Seite gezogen hätten. Ich atme überrascht ein. Schon wieder pulsiert das Blut in meinen Wangen, und ich bin froh, dass das Licht hier so schummrig ist.

Bevor wir uns weiter verlegen an unsere Gläser klammern, gebe ich mir einen Ruck. Immerhin habe ich nicht jeden Tag die Möglichkeit, mit einem musikalischen Weltstar an einem Tisch zu sitzen und ihm Fragen zu stellen. Und vielleicht stehen die Chancen jetzt besser, jenseits des Smalltalks zu gelangen. »Wolltest du eigentlich schon immer erfolgreich werden? Mein Manager sagt andauernd, man müsse an sich selbst glauben. Der Wille wäre der erste Schritt. Unterbewusstsein und so.« Wow, echt einfallsreich, Hailee. Am besten plauderst du jetzt auch noch den Teil aus, dass du zu sehr an dir selbst zweifelst und damit deinem Erfolg im Weg stehst.

»Leute, die total von sich selbst überzeugt sind, sind meistens Arschlöcher«, erwidert Finn nüchtern.

»Oh«, entfährt es mir. Und dann muss ich irgendwie grinsen. Sogar auf Finns Gesicht erscheint ein kleines Lächeln.

Wir sehen uns nur an, und ich habe das Gefühl, dass alles irgendwie ein wenig verschoben ist: Mein Bild von ihm formt sich neu, sein Blick ist offener. Ich habe zum ersten Mal das Gefühl, dass er hinschaut und nicht so schnell wie möglich woanders hin.

Ich nicke und wende meinen Blick trotzdem ab, weil wieder alles zu kribbeln beginnt. »Marc hört ständig diese motivierenden Podcasts, die sein Unterbewusstsein auf Erfolg polen sollen. Und in seinem Büro hängen inspirierende Sprüche auf Post-its und so. Ich habe mal als Witz welche dazu gehängt, auf denen standen Dinge wie ›Jeder stirbt für sich allein‹ und ›Das Glück ist flüchtig, nur der Tod ist für immer‹.«

Finn gibt ein glucksendes Lachen von sich. »Das ist lustig, Hailee.«

»Fand ich auch. Marc nicht so.«

Allerdings verschweige ich, dass in meiner Suchhistorie im Browser definitiv auch Anfragen zu ›Meditation für mehr Erfolg‹ gespeichert sind. »Du hast meine Frage aber noch nicht beantwortet. War es schon immer dein Ziel, erfolgreich zu werden?«

Er verschränkt die Arme vor sich auf dem Tisch und lehnt sich etwas nach vorn. »Klar, ich wollte natürlich, dass meine Musik gehört wird. Erst war es fast ein Spiel, immer mehr Aufrufe auf SoundCloud. Es ging so schnell, dass ich kaum drüber nachdenken konnte, was das bedeutet. Plötzlich hatten wir hunderttausend Aufrufe. Der erste Anruf eines Agenten. Direkt eine renommierte Agentur. Die Anrufe von noch viel mehr Agenten und Produzenten: große, kleine, berühmte. Wenn ein paar Leute festgestellt haben, oder die *richtigen*, dass du das *Shiny New Thing* bist, lieben dich alle. Jeder lädt dich ein, die Talkshows, die Festivals.«

»Du hast echt nie dafür gekämpft?« Ich kann nur schwer verstecken, wie unglaublich ich das finde. Sein Bild von mir hat sich vielleicht auch etwas geändert. Mit so einer offenen Antwort hätte ich vor ein paar Minuten noch nicht gerechnet. Ich räuspere mich. »Schnelligkeit bei der Karriere ist nicht mein Problem … eher das Gegenteil«, entgegne ich wiederum ehrlicher, als ich vorgehabt hatte.

»Es geht dir zu langsam? So alt bist du ja noch nicht, dass du es Jahrzehnte versucht haben kannst.«

Ich mustere ihn und überlege, ob ich älter bin als Finn. Nein, ich weiß es. Ich bin ein Jahr älter als er. Das hatte ich mal gegoogelt. Das ist irgendwie noch deprimierender.

Bevor ich antworten kann, taucht die Bedienung wieder an unserem Tisch auf und stellt den Hundeshake vor ihn. Die Bezeichnung ist nicht übertrieben. Der Shake ist in einem Glasbecher angerichtet und besteht aus weißem Eis mit braunen Flecken, einem Hundekopf aus Sahne mit süßen Schokodrops-Knopfaugen und mit Schokolade überzogenen Keksen, die aussehen wie Schlappohren. Cornflakes bilden weitere Flecken. Das Ergebnis ist ein knuffiger Hund wie aus einem Bilderbuch. Für einen Moment sind wir beide sprachlos, und mein Zahnschmelz beginnt sich schon beim Anblick zu zersetzen.

»Süß in jeder Hinsicht.« Er zieht eine Augenbraue nach oben. »Ich hoffe, ich muss das nicht wirklich essen.«

In dem Moment nähert Clarissa sich unserem Tisch, Handy am Ohr, und gibt uns mit Gesten zu verstehen, dass sie gleich zu uns kommt und wir Fotos machen werden.

»Also, wie langsam ist langsam bezogen auf deine Karriere?«

Ich hatte gerade fast gehofft, dass er die Frage vergessen hat.

»Ehrlich gesagt würde ich alles geben, um von meiner Musik überhaupt leben zu können. Momentan bin ich davon weiter entfernt als die nächste Galaxie«, erkläre ich und seufze. Das … kam jetzt einfach so raus. Schnell stopfe ich mir ein paar Pommes mit grüner Mayonnaise in den Mund, bevor ich noch mehr verheerende Dinge sagen kann. Nicht, dass er noch Zweifel bekommt, ob ich die Richtige für den Gig hier bin.

»Morgen werden ziemlich viele Leute deine Musik hören. Da kann sich auch einiges ändern. Vielleicht schaltest du in den Turbo-Modus.«

Er hat recht. Aber der Satz löst trotzdem Unbehagen in mir aus. Ich freue mich unglaublich, auf dieser Bühne zu stehen, und gleichzeitig habe ich Angst davor, was danach passiert. Wenn die Leute die Lieder mögen, wird Marc mich noch stärker in diese Musikrichtung drängen, und ich werde nie eine Chance mit meinen eigenen Songs bekommen. Aber ich will jetzt keinen kompletten Seelenstrip veranstalten und direkt undankbar erscheinen, dass ich hier auftreten kann.

»Ja, morgen, das wird einfach unglaublich. Ich wusste, dass es groß ist, aber der Dome ist atemberaubend. Es muss ein so schönes Gefühl sein, wenn quasi alle Leute deine Musik lieben.«

»Du meinst, es muss schön sein, wenn alle meine Musik lieben – außer halt so Leute wie *du?*« Er zieht einen Mundwinkel nach oben für ein schräges Lächeln, aber es erreicht nicht wirklich seine Augen.

Vielleicht habe ich unterschätzt, dass Finn Wolfcraft

davon getroffen ist, dass ich behauptet habe, seine Musik nicht zu mögen. Als wäre er immun wegen seines kommerziellen Erfolgs. Er legt seine Seele in die Lieder, natürlich ist das verletzend. Wie wäre das für mich, wenn ich meine eigenen Songs spielen würde …

»Finn, ich …« Ich räuspere mich, weil mein Hals plötzlich total trocken ist. »Ich mag deine Musik und … vielleicht habe ich das gestern Abend nur gesagt, weil mein Ego etwas angekratzt ist. Denn mal ehrlich: Du hättest mich doch niemals gefragt, ob ich mit dir auf der Bühne stehen will, wenn Tobi nicht ausgefallen wäre, oder?«

»Ich würde lügen, wenn ich behaupten würde, dass es anders wäre«, murmelt er. »Meine Managerin hat dich ausgesucht.«

Ich bekomme einen Hustenanfall, weil die Pommes, die ich mir vor Nervosität in den Mund gesteckt habe, in meinem Hals stecken geblieben ist. Ich huste und trinke schnell einen Schluck von dem Milkshake. Finns letzter Satz steht so fett im Raum, als könnte man ihn anfassen. Denn was er eigentlich gesagt hat: Es war nicht seine Idee, mich zu fragen. Irgendwie hatte ich mir eingebildet, dass Finn mich ausgewählt hat, weil er – keine Ahnung – meine Stimme toll fand oder so. Und sogar, wenn er vorhin nicht gerade ein Sonnenschein war – er hat das bestimmt nicht extra gesagt, um mich zu verletzen. Die Wahrheit reicht schon aus, dass es sich anfühlt, als hätte er eine Nadel in mein Selbstbewusstsein gestochen – und jetzt schrumpft es zusammen wie ein Luftballon.

Finn schweigt immer noch, kaut aber auf seiner Unterlippe, was mich wiederum dazu bringt, auf seinen Mund zu schauen. Er hat echt schöne Lippen, und …

»Wolltest du denn mit mir auf der Bühne stehen?«, fragt Finn, und ich reiße schnell meinen Blick von seinem Mund los. »War das deine Idee?«

Oh. Jetzt fühle ich mich ertappt. Denn natürlich ist es Marc gewesen, der das vorgeschlagen hat. Ich hatte schließlich genug Vorurteile und habe es zu hundert Prozent nur wegen der Möglichkeit gemacht, bekannter zu werden. »Natürlich«, sage ich dennoch, um nicht alles noch schlimmer zu machen. »Wer würde das nicht?«

»Hättest du das Gleiche gesagt, wenn ich dich in der Lobby gefragt hätte?«

Meine Wangen brennen bei der Erinnerung an unser Kennenlernen. Lügen will ich jetzt aber auch nicht, also schweige ich.

Finn stochert mit dem Löffel in seinem Sahne-Schoko-Hund, den er bisher nicht probiert hat.

Vor Nervosität stecke ich mir noch eine Pommes, dieses Mal mit gelber Mayo, in den Mund. Sie ist geriffelt, damit sie aussieht, wie ein Monsterbein, ist inzwischen leider kalt und etwas labbrig. »Es tut mir leid, dass das so blöd gelaufen ist. Aber wir müssen morgen zusammen auf die Bühne und so. Im Moment würde wahrscheinlich jeder in der letzten Reihe merken, dass wir nicht so wirklich miteinander viben«, füge ich vorsichtig hinzu.

Ich habe das Falsche gesagt. Ich kann zuschauen, wie sich sein Gesichtsausdruck verändert. Wie er wieder genervter wird. Irgendetwas an meiner Aussage hat ihn gewaltig gestört. Er stößt ein verächtliches Geräusch aus. »Wenn *das* deine Sorge ist, dann vergiss es. Das bekomme ich hin«, sagt er, als würden wir nicht morgen gemeinsam dort stehen. *Wir* müssen es hinbekommen, nicht *er*.

Ehe ich etwas erwidern kann, sehe ich, wie sich uns ein Mädchen nähert, vielleicht siebzehn oder so. Hinter ihr drückt sich ein weiteres Fangirl herum. Sie sind beide nicht kawaii-mäßig durchgestylt wie die anderen hier, wahrscheinlich sind sie selbst Besucherinnen. Die vordere starrt Finn an, als wäre er der Weihnachtsmann. Jesus? Ein Halbgott? Irgendetwas Überirdisches, das sie erlösen könnte. Am besten mit seinem Mund.

Finn merkt, dass mein Blick an etwas hinter ihm hängen geblieben ist und sieht mich Hilfe suchend an. Mir wird klar, dass er sich in solchen Momenten für gewöhnlich gerade *nicht* umdreht. Er wirkt fast ein bisschen ängstlich, aber das muss ich mir einbilden. Ich zucke mit den Schultern und nicke mit dem Kinn in die Richtung, weil das Mädchen jetzt direkt hinter ihm steht. Er scheint es zu spüren und dreht sich langsam um.

Mit zittrigen Händen hält das Mädchen ihm ein Heft hin. »Entschuldige. Würdest du mir ein Autogramm geben?«, fragt sie leise auf Englisch. Ihre glatten schwarzen Haare fallen über ihre Schultern, und sie streicht sich verlegen eine Strähne hinters Ohr.

Als Finn nicht sofort Nein sagt, traut sich auch ihre Freundin heran. Sie hat gewellte blonde Haare und trägt ein Sweatshirt mit einem Pandabären. Ihre Augen sind so stark geschminkt, dass sie ebenfalls an einen Panda erinnern.

»Und ein Foto vielleicht?«, fragt das dunkelhaarige Mädchen und verzieht dabei ihr Gesicht so leidend, als wäre ihr gerade jemand auf den Fuß getreten.

Finn sieht sich ungeduldig um, dann nimmt er das Heft und kritzelt in einer superschnellen Bewegung seinen

Namen drauf. Anschließend steht er abrupt auf und legt den Arm um die Mädchen, ohne sie wirklich zu berühren. Finn lächelt, aber er wirkt ganz schön verkrampft dafür, dass er das doch ständig macht. Er spricht kein Wort zu viel mit den beiden, die eigentlich total goldig sind. Nach einem kurzen Moment, in dem das Mädchen vergeblich versucht, ihren Arm auf doppelte Länge auszufahren, habe ich Erbarmen, übernehme das Handy und mache das Foto. Die beiden Mädchen erkennen mich natürlich nicht. Sie denken sicher, dass ich Finns Assistentin bin … Könnte ich nicht auch seine Freundin sein? Die Mädchen betrachten Finn mit glasigen Augen, nachdem ich ihnen das Handy zurückgegeben habe.

»Ist es gut geworden?«, frage ich, um sie aus ihrer Starre zu erlösen. Jetzt schauen sie wie hypnotisiert auf den Bildschirm.

»Bye, bye, wir sehen uns auf dem Konzert«, erklärt Finn, als keine von beiden etwas Verständliches erwidert, und setzt sich schnell wieder hin, als wollte er Distanz zwischen sich und die Fans bringen. Ein Zeichen, dass die ›Audienz‹ jetzt vorüber ist. Er lässt sich wieder auf den Stuhl fallen und zieht sich die Kapuze über den Kopf.

»Du siehst aus, als würdest du gleich in eine Depression verfallen«, bemerke ich, so zerknirscht wirkt er. »Die beiden waren total süß. So schlimm ist der Ruhm dann doch nicht. Du hättest ruhig etwas netter sein können.«

»Das verstehst du nicht«, erklärt er knapp.

So launisch bin ich ja noch nicht mal, wenn ich meine Tage habe. Und das will was heißen.

»Hoffentlich hat das niemand gesehen«, murmelt Finn stattdessen wieder mit diesem angespannten Kiefer, den ich schon kenne, und mir wird klar, dass es natürlich noch mehr Besucher hier geben kann, die sich durch die ersten Autogrammjägerinnen ermutigt fühlen. Das Problem kenne ich wirklich nicht. Vielleicht verstehe ich doch weniger von ihm und seinem Leben, als ich dachte.

»Wir machen jetzt die Fotos, und dann hauen wir hier ab.« Finn schiebt den Dog-Lover-Shake, der schon ein wenig eingefallen aussieht, in Position, dazu meinen Shake.

In dem Moment taucht Clarissa auf, als hätte sie auf ein Kommando gewartet. Vielleicht hat Finn eine Taste am Handy, die er drückt, um sie herbeizurufen?

Ein neues Lied setzt ein, japanischer Pop. Clarissa nimmt nacheinander unsere Handys, und wir posieren so, als würden wir uns unterhalten und die Shakes trinken, während sie die Fotos macht, die wirken sollen, als hätten wir gar nicht gemerkt, dass wir aufgenommen werden. Dann lachen wir für Selfie-Material aus der Nähe in die Kamera, und im Anschluss posieren wir noch mit einigen kostümierten Mitarbeiterinnen. Finn strahlt und macht Witze mit dem Personal. Sein Stimmungswechsel geht so schnell vor sich, dass ich keine Ahnung habe, ob er jetzt wirklich gut gelaunt ist oder das Ganze bloß spielt.

Als wir aufstehen, stecke ich mir noch das letzte pinke Marshmallow in den Mund und löffele den Rest bunte Eiscreme auf, bis meine Stirn anfängt, von der Kälte zu schmerzen. Aber ich mag den Shake nicht stehen lassen, als wäre er nur ein Accessoire gewesen. In New York gibt es ohnehin bald wieder Tütensuppen. Wahlweise Tütensuppen mit verstrichenem Mindesthaltbarkeitsdatum aus dem Discount-Körbchen, wenn ich nicht wirklich diesen Turbo-Modus einlege, den Finn vorhin erwähnt hat.

Hailee

Sorry for the ugly cry
The pretty tears are all used up

aus: *I'm sorry I was not what you wanted,*
Hailee Bridgewater

Kurze Zeit später steht unser kleines Grüppchen auf der Straße vor dem YM-Square-Gebäude. Clarissa telefoniert.

»Ich laufe lieber, ist ja nicht weit«, erklärt Finn, der seit meiner Bemerkung über unsere fehlenden Vibes für die Bühne wieder distanzierter ist. Als wäre der Moment der Offenheit vorher nur ein Versehen gewesen. »Wir gehen in das A to Z Café von Yoshitomo Nara.«

»Yoshi-was?«

Finn seufzt. »Yoshitomo Nara. Ein ziemlich bekannter japanischer Künstler. Im Café gibt es auch Bilder von ihm.«

»Okay, klar«, stimme ich zu und komme mir etwas ungebildet vor, weil ich noch nie von ihm gehört habe.

»Ich wollte da übrigens schon hin, bevor feststand, dass wir zusammen Sightseeing machen«, erklärt Finn, als hätte ich protestiert. »Es ist ein Highlight.«

»Für mich ist alles ein Highlight«, besänftige ich ihn.

Ich werde nicht schlau aus ihm, in einem Moment wirkt er genervt, auch nur eine Sekunde mit mir verbringen zu müssen, dann wieder habe ich das Gefühl, dass es ihm selbst unangenehm ist, dass er so unhöflich ist.

Clarissa stellt ihr Smartphone stumm, das schon wieder angefangen hat zu surren. »In Ordnung. Da geht ihr zusammen hin, das passt noch. Und bitte nicht vergessen: Macht ein paar Shots von euch gemeinsam. Gern auch auf der Straße. Ich hole euch später von dort ab, dann kommen wir noch pünktlich zum Termin für den Werbespot und die Bilder.«

»Ich habe doch gesagt, dass ich nur die Fotos mache, beim Spot mit Video bin ich raus«, entgegnet Finn mit zusammengezogenen Brauen.

Er wirft mir einen Blick zu, weil er offenbar nicht einschätzen kann, was ich damit zu tun habe. Irgendwie freut es mich, dass er nicht weiß, dass ich dazugebucht worden bin. Ich bin doch nicht so unauffällig wie ein grauer Schmutzfleck an einer grauen Wand. Immerhin.

»So einen Schwachsinn mache ich nicht, Clarissa. Hast du das Skript gesehen?«, fügt er hinzu.

»Das habe ich natürlich nicht vergessen, lieber Finn. Deshalb macht Hailee jetzt den Spot. So schnell ändern sich die Dinge.« Sie lächelt leicht triumphierend zu Finn, der offensichtlich keineswegs das Gefühl hat, einen großen Verlust erlitten zu haben. Sein Blick ist verwundert bis abfällig.

Ich merke, wie mein Herzschlag sich beschleunigt und meine Handflächen feucht werden, als ich die Informationen in meinem Kopf zusammensetze. Ich bin gebucht worden, weil Finn den Spot abgelehnt hat? Warte mal, was ist das für ein Spot? Ich dachte, das wäre ein Spot für die Fans in Japan oder ein kleiner Trailer für den Live-Mitschnitt? Irgendetwas muss ich falsch verstanden haben. Und nein, ich werde jetzt nicht fragen, was an dem Skript schwachsinnig ist, und damit zugeben, dass ich Ja gesagt habe, ohne überhaupt irgendetwas über den Auftrag zu wissen. Ich kenne nicht einmal die Gage. Ich schreibe Marc eine Nachricht, ob er mir mehr Infos zu dem Shooting geben kann.

»Willst du nicht mit dem Auto fahren?«, fragt Finn mich fast ärgerlich.

»Nein, nein, ich laufe gern«, erwidere ich, bevor ich kapiert habe, dass Finn das nur fragt, weil er *will*, dass ich mit dem Auto fahre und *nicht* gemeinsam mit ihm laufe.

Clarissa verabschiedet sich von uns, und wir machen uns auf den Weg zur zweiten Sightseeing-Location des Tages. Für eine Weile laufen wir schweigend die Straße herunter, was völlig okay ist. Schließlich gibt es genug zu sehen.

Viele Leute hasten eilig an uns vorbei, einige sind schick angezogen, als würden sie ins Büro gehen, andere leger. Es gibt viele dunkle oversized Mäntel. Eine Sache fällt mir auf: Niemand isst oder trinkt beim Laufen. Anders als in New York werden nicht unzählige Kaffeebecher in Pappe und Plastik durch die Straße getragen, als notwendiges Accessoire für jeden Street-Style-Influencer. Finn hat die Kapuze seines Hoodies wieder so drapiert, dass man ihn nicht erkennen kann. Zusätzlich hat er jetzt noch eine Kappe aufgesetzt.

Er tippt auf seinem Handy, ein älteres iPhone-Modell ohne Hülle, und gibt die Adresse des A to Z Cafés in

Google Maps ein. Ohne die Karten-App wären wir verloren. Beschriftungen helfen in japanischen Schriftzeichen einfach nicht weiter, vor allem, weil sie aus drei verschiedenen Alphabeten stammen. Das finde ich schon beim Gedanken verwirrend. Wir starren gemeinsam auf seinen Bildschirm, wobei unsere Köpfe fast zusammenstoßen, und ich werde mir unweigerlich seiner Nähe bewusst.

Die Gebäude auf dem Weg sind eine bunte Mischung: moderne kastenförmige Bauten in verschiedenen Größen, dazwischen bungalowartige flache Gebäude. Zu Hause kommen hohe und niedrige Bauten meist nur getrennt vor, weil alles nach Zonen geregelt ist, hier stehen beide gelegentlich nebeneinander. Dennoch wirken viele Gebäude insgesamt zierlicher, ein wenig wie die Möbel bei dieser Lifestylekette Muji, wo ein Sofa aussieht wie ein Sofa, nur kleiner.

Maps führt uns in eine Nebenstraße. »Hier ist kein Café«, bemerke ich, als wir nur ein kleines Restaurant und ein Bürogebäude entdecken. Wir starren von Finns Bildschirm erneut auf die Straße, gehen ein Stück weiter und wieder zurück.

»Es *muss* hier sein«, beharrt Finn.

»Vielleicht ist es umgezogen?«, schlage ich vor.

»Nein«, erwidert er knapp und starrt frustriert auf das Display.

Wir laufen die Straße noch mal vor und zurück. Es gibt kleine Läden, deren Schaufenster von Lichterketten umrahmt werden, ein französisches Restaurant und einige kleinere Bäume, die erstaunlich grün sind, dafür, dass gerade Winter ist. Aber ja, dies ist tatsächlich das korrekte Gebäude laut Maps.

»Ich raffe es nicht«, sagt er und starrt auf das Display, das behauptet, dass wir direkt davorstehen.

»Es muss hier sein«, bemerke ich.

Er wirft mir einen Blick zu, als hätte ich ihm das eingebrockt.

Ich atme einmal tief ein. Kühle Luft. Ich versuche, mir selbst zu sagen, dass ich diesmal nicht der Grund sein kann, warum er schlechte Laune hat, und bemühe mich, sein Verhalten an mir abperlen zu lassen. Schließlich hat er sich offenbar ziemlich auf dieses Café gefreut.

Dann sehe ich das Schild neben dem Eingang. Viel Japanisch, aber dann auch ein paar Worte auf Englisch.

»Da! Es ist in der fünften Etage, wir müssen den Fahrstuhl nehmen!«

Ich kann förmlich sehen, wie Finn mit sich kämpft und mit den Kiefern mahlt. Aber dann erscheint tatsächlich ein dankbares Lächeln in seinem Gesicht, das ihm so gut steht, dass ich ihm direkt verzeihe. Seine Zähne sind zudem so makellos, dass man fast nach seinem Zahnarzt fragen will. »Okay, danke. Ich bin blind.«

Dann gehe ich voraus durch die Tür, und wir fahren in dem winzigen Aufzug hoch in den fünften Stock. Finn wirkt aufgeregt, dass wir endlich da sind, und voller Vorfreude. Seine Nähe macht komische Sachen mit mir, und ich muss mich selbst daran erinnern, dass ich kein Fan bin, der ihn anhimmelt. Ich drücke meinen Rücken an die kalte Wand des Fahrstuhls, doch seinem Geruch kann ich leider nicht ausweichen. Warum riecht der Typ so verdammt gut?

Bin ich froh, als wir oben ankommen!

Der Fahrstuhl öffnet sich direkt in ein total gemütliches, gut besuchtes Café-Restaurant mit auf Hochglanz polierten Holztischen, einfach und stylisch. Wir schauen beim Eintreten direkt durch bodentiefe Fenster. Damit hatte ich nicht gerechnet. Die Terrasse, die es auf dem Dach gibt, muss im Sommer wunderbar sein. Jetzt pfeift ein kalter Wind, und die uns umgebenden Häuser sehen überwiegend grau aus. Trotzdem ist es ein toller Ausblick.

»Niemand läuft die Straße herunter, schaut durch die Fenster hinein und denkt: Das ist ja gemütlich hier. Ich frage mich, wie die Cafés hier Werbung machen«, bemerke ich, als wir am Eingang auf die Hostess warten.

»Das spricht sich wahrscheinlich einfach rum.«

Stimmt vermutlich, ist für mich aber ungewohnt. An der Wand hängen Bilder, die ich schon mal irgendwo gesehen habe. Das wiederkehrende Motiv sind schlicht gezeichnete Kinder mit einem Schuss Bosheit.

»Yoshitomo Nara«, erklärt Finn, der meinem Blick gefolgt ist.

»Ich kenne die Bilder, den Namen des Künstlers kannte ich nicht. Magst du böse schauende Kinder? Irgendwie erinnern mich ihre Gesichtsausdrücke ein bisschen an deinen.«

Er seufzt, aber ich erkenne ein amüsiertes Blitzen in seinen Augen.

»Ich habe zwei kleine Schwestern, vielleicht fühle ich mich mit diesen Bildern wie zu Hause.«

»Sollte man das tiefenpsychologisch weiter erforschen?«

Er mustert mich, und ein kleines Lächeln umspielt seine Lippen. Seit wir den Laden betreten haben, ist er entspannter. »Weißt du, ich bin eigentlich gar nicht so ein schlecht gelaunter Typ, aber Clarissa bestimmt ganz schön freizügig über meine Zeit. Das fühlt sich eingesperrt an«, murmelt er, während wir hinter der Empfangsdame herlaufen, die uns einen Platz zuweist. An den quadratischen Tischen mit den Holzstühlen sitzen japanische Hipster. Weiße T-Shirts oder dunkle Sweatshirts, Jeans, Lippenstift, wuschelige Haare, weite Strickjacken.

»War das eine Entschuldigung?«, frage ich ihn. »Macht man das so in Kalifornien? In New York sagt man einfach: Sorry, dass ich meine schlechte Laune an dir ausgelassen habe.« Aber ich lächele ihn dabei an. Egal wie flapsig ich rede, ich bin irgendwie ganz schön froh, dass er das gesagt hat. Er ist mir viel sympathischer, als ich erwartet hätte, dieser Finn Wolfcraft. Und ehrlicherweise finde ich ihn auch wesentlich attraktiver. Auf Bildern denkt man immer, das ist irgendwie nicht real. Aber er ist in echt noch viel anziehender.

Okay, Hailee. Stopp mal! Er sagt einen netten Satz, und du mutierst in Gedanken zum Groupie!

Finn lächelt kurz, aber dann konzentriert er sich darauf, neutral zu schauen, denn die Empfangsdame mustert ihn ziemlich eingehend. Doch sie erkennt ihn anscheinend nicht. Sie bringt uns zum Tisch, und als wir uns setzen, merke ich, dass ich genau wie er erleichtert ausgeatmet habe. So ein bisschen kann ich schon nachvollziehen, wie anstrengend es sein muss, andauernd erkannt zu werden.

»Ich wusste zuerst gar nicht, dass du Brillenträger bist«, bemerke ich und möchte mir im gleichen Moment vor die Stirn schlagen, weil ich ihn nun schon wieder an unsere erste Begegnung erinnert habe.

»Ich bin blind wie ein Maulwurf, und meine Augen

waren rot vom Flug. Außerdem funktioniert die gut als Tarnung.«

»Und warum hast du jetzt wieder Kontaktlinsen drin?«

Er wirft mir einen erstaunten Blick zu. »Ich will eben keine Brille tragen.«

»Bist du eitel, was deine Brille angeht?«, entfährt es mir.

»Beim Konzert beschlägt sie, und es nervt. Aber ich habe zu viel Schiss vor einer Laser-OP.«

Eine junge Frau kommt zum Tisch, um unsere Bestellung aufzunehmen.

»Ich würde einen Ingwertee nehmen. Aber Hunger habe ich keinen. Ich hoffe, das ist nicht zu unhöflich, jetzt gar nichts zu essen?«, frage ich.

Finn bestellt für uns auf Englisch zwei Ingwertees. Die Speisekarte gibt es zum Glück auch auf Englisch, obwohl gar nicht so viele Touristen hier sind.

»Kann verstehen, dass du keinen Hunger hast. Nach diesen Bergen von Eiscreme, die du dir in Rekordtempo reingeschaufelt hast …«

Bevor meine Wangen wieder zu brennen anfangen, wechsle ich das Thema. »Du bist in Wirklichkeit größer, als ich gedacht hätte«, stelle ich fest.

»Und du bist kleiner«, entgegnet er sofort.

»Dafür bin ich ein Jahr älter«, bemerke ich. »Ich hoffe, das schüchtert dich nicht ein.« Ich grinse ihn breit an. »Wie kamst du darauf, dass ich größer bin? Hast du Bilder von mir gestalkt?«

Er lässt einmal seine Finger knacken mit einem Geräusch, das mich zusammenfahren lässt. Meine Reaktion scheint ihn zu amüsieren. »Nur ein paar. Da sind deine

Haare allerdings blond. Oder pink. Und ja, auf Fotos wirkst du größer.«

»Ich mag es, meinen Style zu verändern. Und ich dachte irgendwie, dass mich die schwarzgefärbten Haare cooler wirken lassen. Aber keine Ahnung, ob das so rüberkommt. Na ja, und vielleicht bekomme ich mit meinen wechselnden Haarfarben wenigstens etwas Aufmerksamkeit …« Ich rede zu viel. Wie so oft, wenn ich nervös bin.

»Aha«, murmelt Finn, der offenbar auch nicht mehr weiß, was er denken soll.

»Okay. Foto?«, schlage ich vor. Deshalb sind wir gekommen, und ein Blick auf mein Smartphone verrät, dass wir ohnehin nicht so viel Zeit haben, bevor wir zu dem Shooting aufbrechen müssen.

»Ich schau erst kurz die Bilder von Yoshitomo Nara an, okay? Ehe Clarissa gleich schon wieder unten auf uns wartet. Sie ist immer zu früh.«

Ich nicke, und Finn steht so schnell auf, als wollte er mir nicht die Zeit geben, mitzukommen. Dann bleibe ich eben hier. Marc hat inzwischen geantwortet, dass es beim Shooting um Werbung geht. Ich bin genauso schlau wie vorher.

Finn geht umher und betrachtet die Bilder an der Wand. Als er im Nachbarraum ist, stehe ich doch kurz auf und schaue mir das kleine Atelier an, das in das Café gebaut ist. Es ist eine Art Holzhütte, durch deren Fenster Bilder und Skulpturen von Yoshitomo Nara zu sehen sind. Der Raum wirkt, als sei der Künstler bis vor ein paar Minuten noch bei der Arbeit gewesen. Die Einfachheit seiner Bilder, die an Comics erinnern, gefällt mir.

Nach einer Weile gehe ich an unseren Platz zurück,

krame mein rotes Notizbuch hervor und schreibe weiter, wo ich vorhin abgebrochen habe. Auf dem Weg hierher hatte ich ein paar Gedanken über die Straßen von Tokio, die Menschen in den dunklen Mänteln. Vielleicht kann daraus wirklich ein Liedtext werden. Ich höre in meinem Kopf schon die Melodie dazu, natürlich wird es wieder ein eher langsamer Song. Und Marc wird ihn natürlich wieder nicht mögen. Zu wenig Rock …

Ich seufze und blättere wahllos durch die vollgeschriebenen Seiten. Mein Notizbuch ist ein Einblick in ein ziemlich verwirrtes Gehirn. Ich habe jede Organisation aufgegeben – von wegen Bullet Journal, wo man alles in Kategorien unterteilt, denen man unterschiedliche Symbole zuweist. In meinem Notizbuch stehen Liedtexte neben nur halb ausgefüllten Tabellen, die täglichen Wasserkonsum tracken sollen. Dann gibt es gelesene Bücher und deren Zusammenfassungen sowie Listen mit Filmen, die ich schauen will, oder schöne Zitate. Ein paar Seiten lang habe ich jeden Tag aufgeschrieben, was ich gegessen habe, um herauszufinden, wovon ich Bauchschmerzen bekomme. Es gibt außerdem Seiten mit der Überschrift: *Meine Ziele und Träume.* In der Rubrik steht dann so was wie: »Die Nr. 1 der Billboard-Charts werden«. Darunter eine erst gezwungen zuversichtliche Passage, die irgendwann in Selbsthass übergeht mit Sätzen wie: »Wie kann man nur so abgehobene Ziele haben?« oder »Erfolg wird nicht an den Charts gemessen.«

Evie meint, dass es hilft, Ziele aufzuschreiben. Jeden Tag und immer wieder. Sie behauptet, dass man sich auf diese Weise emotional mit ihnen verbindet und das Universum einem zuhört. Also ich weiß ja nicht … Wahrscheinlich hilft es auch nicht wirklich, dass ich jedes Ziel direkt wieder anzweifele, sobald ich es niedergeschrieben habe. Vielleicht führt das auch dazu, dass immer das Gegenteil passiert, weil das Universum irgendetwas missverstanden hat.

Mein Telefon leuchtet auf mit einer Nachricht von Marc:

> **Marc from Hell:** Viel Erfolg beim Shooting heute. Sie lieben dich. Denk an deine Energie! 🔥🔥

Das ist so ein typischer Marc-Satz, er redet ständig von Energie. Ich solle meine ganze, positive Energie manifestieren und mich fühlen wie eine erfolgreiche Musikerin, dann würde ich das auch ausstrahlen.

Du musst es glauben, dann ist es Realität.

Tja, das ist nur leider gar nicht so leicht, wenn man das Gefühl hat, nur noch eine einzige Chance zu bekommen, bevor der große Lebenstraum zerplatzt.

Finn

Don't waste the last
Night of summer with the wrong people

aus: *Remember Coffee Houses,* Finn Wolfcraft

Mir gefällt es hier. Das Café ist einfach, keine Schnörkel, und die Bilder von Nara sind so cool und gleichzeitig ein Understatement. Das zieht mich an. Ich habe mir letztens sogar eines seiner Bilder gekauft. Knapp 100.000 Dollar musste ich dafür hinlegen. Ich hatte eine Woche lang Herzklopfen, denn obwohl ich schon eine Weile viel Geld verdiene, gebe ich nicht sonderlich große Mengen aus. Klamotten gibt es gratis, und Autos interessieren mich nicht. Mein Haus in L.A. ist winzig. Eigentlich würde mir sogar ein kleines Apartment ausreichen.

Als ich zurück zum Tisch komme, schreibt Hailee in das kleine rote Notizbuch von vorhin. Sie hat sich nach vorn gebeugt, und ihre Schultern wirken angespannt, während ihr Stift schnell über das Papier gleitet.

»Du schreibst Tagebuch?« Ich lasse mich auf den Stuhl neben ihr fallen, der ein kleines Ächzen von sich gibt. In diesem Land komme ich mir oft zu groß und zu schwer und zu kantig vor.

Hailee zuckt zusammen und schlägt das Buch zu. Ich muss ein Grinsen unterdrücken, so ertappt sieht sie mich an.

»War nur eine Notiz«, murmelt sie und greift wie ferngesteuert nach ihrem Tee.

»Was steht denn drin?«, frage ich, vielleicht vor allem, weil es ihr offensichtlich so unangenehm ist. Das spornt mich an, weiter zu bohren.

»Du … willst wissen, was ich in mein Notizbuch geschrieben habe?« Hailees Augen gleiten durch das Café, als wollte sie vor mir fliehen. Dann kommt ihr Blick wieder zurück zu mir. Aber ich sehe Unsicherheit darin, eine Verletzbarkeit, die neu ist. Wie schon vorher habe ich das Gefühl, dass ihr taffes Auftreten nur Fassade ist. Und irgendwie reizt es mich herauszufinden, was dahinter ist.

»Alles Mögliche. Ich schreibe mir immer alles auf, damit ich es nicht vergesse. Gedanken, Erlebnisse, Ideen für neue Songs, Ziele …« Sie räuspert sich.

»Du schreibst die Songs selbst?«, frage ich erstaunt. Das war mir nicht klar.

»Nein. Die, die ich spiele, lässt Marc schreiben. Die anderen sind nur für mich.«

»Darf ich mal lesen?«

Unwillkürlich zieht sie das Buch näher zu sich. Ihr panischer Gesichtsausdruck bringt mich zum Schmunzeln.

An den Tisch neben uns setzt sich eine Gruppe japanischer Jugendlicher und schaut neugierig. Ich blicke nach unten und ziehe mir meine Kapuze tiefer ins Gesicht. Ich will gerade wirklich nicht erkannt werden. Ihre Blicke brennen auf mir, und wieder steigt Panik in mir hoch.

»Sie haben dich vielleicht erkannt, aber ich denke, sie

machen nichts«, flüstert Hailee, die die Situation anscheinend verstanden hat. Vorsichtig schaue ich wieder hoch. Die Jugendlichen tuscheln, aber sie scheinen zu respektieren, dass ich gerade privat unterwegs bin. Schwein gehabt.

»Es ist einfach so cool, hier zu sein«, sagt Hailee und blickt aus dem riesigen Fenster. »Und dann morgen im Dome. Ist für dich vermutlich ja schon normal.«

»Das wird nie normal, glaub mir. Es war ernst gemeint mit dem Songtext«, füge ich hinzu. »Zeigst du mir den Song, an dem du gerade schreibst, wenn er fertig ist?«

Hailee zieht die Stirn kraus, sagt aber nichts. Stattdessen nippt sie wieder an ihrem Tee. Ihr Blick bleibt an einem der Bilder an der Wand hängen.

»Die Kunstwerke haben wirklich etwas. Wenn ich du wäre und den Künstler so toll finden würde, würde ich mir eins kaufen«, sagt Hailee, die offenbar nicht mehr über ihre Songtexte sprechen will. »Die sind bestimmt gar nicht so teuer, also zumindest diese einfacheren Zeichnungen. Das kann ja nicht länger als fünf Minuten dauern, so was hinzukritzeln. Würde auch dein Image nicht versauen, dass dich teure Autos und fette Häuser nicht interessieren.«

Ich stutze kurz. Sie ist ganz schön nah dran an der Wahrheit. Nur vertut sie sich mit den Bildpreisen. Aber mich stört, dass sie natürlich auch diese Fantasiegeschichten über mich gelesen hat. Das Perfide ist: Wenn man mit der Presse redet, kommt Mist raus – aber wenn man nicht mit Presseleuten redet, schreiben sie trotzdem etwas, und meistens wird es noch schlimmer. Außerdem wird mir tatsächlich geradezu vorgeworfen, dass ich mein Geld nicht für so einen Kram ausgebe, von dem angeblich alle träumen. Und mir wird unterstellt, dass ich heimlich ein ganz anderes Leben führe. Egal, was ich mache, alles wird aktuell negativ gesehen. Sogar meine letzte Spende wurde mir als *kläglicher und leicht durchschaubarer Versuch, mein angekratztes Image zu retten* ausgelegt. »Du hast offensichtlich Artikel über mich gelesen. Ich hoffe, du glaubst den Scheiß nicht.«

»Du bist also tatsächlich materialistischer als man denkt? Hast du doch heimlich einen Aston Martin in der Garage?«

Ich schüttele den Kopf und rolle mit den Augen. »Du siehst also auch nur das, was die Presse über mich schreibt. … Ich sag nur *Schmalzsänger-Arsch.* Jedenfalls habe ich ein Bild von ihm, falls es dich beruhigt. Inspiriert mich. Hängt in meinem Studio.« Und nein, ich werde ihr nicht sagen, wie falsch sie mit ihrer letzten Vermutung liegt, dass die Bilder kaum was kosten. Dann seufze ich, als mir bewusst wird, dass ich schon wieder den Stimmungskiller raushängen lasse. »Entschuldige, ich bin eigentlich nicht so. Aber die letzten Tage waren doof. Dabei hatte ich mich total auf die Tokio-Konzerte gefreut. Aber manchmal bin ich mir nicht sicher, ob ich so weitermachen will.«

»*Du* willst nicht so weitermachen?«, fragt sie direkt interessiert nach. »Was gefällt dir denn nicht? Zu viele Fans?«

Sie zieht die Stirn kraus. Ihre Augen sind so neugierig. Sie hat auf jeden Fall die Fähigkeit, die Wahrheit aus anderen herauszukitzeln. Ich hätte vielleicht doch nicht damit anfangen sollen. Es gibt zu viel, was ich dazu sagen könnte. Die Angstanfälle, seit ich letztes Jahr Weihnachten ausgerastet bin und dabei ein PR-Fiasko verursacht habe. Dann die Tatsache, dass Leute krass schleimig werden, wenn man Erfolg hat. Ich bekomme ständig E-Mails von Bekannten, die früher null Interesse an mir hatten, die mir jetzt aber zu jedem Mist gratulieren. Das erinnert mich wieder daran, dass Hailee auch eigentlich erst nett ist, seit sie weiß, wer ich bin.

»Ach, egal, ich glaube, wir müssen los. Clarissa knabbert wahrscheinlich schon wieder an den Nägeln.« Ich brauche jetzt kein Problemgespräch. Ich habe bereits zu viel gesagt.

»Okay, ich glaube, wir haben eine Sache vergessen«, bemerkt Hailee. Sie zückt ihr Handy und hält es nach oben.

»Ach so, klar.« Wir lehnen uns über den Tisch und blicken gemeinsam in die Kamera. Hinter uns ein Bild mit einem grummeligen Mädchen von Nara. Ich lege meinen Arm um Hailee. Es ist nur ein Reflex, so wie ich das bei den Fans mache, die um ein Foto bitten. Sie zuckt zusammen, was mir bewusst macht, dass sie eben kein Fan ist, und plötzlich ist der Moment total aufgeladen. Ihre Nähe ist überdeutlich, ich spüre ihre Körperwärme durch die Kleidung, der zitronige Geruch ihres Shampoos steigt mir in die Nase und sorgt dafür, dass die ganze Welt sich für einen Moment zu entfernen scheint und nur wir beide hier sitzen. Sie und ich. Ich höre ihren Atem, und ein paar verirrte Haarsträhnen kitzeln meine Nase, dass ich fast niesen muss. In dem Moment blinkt mein Handy mit einer Nachricht von Clarissa, die mich zurück in die Wirklichkeit holt.

Ich hole Luft, und wir machen noch ein paar Fotos. Dabei lasse ich meine Hand nur ganz leicht auf Hailees

Rücken liegen, weil es sich irgendwie zu nah anfühlt. Sie macht auch Fotos mit ihrem Handy, und als sich im Anschluss unsere Blicke treffen, sieht sie genauso erstaunt aus, wie ich mich fühle. Diese Frau bringt mich durcheinander – und nein, ich muss das jetzt schnellstmöglich abstellen. Ich ziehe meine Hand zurück, richte meine Aufmerksamkeit auf mein Smartphone – und versuche, dabei zu ignorieren, dass meine Handfläche immer noch seltsam prickelt.

Clarissa: Denk an die Fotos. Es schadet nichts, wenn es wirkt, als würdest du sie attraktiv finden. Dann ist auch das Gerücht aus der Welt, dass du gay bist, aber zu feige, dazu zu stehen - was deine Gay-Fans so enttäuschend finden. Ist in deinem Interesse - du weißt, dass dein Image auf dem Spiel steht.

Aus irgendeinem Grund triggert mich ihre Nachricht gewaltig, und ich schreibe direkt zurück.

Finn: Ich brauche keine Pseudo-Rocktante für mein Image. Ich werde mit Sicherheit nicht so tun, als hätte ich einen Crush. Sie ist kein Fan. Die Unterhaltungen mit ihr sind nervtötend. Und ich mache das hier nur für dich.

»Du siehst nicht so aus, als hättest du gute Nachrichten bekommen«, bemerkt Hailee, und ich zucke ertappt zusammen. Mir wird heiß, weil ich mich sofort fühle, als hätte ich sie gerade verraten. Aber nein, natürlich meine ich das nicht so. Dennoch will ich Clarissa klarmachen, dass ich gerade ein Opfer für sie bringe, und da kann ich es ruhig ein wenig dramatischer darstellen.

»Ist egal«, murmele ich, und wir machen uns auf den Weg zum Fahrstuhl, um Clarissa zu treffen.

In mir hallt das schlechte Gewissen nach, weil ich gerade so abfällig über Hailee geschrieben habe. Und das wiederum macht mich erst recht nervös, denn ich weiß genau, was mich vor allem getriggert hat: dass Clarissa will, dass ich etwas spiele, was mir nur allzu leichtfallen würde.

Hailee

I tune my pulse beat into yours
And match your silhouette
With the one on record

aus: *I'm sorry I was not what you wanted*,
Hailee Bridgewater

Kurze Zeit später steigen wir in den Van. Wobei die Bezeichnung eigentlich eine Beleidigung ist, wenn man bedenkt, dass die Schrottkiste mit Hundehaaren und Polsterflecken unbekannter Herkunft meiner Eltern ebenfalls als Van bezeichnet wird. Dieses Modell ist eher ein Hotelzimmer mit mindestens sechs Sternen. Im hinteren Teil steht ein Ecksofa mit beigen Lederpolstern, auf dem Finn und ich sitzen. Dann gibt es noch eine Reihe mit zwei Sesseln davor, auf denen Clarissa und Kelsey Platz genommen haben und tief in ein Gespräch versunken sind. Sie haben die Sessel nach vorn gedreht. Hinter einer Glasscheibe, die gerade gesenkt ist, sitzt der Fahrer, der aber zusätzlich über einen Lautsprecher mit uns reden kann.

Nicht nur, dass das Leder so weich ist wie ein Marshmallow, auf dem Boden liegt auch noch eine Art Perserteppich, in dem die Füße einsinken. Auf dem kleinen

Tisch stehen jede Menge Getränke und natürlich Bentoboxen mit gesunden Snacks, als könnte man schon wieder etwas essen.

An den abgedunkelten Fenstern, wovon man im Inneren des Vans gar nichts merkt, zieht der Großstadtrummel Tokios vorbei – die Bürohäuser, die Geschäfte, die vielen Menschen. Ich mache mir einen Spaß daraus, nach bunten Mänteln zu suchen, alles außer schwarz, grau und beige.

Dazu in Kontrast steht allerdings die Weihnachtsbeleuchtung, der es nicht an Farbvielfalt mangelt. Neben dem Grün-Rot-Warmweiß-Spektrum sind auch zahlreiche Neontöne vertreten. Unser Fahrer, Kento, weist uns in Ginza, einem der bekanntesten Geschäfts- und Vergnügungsviertel Tokios, auf einen mit künstlichem Schnee dekorierten Tannenbaum hin, und teilweise erstrahlen ganze Straßenzüge in bläulich-winterlichem Licht.

Finn hat sich breitbeinig auf die Rückbank gefläzt, ich sitze auf dem seitlichen Teil. Das Sofa ist gemütlicher als alle Sofas, auf denen ich bisher in meinem Leben gesessen habe. Wir könnten ewig so weiterfahren. Die Stimmung ist aufgehellt, als wäre eine dunkle Wolke zwischen uns aufgeklärt. Ich muss nur aufpassen, dass sich die Wolke nicht rosa einfärbt, und hoffe, dass Finn nicht gemerkt hat, wie ich vorhin fast in Ohnmacht gefallen bin, als er mich umarmt hat für das Foto. Ich wäre am liebsten im Boden versunken. Oder in seine Arme halt. Nein!

Finn studiert den Plan, den Clarissa ihm gegeben hat. Ich habe auch einen von ihr bekommen, aber wenn ich unauffällig rüberschaue, kann ich von hier aus erkennen, dass Finns Plan wesentlich länger ist als meiner. Allein die Tatsache, dass ich so eine Liste erhalten habe, begeistert mich.

»Ich kann dir meinen Plan gern zeigen, dann brauchst du nicht so zu schielen«, sagt Finn trocken.

Wuppsi. So viel zum Thema unauffällig.

»Ich wollte nur wissen, wie der Plan von so einem Weltstar aussieht, entschuldigen Sie bitte«, bemerke ich gespielt beleidigt.

Finn grinst, ohne hochzuschauen.

Vielleicht ist das der beste Weg: Wir sind Kollegen, die Witze miteinander machen. Und ich halte jetzt meinen verräterischen Körper, der in den verliebten Fan-Modus wechseln will, unter Kontrolle. Das wäre ja noch schöner. Evie sagt immer, man soll sich Männer im Glitzer-Badeanzug vorstellen, dann würden sie sofort lächerlich. Ich versuche mir Finn im Mankini vorzustellen, aber das einzige Bild, das sich dabei klar in meiner Vorstellung formt, ist das seiner nackten Brust. Ich gebe einen überraschten Laut von mir, sodass Finn kurz hochschaut. Schnell schiebe ich das Bild zur Seite. Das klappt wirklich überhaupt gar nicht.

In Kombination mit meinen Gedanken ist das Auto auf einmal irgendwie ganz schön warm, und ich schäle mich aus dem Parka. Dabei ignoriere ich mit einiger Mühe, dass ich bei dem Rumgehampel gegen Finns Bein stoße und sowieso so nah bei ihm bin, dass mir sein Aftershave in die Nase steigt. Riecht gut. Argh.

Als sich mein Herzschlag so weit beruhigt hat, dass ich wieder lesen kann und nicht auf den Zettel starre, ohne etwas wahrzunehmen, bin ich fasziniert: Mein Plan ist ein sorgfältig ausgedrucktes Dokument, das mir genau sagt, wo ich wann sein muss und was ich tun soll. Es gibt schon einen genau geplanten Ablauf für heute und einen für die nächsten Tage.

Nachdem drei Punkte schon abgehakt sind – 1. Begrüßung & Check-in im Dome, 2. Monster Café, 3. A to Z Café –, steht heute noch sehr viel mehr an. Neben dem Shooting ein Besuch in einem Onsen, einem traditionellen Badehaus, und ein Abendessen im Kaiseki-Stil. Was auch immer das ist. Essen ist immer gut.

Zumindest gibt Clarissa mir morgen vor dem Konzert Zeit durchzuatmen. Wie angenehm wäre es, jederzeit eine Clarissa zu haben, die einem den ganzen Tag sagt, was man zu tun hat! Das Leben in To-do-Listen, die man abhaken kann, ohne weiter darüber nachzudenken. Clarissa führt Finns kompletten Kalender, und alles ist auf Monate im Voraus geplant. Ich weiß noch nicht mal, wie es weitergeht, wenn ich wieder in New York lande, was in drei Tagen der Fall sein wird. Seufzend lasse ich den Zettel sinken, schaue nach draußen und starre geradewegs in die neugierigen Augen von zwei Japanerinnen, die in einem kleinen Bus vorbeifahren. Ich lächele ihnen zu, doch dann fällt mir ein, dass die Scheiben verdunkelt sind, und ich lehne mich in die weichen Polster des Vans.

Das Shooting. Innerhalb von drei Sekunden beginnt mein Herz wieder die Schlagfrequenz hochzufahren. Aber diesmal aus anderen Gründen. Diesmal ist es Panik, die sich breitmacht. Ich weiß noch viel zu wenig, worum es geht, und habe ein mulmiges Gefühl. Plötzlich werde ich mir deutlich bewusst, dass ich schon ziemlich lange unterwegs bin, zudem jede Menge emotionale Schweißausbrüche hinter mir habe und sicher dementsprechend rieche. Ich habe mal gehört, dass Japaner Europäer als schlecht riechend empfinden. Sogar Kento hat auf die Ablage zwischen uns Putztücher und ein antibakterielles Spray gelegt. Unauffällig schnüffele ich an meinem Kleid, aber bisher kann ich nichts feststellen. Hoffentlich ist das nicht nur so, weil ich meinem eigenen Geruch gegenüber immun bin. Wie mein alter Mathelehrer damals.

»Du riechst nicht nach Schweiß«, erklärt Finn.

Ich drehe mich zu ihm und starre ihn an. »Was?«

»Du hast doch gerade versucht, unauffällig an deinen Achseln zu schnüffeln. Alles in Ordnung. Mach dir keinen Kopf.«

Er zieht die Schuhe aus und legt die Beine unter den Tisch, sodass seine Füße gefährlich nah in meine Gegend kommen.

Ich werfe ihm den vernichtendsten Blick zu, den ich draufhabe.

»Vor einer halben Stunde angezogen, und die Sneakers sind neu. Es droht keine Käsefuß-Gefahr«, murmelt er.

Stimmt, er hat eine Sneaker-Obsession und bei jeder Begegnung neue an. Ist mir schon aufgefallen. Das muss man sich erst mal leisten können. Gerade sind es Air Jordan 1 OG Bred 1985. Wenn es sich wirklich um dieses Modell handelt, kosten die gern mal 2.000 Dollar. Okay, für Finn ein Klacks. Das muss ich unbedingt Evie erzählen, die zwar genauso von Sneakers besessen ist, aber so weit würde sie auch nicht gehen, wenn sie alles Geld der Welt hätte. Das ist doch verrückt.

Ich ziehe meine Boots ebenfalls aus. Sie sind aus dem Secondhandladen, aber, sorry Finn, wesentlich cooler. Verstohlen zupfe ich allerdings den schwarzen Socken in eine neue Position, damit mein mittlerer Zeh sich nicht durch das riesige Loch bohrt. Ich habe irgendwie nicht bedacht, dass ich in einem Land bin, wo man überall die Schuhe ausziehen muss.

»Ich hoffe, deine sind genauso frisch angezogen«, murmelt Finn. Als Antwort schenke ich ihm nur ein nachsichtiges Lächeln.

Er grinst zufrieden in sich hinein. Dann beugt er sich vor, zieht einen Reader aus der Tasche und konzentriert sich auf das, was dort steht.

Ich hole mein Notizbuch heraus, allein schon, um meine Gedanken von dem Dreh abzulenken, und bastele weiter an einem Text herum, an dem ich schreibe, seit wir hier angekommen sind. Ich habe nämlich das Gefühl, dass der perfekt zu der Melodie passen könnte, die ich schon geschrieben habe. Das ist bei mir so. Manchmal habe ich erst den Text, und daraus entsteht die Melodie oder der Beat, manchmal ist es umgekehrt. Und ja, das wird zusammenpassen. Ich werde ganz aufgeregt bei der Vorstellung, das zu Hause auszuprobieren. Ich wünschte, ich hätte meine Ukulele hier im Van.

»Hey!«, erklingt eine dunkle Stimme. »Fang.«

Ich schaue hoch und schaffe es noch in letzter Sekunde, die Dose aufzufangen, die Finn mir zugeworfen hat, bevor sie mir die Nase gebrochen hätte.

»Spinnst du?«, fahre ich ihn an. »Damit hätte ich mir die Zähne ausschlagen können.« Die Dose liegt kalt und ziemlich schwer in meiner Hand. Aber dann sehe ich nur noch Finns vor Schreck geweitete Augen, seine zusammengeschobenen Brauen und die scharfe Linie seines Kiefers.

Er hat sich nach vorn gelehnt, und seine Finger umfassen meinen Arm. »Sorry«, keucht er atemlos, die Stimme voller Besorgnis. »Das war total bescheuert, ich wusste nicht, dass du so konzentriert auf deinen Text warst.«

Ich ziehe scharf die Luft ein, von dem Schreck – und von der unerwarteten Nähe. Meine Herzfrequenz ähnelt der einer fliehenden Antilope. Außerdem pulsiert mein Arm heftig. Ein Pulsieren, das möglicherweise durch den Stoff sichtbar ist.

»Alles okay«, bringe ich mit belegter Stimme hervor.

Finn zieht ruckartig seine Hand zurück, als müsste er einen Widerstand überwinden, und lässt sich wieder gegen die Rückenlehne fallen. Er atmet hörbar aus. Maximaler Abstand zwischen uns.

Ich schaue auf die Dose, um mich abzulenken. »Was soll ich damit?«

Er wirft mir einen prüfenden Blick zu. Dann entspannen sich seine Schultern, und ein Mundwinkel hebt sich zu einem schrägen Lächeln. »Du liebst es«, erklärt Finn und wackelt mit den Augenbrauen. »Das Zeug ist deine Leidenschaft.«

Ich bemühe mich, nicht auf seinen Mund zu schauen. Liebe, Leidenschaft … kann er jetzt bitte aufhören, solche Worte zu benutzen.

»Dafür machst du gleich Werbung«, erklärt er.

Mein Magen fällt in einen Abgrund. Werbung für ein Produkt? Das ist nicht sein Ernst. Ich halte die Dose hoch und betrachte sie genauer. Die Kälte des Metalls betäubt meine Finger. ›Pancake Drink‹ steht auf der in gelben und blauen Pastellfarben schimmernden Dose. In der Mitte ist ein gefalteter Pfannkuchen abgebildet, in dem ein Strohhalm steckt. »Pfannkuchen zum Trinken?« Jetzt bin ich perplex.

»Wir haben Kuchenteig in der Eiscreme, und in Japan kann man eben Pfannkuchen trinken«, bemerkt Finn und nickt ironisch beeindruckt mit dem Kopf. »Ich bin ganz schön froh, dass ich nur Fotos mache und das Zeug nicht wirklich trinken muss. Die Zusage war damals ein Missverständnis, und dann sind wir nicht mehr rausgekommen, ohne dass jemand das Gesicht verloren hätte«, fügt er hinzu und sucht auf der Packung nach den Inhaltsstoffen. »Ah, nur auf Japanisch.«

Der Drink sieht in seiner pastellfarbenen Packung ungefähr so toxisch aus wie eine Anlage zur Atommüllentsorgung. Das kann echt nicht wahr sein, dass ich wieder Werbung mache, die nichts mit Musik zu tun hat. Ich hatte mir doch geschworen, das nie wieder zu tun. Und diesmal nicht nur mit meiner Stimme, sondern mit einem Film! Und nur weil Finn dabei ist, macht es das nicht besser, wie Marc mit Sicherheit denkt.

Ich zücke mein Handy und halte die Kamera für die Übersetzungs-App über den Text.

»Ich weiß schon, warum das nur auf Japanisch draufsteht«, stelle ich fest. »Das will man eigentlich nicht wissen.«

»Falls du in eine Art Koma verfallen solltest, werde ich im Krankenhaus angeben, dass es sich wahrscheinlich um einen Spontan-Diabetes handelt«, schmunzelt Finn.

Ich muss grinsen.

Für einen Moment wenden wir uns wieder unseren eigenen Dingen zu. Er vertieft sich in sein Buch, das ihn so zu fesseln scheint, dass ich es inzwischen auch lesen will.

Ich schreibe Marc eine Nachricht, dass er mir das mit dem Pancake Drink hätte sagen müssen. Er antwortet sofort, dass es nicht anders ging und nur eine winzige Kampagne sei und dass ich mich nicht aufregen solle, denn von dem Spot würde eh niemand etwas mitbekommen.

Die Fahrt mit Finn ist eigentlich echt entspannt, und ich versuche mich nicht über den Werbedreh aufzuregen. Zum Glück fährt Kento übervorsichtig, ohne wilde Huperei, aggressive Beschleunigung und abrupte Bremsung – ganz anders als fast jeder Taxifahrer in New York. Ich höre Musik, aber irgendwann ziehe ich mir die Ohrstöpsel wieder aus den Ohren. Finn liest immer noch.

»Von wem ist das Buch?«

»Murakami«, nuschelt er, ohne aufzusehen. Er hält den Reader noch eindeutiger vor sein Gesicht.

»Von dem wollte ich auch schon immer was lesen. Passt ja zu Japan.«

Er nickt knapp.

»Du bekommst echt für jeden Tag diese Pläne von Clarissa?«, frage ich Finn und ignoriere einfach mal, dass er sich tief über den Reader beugt, was in der universellen Sprache der Welt heißen soll, dass er nicht gestört werden will.

Finn grunzt.

»Jeden Tag, echt jetzt?«, wiederhole ich.

Er sieht seufzend hoch und legt den Kopf schief.

»Du willst reden«, bringt er resigniert vor. Aber seine Augen funkeln.

»Ich dachte, weil wir ja nun schon mal gemeinsam hier sind und du ja eh gemerkt hast, dass ich vorhin auf deinen Plan gestarrt habe.«

Er verschränkt die Arme vor der Brust, wobei die Muskeln in seinen Oberarmen nach oben gedrückt werden, wie man durch sein weißes T-Shirt sieht, weil er den Hoodie inzwischen ausgezogen hat. Sein Fitnesstrainer weiß anscheinend sehr genau, was er tut.

»Ich glaube, sie hat schon den Plan für das ganze nächste Jahr fertig. Wenn ich zu spät dran bin, freie Tage anzumelden, habe ich die, die sie mir zuweist.«

»Immerhin bist du so beliebt, dass du Dinge ablehnen musst«, erwidere ich.

Finn setzt an, mir zu antworten, aber dann presst er die Lippen wieder zusammen. Sie sind schmal, nicht zu voll, irgendwie genau richtig. Genau richtig für was?! Ah, nein, ich muss damit aufhören!

»Clarissa wirkt so perfekt«, rede ich schnell weiter. »Sogar ihre Lippenkontur ist präziser nachgezogen, als ich das jemals hinbekommen würde. Sie macht bestimmt keine Fehler, oder?« Ich spreche extra leise, sie sitzt schließlich vorn, telefoniert aber gerade, genauso wie Kelsey.

»Das stimmt, wenn sie irgendetwas will, dann bekommt sie es auch. Sie wird quasi zu einer ferngesteuerten Rakete.«

»Du musst ihr also nur sagen, was du willst, und sie macht dir einen Plan mit allem, was du tun sollst, und tada, bist du am Ziel?«

»So in etwa«, sagt er, verzieht das Gesicht dabei aber so, als sei er sich absolut nicht sicher, ob das wirklich ein Vorteil ist.

»Du wirkst nicht so begeistert über diese Superkraft«, bemerke ich.

Finn wirft mir einen langen Blick zu. »Kennst du denn dein Ziel?«

Sein Blick ist so intensiv, dass meine Zehen zu kribbeln beginnen, oder mein Magen, alles. Seine Augen sind tiefbraun und warm und schimmern in dem Licht, das von draußen hereinscheint. Mein Ziel ... Alle Gedanken verknoten sich zu einem schlimmeren Knäuel, als meine Katze Popcorn früher hervorgewürgt hat. Ja, wenn jemand mit so präzise gemalten Lippenkonturen meinen Lebensplan erstellen würde, könnte ich wahrscheinlich ankommen, wo auch immer ich hinwollte.

»Ich dachte immer, dass ich eins habe. Musik machen und davon leben können. Ich liebe es, auf der Bühne zu stehen. Da fühle ich mich so lebendig, schwer zu beschreiben. Meine Eltern haben mir ein Ultimatum gestellt. Bis zu meinem zwanzigsten Geburtstag muss ich von meiner Musik leben können. Und ... bisher lief es echt beschissen. Ich war bei jeder Menge Castings, habe ohne Ende umsonst gespielt. Ich habe alles versucht.«

»Und wann hast du Geburtstag?«

»Ich habe noch ein paar Monate. Ich bin älter als du. Du könntest mich ruhig mit etwas mehr Respekt behandeln.«

Finn gibt ein amüsiertes Schnauben von sich. »Deine Eltern wollen eigentlich nicht, dass du singst?«

»Sie sind einfach total anders als ich. Sie lieben mich, aber sie verstehen nicht, warum es mir so wichtig ist, obwohl doch alles so unsicher ist. Ich glaube, sie bereuen inzwischen den ganzen Musikunterricht, den sie mir bezahlt haben.« Ich muss lächeln. »Nein, sie wollen mich vor mir selbst schützen. Alle reden davon, dass man seinen Traum leben soll. Aber man darf sich nichts vormachen, irgendjemand muss am Schluss auch die Miete bezahlen.« Ich schlucke. Das ist ein Satz meines Vaters. »Ich habe versucht, meinem Herzen zu folgen, und das zu machen, was mich erfüllt. Aber manchmal weiß ich nicht, ob mein Herz nicht einen Drehwurm hat. Und ob es wirklich das beste Ziel ist, zu versuchen, von der Musik zu leben, um jeden Preis.« Ich schlucke noch mal. Schließlich brauche ich ihm nicht zusätzlich zu erzählen, dass mein Herz-Kompass in jeglicher Hinsicht, auch was Liebesdinge angeht, bisher wirklich zu nichts zu gebrauchen war. Außerdem denkt er am Ende noch, ich will morgen gar nicht im Dome spielen, was natürlich völliger Quatsch ist.

»Meine Schwester hat früher auch Musik gemacht«, fahre ich schnell fort. »Aber sie macht es nur noch als Hobby.« Ich weiß nicht mal, ob Evie aktuell überhaupt spielt. Unsere gemeinsame Band-Zeit ist für sie vor allem eine Episode, die dazu taugt, ihren Nachbarn bei diesen *Drinkseinladungen mit Häppchen*, über die sie jetzt postet, verrückte Geschichten von früher zu erzählen. Lieber nicht dran denken, sonst muss ich heulen. Ich schaue kurz aus dem Fenster. Clarissa und Kelsey sind im Gespräch vertieft.

»Ich weiß es einfach nicht so genau. Will ich wirklich in die Charts? Einen fetten Plattenvertrag? Geld mit diesen Rocksongs verdienen? Fame? Und jetzt sag bitte nicht, dass mein Wert als Mensch nichts mit meinem Erfolg zu tun hat und so einen Kram. Und dass man sich nicht davon abhängig machen sollte, dass alle einen lieben. Will man nicht geliebt werden für seine Musik? Für Künstler und Künstlerinnen funktioniert das doch nicht mit dieser scheiß unabhängigen Selbstliebe. Wenn ich nicht geliebt werden will, dann kann ich auch einfach in meinem Zimmer Musik machen – statt in Tokyo Dome.« Ich blicke Finn wütend an. Ich bin wütend auf mich selbst, dass ich meine Gedanken dazu nicht geordnet bekomme und die Aussicht auf meinen Auftritt nicht einfach genießen kann.

Er hebt abwehrend die Hände, aber sein Blick hängt an meinem Gesicht. »Bitte nicht mich deswegen hauen«, fleht er ironisch. Doch sein Blick ist offen und warm.

»Warum spielst du nicht deine eigenen Lieder?«

»Marc meinte, das würde im Moment nicht laufen. Er hat recht, sie sind noch nicht gut genug.«

Finn wirft mir einen nachdenklichen Blick zu. »Du weißt aber schon, dass man nie fertig wird, oder? Man muss immer abbrechen, bevor man fertig ist. Perfekt werden sie nie.«

»Wir sind in ein paar Minuten da«, kündigt in diesem Moment unser Fahrer Kento an, während Finns Telefon klingelt. Er nimmt sofort ab, zuckt entschuldigend mit den Schultern.

Vielleicht auch besser so, wer weiß, was ich ihm sonst noch alles erzählt hätte. Ich war ja ganz schön in Fahrt – von wegen überbordender Mitteilungsdrang.

Hailee

I can make teachers fall in love with me
Later I pretend it was their idea
The other students are impressed that he chose
Me, me, me

aus: *I heard you had trouble finding your place in the world,* Hailee Bridgewater

Der Van ist vor einer großen weißen Halle zum Stehen gekommen, eine Art Lagerhalle, nicht ganz überraschend wieder hell und quadratisch, Symmetrie wird hier groß geschrieben. Kento bedient einen Knopf, und die Türen des Vans gleiten zur Seite. Clarissa dreht sich zu uns.

»Bereit?«, fragt sie mit einem strahlenden Lächeln im Gesicht. »Das wird interessant«, sagt sie an mich gewandt. »Werbung ist hier manchmal übertrieben und albern, du musst es mit Humor nehmen.« Sie lässt ihre Augenbrauen tanzen und scheint sich zu amüsieren.

Ich nicke, gerade war ich in meinen Gedanken ganz woanders, aber jetzt beginnt ein Schwarm Fliegen in meinem Magen zu summen. Was meint sie damit? In meinem Kopf bimmeln schon die ganze Fahrt über ein paar Alarmglocken im Hintergrund, jetzt werden sie noch mal lauter.

Als wir aussteigen, entschuldigen sich Clarissa und Finn kurz und stellen sich in ein paar Metern Entfernung hin, weil Clarissa noch irgendwelche Sachen mit ihm unter vier Augen besprechen möchte. Kelsey telefoniert und bleibt im Auto.

»Es könnte sein, dass es schneit«, sagt Kento, unser Fahrer, sehnsuchtsvoll und deutet zum Himmel. Er ist mit ausgestiegen und wartet mit mir, bis wir wissen, wie es weitergeht.

»Ich dachte immer, hier gibt es keinen Schnee«, bemerke ich. »Irgendwie dachte ich auch, es sei viel wärmer.«

»Es schneit sehr selten, aber vielleicht haben wir Glück. Morgen ist ja Weihnachten«, erwidert Kento und streicht mit der Hand durch seine blondgefärbten Haare.

»Morgen ist der vierundzwanzigste Dezember. In den USA wird Weihnachten erst am fünfundzwanzigsten so richtig gefeiert – Bescherung ist immer morgens im Schlafanzug. Das ist total schön! Meine Familie feiert aber auch schon am vierundzwanzigsten – wegen meiner deutschen Großmutter. Den Weihnachtsabend verbringen wir alle zusammen bei einem großen Abendessen. Ich wusste gar nicht, dass in Japan auch Weihnachten gefeiert wird«, erkläre ich ehrlich überrascht.

»Na ja, die meisten hier sind Shintoisten oder Buddhisten. Aber du siehst ja, wie die Stadt dekoriert ist. Wir haben einfach den romantischen Teil von Weihnachten übernommen. Ich führe meine Freundin am fünfundzwanzigsten in ein Restaurant aus. Da wird Tokio zur Stadt der Liebe. Alles ist ausgebucht, und wirklich jeder geht auf ein Date. Deswegen ist an diesen Tagen auch alles doppelt so teuer.« Kento schmunzelt. »Weihnachten ist der perfekte

Zeitpunkt für eine Show mit den romantischen Liedern von Finn. Auf euren Konzerten sind bestimmt auch jede Menge frisch verliebte Paare.« Kento lächelt. Dann dreht er sich zu mir. »So wie ihr beide.« Er deutet zu Finn. »Weihnachten ist *das* romantischste Event des Jahres.« Jetzt liegt ein ziemlich breites Grinsen auf seinem Gesicht.

»Wir sind nicht …«, erkläre ich.

»Ich weiß.« Er hebt abwehrend die Hand. »Aber ihr seid süß zusammen.«

Ich vermeide es sehr bewusst, zu Finn zu schauen, weil ich nicht weiß, ob mein Gesicht genug Pokerface ist. Mir sind meine eigenen merkwürdigen Gedanken bezüglich Finn nicht geheuer. Ich habe keine Lust, dass er mir anmerkt, dass ich ihn anziehend finde. Braucht er nicht zu wissen, und mein Bauchgefühl sagt mir, dass Finn das eher abschreckend fände, so wie er auf seine Fans reagiert. Aber er spricht ohnehin noch mit Clarissa. »Feiert ihr auch Valentinstag?«, frage ich Kento schnell, um von diesem romantischen Weihnachts-Wahnsinn abzulenken, in dem ich offensichtlich ab morgen durch unsere Konzerte eine zentrale Rolle spielen werde.

»Ja, den haben wir auch. Aber das ist eher Stress für die Frauen«, erklärt er und schüttelt bedauernd den Kopf.

»Wie kann Valentinstag Stress sein? Man bekommt Geschenke? Es kann nur frustrierend sein, wenn einem niemand etwas schenkt und einem klar wird, wie einsam man ist.« Ich denke an meine Schulzeit, wie wir Freundinnen uns gegenseitig Nelken von »geheimen Verehrern« geschickt haben, um zu vertuschen, dass es in Wirklichkeit keinen einzigen geheimen Verehrer gab. »Man sollte diesen ganzen Tag einfach nicht so ernst nehmen. Meine

Schwester Evie und ich schicken uns immer gegenseitig absurde Karten, ist quasi ein Wettbewerb. Und ich kaufe meiner Katze ein Valentinstagsgeschenk«, erzähle ich Kento. »Ein neues Spielzeug.«

Ein glucksendes Lachen von Finn ertönt. »Du schenkst deiner Katze etwas zum Valentinstag?«, fragt er. »Nicht dein Ernst.«

Ich fahre herum und merke, wie sich mein Blut in den Wangen sammelt.

Er hat zugehört!

Zum Glück redet Kento direkt weiter, und ich konzentriere mich auf ihn.

»In Japan kaufen Frauen Schokolade für den Mann, den sie mögen. Es gibt besondere Sets, die ungewöhnlich schön verpackt ist. Je nachdem, wie das Verhältnis ist, gibt es unterschiedliche Sorten. Männer, für die man romantische Gefühle hat, bekommen Honmei choko, während die Männer, die man einfach so mag, wie gute Freunde, Kollegen auf der Arbeit oder Familie, Giri choko erhalten.«

»Die Frauen bekommen gar nichts?«, frage ich fassungslos.

»Doch, es gibt auch Tomo choko, die man guten Freundinnen schenkt. Aber nicht zum Valentinstag, sondern einen Monat später.«

»Krass. In New York wird Tiffany leergekauft, weil jede Frau auf der Upper East einen frischen Diamanten erwartet. Die japanischen Männer haben Glück.«

»Sie kommen, wie gesagt, einen Monat später dran – am vierzehnten März, dem Weißen Tag. Dann müssen sie ›zurückschenken‹, und die Geschenke sollten möglichst doppelt oder dreimal so teuer sein.«

»Ich wusste doch, dass es da noch einen Haken gibt. Das klang einfach zu gut, um wahr zu sein.«

Finn steht immer noch hinter mir, was ich natürlich gespürt habe, auch ohne mich dafür umzudrehen.

»Okay, ich verstehe jetzt, was du meinst. Das klingt alles ganz schön aufwendig und kompliziert«, rede ich unbeirrt weiter.

»In der Firma meiner Freundin ist die Giri-Schokolade verboten worden, weil Frauen Tausende von Yen ausgegeben haben, um Kollegen oder Vorgesetzte nicht zu enttäuschen. Auch in Japan ändern sich die Traditionen.«

Dann kommen auch Clarissa und Kelsey zu uns, und wir gehen gemeinsam zu der weißen Halle, wo die Shootings stattfinden sollen. Eine junge Frau in einem weißen Rollkragenpullover, schwarzer Hose und mit einem strengen Pagenkopf kommt uns entgegen und begrüßt uns. Hinter ihr bleiben noch einige weitere Mitarbeitende stehen, die Finn anstrahlen, und wir versuchen, eine gute japanische Begrüßung hinzubekommen. Finns Verbeugung sieht aus, als hätte er einen Bandscheibenvorfall, wie ich aus dem Augenwinkel bemerke, was die Begeisterung der Mitarbeitenden nicht beeinträchtigt.

Wir folgen der eleganten jungen Frau in die Halle, wo es eine Art Check-in-Schalter gibt und wir Zugangspässe ausgehändigt bekommen, die wir uns um den Hals hängen. Von außen sah der Bau fensterlos und leblos aus, hier drinnen wimmelt es von Leuten, die geschäftig hin und her eilen. Ich habe den Eindruck, dass sich einige nur in unserer Nähe herumtreiben, um Finn zu beobachten. Sie werfen ihm neugierige Blicke zu und rennen ziellos hin und her oder schauen konzentriert auf ihr Handy, um dann doch wieder zu Finn zu starren. Aber sie lassen ihn in Ruhe, wahrscheinlich sind sie gebrieft worden.

»Heute finden sehr viele Shootings statt, weil einige Firmen die Bilder für ihre Online-Plattformen hier machen«, erklärt die Frau, die sich uns inzwischen als Natsuki vorgestellt hat, während wir ihr durch die Halle folgen. An der Längsseite des Gebäudes wurden mit Zwischenwänden separate Bereiche in der Größe von geräumigen Pferdeboxen geschaffen, in denen die Shootings in vollem Gange sind. Models drehen sich mit lachenden Gesichtern um sich selbst und verrenken sich zu ausgefallenen Posen, während sie aus allen Winkeln fotografiert werden. Es gibt Bikinis und viel Frühlingsmode, natürlich, die sind hier längst der Zeit voraus, die Wintermäntel gibt es bald schon wieder im Ausverkauf.

Wirklich überall in der Halle wuseln Männer und Frauen herum, die meisten jung und selbst cool angezogen, mit Haaren jeder Länge und Farbe, weiter Kleidung in teilweise überraschenden Mustern trotz der meist neutralen Töne. Sie bringen neue Anziehsachen herbei, schieben Kleiderstangen umher. Es gibt Visagisten mit kleinen Wägelchen, die mit einem Spiegel und einem Föhn ausgestattet sind und vollgestopft mit Beauty-Artikeln. Einige Models sind hinter grauen, halbhohen Vorhängen verschwunden, wo sie sich Kleider und Shorts und Bademode anziehen, um danach wieder nach vorn zu treten und vor einer weißen Wand fotografiert zu werden, während andere Mitarbeitende Spiegel für die Belichtung in Position halten.

Im Vorbeigehen werden wir Zeugen eines Streits von zwei Models, anscheinend geht es um ihre Outfits. Natsuki erklärt, dass die Models großes Interesse daran haben, gute Outfits zu bekommen, weil getrackt wird, welches Model wie viele Kleidungsstücke verkauft hat, und wenn es nicht läuft, werden sie nicht wieder gebucht. Okay, nicht nur im Musikbusiness gibt es Druck.

In einem abgesperrten Bereich im Mittelteil hängen ewig lange Reihen von Kleiderstangen wie in einem schlecht sortierten übervollen Kaufhaus – die Zentrale, von der aus dann die Kleider in die einzelnen Kabinen gerollt werden.

Dazwischen stehen ein paar Imbisswägen, aber vor allem zahllose Reihen von Verkaufsautomaten, an denen man jedes erdenkliche Essen und Getränk kaufen kann. Ich erkenne Dosen mit Spicy Coffee, Matcha-Tee oder exotischen Früchtetee, aber auch Automaten mit Bentoboxen. Ein Automat beinhaltet ausschließlich KitKat in Sorten, die ich noch nie gesehen habe: Banane, Apfel, gerösteter Tee, Kartoffel, Tiramisu, Wasabi.

»Warte mal, ist ein Grillen-Energieriegel das, wonach es klingt?«, frage ich Natsuki. Daneben gibt es noch Misosuppe und warme Gerichte, wie ich mit Überraschung feststelle. Bestellt man die auch per Knopfdruck?

»Genau«, erwidert Natsuki auf meine Frage.

»Das ist ja krass. Es gibt alles«, bemerke ich fröhlich, um meinen Schock zu vertuschen, damit sich niemand beleidigt fühlt, dessen Lieblingsriegel aus Insekten besteht.

»Nur keine Unterhosen«, fügt Natsuki hinzu. »Das ist ein Gerücht.«

»Unterhosen?«, frage ich entgeistert.

»Ausländer fragen oft, ob es Automaten mit gebrauchter Unterwäsche gibt. Da gab es irgendwann mal Gerüchte, die sich hartnäckig halten. Das ist natürlich totaler Quatsch«, erklärt sie, ohne die Miene zu verziehen, und eilt mit wippendem Bob weiter. »Wir sind ganz hinten, da haben wir unsere Ruhe«, fügt sie hinzu und bedeutet uns mit der Hand, ihr weiter zu folgen.

Wahrscheinlich keine schlechte Idee, denn inzwischen habe ich den Eindruck, dass einige Angestellte uns folgen, betont unauffällig, aber sie folgen uns. Nein, sie folgen Finn. Dabei trägt er wieder Hoodie und Kappe, aber ich muss zugeben, irgendwie hat er einen besonderen Gang, den man leicht erkennen kann. Gar nicht so einfach, sich wirklich unsichtbar zu machen, ich habe neuen Respekt für FBI-Agenten.

Wir gehen durch einen Durchgang in eine benachbarte Halle. Hier sieht es anders aus, weniger Leute, und die Halle wurde anscheinend in verschiedene Räume aufgeteilt, die komplett voneinander abgetrennt sind. Aufgrund von Tageslichtlampen ist es auch überraschend hell, fast so, als wäre man draußen. Mit jedem Schritt werden meine Handflächen feuchter.

Natsuki führt mich in einen kleinen Raum, Finn und Clarissa bleiben zurück, er muss für seine Fotos woanders hin. Zum Abschied zwinkert Finn mir zu und gibt mir ein Daumen-hoch-Zeichen. Wie kann man so entspannt sein! Ich habe das Gefühl, ich muss in den Circus Maximus zur Löwenfütterung. Vor Bühnenauftritten bin ich auch aufgeregt, dann allerdings voller Vorfreude. Dieses Gefühl gerade ist eindeutig Panik. Natürlich gehen mir auch die Bilder durch den Kopf, der Spott damals, als meine alten Schulkameraden herausgefunden hatten, dass meine Musikkarriere in New York daraus bestand, die Werbesprüche für ein Läusemittel und für XTRA-Gas, ein Medikament gegen Blähungen, eingesprochen zu haben.

Natsuki übergibt mich dem Team am Eingang, bestätigt, dass sie bald zurückkommt, und nach einem kurzen Gespräch bin ich mit dem Regisseur und einigen Fotoproduktions-Menschen alleine. Alle reden Japanisch, ich verstehe kein Wort und komme mir unglaublich verloren vor. Noch nie habe ich mir so sehr gewünscht, dass Marc an meiner Seite wäre, um mir beizustehen, wofür ein Manager ja auch eigentlich da ist.

Vor mir ist eine Art Set aufgebaut, auf dem wohl die Werbung abgedreht werden soll. Es erinnert mich ein wenig an eine abgespeckte Version des Monster Cafés. Zwei Wände sind in einem zarten Gelb gestrichen, eine andere in Hellblau, genau in den Farben der Dose, die ich schon im Auto gesehen habe. In der Mitte stehen auch zwei Dosen des Pancake Drinks, für den hier geworben werden soll, allerdings in Riesenformat. Die Dosen gehen mir wahrscheinlich bis zur Brust, ich könnte reinkriechen und drin übernachten. Oder mich verstecken? Nein, nein, ich zwinge meine Beine dazu, stehen zu bleiben.

Die Teammitglieder betrachten mich, während sie diskutieren. Ich lächele, um ihnen meine Kooperationsbereitschaft zu vermitteln. Sie kommen zu mir, verbeugen sich kurz und fassen mir in die Haare, wozu sie mich wahrscheinlich gerade in Japanisch um Erlaubnis gebeten haben, aber ich verstehe nichts und habe nicht den Eindruck, dass hier jemand Englisch spricht. Aber sie sind vorsichtig, und ich weiß, dass man bei solchen Shootings ein Objekt ist und für einen kleinen Moment das Recht auf seinen Körper verliert. Das ist auch okay, solange respektvoll mit einem umgegangen wird. Angeblich sind es nur ein paar Sekunden, die später zusammengeschnitten werden.

Eine zierliche Frau kommt auf mich zu und führt mich in eine Ecke, wo ein Visagisten-Studio aufgebaut ist. Zart, aber bestimmt drückt sie mich herunter auf den Sitz und massiert kurz mit sanftem Druck eine Creme in mein Gesicht. Anschließend wischt sie sie mit einem Tuch wieder ab, womit sie mich wohl abschminken will. Viel Make-up zum Entfernen gab es ja nicht, aber es fühlt sich himmlisch an. Die Creme riecht nach Mandel, und ich sinke tiefer in den Sitz und atme aus. Wird schon werden. Die Maskenbildnerin massiert kurz meine Schultern mit geübten Bewegungen, nicht zu hart und nicht zu fest, und presst ihre Finger so gekonnt in meinen Nacken, dass ich aufseufze. Dieses Shooting ist ja ein Wellness-Ausflug. Ich entspanne mich ein wenig und schließe die Augen. Es geht um eine kleine, nationale Kampagne für einen Pancake Drink. Chill.

»Beautiful«, murmelt sie und deutet auf meine Haut, die tatsächlich eines der wenigen Dinge ist, an denen ich nichts auszusetzen habe. Ich bin zwar blass, aber mit Pickeln habe ich keine Probleme. Im Anschluss beginnt sie, mich mit den Cremes und den vielen Gerätschaften aus ihrem Wägelchen zu bearbeiten, und ich drifte in meine entspannte Traumwelt. Als ich die Augen nach ein paar Minuten öffne, komme ich abrupt in die Wirklichkeit zurück: Ich werde gerade in den Farben des Pancake Drinks geschminkt, hellblauer Lidschatten mit gelben Akzenten, rosafarbenes Rouge. Von meinem eigenen Style ist nichts übrig geblieben, was wohl auch die Frage beantwortet, ob ich als Hailee Bridgewater oder als x-beliebiges westliches

Model gebucht worden bin, aber gut, mein Rock-Vibe passt vielleicht auch nicht so gut in die pastellfarbene Umgebung. Dann kommt noch die Hairstylistin dazu und föhnt meine Haare glatt. Im Anschluss sprüht sie die Strähnen mit einem magischen Spray ein, das nach Sommerurlaub riecht, und formt sie zu glänzenden Wellen. Die Haare fühlen sich weich an, als ich hineinfasse, und so schön geglänzt haben sie noch nie. Gefällt mir.

Der Mann, den ich für den Regisseur halte, kommt herbei, stellt sich neben meinen Stuhl und redet auf Japanisch auf mich ein. Währenddessen macht die Visagistin weiter, wobei mir nicht klar ist, wo noch mehr Farbe platziert werden kann, aber ihre weichen Pinsel fühlen sich angenehm auf der Haut an.

»Sorry, ich spreche kein Japanisch, Englisch?«, bemerke ich nach einer Weile mit entschuldigendem Gesichtsausdruck.

Für einen Augenblick schaut er mich verdutzt an, und ich überlege, ob ich etwas total Unhöfliches getan habe.

»Ja, Englisch«, sagt er und redet weiter. Und nach einem kurzen Moment der Verwirrung erkenne ich: Nein, er spricht gar nicht Japanisch, das ist Englisch, aber er hat so einen starken Akzent, dass ich nichts von dem begreife, was er sagt. Mist, wie unangenehm und peinlich! Ich nicke freundlich, weil ich nicht weiß, wie ich ihm erklären soll, dass ich nichts verstehe, ohne ihn zu beleidigen.

»Entschuldigung, könnten Sie das noch einmal wiederholen?«, bringe ich vorsichtig hervor, während die Visagistin meine Augenbrauen zurechtzupft, was kleine pikende Impulse in meine Brauen sendet. Die Pinsel waren angenehmer.

Er wiederholt, was er gerade gesagt hat, genauso wie er es zuvor gesagt hat, nur langsamer. Ich verstehe immer noch kein Wort, er könnte auch Japanisch sprechen.

»Okay«, sagt der Regisseur, deutet auf einen anderen Mitarbeiter, gestikuliert und wendet sich ab. Keine Ahnung, ob er meint, dass jetzt alles geklärt ist, für mich ist nichts geklärt. Die Entspannung von der Massage ist wie weggeblasen. Dann ist die Visagistin fertig und präsentiert mir im Spiegel mein in Pudertönen geschminktes Gesicht mit einem beeindruckenden Lidstrich.

»Gefällt es dir?«, fragt sie.

»Es ist toll«, bedanke ich mich, weil ich mich zwar kaum wiedererkenne, aber das Ergebnis ist beeindruckend, vielleicht gerade deshalb. Sie hat mich als Leinwand benutzt und durch geschickte Konturierung und Schattierung ein ganz neues Gesicht aufgemalt, das wenig mit mir selbst zu tun hat. Eine weitere Assistentin präsentiert mir ein zusammengefaltetes Stück Stoff in Pastellfarben wie ein großes Geschenk. Ich nehme das Stoffstück und falte es vorsichtig auseinander. Es handelt sich sogar um zwei Kleidungsstücke, ein enganliegendes Oberteil, das mich an Schwimmhemden als Schutz gegen die Sonne erinnert, und Hotpants in Hellblau und Gelb. Das Hemd ist zwar nicht knapp, aber dort, wo meine Brüste sind, sind auf dem hellblauen Stoff zwei platte Pancakes abgebildet. Für einen Moment bin ich sprachlos. Dann schau ich wieder zur Assistentin.

Sie nickt mir aufmunternd zu und klatscht begeistert in die Hände, weil sie kein Englisch spricht. Immerhin muss ich nicht tun, als würde ich irgendetwas verstehen. Dann deutet sie auf die überdimensionierte Pancake-Drink-Dose. Ich verstehe nichts. Oder ich will es nicht verstehen.

Der Regisseur kommt und redet auf mich ein. Die Assistentin nimmt mich mit, und kurze Zeit später stehe ich hinter dem Vorhang und probiere den Anzug an, der wie eine zweite Haut sitzt. Er würde auch bei wesentlich kleineren Menschen wie eine zweite Haut sitzen, jedes noch so winzige Speckpolster wird durch den Stoff gedrückt – der Schnitt ist echt merkwürdig. Die Stylistin gibt mir zusätzlich eine Art Sport-BH, der sich nicht so stark abzeichnen soll, falls ich sie korrekt verstehe. Der ist allerdings für Menschen mit Kleidergröße 32 und ohne Busen – auch keinen eher kleinen Brüsten, wie meinen – konzipiert. Es hilft nichts, ich lasse ihn ganz weg und hoffe, dass ich erstens nicht zu viel durch die Gegend hüpfen muss und zweitens auf die Wunder der Bildbearbeitung.

Die Hose ist wirklich sehr kurz, und auf dem Hintern sind, wie ich mit Horror feststelle, zwei weitere Pfannkuchen abgebildet. Ich habe einen Pfannkuchen-Hintern. Ich hatte meiner Schwester versprochen, Bilder vom Dreh zu schicken, aber gerade bin ich mir nicht so sicher, ob ich überhaupt irgendwelche Aufnahmen auf meinem Telefon haben möchte. Ein Albtraum, dass mich jemals irgendwer so sieht, der mich kennt.

Während die anderen diskutieren und die Dosen auf dem Set hin- und herschieben und irgendetwas ausprobieren, tippe ich eine vorsichtige Nachricht an Marc.

Hailee: Ich stehe hier in einem drei Nummern zu kleinen Schwimmhemd und Hotpants mit Pfannkuchen drauf. Du bist dir aber ganz sicher, dass das keine perverse Werbung ist, die ich hier machen soll? Ist das jugendfrei?

Die Antwort von Marc kommt dreißig Sekunden später. Immerhin. Bei Nachrichten ist er immer schnell, weil er so ein Smartphone-Zombie, ein Smombie, ist.

Marc from Hell: Alles in Ordnung. Das ist ein alkoholfreies Jugendgetränk. Die Werbung wird nur online gezeigt und nur in Japan. Schau dir mal den Spot mit den Drillingen von Nicolas Cage an, die Würstchen-Anzeige von Silvester Stallone, Arnold Schwarzenegger als Flaschengeist oder Britney Spears. Arnold Schwarzenegger ist damit noch Gouverneur geworden. Pancake Anzüge sind unteres Ende des Cringe-Spektrums.

Hailee: Ich habe ein komplett neues Gesicht aufgemalt bekommen, sie hätten auch gleich dich buchen können. Die Hotpants würden süß an dir aussehen.

Marc from Hell: Ja, vor allem mit meinem neuen Knackarsch. Haha.

Hailee: Ahh. Cut. Too much information.

Marc ist seit drei Wochen auf einem Fitnesstrip. Er wollte

bis Tokio in die Form seines Lebens kommen, als würde er zu Olympia fahren und nicht ich auf der Bühne stehen. Er macht sogar Liegestütze, während er auf Lautsprecher telefoniert. Keine Ahnung, was Leute denken, die das nicht wissen, wenn er so ins Telefon keucht. Vielleicht spontan einsetzende Midlife-Crisis oder so was. Mit zwei Klicks google ich die Namen, die Marc genannt hat – und nein, er hat keinen Mist erzählt, diese Werbungen gibt es. Vielleicht bin ich einfach zu unlocker.

Eine halbe Stunde später lebe ich meinen persönlichen Albtraum. Auf meine eigentlich schön geföhnten Haare wurde schräg eine Pfannkuchen-Kappe gesteckt, sodass ich aussehe, als würde ich einen Stapel Pfannkuchen schräg auf dem Kopf balancieren, wie ein neckisches Käppchen. Über meinem engen Outfit trage ich die überdimensionierte Getränkedose, in die man tatsächlich hineinschlüpfen kann. Ich tanze in der Dose umher und lese dabei ein paar japanische Wörter von einem Bildschirm ab, angeblich wird das später noch synchronisiert, aber so sind meine Lippenbewegungen schon mal korrekt. Nach einer etwas holprigen Anfangsphase, nach der alle wahrscheinlich der Meinung sind, dass *ich* kein Englisch kann, macht eine Assistentin alles vor, was ich tun muss. Ich tanze also in dieser Pfannkuchen-Dose und schwinge dabei meine Arme. Die Dose ist auf Dauer schwerer, als sie in den ersten Minuten schien. In einer anderen Einstellung stelle ich die Pfannkuchen-Dose ab und steige aus ihr heraus, was möglich ist, weil in der Dose kleine Stufen angebracht sind. Dann sage ich auf Englisch: »Ich liebe Pancakes, und ich liebe Getränke, deshalb liebe ich noch mehr den Pancake Drink.« Anschließend trinke ich einen Schluck Pancake Drink, drehe mich einmal um mich selbst, mache noch ein paar Tanzübungen mit viel Hüftschwung, die später wohl zusammengeschnitten werden. Erschwert wird das Tanzen durch die Schuhe in der Form von Ahornsirup-Flaschen, die ich trage. Sie bestehen aus purem Plastik, lassen meine Füße extrem heiß werden und sind dadurch wahnsinnig glitschig.

Zum Abschluss trinke ich noch ein paar Flaschen Pancake Drink – jedenfalls für die ersten Takes, danach bitte ich um Wasser, und es ist mir inzwischen egal, ob das dreist ist. Die Alternative wäre nämlich, dass ich sonst das Set vollkotze, und das wäre wohl noch unverschämter. Während ich trinke, sollen meine Augen immer größer werden, dann setze ich die Dose ab, strahle und fühle mich augenscheinlich besser als jemals in meinem Leben. So habe ich jedenfalls die Anleitung verstanden.

Als der Regisseur mir mit Handzeichen zu verstehen gibt, dass wir fertig sind, habe ich keine Ahnung, wie man das Ganze zu einer sinnvollen Werbung zusammenschneiden will, aber egal. Ich bin schweißgebadet, obwohl ich tausendmal abgepudert worden bin.

Während ich mich vom Set verabschiede, um mich umzuziehen, erscheinen weitere Darsteller in Pfannkuchen-Kostümen – immerhin, vielleicht gehe ich im fertigen Werbespot dann einfach in der Masse unter. Die Illusion, dass ich wegen meiner Musik oder mir als Person gebucht worden bin, habe ich vollständig abgelegt. Es ging wohl darum, ein westliches Model zu nutzen, egal welches, um die Runde aufzumischen. Hoffentlich werde ich weitestgehend rausgeschnitten. Es fällt mir gerade noch etwas schwer, das Ganze unter »interessante Erfahrung« zu verbuchen – Albtraum trifft es wirklich besser. Es war echt ein Fehler, Marc nicht zu fragen, wie viel ich eigentlich dafür bekomme, vielleicht war ich ja auch einfach nur besonders billig. Mein Vertrauen in seine Fähigkeiten, Entscheidungen zu meinem Wohl zu treffen, ist nach diesem Shooting etwas angegriffen. Aber jetzt will ich auch nicht mehr fragen, um mir die Laune nicht weiter verderben zu lassen.

Ich schlüpfe aus den Ahornsirup-Pumps und blicke mich um, während ich Richtung Umkleide laufe. Dort sitzen auf einer Stuhlreihe einige Leute aus dem Produktionsteam, zumindest dachte ich das bis gerade. Aber dann sehe ich genauer hin, und meine Knie werden wabbelig. Denn als würde ich magnetisch von ihm angezogen, schaue ich direkt in das breit grinsende Gesicht von Finn. Neben ihm sitzt Clarissa und tippt auf ihrem Handy rum. *Seit wann ist er hier?* Für einen Moment bin ich erstarrt. Er hat nicht diesen ganzen Auftritt verfolgt, oder? Bevor ich mich abwenden kann, macht er ein Daumen-hoch-Zeichen, als hätte er gerade eine ganz tolle Performance gesehen. Wegen der Bewegung schaut Clarissa nach oben, nimmt mich in meiner ganzen Pfannkuchen-Pracht wahr und deutet dann auf ihre nicht vorhandene Armbanduhr, als Zeichen, dass ich mich beeilen soll.

Ich will mich entmaterialisieren, aber das klappt wohl nicht. Also stolpere ich so schnell wie möglich hinter den Vorhang und versuche zu ignorieren, dass Finn gerade Zeuge des peinlichsten Moments meines Lebens geworden ist.

Mein Kopf glüht vor Scham. Aber nein: Ich werde

mich jetzt nicht dafür fertigmachen lassen, dass ich für mein Geld arbeite. Ein paar Minuten später verabschiede mich von dem Team und stapfe mit erhobenem Kopf an Clarissa, Finn und ihrer Entourage vorbei.

»Das war echt lustig. Kommt ihr? Ich kann ein Bad im Onsen gut gebrauchen. Nicht, dass der Zeitplan durcheinanderkommt.« Damit werfe ich Finn ein kühles Lächeln zu. Und ich muss zugeben: So zu tun, als wäre es mir nicht peinlich, macht die ganze Situation wesentlich weniger erniedrigend. *Fake it till you make it* klappt auch auf diese Weise.

Hailee

I thought we just had been too busy
To call

aus: *The kind of love that breaks your heart*,
Hailee Bridgewater

Finn tritt in eine braune Pfütze auf dem Parkplatz, wo Kento auf uns wartet. Mit Schrecken sehe ich die Drecksprenkel auf seinen Sneakers. Wie kann man nur so achtlos sein, wenn man so ein Modell trägt!

»Wir sind fünfunddreißig Minuten zu spät. Vielleicht können Sie etwas aufholen«, bemerkt Clarissa, als Kento die Tür aufmacht und wir es uns im Van bequem machen.

Sie spricht zu Kento, aber ich spüre den Vorwurf in ihrer Stimme, der eindeutig an mich gerichtet ist. Ich werde das Gefühl nicht los, dass sie mich überhaupt nicht leiden kann, und irgendwie frage ich mich mal wieder, warum ich hier bin. Ergibt keinen Sinn. Natürlich habe ich eine gute Stimme, und ich bin jetzt nicht die schlechteste Wahl der Welt, aber ich mache mir nichts vor: Sängerinnen wie mich gibt es wie Sand am Meer. Und alle wären gekommen, wenn Finn Wolfcraft sie eingeladen hätte. Weihnachten hin oder her, schließlich gibt es auch genug Sängerinnen, die mit Weihnachten aus religiösen oder kulturellen Gründen überhaupt nichts am Hut haben.

Mein Handy vibriert in meiner Hand. Es ist meine Schwester. So gern ich würde – ich kann jetzt nicht mit ihr telefonieren. Schnell drücke ich sie weg. Wenige Sekunden später poppt eine Nachricht auf meinem Bildschirm auf.

Evie: Wie war's?

Hailee: 

Nachdem ich sichergestellt habe, dass niemand auf mein Smartphone schauen kann, sende ich einen Schnappschuss meines Pfannkuchen-Outfits hinterher.

Hailee: Kann gerade nicht sprechen.

Evie: AHHHHHHHH!

Das einzige Beruhigende ist die Tatsache, dass die Werbekampagne nur in Japan ausgestrahlt wird. Natürlich werden mich Menschen so sehen, aber niemand, den ich kenne, und insbesondere nicht bestimmte Leute aus meiner Highschool, die mich ohnehin schon als seltsam und komisch abgestempelt haben. Ich stelle mir deren zufriedene Gesichter vor, zustimmend nickend und kaum überrascht, dass sie mich mit Pfannkuchen auf Brust, Hintern und Kopf aus einer überdimensionierten Pfannkuchen-Drink-

Dose hüpfen sehen. Sie würden sich einfach zu hundert Prozent in allen ihren Vorurteilen bestätigt sehen.

Finn zieht seine dreckigen Air Jordans aus und lässt sie achtlos auf den Boden gleiten. Ich kann nicht widerstehen und schaue heimlich auf StockX, wo der Preis für das Modell aktuell liegt, und mir fällt fast das Handy aus der Hand. Wenn ich mich nicht täusche, gehen die gerade für 19.000 Dollar über den digitalen Ladentisch. Finn ist finanziell versauter, als es auf den ersten Blick den Anschein hat. Wenn man noch nicht mal mehr wertschätzt, dass man quasi ein Vermögen an den Füßen trägt … Ich muss zugeben, dass ich auch gegoogelt habe, wie viel Naras Kunst kostet, und da ist mir fast übel geworden. Aber die Kunst hängt immerhin bei ihm an der Wand, mich stört nur die schlechte Behandlung der Turnschuhe.

Hoffentlich bin ich nicht auf eine verkorkste Art neidisch, manchmal kann man ja seinen eigenen Gedanken nicht trauen von wegen Unterbewusstsein und so.

Während wir in unserem Luxus-Van durch die Stadt in Richtung des exklusiven Onsen gleiten, poste ich einige Bilder auf Social Media – von der Fahrt im Van, von ein paar Menschen auf der Straße, von den Shakes im Monster Café, was schon wie eine Ewigkeit her scheint, das Bild von Finn und mir im A to Z Café, das mein Herz zum Rasen gebracht hat, und sogar eins aus der Halle, wo der Werbespot gedreht wurde. Entscheidend ist, immer erst zu posten, wenn man den Ort verlassen hat, hat Clarissa mir eingebläut. Nur die Sache mit den Pancakes lasse ich weg.

Kento hat eine Art Festtagsbeleuchtung im Van angeknipst. Die Decke erstrahlt mit blauen Mini-Glühbirnchen wie ein Sternenhimmel, und an den Längsseiten und zwischen den Sitzen schimmern bläuliche Leuchtstreifen, was futuristisch nach Raumschiff aussieht. Finn hat sich nach vorn gesetzt, wo vorher Kelsey saß, die irgendwie anders weitergefahren ist. Er ist in Gedanken, seit wir das Shooting verlassen haben, und ich habe fast das Gefühl, dass er sich extra weit weg von mir hingesetzt hat.

»Ich weiß, dass der Tag heute lang war, dafür habt ihr morgen den Vormittag frei«, erklärt Clarissa mit einem Lächeln ihrer frisch nachgezogenen Lippen. Der dunkle Farbton lässt sie hart aussehen. »Das war ein ausdrücklicher Wunsch von Finn, und natürlich ist mir euer Wunsch Befehl.«

Ich unterdrücke die Bemerkung, dass *Finns Wunsch* ihr Befehl ist, nicht *unser Wunsch*. Schließlich wurde ich nicht gefragt. Ich werde das Gefühl nicht los, dass sie mich als lästig empfindet, aber vielleicht bin ich auch hypersensibel. Egal. Zu einem freien Vormittag sage ich nicht Nein. Und gerade freue ich mich ehrlicherweise sehr auf das echte japanische Badehaus. Danach gibt es zudem ein traditionelles Essen.

»Es kommen noch zwei weitere Gäste zum Abendessen dazu, die das Treffen mit Finn gewonnen haben«, erklärt Clarissa. »Und ich dachte, dass wir so Entspannung und PR ganz einfach verbinden können.« Sie ist anscheinend sehr zufrieden mit ihrem genialen Einfall.

Ich schaue zu Finn nach vorn, der die ganze Fahrt über noch nichts gesagt hat und gedankenverloren aus dem Fenster starrt. »Dein Fototermin ist auch gut gelaufen?«, frage ich ihn in einem betont entspannten Tonfall.

»Ja, das war ziemlich easy. Deins war anspruchsvoller«, erwidert er nüchtern.

»Hauptsache, es kommt nie raus, was ich da gemacht habe. Fühlt sich wie ein schmutziges Geheimnis an. Ist wahrscheinlich wie bei den billigen Horrorfilmen, die einige Schauspieler in jungen Jahren gemacht haben«, erkläre ich.

»Warum sollte es jemand erfahren?«, sagt Finn. »Ein Horrorfilm war's jetzt nicht. Das waren Dosen.« Aber sein Tonfall macht klar, dass er nicht reden will. Er weiß wahrscheinlich nicht, was für ein beklemmendes Gefühl der Auftritt in mir zurückgelassen hat, und dass ich das gerade mühsam abschütteln muss. Vielleicht weil die Sache mit dem Spot noch mal klargemacht hat, wie weit weg ich davon bin, mit meiner Musik finanziell unabhängig zu sein. Aber ich merke, dass Finn nicht einfach nur gedankenverloren aus dem Fenster schaut, sondern angespannt, mit hartem Kiefer und verspannten Schultern. Er zieht seine Kopfhörer auf.

Ich überlege, wie viel Geld er wohl für das Shooting bekommen hat und wie viel ich für meinen erniedrigenden Werbespot. Aber nein, das Thema ist jetzt durch. Ich schüttle den Kopf, um diesen Gedanken zu verscheuchen. Einfach vergessen.

Ein wenig später halten wir auch schon vor einem Haus in einem der Außenbezirke. Innenstadt und Vororte lassen sich schwer auseinanderhalten, erst kommen die neun Millionen Einwohner von Tokio, aber dann noch dreißig Millionen mehr in der Region drum herum, das sind ganz schön viele Menschen. Die Städte fließen ineinander, ohne dass man es wirklich merkt.

Der Van hält, aber die Türen öffnen sich nicht. Doch ehe ich mich fragen kann, wieso wir nicht aussteigen, sehe ich sie: Eine größere Menschenmenge hat sich angesammelt vor dem Gebäude, das wohl unseren Onsen beherbergt.

Von einer Sekunde zur anderen ist die Stimmung im Van gekippt, Clarissa wirft Finn einen besorgten Blick zu.

»Oh nein, das hatte ich befürchtet«, sagt Kento.

»Irgendjemand hat geredet«, murmelt Clarissa, und ja, dort stehen mindestens fünfzig Leute, überwiegend weibliche Fans, viele mit selbstgebastelten Plakaten mit Liebeserklärungen oder Sprüchen wie *Look at me*, Stofftieren, ganzen Collagen und unendlich vielen Handys im Anschlag, klar erkennbar als Fans von Finn. Ihr Kreischen ist sogar durch die geschlossenen Türen des Vans zu hören. Unsere Routen sind absolut streng geheim, ich glaube, die kennt außer Clarissa und uns niemand, weil wir kein Verkehrschaos anrichten wollen und unser Zeitplan heute so getaktet ist, dass Fankontakt nicht stattfinden sollte.

»Woher wissen die, dass wir hier sind?«, frage ich überrascht.

Clarissa wirft mir einen langen Blick zu. »Das weiß ich auch nicht, eigentlich gibt es keine undichte Stelle bei uns, komisch.«

Sie schaut mich länger an, bis ich verstehe, dass sie denkt, dass *ich* es irgendjemanden gesagt habe. Finn blickt ebenfalls leicht genervt zu mir. Er nimmt die Kopfhörer ab und fährt sich durch die Haare.

»Entschuldigt mal, wieso sollte ausgerechnet ich das irgendjemandem erzählen?«, empöre ich mich. »Wahrscheinlich hat das einer der Gewinner des Meet & Greet-Abendessens ausgeplaudert. Oder jemand im Onsen.«

»Die mussten alle so aufwendige Geheimhaltungsklauseln unterschreiben, dass die sich das nicht trauen. Sonst wird das extrem teuer für sie.« Clarissa seufzt. »Würden wir zwar niemals durchsetzen, aber ist wirksam.« Dann sieht sie wieder mich an. »Du wärst nicht die Erste«, fügt sie in einem resignierten Tonfall hinzu.

»Ich war es nicht. Warum sollte ich das tun?« Das macht mich jetzt echt sauer. Vor allem der Tonfall. Clarissa spricht, als wäre das eine Feststellung, keine Unterstellung.

Clarissa hält ihr Handy hoch. »Follower? Presse? Das Gerücht streuen, dass du was mit Finn hast?« Sie bringt das alles in einem neutralen Tonfall vor. Abgeklärt. Gar nicht so, als wäre das ein Vorwurf. Fast so, als würde sie es jemand anderem erzählen, und ich wäre gar nicht da. Das macht mich noch wütender, und für einen Moment schwanke ich zwischen den beiden Möglichkeiten: jetzt richtig auszurasten und rumzuschreien – oder meine Energie für Wichtigeres aufzuheben.

»Clarissa, lass doch«, mischt sich plötzlich Finn ein, der seine Kopfhörer abgenommen hat.

Clarissa wirft ihm einen nachsichtigen Blick zu. Keine Ahnung, warum mich das fast noch aggressiver macht. Der Blick hatte was von: *Lass dich nicht einwickeln.*

Ich atme einmal tief durch und beschließe, mich zurückzuhalten. Immerhin denkt Finn das wohl nicht. Oder?

»Ich war es nicht. Mehr sage ich dazu nicht.« Ich schaue aus dem Fenster. »Ah, die Paparazzi sind auch schon da.« Ich deute auf ein paar Fotografen in der Nähe, einige davon sehen westlich aus.

Mir entgeht Clarissas alarmierter Ausdruck nicht, als sie zu Finn schaut. »Ist doch okay. Ein bisschen Fankontakt, und dann gehen wir rein. Ich sage denen Bescheid, ein paar Leute rauszuschicken.«

Sie telefoniert kurz, während wir angespannt warten. Finn wirkt immer noch seltsam abwesend.

»Ich kann echt nicht glauben, dass dieses Arschloch für Fotos nach Japan geflogen ist«, sagt Finn mit zusammengepressten Zähnen.

»Vergiss ihn. Das ist eine arme Sau, mit oder ohne Fotos von dir. Deine Fans freuen sich, das ist es, was zählt«, erwidert Clarissa, nachdem sie aufgelegt hat, und tatsächlich kommen kurz später sechs Männer aus dem Haus. Sie tragen eine Art braune Uniform und wirken wie Mitarbeiter des Onsen.

Ich habe den Eindruck, dass ich irgendetwas an der Unterhaltung nicht verstehe. Es geht offenbar um einen speziellen Fotografen oder so was. Für ein Moment frage ich mich, ob Clarissa selbst die Fans informiert hat, aber das ist natürlich absurd. Sie hat schließlich einen guten Job, warum sollte sie den aufs Spiel setzen?

»Sie halten die Fans auf Distanz, keine Sorge«, beruhigt Clarissa uns.

Ich schaue irritiert zwischen den beiden hin und her, habe aber keine Gelegenheit mehr, eine Nachfrage zu stellen, denn in dem Moment nickt Finn Kento auch schon zu und bedeutet ihm, die Türen zu öffnen.

Im selben Augenblick beginnt das Kreischen der Fans. Sie rufen Finns Namen, halten ihm ihre Blöcke mit Stiften und ihre Plakate entgegen, während die sechs Spa-Mitarbeiter eine Reihe gebildet haben. Zwei haben eine Art Band gespannt, um provisorisch den Weg für uns abzuschirmen. Einige Fans hüpfen mit Plakaten auf und ab, ein Junge wirft Finn einen Blumenstrauß hin, den Finn geschickt auffängt. Dennoch entgeht mir nicht, wie angespannt er ist, und plötzlich frage ich mich, ob er vielleicht einen Drohbrief bekommen hat oder so was und deshalb so zurückhaltend ist? Viele halten ihm Notizblöcke oder Bilder von ihm hin, damit er darauf unterschreibt. Aber ich finde, alle sind ziemlich nett, natürlich völlig aus dem Häuschen, aber in ihrer Freude etwas zurückhaltender als amerikanische Fans, was die Situation wesentlich angenehmer macht. Finn unterschreibt sogar auf ein paar Blöcken, aber er wirkt gehetzt und sein Lächeln gequält. An der Seite stehen zwei Fotografen mit Profi-Kameras, deren Dauerklicken uns begleitet, einer mit Baseball-Kappe und ausgefranstem Bart, der andere hat zurückgegelte Haare und trägt einen grauen Mantel. Zudem steht Kento neben Finn und schirmt ihn ab. Umgang mit Paparazzi erfordert offensichtlich ganz eigene Regeln.

Mich beachten sie nicht, was mir ausnahmsweise mal ganz recht ist. Noch nie habe ich es mehr als einen Vorteil empfunden, eine total unbekannte Sängerin zu sein.

Als die Paparazzi sich nach vorn drängen und rufen, wird es noch hektischer, aber dann sind wir schon durch die breiten Türen des Onsen durch, und mit einem Mal ist es still – abgesehen von dem leisen Plätschern eines Springbrunnens.

»Geschafft«, murmelt Clarissa und wirkt ebenfalls erleichtert, als hätten wir gerade irgendeine Prüfung bestanden. Aber vielleicht ist sie einfach froh, dass beim Zusammentreffen nichts passiert ist, was für mehr schlechte Presse sorgen könnte. Finns Verhalten mit den Fans ist nicht normal, das habe ich auch schon gecheckt.

Ich spüre die Vibration meines Handys und hole es aus der Tasche. Eine Nachricht von Marc.

Marc from Hell: Läuft alles?

Hailee: Jepp. Ich hoffe nur, der Pfannkuchen-Spot war es wert. Wir gehen jetzt baden.

»Hast du Tattoos, Hailee?«, fragt Clarissa unvermittelt, und ich lasse mein Handy zurück in die Tasche gleiten. Finn ist in Richtung Toilette verschwunden.

»Wieso? Ein kleines.« Es ist nicht das coolste Tattoo der Welt, aber ich liebe es. Es ist mein Glücksbringer.

»Wo?«

»An der Hüfte?«, erwidere ich verwirrt über Clarissas plötzliches Interesse. Das dürfte ihre erste persönliche Frage an mich gewesen sein.

»Kann man das mit einem Pflaster abdecken?«

»Könnte man, aber …«

»Tätowierungen werden in Japan eher negativ gesehen, und in den meisten Bädern sind Leute mit Tätowierungen nicht erlaubt.«

»Wieso das denn? Dass man es nicht mag, klar, aber direkt verbie…«

»Normalerweise haben nur Mitglieder der Mafia Tattoos.«

»Oh. Und Finn hat keine?«

»Nein. Ich hatte tatsächlich vergessen, dich zu fragen. Ich habe noch nie ein Tattoo an dir gesehen, aber das heißt ja wirklich gar nichts.«

Sie sieht geradezu verstört aus über die Tatsache, dass sie vergessen hat, mich schon vorher dazu zu befragen. Ihre Augenbrauen tanzen seltsam hin und her, und sie kräuselt ihren Mund. Letztlich bestätigt sie damit aber nur meine Theorie, dass ich für sie einfach wahnsinnig unwichtig bin und sie keine Gedanken an mich verschwendet.

»In diesen Onsen laden sie tatsächlich selten westliche Stars ein, weil inzwischen einfach so viele Tätowierungen haben, und sie wollen das nicht den anderen Gästen verbieten, den prominenten Besuchern und Besucherinnen hingegen erlauben. Eigentlich konsequent.«

Ich zögere kurz, während Clarissa bereits zur Rezeption stiefelt. Gerade fühle ich mich noch schlechter als in dem Moment, als ich meinen Eltern gestehen musste, dass ich mir gemeinsam mit meiner Schwester ein Tattoo hatte stechen lassen. Mafia? Wegen eines Tattoos? Wenn sie wüssten, was ich für ein Tattoo habe, wären sie sofort überzeugt, dass ich kein Mafia-Mitglied bin. Dieses Motiv will kein Mafia-Mitglied der Welt haben, da bin ich mir sicher. Wir waren halt noch sehr jung …

Endlich kommt Finn ebenfalls zurück, begleitet von Kento, der auch als Bodyguard fungiert, und, wie ich vorhin gesehen habe, sogar als ziemlich guter. Finn sieht irgendwie zerzaust aus, als wären ihm Leute draußen durch die Haare gefahren, aber ich glaube, das war er nur selbst.

»Für die männlichen Besucher wurde das Herren-Bad für zwei Stunden gesperrt. Du hast also alles für dich. Wir sollten uns etwas beeilen, weil wir schon hinter der Zeit sind, und länger können sie es nicht für die Öffentlichkeit schließen. Der Teil für die Damen wurde nicht geschlossen, aber ich denke, bei dir wird es kein Problem sein, von wegen Fans und so.« Clarissa sagt es nüchtern. Sie hat recht, mich erkennt natürlich niemand. Irgendwie hatte ich vorher noch gar nicht darüber nachgedacht, dass dies kein normales Schwimmbad ist, sondern ein Bad, das man zur Reinigung und Entspannung besucht, eher wie ein Spa.

»Da vorn ist der Eingang zum Männer-Bad, sie bringen dich gleich in den Damenteil, und dann trefft ihr euch zum Essen wieder, okay?«

Wir nicken beide brav.

»Gut. Ich habe hier noch ein paar Regeln für euch.« Clarissa lässt sich ein Papier von einem Mitarbeiter des Bades geben. Mir fällt auf, wie elegant er ihr das Blatt überreicht, mit zwei Händen und einer Verbeugung. Clarissa hingegen nimmt es mit einer Hand an, ohne den Mitarbeiter überhaupt nur anzuschauen. Ich unterdrückte den Impuls, mich für sie zu entschuldigen.

»Das waren irgendwie besonders nette Fans, fand ich«, sage ich zu Finn, um die Stille zu überbrücken, während er das Blatt überfliegt, das Clarissa ihm weitergereicht hat. Möglicherweise erzählt er ja noch mehr darüber, was eigentlich los ist.

»Waren sie. Aber ich weiß, dass Dave nur darauf wartet, dass ich wieder ausraste. Nichts liebt er mehr, als Skandalbilder von mir zu verkaufen. Er hat auf seinem Instagram verkündet, dass er dieses Jahr eine halbe Million verdienen will mit seinen Bildern. Dafür braucht er gute Motive. Ich würde ihm zutrauen, sich in den Onsen einzuschleichen, einfach, um mich zu ärgern. Ist ein Sport von ihm.«

»Du hast so richtig einen eigenen Paparazzo?«

Finn fährt sich nervös durch die Haare, und so was wie Panik steht in seinem Blick, die ich nicht ganz einordnen kann. Aber das erklärt natürlich sein Verhalten von vorhin.

»War das der Typ mit der Kappe?«

Finn nickt, aber es ist offensichtlich, dass er nicht weiter über ihn sprechen will.

Mit klackenden Absätzen meldet sich Clarissa zurück.

»Also, ganz wichtig, ihr geht nackt, und du musst vorher deine Tätowierung abkleben, einfach aus Höflichkeit, wir wollen niemanden in eine unangenehme Situation bringen.«

Ich nicke. Und ich bin mehr als erleichtert, dass es nicht gemischt ist. Eine finnische Sauna gemeinsam mit Finn fände ich jetzt … nervenaufreibend. Allein schon der Gedanke macht es gerade unmöglich, in seine Richtung zu schauen.

»Welches Tattoo?«, fragt Finn und betrachtet mich interessiert. »Ich mag Tattoos.«

»Ich dachte, du wärst der *Star ohne Tattoo.*«

»Ich habe panische Angst vor Nadeln. Ich brauche gewissermaßen eine Vollnarkose für eine Tetanus-Impfung.«

Das wiederum bringt mich zum Schmunzeln.

»Und, was hast du für eins?«

»Es ist nicht so einfach zu sehen«, bemerke ich ausweichend.

Finn wackelt mit den Augenbrauen. »So ein Tattoo also.«

Ich rolle mit den Augen, erwidere allerdings nichts. Das hätte er wohl gern.

»Ihr müsst euch auf jeden Fall duschen, bevor ihr ins Bad geht. Die Becken sind nicht dafür da, sich zu säubern, aber das sollte klar sein. Das Wasser entstammt einer natürlichen Quelle, was das Besondere hier ist. Deshalb heißt es auch Onsen, sonst wäre es ein Sento. Das kleine Badehandtuch könnt ihr mit ins Wasser nehmen und auf dem Kopf tragen. Wichtig ist, dass du deine Haare hochsteckst, Hailee, und sie nicht nass werden lässt, das wird als sehr unhygienisch gesehen. Waschen kannst du sie nachher.«

Wieder nicken wir beide.

»Also, wie gesagt: Ihr geht nackt, und wickelt euch bitte nicht in ein Handtuch oder Ähnliches. Das ist besonders wichtig für dich, Hailee, weil du ja mit anderen zusammen im Bad bist. Du bist im Frauenteil, Finn ist bei den Männern. Später bekommt ihr einen Kimono, und wir treffen uns zum Essen. Ah, noch eine Sache: Bist du sehr rasiert, Hailee?«

Ich starre sie einen Moment an. Finns Mundwinkel klappen kurz nach unten. Er macht allerdings keine Anstalten, sich wegzudrehen.

»Also, ich wollte meine Achseln noch mal vor dem Konzert rasieren, ich kann nicht beschwören, dass sie hundert Prozent 1 A sind, aber es müsste schon okay sein.« Ich konzentriere mich darauf, ausschließlich Clarissa anzuschauen. Warum geht Finn nicht weg?

»Ich meinte jetzt nicht die Achseln.«

Finn holt sein Handy raus, und ich bin mir sicher, dass

er nur den unangenehmen Moment überwinden will. Halt nein, ist das nicht ein Grinsen in seinem Gesicht? Er macht keine Anstalten, sich woanders hinzustellen. Gleichzeitig bin ich mir fast sicher, dass Clarissa diesen unangenehmen Moment extra geschaffen hat.

»Ich meinte eher den Intimbereich«, sagt sie mit einer Selbstverständlichkeit, die ich ihr nicht zugetraut hätte. Wie so eine richtig abgehärtete Hippie-Mutter. O Gott, ich bin total verwirrt und weiß nicht, was ich sagen soll.

»In Japan gilt ein rasierter Intimbereich als Merkmal der Prostitution, weswegen sich die Leute hier wesentlich weniger im Intimbereich rasieren als in den USA«, fährt sie fort.

Ich schlucke, und ich könnte kotzen, weil ich merke, wie ich rot werde. Jetzt hat sie es doch geschafft, mich aus der Fassung zu bringen.

Clarissa zuckt mit den Schultern. »Ich wollte es dir nur gesagt haben. Ich glaube, das war alles. Bis später.«

Zum Glück kommt sofort jemand, um mich zum Frauenteil zu begleiten, und ich werfe Finn nur einen winzigen Seitenblick zu, bevor ich verschwinde. Er wirkt ganz entspannt, klar, er ist ja auch alleine im Bad. Der hat natürlich keine Angst von wegen falsch rasiert und Tattoo. Hoffentlich hat er nicht meine rote Birne gesehen.

Zwanzig Minuten später stehe ich mit meiner zugepflasterten Tätowierung im Bad. Um mich herum herrscht ein reges Treiben nackter Besucherinnen, und ich glaube, ich habe mir zu viele Sorgen gemacht. Die Japanerinnen beachten mich kaum. Seltsam, vielleicht dachte ich, dass sie wegen der Etikette und vielen Regeln irgendwie schamhafter wären, aber was ihre Nacktheit angeht, sind sie alle total natürlich und entspannt.

Es gibt verschiedene Becken zur Auswahl, ich wähle das ›Waldbecken‹, was auch in Englisch beschildert ist, weil mich der erdig-süße Fichtengeruch angezogen hat, der in der Luft liegt. Der Pool ist von hellen Natursteinen eingefasst und in einen kunstvoll angelegten Garten mit grünen halbhohen Bäumen eingebettet, als wäre man in der freien Natur und nicht mitten in Tokio. Außerdem steigt Dampf aus dem Wasser, der genauso gut Nebel sein könnte und mich an einen verlassenen Teich im Wald denken lässt. Untermalt wird alles von besinnlicher Musik, dunklen Flötentönen, dem Klirren von Windspielen und melodischen, unaufdringlichen Trommeln. So muss es im Himmel klingen.

Ich lege mein Handtuch ab und lasse mich ins Wasser gleiten. Die Wassertemperatur ist heiß, aber irgendwie perfekt heiß. Wenn ich die Augen schließe und nur den Fichtenduft einatme, könnte ich tatsächlich in einer warmen Quelle im Wald baden. Für einen Moment ist alles vergessen: die Befürchtung, dass ich irgendwelche Regeln übertrete und mit Rasur und Tattoo zu sehr aus dem Rahmen falle, Finn, das Konzert, die Pfannkuchen-Drink-Werbung und meine Angst, immer die falschen Entscheidungen zu fällen. Alle Anspannung fällt von mir ab.

Kurz drifte ich einfach und lebe wahrscheinlich wirklich genau im Moment, wie es auf den Pinterest-Zitaten immer so heißt und wie es mir sonst nur gelingt, wenn ich Musik mache. Nur das heiße Wasser, der Fichtengeruch, mein schwereloser Körper und Klänge aus einer anderen Welt.

Ganz allmählich komme ich in die Wirklichkeit zurück, als würde ich auftauchen. Das Abendessen. Ein Blick auf eine Uhr an der Wand bestätigt mir, dass die Zeit schon um ist. Ich gehe zurück zur Umkleide, trockne mich ab, schlüpfe in den Kimono, den ich bekommen habe, und die Tabi-Socken, bei denen der große Zeh wie beim Fäustling abgetrennt ist. Beides kann ich interessanterweise für die traditionelle japanische Mahlzeit anlassen, wie Clarissa vorher erklärt hat. Im Bademantel essen – einige japanische Bräuche sind wirklich sehr relaxed, anders als manche Vorurteile einem glauben machen. Anschließend suche ich den Raum, der mir vorhin von der Empfangsdame gezeigt wurde und wo wir uns zum gemeinsamen Abendessen treffen.

»Konbanwa«, werde ich beim Eintritt auf Japanisch von einer eleganten Dame in einem wunderschönen Yukata begrüßt, einem blauen kimonoartigen Badegewand mit großen rosafarbenen Blüten. Meiner ist ebenfalls hellblau mit weißen Vögeln, ich würde ihn am liebsten behalten.

»Ich bin Nyoko«, stellt sie sich dann aber in ziemlich gutem Englisch vor. Ich bin erleichtert. Die komplizierte Unterhaltung mit dem Regisseur vorhin hat mich doch etwas traumatisiert. Ich trete in den minimalistisch eingerichteten Raum, auf dem Boden liegen Tatami-Matten, dann gibt es noch einen niedrigen Tisch mit Stühlen, die aussehen, als hätte man ihnen die Beine abgesägt. Die Wände bestehen aus klassischen japanischen Papierwänden, Shoji, wie ich im Hotel gelernt habe. Da Finn noch nicht da ist, führt sie mich zu einer Seite, wo man durch eine Glasscheibe in einen kleinen Innengarten schauen kann, der detailverliebt angelegt ist. Sie kniet sich mit der fließenden Bewegung hin, die hier alle so gut beherrschen.

Der Garten hinter der Glasscheibe ist faszinierend. Es gibt unterschiedliche Pflanzen und kleine Bäume, die einerseits wild durcheinanderwachsen, andererseits ist klar, dass sie einem durchdachten Konzept folgen. Ich entdecke einen kleinen Teich, in den ein halboffenes Rohr stetig Wasser rieseln lässt. Unter den Bäumen liegt dunkelgrünes, saftiges Moos, das so weich aussieht, dass man sich am liebsten dort hineinlegen möchte. Eine Naturwelt in Miniaturformat.

»Steve Jobs ist gern gekommen für Zazen«, sagt Nyoko.

Auf meinen verdutzten Blick hin erklärt sie: »Zazen ist eine Form der Sitzmeditation.«

Keine Ahnung, ob das stimmt, aber ich spähe mit neuem Interesse in den Garten und überlege, ob Steve Jobs geahnt hat, dass er hier zu Werbezwecken missbraucht werden würde, nur weil er einmal vor diesem Fenster gesessen hat.

Für die nächsten Minuten starre ich in den Garten und versuche, an nichts zu denken. Aber zu viele Eindrücke und Gedanken prasseln auf mich ein. Im Wasser ist das einfach so passiert, jetzt, wo ich mich bewusst entspannen will, wehrt sich mein Kopf. Ich weiß nicht viel über Meditation, doch ich erinnere mich, dass ich meine Gedanken fliegen lassen sollte, mich nicht daran festhalten. Aber leider sind die Gedanken aufdringlich und lauter als die winzige Welt hinter der Glasscheibe, egal wie sehr ich versuche, alle Details aufzunehmen – das Gras, die kleinen Bäume, den sorgfältig angelegten Teich. Aber je mehr ich starre, umso mehr laufen meine Gedanken Amok, und die

Bilder der letzten zwei Tage rauschen an mir vorbei. Mein erster Besuch im Dome und die Vorstellung, dass ich dort schon morgen vor unendlich vielen Menschen singen soll … Und die Gedanken an Finn, den ich vor einem Jahr noch toll fand, dann aber einen schrecklichen Eindruck von ihm bekommen habe, nachdem ich die ganzen Presseberichte über ihn gelesen habe. Finn, den ich jetzt doch irgendwie gar nicht mehr schrecklich finde, sondern sogar ziemlich nett, sodass ich an diesen Presseberichten über seinen Egoismus und seine Abgehobenheit ernsthaft zweifle, und ….

Ich höre, wie die Tür hinter mir aufgeht, Nyokos leise Stimme, und ich weiß irgendwie sofort, dass das Finn ist. Ich tue so, als wäre ich tief in der Meditation versunken, vielleicht weil ich meine Gastgeberin nicht beleidigen will – oder weil seine Anwesenheit mein Herz wesentlich mehr zum Klopfen bringt, als es sollte, und meine Stirn vor Aufregung zu prickeln beginnt. Ich hoffe, die Farbe meiner Wangen verrät mich nicht – aber die könnten auch vom heißen Wasser gerötet sein.

Ich starre nach vorn, spüre aber übergenau einen Windzug und seinen vertrauten Geruch, dem noch ein bisschen Fichte beigemischt ist. Vermutlich war er auch im Waldbecken. Vorher war es mir kaum aufgefallen, aber ja, sein Geruch ist mir schon bekannt, die Stunden gemeinsam in den Cafés und im Van haben ihn vertraut gemacht. Aus dem Augenwinkel sehe ich, wie er neben mir in die Knie geht, nachdem unsere Gastgeberin ihm ebenfalls im Flüsterton erklärt hat, dass hier Steve Jobs gesessen hat, um zu meditieren. Ich unterdrücke einen ironischen Kommentar und blicke weiter stur geradeaus.

Ich höre das sanfte Geräusch der sich schließenden Schiebetür, und dann sind wir allein. Wenn ich vorher schon nicht meditieren konnte, ist es nun völlig unmöglich. Ich nehme überhaupt nichts mehr wahr von dem, was vor mir liegt. Alle meine Sinne sind zur Seite auf Finn gerichtet, und die Tatsache, dass ich nach vorn schaue, ist fast absurd, weil ich nur seinen Geruch, die Körperwärme, die er abstrahlt, und seinen Atem wahrnehme. Vielleicht spüre ich auch den harten Boden unter meinen Knien, die wiederum einen eigenen Sinn entwickeln, den ich bisher noch nicht kannte, und ausschließlich darauf konzentriert sind, wie weit sie von Finns Knie entfernt sind. Irgendwelche Aufmerksamkeit für den Garten vor mir ist da wirklich nicht mehr übrig. Allerdings merke ich, dass seine Atemzüge ebenfalls weniger regelmäßig wirken, als eine tiefe Meditation vermuten lassen würde.

Plötzlich werde ich mir der Tatsache, dass wir hier nebeneinander in unseren Yukatas sitzen – worunter ich nur meine alte und nicht zusammenpassende Unterwäsche trage –, mehr als bewusst. Hilfe, warum denke ich überhaupt an den Zustand meiner Unterwäsche? Das hat hier wirklich rein gar nichts verloren! Und von den Überlegungen über meine Wäsche driften meine Gedanken weiter zu den Pancakes von vorhin. Und mit diesen Bildern im Kopf ist erst recht keine Meditation möglich.

»Es ist hoffnungslos«, murmelt Finn in diesem Moment.

Ich wende mich ihm zu, und in seinem Gesicht zeichnet sich die Verzweiflung ab, die auch ich beim Versuch zu meditieren empfinde. Seine Augen sind aufgerissen und ein wenig gerötet – stimmt, er hat ja Kontaktlinsen – und sehen dunkler aus. An den Wangen haben sich von der Hitze des Badehauses rote Flecken gebildet. Seine Haare stehen feucht in verschiedene Richtungen, und ein paar Wassertropfen bahnen sich den Weg von einem Ohr seinen Nacken herunter und verschwinden in seinem Yukata. Irgendwie sieht er gerade besonders gut aus, rote Flecken, feuchte Haare und Wassertropfen inklusive, und ich überlege, ob er unter dem Kimono etwas trägt. Äh, nein! Schnell wende ich mich wieder in Richtung des Gartens vor mir, weil ich spüre, wie mir die Röte ins Gesicht schießt, und hoffe jetzt mal ganz stark, dass er diesen Gedanken nicht in meinem Gesicht lesen konnte.

»Hast du dich gerade vor mir erschrocken?«, fragt er unschuldig, aber irgendwie ist da ein zufriedener Unterton in seiner Stimme.

Nein, niemand kann Gedanken lesen, beruhige ich mich.

»Quatsch«, zische ich durch zusammengepresste Zähne. »Wir sollen meditieren, nicht labern. Das ist unhöflich. Schhhhht.«

»Hier ist niemand, außer es gibt versteckte Kameras«, fährt er unbeirrt und keineswegs leiser fort. »Es entspannt mich wirklich überhaupt nicht, hier zu sitzen, sondern macht mich unglaublich nervös, weil ich Tokio verpasse«, bemerkt er.

»Das hier *ist* ein Teil japanischer Kultur«, gebe ich flüsternd zurück, aber mehr, um mich selbst zu überzeugen.

Wir starren weiter. Ich höre, wie Finn, seine Beine neu sortiert. Das Rascheln des Yukata. Sein leises Schnaufen. Sogar das Geräusch, wie er sich mit den Händen durch die Haare fährt, was eigentlich kein Geräusch sein sollte, höre ich. Okay, was für ein Nonsens. Ich habe auch FOMO. Wir verpassen Tokio und schauen stattdessen in einen Schrebergarten für Gartenzwerge.

»Ich habe ungefähr eine Million Gedanken im Kopf, und es werden jede Sekunde mehr«, sagt Finn. »Eine Million ist untertrieben«, fügt er nach einem kurzen Moment der Stille hinzu.

Und dann spüre ich tief in mir drin ein Lachen hochsteigen wie eine Luftblase. Ich versuche, mich zu beherrschen und atme tief ein, was klingt, als hätte ich spontan Atemnot bekommen.

Doch die Luftblase kommt weiter an die Oberfläche, und irgendwann ist sie kaum noch aufzuhalten. Ich schaue zu Finn, der mich überrascht ansieht, aber ich kann genau sehen, dass er genauso mit einem Lachanfall kämpft. Ich ramme ihm meinen Ellbogen in die Seite. »Psst, das ist unhöflich«, raune ich ihm zu, während ich mich aufrechter hinsetze und krampfhaft versuche, mich zusammenzureißen.

»Hilf mir, ich kann nicht aufhören«, keuche ich verzweifelt.

Wenige Sekunden später fahre ich mit einem Schrei hoch. Finn hat mir in die Taille gekniffen.

»Entschuldige mal! Das ist keine Hilfe. Unter diesem Yukata steckt zudem vielleicht ein Mitglied der Mafia. Hast du keine Angst?«, pruste ich.

»Zeigst du mir deine Tätowierung?«, fragt Finn und lächelt mich mit einem übertrieben süß-verführerischen Lächeln an. Es soll eine Parodie sein, aber ich muss leider feststellen, dass das Lächeln ziemlich hübsch ist. Und das fällt mir auch wirklich nicht zum ersten Mal auf … Seine

Haare sind noch mehr verstrubbelt, und ich frage mich, wie sie sich anfühlen.

Ich schlucke. »Nein«, sage ich schnell. »Ganz bestimmt nicht.«

»Es klingt geheimnisvoll. Vielleicht muss ich mir eine neue Strategie ausdenken.«

»Hoffnungslos.« Ich verschränke die Arme vor der Brust, aber dann wird der Impuls zu lachen so übermächtig, dass ich mich prustend nach vorn krümme. Die Tränen schießen mir in die Augen, und ich merke, wie Finn ebenfalls zu zucken beginnt, weil er sich so anstrengt, nicht loszulachen. Doch dann bricht es auch aus ihm heraus. Es gibt keinen echten Grund, aber wir beide lachen einfach immer weiter.

»Du musst aufhören«, keucht er.

Aber ich kann nicht. »Finn, bitte!«, flehe ich, während ich erneut von einem Lacher geschüttelt werde. »Mein … Bauch … tut schon total weh!«, bringe ich mit Mühe hervor.

In dem Moment hören wir, wie die Schiebetür zur Seite geschoben wird, und keuchend versuchen wir, uns zu sammeln.

Finn

Let's drink and smoke
Shed the skins we keep
For the others!
Let's inhale the night
Deep into our lungs.
Let's tend to our own secret garden

aus: *Shut up and smile, Boy,* Finn Wolfcraft

»Oh, gute Stimmung hier«, höre ich plötzlich Clarissas durchdringende und etwas kratzige Stimme, während ich noch versuche, mich wieder zusammenzureißen. Im Schlepptau hat sie zwei aufgeregte Fans, ein junges Pärchen, die neugierig in den Raum linsen. Sofort verengt sich meine Brust, aber dann merke ich, dass das nur ein überflüssiger Reflex war. Es sind nur zwei, alles gut. Ich habe manchmal das Gefühl, dass sich in mir drin eine Art Programm abspielt in bestimmten Situationen, das fast von allein abläuft.

Clarissa betrachtet Hailee und mich mit zusammengekniffenen Augen, als würde ihr nicht gefallen, was sie sieht. Was auch immer das ist. Clarissa hat dauernd eine eigene Agenda, und ich habe schon lange aufgegeben, alles verstehen zu wollen. Letztlich wollte *sie* doch, dass ich mit Hailee Zeit verbringe. Ich blicke zu Hailee, ihren unordentlich auf den Kopf aufgetürmten schwarzen Haaren. Einige lange Strähnen haben sich bei unserem Lachanfall vollständig gelöst und fallen auf ihren Yukata oder haften an ihrem Hals. Sie hat makellose Haut, die nach dem Bad noch makelloser und weich aussieht und das Blau ihrer Augen perfekt zur Geltung kommen lässt. Ihre Wimpern sind so lang, dass sie wahrscheinlich einen Schatten werfen, ich frage mich, ob die echt sind. Ein warmes Gefühl durchströmt mich wie eine Welle, so intensiv, dass ich selbst überrascht die Luft einziehe. Dann schaue ich wieder zu Clarissa, vielleicht weil ich *ihren* Blick spüre. Und nein, sie sieht gerade nicht so glücklich aus, wie sie eigentlich aussehen sollte, weil doch alles nach ihrem Plan läuft.

»Hallo, Finn! Hallo, Hailee!«, rufen die beiden Fans, die das Meet & Greet gewonnen haben, und kommen strahlend näher. Ich hole mich zurück in die Wirklichkeit und erhebe mich, um ihnen entgegenzugehen. Glücklicherweise klingt noch die unbeschwerte Stimmung unseres Lachanfalls nach, und so leicht habe ich mich schon lange nicht mehr gefühlt in dieser Situation. Es ist fast so wie früher. Sie umarmen mich nacheinander wie einen alten Freund, aber das kenne ich schon. Die meisten haben nicht das Gefühl, dass wir uns fremd sind, weil sie so viel über mich gelesen und gesehen haben. Dabei vergessen sie aber, dass diese vermeintliche Bekanntschaft vollkommen einseitig ist.

Direkt hinter den beiden kommt Kento herein und wirft mir einen kritischen Blick zu, aber ich gebe ihm ein Zeichen, dass alles okay ist. Die beiden sind wirklich total harmlos und supernett. Vielleicht ist es die ungewohnte Situation im Onsen, die verhindert, dass mein übliches Panik-Programm abgespult wird. Beide tragen den gleichen braunen Pullover mit aufgedruckten Herbstblättern – Merch meiner letzten Albumveröffentlichung *Folksy*. Wir machen einige offizielle Fotos mit dem gleichen Victory-Zeichen und ein paar albernen Grimassen, sodass ich irgendwann ehrlich lachen muss.

Früher hatte ich nie Panik, und meine Leibwächter hatten eher das Problem, dass ich mich in jede Menge geworfen habe. Aber das hat sich alles geändert seit letztem Jahr. Deshalb gibt es aktuell nur so kleine Fan-Treffen. Vielleicht gehen diese merkwürdigen Panikanfälle bald von allein wieder weg. Dieser Shrink, den Clarissa besorgt hatte, meinte, mein Körper würde das außerdem wieder umlernen, wenn ich ein paar gegenteilige Erfahrungen mache und mein Unterbewusstsein umprogrammiere. Da das ja alles auch recht spontan begonnen hat, würde ich das bestimmt einigermaßen schnell hinbekommen.

Ich rede weiter mit Yui und Soba, wie die beiden heißen, doch nach ungefähr dreißig Sekunden beginnen sie, Fotos mit ihren Handys zu schießen. Man spürt, wie aufgeregt sie sind, wie sehr sie sich freuen und wie besonders dieser Abend für die beiden sein muss. Inzwischen haben wir Champagner-Gläser bekommen, laut Clarissa ist so ein Stehempfang nicht typisch und soll dafür sorgen, dass wir uns zuhause fühlen.

Noch mehr Leute kommen herein, diesmal zwei Fotografen, die von Clarissa begrüßt werden. Sie beginnen ebenfalls umgehend damit, ihre Kameras umherzuschwenken und Bilder zu machen, vom Raum, von uns und so weiter. Ich spüre, wie Nervosität in mir hochsteigt. Kento stellt sich an die Seite, diesmal in seiner Funktion als Bodyguard. Das beruhigt mich etwas – die Situation ist unter Kontrolle. Aber Clarissa hätte schon deutlicher machen können, dass noch mehr Fotografen kommen.

»Wo kommen die plötzlich alle her?«, fragt Hailee nah an meinem Ohr. Der Luftzug ihrer Worte kitzelt meine Schläfe.

»Wenn man ein paar solcher Pressetermine macht, ist die Chance größer, während der anderen Zeit in Ruhe gelassen zu werden«, plappere ich die Worte von Clarissa nach.

Hailee nickt, dabei streichen ein paar ihrer Haare gegen meine Wange, so nah ist sie, und mir fällt auf, wie die Stimmung zwischen uns völlig anders geworden ist. Die anfängliche Anspannung hat sich verwandelt. Eine gewisse Spannung ist weiterhin da, sogar noch mehr als zuvor, aber …

Okay. Halt. Es reicht. Das hätte Clarissa wohl gern. Oder eben auch nicht. Oder … egal.

Ich schüttele meinen Kopf, als könnte ich so das Gefühl loswerden, das sich dort im Laufe des Abends, ja, vielleicht schon während der Autofahrt am Nachmittag in mir eingenistet und sich unauffällig immer weiter in meinem ganzen Körper ausgebreitet hat. Schon im Wasser habe ich eigentlich kaum an etwas anderes mehr gedacht als an Hailee. Sobald ich keine Gedanken mehr hatte, waren nur noch Bilder im Kopf, schneller als ich überhaupt irgendetwas steuern konnte. Und gerade, ich weiß nicht, kann ich fast zuschauen, wie der Wunsch, mich gegen diese Bilder zu wehren, immer kleiner wird. In einer Ecke meines Kopfes taucht plötzlich dieser Gedanke auf: Was wäre, wenn ich es zulassen würde, diese Gedanken zu haben. Was wäre, wenn sie ähnliche Gedanken hätte, was ich in manchen Momenten heute gedacht habe. Was wäre, wenn …

In dem Moment vibriert Hailees Handy, was ich eigentlich nur merken kann, weil ich schon wieder viel zu fokussiert auf sie bin. Tobi, ich wünschte, Tobi wäre hier, um mich abzulenken. Oder um mir zu sagen, was ich machen soll. Ich fühle mich nicht mehr in der Lage, brauchbare Entscheidungen zu treffen. Hailee nimmt den Anruf an. Ich wende mich wieder Yui und Soba zu.

»Wie gefällt dir Japan?«, fragt Yui interessiert. »Was hast du bisher gesehen?«

»Es ist ganz wundervoll«, antworte ich. »Ich glaube, es ist mein neues Lieblingsland.« Ich erzähle von den Dingen, die ich heute erlebt habe, von der Fahrt durch die Stadt und der Probe im beeindruckenden Dome.

Die beiden strahlen mich an. »Magst du das japanische Essen?«, fragt Soba – er ist noch Schüler, wie er mir erklärt – mit echtem Interesse.

»Es ist unglaublich gut, ich liebe es«, schwärme ich, weil ich den Eindruck habe, dass etwas überschwängliche Begeisterung von mir erwartet wird. Außerdem habe ich ein schlechtes Gewissen, weil ich die ganze Zeit so abwesend bin, während die beiden sich seit Monaten auf diesen Tag gefreut und eine teure Anreise in Kauf genommen haben.

»Was ist dein Lieblingsessen?«, fragt er.

»Eigentlich alles«, erwidere ich mit extra viel Nachdruck, weil mir kein einziges Gericht einfällt und Sushi zu banal klingt. »Ich freue mich auch schon den ganzen Tag auf das Essen, kein Witz«, erkläre ich, und die beiden nicken.

»Es ist uns echt eine Ehre, mit dir hier zu sein«, bestätigt er.

Wir beginnen uns über Musik zu unterhalten, und ich bin froh, dass das Treffen so nett und entspannt verläuft. Als die Aufregung der beiden etwas nachlässt, wird das Gespräch richtig interessant, und Yui und Soba beantworten meine Frage nach japanischen Bands.

Doch als mein Blick einige Momente später auf Hailee fällt, merke ich, dass sie käseweiß geworden ist. Sie scrollt langsam durch ihr Handy und wird von Sekunde zu Sekunde blasser. Ich fange ihren Blick auf, als sie sich von ihrem Handy löst, und schrecke zurück, so dunkel blitzen ihre Augen, die doch eigentlich blau sind. Nichts Farbiges ist mehr darin, sie sind fast schwarz, ihr Gesicht ist verkrampft, ihr Kinn eine harte Linie.

Verwirrt beantworte ich die nächste Frage meiner Gäste, die Fotografen bitten um mehr Fotos, doch ich kann mich nur auf Hailee konzentrieren.

Da beugt sie sich nach vorn, um mir etwas ins Ohr zu flüstern, und ich lehne mich ihr entgegen, vielleicht ein wenig zu eifrig. Ich spüre ihren warmen Atem an meinem Ohr und versteife mich, um zu verhindern, dass mir ein Schauer über den Rücken läuft. »Du bist so ein Arschloch«, sagt sie, und damit wendet sie sich ab und stampft in Richtung Tür.

Ihre Worte treffen mich mindestens so hart wie ein Tritt in den Magen, vielleicht noch mehr, weil es so unvermittelt kam. Ich bin völlig verwirrt. Und überrumpelt. Was hat sie bloß gesehen, was sie so wütend gemacht hat?

Nur einen Augenblick später tragen Frauen in identischen blau-rosa Kimonos des Restaurants Tabletts mit jeder Menge verschiedenfarbiger Schüsseln herein und verteilen sie auf dem flachen Tisch.

»Alles in Ordnung, Finn? Ist etwas? Ich wollte dir noch mein eigenes Album zeigen«, sagt Soba.

Ich wende mich ihm zu. Er strahlt mich an. Nein, das tue ich ihm jetzt nicht an. Ich lasse die beiden nicht hier, um Hailee nachzulaufen.

Außerdem soll das Essen genau jetzt losgehen. Wir werden zum Tisch geleitet und knien uns an die niedrige Platte. Ein Platz bleibt leer, Hailees Platz, aber Yui und Soba scheinen das gerade gar nicht zu bemerken. Dann kommt Nyoko zurück und nimmt die Deckel aller Schüsseln ab – und ich bekomme fast einen Herzinfarkt.

Viel Fisch in allen möglichen Farben und Konsistenzen, jede Menge glibberige Suppen … Ist das rohe Qualle?! Und dann vor allem: Fisch in seiner Urform mit Haut und Kopf inklusive Augen. Augen, die zwar nicht mehr blinzeln, bisher jedenfalls noch nicht, die mich aber auf jeden Fall anstarren.

Meine beiden Gäste klatschen in die Hände. »Das ist so toll, wir freuen uns so, was für ein Essen. Alles für dich.«

Oh nein. Alle Blicke und vor allem die Linsen der Kameras im Raum sind auf mich gerichtet. Dies ist das einzige Fan-Event, das ich hier in Tokio mache. Zumindest dieses kleine Meeting darf ich nicht versauen, Clarissa zuliebe. Und mir selbst zuliebe. Ich presse ein Lächeln heraus. Die Tür wird aufgeschoben, Hailee kommt zurück, vermeidet meinen Blick und setzt sich wieder an den Tisch. Ich möchte aufatmen, aber ihre angespannten Schultern verraten mir, dass nichts in Ordnung ist. Die Tatsache, wie sehr mich das verunsichert, verunsichert mich noch mehr. Was ist passiert?

Dann erscheint der Besitzer des Restaurants, ein hochgewachsener Japaner, dem der Schalk aus den Augen blitzt und der offenbar ein ganz großer Fan von mir ist. Er erklärt mir ausführlich, welche Speisen er für mich ausgewählt hat und was für eine Bedeutung sie haben, und mir wird dabei auch klar, wie exklusiv und teuer jedes Gericht ist, das er für uns angerichtet hat. Er betont zudem, dass meine Fans und ich natürlich eingeladen sind, und ich bedanke mich ausgiebig, vielleicht auch, um Zeit zu gewinnen, denn schon vom Hinschauen auf diese ganzen Teller wird mir übel. Alle warten darauf, dass ich esse. Ich, der das japanische Essen so liebt, wie Clarissa in irgendeiner Pressemeldung behauptet hat. Aber ich kann noch nicht mal sauer auf Clarissa sein, ich habe es ja vorhin genauso erzählt.

»Das ist das beste Essen von Tokio«, bemerkt Soba beeindruckt, und der Restaurantbesitzer verbeugt sich.

»Es ist unglaublich exklusiv«, bestätigt Yui.

»Es sieht ganz wundervoll aus«, bringt Hailee mit geröteten Augen und gepresster Stimme hervor. Aber niemand anderem scheint aufzufallen, dass irgendetwas überhaupt nicht in Ordnung ist. Ich muss sie später fragen, jetzt brauche ich alle meine Willenskraft, um hier durchzukommen.

Vor mir dampft es aus den unzähligen Schüsseln, aber

keine beinhaltet etwas, das ich mir vorstellen kann zu essen. Ich nehme das erstbeste Gericht, bedanke mich und angele mit dem Stäbchen nach dem Inhalt. Qualle. Helllila, halb durchsichtig, mit merkwürdigen Verdichtungen im Glibber. Ist das der Magen der Qualle gefüllt mit halbverdauter Nahrung? Haben die überhaupt einen Magen? Ich habe jedenfalls einen, und der ist kurz davor, einen Salto zu machen. Aber mir bleibt keine Wahl, ich komme hier nicht mehr raus, alle erwarten, dass ich gleich einen Lustseufzer ausstoße. Sie wissen nicht, dass sich schon bei dem Gedanken an diesen Bissen bittere Gallenflüssigkeit in meinem Magen sammelt. Ich halte die Luft an, öffne den Mund und …

»Das ist der absolute Wahnsinn!«, sagt Hailee so laut, dass sich alle überrascht nach ihr umdrehen. Ich bin so erschrocken, dass ich mich doch nicht über den Tisch übergeben muss, was gerade eine ernsthafte Gefahr dargestellt hat. Ich habe schon im Kopf das Klicken der Kameras gehört, die den Moment festgehalten haben.

»Isst man das mit Augen und Schwanz? Die sind ja richtig kross gebraten«, erklärt sie mit Begeisterung. Dann steckt sie sich den gesamten Fisch mit dem Kopf voran in den Mund. »Mhhh«, macht sie dabei.

Zuerst wird mir schon fast vom Zuschauen schlecht, aber dann erkenne ich den Moment, lasse die Qualle zurück in den Algensalat fallen und schiebe mir die leeren Stäbchen an den Mund. »Mhh«, sage ich verkrampft. »Ja, der Wahnsinn.«

Alle Gäste klatschen. Sogar die Fotografen sind so verwirrt, dass sie ihre Linsen nur auf Hailee ausgerichtet hatten, niemand hat die Qualle in die Algen fallen sehen. Außer Hailee.

Der Rest des Treffens vergeht mit mehr Fotos. Yui kennt sich richtig gut mit japanischen Underground Bands aus, und ich bemühe mich, den beiden meine volle Aufmerksamkeit zu geben, fast als könnte ich dadurch die verpatzen Fan-Events der letzten Monate ausgleichen. Nur wenn ich zwischendurch zu Hailee schaue, kommt sofort dieses hohle Gefühl zurück. *Arschloch.* Was um aller Welt ist vorgefallen? So sehr ich mich bemühe, mich auf die Fans zu konzentrieren, fiebere ich dem Ende des Treffens entgegen.

Yui und Soba schmecken die exklusiven Gerichte sichtlich gut, und ich esse noch ein wenig Algensalat und einige riesige Trauben, für deren Verzehr ich mir extra viel Zeit nehme.

Zum Abschied strahlt Yui mich an und stellt sich für ein letztes Foto neben mich. »Du bist gar nicht arrogant, Finn. Ich wusste einfach, dass du nett zu deinen Fans bist. Meine Freunde haben gewettet, dass du gar nicht kommst, wie bei den letzten Meet & Greets. Aber ich habe an dich geglaubt.«

Ihr Satz trifft mich wie eine Ohrfeige. Ich kenne natürlich die Geschichten. Aber so etwas direkt von einem Fan zu hören, ist hart.

»Ja, wir hatten schon ein bisschen Angst vor dem Treffen – nach all den Berichten«, stimmt ihr Freund zu und schaut betroffen auf den Boden. »Aber wir lieben deine Musik so sehr und konnten uns das nicht vorstellen.«

Ich nicke, weil mein Hals sich verklebt anfühlt, die Worte dumpf in meinem Kopf nachhallen.

Zum Glück drängt Clarissa zum Aufbruch, und ich umarme Yui und Soba, der mich fest in seine Arme zieht und nach ein paar Sekunden nur zögerlich loslässt.

»Deine Musik hat mir einmal das Leben gerettet«, sagt Soba leise, viel ernster als vorher, und blickt mir direkt in die Augen. »Es war ein großer Trost, als es mir sehr schlecht ging. Danke für alles.« Die Ernsthaftigkeit, mit der er das vorbringt, treibt mir die Tränen in die Augen, einfach so.

»Nein, ich danke dir«, erwidere ich mit belegter Stimme. »Es tröstet mich genauso, dass es Leute wie dich gibt, die mit mir mitfühlen. Sonst wäre ich allein damit. Das rettet *mir* das Leben.« Wir lächeln uns an, und dieser kleine Moment zwischen uns ist für mich wahrscheinlich bedeutungsvoller, als Soba sich vorstellen kann.

Als wir endlich wieder draußen sind und erschöpft in den Van einsteigen, würdigt Hailee mich weiterhin keines Blickes und setzt sich auf einen der vorderen Plätze, während Clarissa draußen noch ein paar Sätze mit den Leuten vom Onsen wechselt. Sofort verfliegt das tröstliche Gefühl, das ich gerade mit Soba geteilt habe. Hailee hat ihre Haare wieder geöffnet und vors Gesicht drapiert wie einen Vorhang. Ich steuere den vorderen Platz neben ihr an, auch wenn ich natürlich merke, dass sie sich nicht dorthin gesetzt hat, damit ich ihr Gesellschaft leiste. »Danke für die Rettung mit dem Essen, aber …«, setze ich an, während ich mich in den Sitz fallen lasse. Am liebsten würde ich ihre Haare zur Seite streichen, um ihr in die Augen zu sehen. Ich will endlich wissen, was los ist. Es überrascht mich selbst – und erschreckt mich, wie sehr mich die Ablehnung, die Hailee ausstrahlt, aus der Fassung bringt.

»Ich habe es nicht für dich gemacht, sondern für die Gastgeber«, unterbricht Hailee mich. »Die waren nett und haben sich total viel Mühe gegeben. Ich denke, die wären echt traurig gewesen.« Hailees Stimme ist abweisend und wirkt erstickt, als würde sie nur halb atmen. Ich sehe, wie sie mit den Fingern die Armstütze umkrallt, als müsste sie sich festhalten.

»Warum genau bin ich jetzt so plötzlich ein Arschloch? Sag doch endlich, was los ist«, fordere ich ungeduldig.

Hailee schnaubt verächtlich und funkelt mich wütend an. »Du bist nicht nur ein Arschloch, sondern auch ein komplett rücksichtsloser Egoist. Genau wie ich eigentlich schon vorher wusste.«

Wow. Das saß. Ich bin kurz sprachlos. Warum tut sie das? Warum versucht sie gerade, alles kaputt zu machen, was … was vorhin da war. Es war doch da. Das habe ich mir doch nicht eingebildet.

»Wovon redest du? Sag mir doch mal, was passiert ist! Du beschuldigst mich einfach, ohne mir überhaupt zu erklären, was vorgefallen ist. Das ist doch verrückt!« Ich bin aufgebracht, ich weiß nicht, was los ist. Und es kommt mir leider irgendwie bekannt vor. Anschuldigungen, die ich nicht nachvollziehen kann. Emotionaler Rückzug genau in dem Moment, wo ich überhaupt nicht damit rechne. Déjà-vu. Das bringt mich noch mehr aus der Fassung, und ich merke, wie mein Puls sich beschleunigt und meine Handflächen feucht werden. Aber sie ist noch nicht fertig.

»Und allein, dass du mir jetzt diese Frage überhaupt stellst, ist absurd. Ich komme mir einfach dämlich vor. Ich hätte es wissen müssen. Sogar deine Fans waren überrascht, nicht von dir sitzen gelassen zu werden. Immerhin hast du bis zum Ende durchgehalten und bist nicht früher abgehauen, weil du plötzlich keinen Bock mehr hattest. Das ist ja schon ein echter Fortschritt für dich«, sagt sie, und ich weiß genau, auf welchen Artikel über mich sie sich bezieht. Mir bleibt fast die Luft weg. Wie kann sie es wagen? Tränen glänzen in ihren Augen. Aber ich habe gerade kein Mitleid mehr. Ihre Worte sind Waffen. »Vielleicht sollte man sich manchmal überlegen, was die eigenen Handlungen für andere bedeuten. Die Welt dreht sich nicht nur um dich«, fährt sie in ätzendem Tonfall fort.

»Vielleicht solltest du dir überlegen, warum du Berichten über Leute mehr glaubst als ihnen selbst und ihren Handlungen. Und wenn du schon dabei bist, solltest *du* dir mal überlegen, was deine Worte für andere bedeuten«, erwidere ich, und ich merke selbst, wie all die warmen Gefühle, die ich für sie hatte, erkalten, als wären sie in ein Eisbad getaucht worden. Wie hatte ich die überhaupt zulassen können? Ja, Hailee kann definitiv die richtigen Knöpfe drücken. Oder die falschen.

Hailee wendet sich mir zu, ihr Gesicht ist hart.

»Deinen Handlungen soll ich glauben?« Sie stößt ein verächtliches Seufzen aus. »Ganz genau.« Sie schließt kurz die Augen und schüttelt den Kopf, als könnte sie nicht glauben, was passiert.

»Finn, komm mal bitte kurz mit mir nach hinten, wir müssen noch was besprechen«, erklärt Clarissa, die gerade einsteigt und den Schlagabtausch anscheinend nicht mitbekommen hat.

Gern. Die Frau ist mir echt zu crazy. Ich bin kein Spielball für ihre Gefühlsschwankungen. Nicht noch mal.

Finn

It's time to get naked
It's time to produce
One thing
That is worth existing
For me. For good.

aus: *Naked in Town*, Finn Wolfcraft

Die gnädige Clarissa hat mir den Vormittag frei gegeben, damit ich vor dem Konzert Zeit für mich habe, worum ich sie gebeten hatte. Sie war außerdem entspannt, weil die Bilder und Infos, die bisher in den einschlägigen Zeitungen und Blogs erschienen sind, aller super waren.

Ich liege auf meinem Bett und scrolle durch die Artikel, die auf Blogs und Klatschpressenseiten erschienen sind. Das Fan-Event mit Yui und Soba wurde super positiv aufgenommen. Sie strahlen, und kurzentschlossen like ich die Bilder, die sie selbst auf ihrem Insta veröffentlicht haben, und schreibe einen Kommentar, weil ich weiß, dass sie sich dann freuen werden.

Die Bilder von Hailee und mir in den Cafés gibt es auch überall. Clarissa hat sie wahrscheinlich Multiplikatoren zugespielt. Wir sehen vertraut aus, ich kann die Chemie noch spüren, die da war. Aber wenn ich an das Ende des gestrigen Abends denke, fällt mir vor allem ein, dass solche Bilder täuschen können. Sie erinnern mich an die Fotos aus der Vergangenheit. Die Posts mit den sentimentalen Captions und #forever-Hashtags.

Bevor ich so richtig darüber nachgedacht habe, erscheint Ellas Seite auf meinem Handy. Das passiert leider immer noch viel zu häufig. Immerhin habe ich durch Ella gelernt, dass ich offensichtlich masochistische Tendenzen habe, denn warum tue ich mir das an? Ich scrolle durch die perfekt inszenierten Bilder, auf denen sie wunderschön ist, nachdenklich lächelt und sentimental-tiefsinnige Zitate postet. Die #nofilter-Fotos, die dennoch gefacetuned sind, wie ich weiß.

Ella ist schon in Hadonfield und postet momentan mehrmals täglich nostalgische Bilder unserer Heimatstadt und sogar ein Foto vom roten Kleid, das sie zur jährlichen Weihnachtsparty des Bürgermeisters morgen tragen will. Natürlich sexy.

Mir wird übel, als ich das sehe, und mein Hals wird eng. *Promi-Freund rastet aus und verletzt Journalisten* lautete eine Überschrift nach dem letzten Weihnachtsfest. Ella hatte es geschafft, dass vor allem Bilder von ihr in einem anderen sexy Kleid veröffentlicht wurden und sich die Story darum drehte, wie sie unter meinem »Aggressionsproblem« litt. Ihr Ehrgeiz, der über Leichen geht, und ihr Talent, die Gefühle anderer zu manipulieren, sieht man auf den Bildern natürlich nicht.

Das einzig Gute an meinem masochistischen Social-Media-Konsum ist, dass er mir hilft, einen klaren Kopf zu bekommen. So leichtgläubig werde ich nie wieder sein.

Deswegen lautet die Devise nun: Ich mache nur Dinge, die mir guttun. Als Erstes lasse ich mir Frühstück aufs Zimmer liefern. Noch nie hat ein stinknormales Spiegelei so gut geschmeckt – und nein, Spiegeleier mit Ketchup haben nichts mit japanischer Esskultur zu tun, aber ich musste meinen Magen nach dem gestrigen Schock irgendwie beruhigen. Und nicht nur meinen Magen. Hailees bescheuertes Verhalten hat mich ganz schön verstört.

Mit meiner Selfcare habe ich gestern Abend schon begonnen. Tobi und ich haben noch bis spät in die Nacht gezockt und auf Discord geredet. Er liegt eh die meiste Zeit im Bett und hält sich nie an normale Tages-Nacht-Zeiten, sondern entwirft seinen eigenen Aktivitätsplan. Jetzt geht es mir schon besser. Das war zwar nicht so gut wie Sake in Tokio in irgendeiner Karaoke-Bar, wie wir uns das ausgemalt hatten, hat aber trotzdem funktioniert. Ich habe alles, was ich brauche. Ich werde mich jetzt nicht wegen einer Frau verrückt machen. Frauen sind überbewertet. Oder so.

Mein heutiger Selfcare-Vormittag bedeutet auch, dass ich alleine unterwegs bin. Gestern Nachmittag hatte ich kurz gedacht, dass es nett wäre, Tokio gemeinsam mit Hailee zu erkunden, aber jetzt bin ich erleichtert, einfach nur für mich zu sein. Keine launischen Co-Stars. Kein emotionaler Rollercoaster. Eigentlich sollte ich froh sein, dass ich das so früh gemerkt habe.

Ich trage wieder mein Lieblings-inkognito-Outfit bestehend aus einem Hoodie, der vom Gemütlichkeitsfaktor her als Schlafsack durchgeht, und meiner Kappe. Damit es auch wirklich inkognito bleibt, wechsle ich allerdings häufiger das Modell. Zur Brille konnte ich mich nicht durchringen, dafür habe ich noch einen Mantel dabei, falls mir richtig kalt wird.

Nach Anweisung von Kento verlasse ich das Hotel durch einen Ausgang der Tiefgarage, sodass mich wirklich niemand bemerkt, denn inzwischen haben schon ein paar Leute mitbekommen, dass ich im Aman wohne, und vor der Tür gibt es immer wieder wartende Fantrauben mit Postern und Fotos zum Signieren. Davon bin ich aktuell leider komplett überfordert, und nachdem es gestern so gut gelaufen ist, will ich das Glück nicht herausfordern.

Heute möchte ich – wie jeder durchschnittliche Tourist – Sensō-ji, einen der ältesten buddhistischen Tempel in Tokio, und den berühmten Asakusa-Schrein sehen. Der sieht auf den Fotos krass beeindruckend aus. Wenn ich nicht Sänger wäre, wäre ich vermutlich Architekt. Vielleicht lerne ich das später. Ich liebe es, Musik zu machen, aber es gibt so viel mehr Dinge, die mich interessieren.

Ich nehme für meine Sightseeing-Tour ein Taxi, denn ich habe inzwischen gelernt, dass es der beste Weg ist, um unauffällig zu sein. Den Van kann Hailee gern haben und sich in der Aufmerksamkeit sonnen, gefällt ihr doch. Deshalb ist sie schließlich gekommen, da brauche ich mir nichts vorzumachen. Ich bin ihr PR-Zweck. Man braucht nur mal auf ihr Instagram zu schauen. Ich presse die Lippen zusammen. Hatte ich gestern wohl nur irgendwie verdrängt. Wie lange muss ich eigentlich noch in diesem Business sein, um das nicht zu vergessen?

Leider wandern meine Gedanken während der Fahrt trotzdem immer wieder zu gestern Abend und Hailees Ausraster. Nach unserer Rückkehr zum Hotel habe ich sie nicht mehr gesehen. Und ich bin natürlich froh darüber! Keine Ahnung, was ich eigentlich falsch gemacht habe. Und das nervt, aber noch mehr nervt, dass ich überhaupt über das Thema nachdenke. Als hätte ich mir über toxische Personen nicht schon genug den Kopf zerbrochen. Vielleicht sollte ich doch mal ernsthaft Meditation lernen, um endlich meine Gedanken unter Kontrolle zu bekommen.

Das Taxi lässt mich vor dem Park aussteigen, wo sich der Schrein befindet. Wobei Park ein großes Wort ist, es gibt Bäume, aber viele Wege sind asphaltiert. Das Verrückte ist eben, dass der Schrein wirklich mitten in der Stadt liegt. Umgeben vom modernen Tokio mit grauen Wohnblöcken, roten Gebäuden und Geschäftszentren existiert eine Art Insel mit uralten Häusern und Traditionen. Irgendwie ein irritierender und zugleich magischer Anblick.

Genauso irritierend und magisch zugleich ist das überdimensionierte Plakat auf einer der Hauswände, das Werbung für die Konzerte von einem gewissen Finn Wolfcraft macht. Meine Konzerte. Es ist für mich immer noch nicht zur Normalität geworden, mich selbst in Übergröße zu sehen. Auch wenn diese Fotos so bearbeitet sind, dass nicht viel von meinem echten Körper übrig geblieben ist. Ich habe zwar einen Trainer, aber so sehe ich nicht aus. Ich muss grinsen, schieße ein Foto und sende es an Tobi.

Finn: Erkennst du den Hintern?

Dem Plakat wurde ein rotes Banner hinzugefügt: *Tobi Ray* wurde mit *Hailee Bridgewater* überklebt.

Tobi: Die haben echt meinen Knackarsch auf deinen Körper gephotoshopt. Ich klage.

Ich muss grinsen und lasse das Handy dann in meine Hosentasche gleiten.

Der Himmel ist bedeckt, wie gebleicht. Angeblich besteht die Chance, dass es schneit, aber eine weiße Weihnacht ist in Tokio sicherlich weniger verschneit als zu Hause. Sofort muss ich an die fröhlichen Gesichter meiner Schwestern denken, die heute am Weihnachtsabend vor Aufregung sicherlich nicht schlafen können. Ich vermisse sie. Ihre neugierigen Fragen, die manchmal so voller Weisheit sind, ihr hemmungsloses Gelächter und die immer von Farben verschmierten oder mit Bastelkleber verklebten Hände.

Es ist kalt. Ich ziehe den Mantel über meinen Hoodie und vergrabe meine Hände tief in den Taschen. Ich trage nie Mäntel, aber im Winter in Tokio ist es erstens kühler als in L.A., und zudem ist ein dunkler Mantel hier definitiv das unauffälligste Kleidungsstück. Dieser hier ist extra weich, bestimmt spezieller Luxus-Kaschmir, den Clarissa wahrscheinlich wieder von irgendeinem Designer umsonst bekommen hat. Schon komisch, dass man alles insbesondere dann geschenkt bekommt, wenn man es sich sowieso leisten kann.

Eine breite Gasse, die von vollstopften Verkaufsbuden und Geschäften gesäumt ist, führt direkt auf den Tempel zu. Überall werden Souvenirs verkauft – die perfekte Straße für Touristen. Es gibt Kimonos, Teeservice und Tees, Fächer, Sandalen, jede Art von Essstäbchen, Seidentücher – für mich ist es schwer zu beurteilen, was Qualität hat und was nicht, eigentlich sieht alles ganz schön aus. Die Gasse ist belebt, und eine Vielzahl von Stimmen liegt in der Luft, aber die Geschäftsstraße ist nicht gerappelt voll. Ich denke, die kühlen Temperaturen haben die Besucher zum Teil abgehalten. In der Luft liegt ganz leicht der holzige Geruch von Räucherstäbchen. Eine super Gelegenheit, noch etwas für meine Schwestern zu kaufen, mein Weihnachtsgeschenk. Ich freue mich schon darauf, nach Hadonfield zu kommen und sie in die Arme zu schließen. Nach Weihnachten ist die Gefahr, meine Ex-Freundin Ella wieder zu treffen, auch wesentlich geringer.

Ich betrete einen verwinkelten Souvenirladen mit einer Auslage besonders prächtiger Kimonos und überlege, welches Motiv zehnjährigen Mädchen gefallen könnte, als ich plötzlich innehalte, weil ich eine vertraute Stimme höre. Ich brauche einen winzigen Moment, um sie einzuordnen, weil ich nicht mit ihr gerechnet habe. Aber ja, als ich meinen Kopf zur Seite wende, sehe ich sie auch: Da ist Hailee, in einem knielangen schwarzen Kleid mit einem kleinen Muster, das ich von hier nicht erkennen kann, mit Boots, ihrem Parka und zu einem Bienennest hochgesteckten Haaren, die ihren perfekten Teint zur Geltung bringen, und spricht mit einer Verkäuferin.

Hailees Anblick macht das Gleiche mit mir wie gestern Abend beim gescheiterten Versuch zu meditieren: Er macht mich nervös und lässt mich gleichzeitig nicht mehr los. Die Wut, die ich verspürt habe, aufgrund ihres unfairen und unerklärlichen Wutausbruchs gestern, ist seltsamerweise gar nicht da. Da ist nur Neugier: Ich will herausfinden, was los war. Ich weiß, toxische Person und so.

Sorry, Tobi, aber vielleicht war das doch ein Missverständnis? Nur in dieser Sekunde ist wohl nicht der richtige Zeitpunkt, sie darauf anzusprechen, sonst denkt sie noch, ich stalke sie.

Sie hatte anscheinend die gleiche Sightseeing-Idee wie ich. Okay, der Schrein ist ja auch unter den Top-Ten-Sehenswürdigkeiten in Tokio, nicht wirklich ein Geheimtipp. Hailee ist tief in das Gespräch mit der Verkäuferin versunken und bemerkt mich nicht. Instinktiv bleibe ich hinter einer Säule stehen und kann nicht verhindern, dass ich jedes Wort verstehe. Meine Schläfen beginnen zu prickeln, es fühlt sich verboten an, hier zu stehen.

»Der Stoff ist so schön, ich hatte einen ähnlichen in einem Onsen an«, erzählt Hailee. »Aber ich fürchte, das kann ich mir nicht leisten.« Eine Unterhaltung über Kimonos und die verschiedenen Ausführungen beginnt. Die Verkäuferin ist beeindruckt, wie gut sie Bescheid weiß. Stoffe, Materialien, sie scheint sich total informiert zu haben. »Ich liebe diese Stoffe, sie sind so kreativ. Und die Tatsache, dass die einzelnen Muster Bedeutungen haben können und zum Beispiel für Glück und Wohlstand stehen, fasziniert mich.« Am Ende entschuldigt sich Hailee tausendmal, dass sie trotz der langen Beratung leider aktuell nicht das Geld hat für den Kimono. »Haben Sie vielleicht etwas Ähnliches in günstiger?«, fragt sie stattdessen, aber ich kann an ihrem Tonfall erkennen, wie peinlich ihr die Frage ist.

»Ich bedaure«, antwortet die Verkäuferin.

Dann lässt Hailee sich Baby-Kimonos zeigen. Schließlich entscheidet sie sich für einen günstigen Kinder-Kimono, der offenbar für das Baby gedacht ist, das ihre Schwester erwartet, wie sie der Verkäuferin erzählt. Eigentlich will ich nicht lauschen, aber irgendwie kann ich mich nicht lösen.

Deswegen bekomme ich auch mit, wie die Kreditkarte abgelehnt wird und wie Hailee nach mehreren gescheiterten Versuchen überstürzt den Laden verlässt, während sie versichert, dass sie auf jeden Fall wiederkommen wird.

Dann ist sie weg, und der Moment lässt mich fast betäubt zurück. Ich habe mir schon gedacht, dass sie nicht so viel Geld hat, aber dass es so dramatisch ist, hätte ich niemals erwartet. Sie hat zwar gegenüber der Verkäuferin behauptet, dass ihre Kreditkarte im Ausland manchmal nicht richtig funktioniert, aber das klang wie eine Ausrede. Und ihr Verhalten war ziemlich eindeutig. Hailee war nicht nur traurig, sondern beschämt, dass sie sich diesen Kimono nicht leisten konnte. Ich bin schon lange erfolgreich, aber ich habe ja keinen Gedächtnisschwund. Ich weiß noch sehr genau, wie es vorher war.

Ich wähle zwei Kimonos aus, einen pinken mit weißen und lila Blumen und einen türkisen mit dicken roten Mohnblüten aus Baumwolle für meine beiden Schwestern, dazu noch Haarklammern, passende Fächer in ähnlichen Farben und Sandalen. Ich hoffe, sie wollen nicht lieber ein identisches Muster, aber das riskiere ich jetzt mal bei so vielen schönen Motiven. Spontan greife ich noch zu dem Kimono, den Hailee sich zuerst angeschaut hat, und kaufe ihn ebenfalls. Wir könnten ihr den Kimono als Abschiedsgeschenk geben; sie muss ja gar nicht wissen, dass er von mir ist. Ich verdränge den Gedanken, dass ich gerade ein Geschenk für jemanden gekauft habe, der mich gestern als Arschloch beschimpft hat. Es war wahrscheinlich eine bescheuerte Idee, das nicht sofort heute früh zu klären oder jetzt im Laden. Es muss ein Missverständnis sein, das man klären kann. Im hintersten Winkel meines Gehirns keimt die Sorge auf, dass ich mir schon wieder Entschuldigungen überlege für jemanden, der mich schlecht behandelt. Aber nein, es *muss* ein Missverständnis sein. Ich werde das aus der Welt schaffen, wenn ich zurückkomme.

Im Anschluss wandere ich weiter den Gang entlang Richtung Tempel und suche dabei die ganze Zeit die Gegend nach Hailee ab. Doch sie ist wie vom Erdboden verschluckt. Die Chance habe ich verpasst.

Umso weiter ich mir einen Weg durch die Leute bahne, da es merklich voller wird, umso deutlicher erkenne ich die überdimensionierte rote Laterne, welche unter einer Art breitem Tor hängt. Das Tor fällt vor allem durch die blutroten Säulen auf, und die roten Balken, welche die Wände durchziehen, eine japanische Version von Fachwerk in Rot. Unter der riesigen ovalen Laterne mit den schwarzen Schriftzeichen schaue ich nach oben, wie die Leute vor mir es getan haben. Und tatsächlich, von unten sieht man, dass in dem Holzring, der die Laterne unten abschließt, Drachen eingeschnitzt waren. Aber kaum bin ich durch das Tor gelaufen, ragt der eigentliche Tempel vor mir auf, wieder rot, breit und ausladend. Der imposante Bau löst das Gefühl von Ehrfurcht in mir aus: Ich bin klein – eine Empfindung, die sicherlich vom Erbauer geplant worden ist.

Vor den Stufen, die zum Tempel hinaufführen, der wieder von einer roten Laterne geschmückt wirkt, steht eine gigantische Schale, aus der Rauch aufsteigt. Einige Besucher umringen das Gefäß und fächeln sich die grauen

Wolken ins Gesicht. Andere wedeln kräftig mit beiden Händen, als wollten sie den ganzen Körper darin einhüllen. Daher also kommt der holzige Geruch in der Luft.

Vor den Stufen posieren drei junge Japanerinnen in prachtvollen traditionellen Kimonos, die sie vermutlich extra für den Tempelbesuch angezogen haben, und machen Fotos. Der Blick auf den blutroten Tempel mit dem tiefhängenden Dach ist von hier auch besonders beeindruckend. Wenn man nach links schaut, erhebt sich zusätzlich eine mehrstöckige Pagode im gleichen Rot, das von dem blassen Winterhimmel abhebt.

Ich bleibe kurz stehen und nehme alle Eindrücke in mich auf. Um mich herum erklingt Vogelgezwitscher, doch als ich mich umblicke, bemerke ich, dass es offenbar aus einer kleinen Bude dringt – Vogelzwitschern vom Band.

Auf dem Platz vor dem Tempel gibt es nämlich weitere Läden, aber hier werden andere Dinge verkauft. Es werden vor allem Glücksbringer angeboten, kleine Anhänger aus Stoff, winzige Figuren, Sushiplatten, alles kleinteilig und *kawaii* – niedlich. Ich weiß, dass meine Schwestern ausflippen werden, und bleibe stehen, um mir die Anhänger näher anzuschauen.

»Möchten Sie O-Mamori? Das sind diese kleinen Stoffbeutel hier.« Der Verkäufer weist mit der Hand auf eine große Auswahl fein bestickter Beutelchen in verschiedensten Farben und Mustern aus zum Teil glänzendem Stoff. »Da drin sind kleine Segen, die dir Glück bringen sollen. Du darfst sie aber nicht öffnen, sonst verlieren sie ihre Macht. Jeder Tempel hat eigene Charms. Hier, wähle dir welche aus«, sagt er und reicht mir einen Zettel.

Ich nicke und schaue auf die Liste. Die Bedeutung steht jeweils neben der Abbildung eines Beutels.

- *Erfolg*
- *Schutz vor dem Bösen*
- *Kinder gedeihen*
- *Glück mit Geld*
- *Glück*
- *Wünsche werden wahr*
- *Finde deinen Partner/Gute Ehe*
- *Sicherheit im Straßenverkehr*
- *Gute Geburt*

Die Übersetzungen sind teilweise nicht ganz verständlich. Ich wähle zwei allgemeine Glücksbringer für meine Schwestern und einen *Sicherheit im Straßenverkehr* für meinen Vater, der kein sonderlich guter Autofahrer ist, und einen *Schutz vor dem Bösen* für meine Mutter.

»Und in einem Jahr, wenn sie ihre Macht verlieren, bringst du sie zurück, wir verbrennen sie hier, und du kannst neues Glück erstehen«, erklärt der Verkäufer geduldig.

»Oh«, erwidere ich. »Alles klar.« Das klingt nach einem wirtschaftlich vielversprechenden System für Tempel und Schrein.

Obwohl ich immer wieder die Augen schweifen lasse und nach Hailee Ausschau halte, finde ich sie nicht mehr. Im Anschluss imitiere ich die anderen Besucher, wedele mir auch den Rauch ins Gesicht, der Glück bringen soll, wie mir ein Tourist erklärt, der mir meine Verwirrung wohl angesehen hat. Aus dem Brunnen rechts daneben nehme ich Wasser mit der Kelle und wasche meine Hände, wie es die anderen tun. Im Anschluss gehe ich die Treppen hoch und verbeuge mich. Ich möchte einfach nur meinen Respekt bezeugen. Dann denke ich an meine Mutter in Afghanistan und sende ihr Glück in meiner persönlichen Version von Glauben und Spiritualität und hoffe, dass das okay ist für einen buddhistischen Tempel.

Im Taxi, auf dem Weg zurück, beginne ich meine Energie zu sammeln. Das mache ich immer vor Konzerten. Ich setze Kopfhörer auf und verschwinde in meine eigene Welt. Denn obwohl ich später auf einer riesigen Bühne stehe, bin ich introvertiert. Viele Leute glauben, dass introvertiert sein bedeutet, dass man verschlossen ist und schüchtern, aber es geht um etwas ganz anderes. Es geht um das Energielevel. Ich liebe Konzerte, aber dafür benötige ich unheimlich viel Power. Jetzt bündele ich meine Energie, um sie dann in diese Halle zu lassen – und heute ist die Halle riesig.

Als ich die Augen schließe, sinke ich schon bald an diesen Ort, den ich so gut kenne. Es ist ein Ort, ganz tief in mir drin, warm und freundlich, dunkel, ohne bedrohlich zu sein, an dem ich entspannt bin und irgendwie alles möglich ist. Doch wenige Augenblicke später bremst das Taxi abrupt, und ich tauche schneller auf, als ich wollte – und sofort ist der Gedanke an Hailee wieder da. Nicht die Hailee, auf die ich sauer bin, sondern die Hailee, wie sie vorhin im Laden stand, peinlich berührt, dass sie nicht zahlen konnte.

Einem Impuls folgend hole ich mein Handy heraus und schreibe eine kurze Nachricht, ob sie gerade Zeit hat. Ich möchte klären, was gestern war. Es kann nicht sein, dass das vermurkste Ende des Abends das letzte Zusammentreffen war, bevor wir gemeinsam auf der Bühne stehen. Das ist keine normale Bühne, das ist der Dome.

Sie schreibt nicht zurück, aber ich weiß, wie hektisch es vor den Auftritten ist. Sie wird sich sicherlich noch melden. Sie kann nicht wirklich auf die Bühne wollen, ohne das zu klären. Nicht wahr? Sie ist ja nicht *völlig* verrückt? Oder?

Finn

As I lay in bed last night
I fell into space.
I'm sorry to tell you
There was no God in sight
Anywhere

aus: *Hometown Glory,* Finn Wolfcraft

Als ich zurück ins Hotel komme, empfängt mich Clarissa nervös mit ungefähr einer Million Fragen, die sie wie Pistolenschüsse auf mich abfeuert. Hailee ist angeblich schon zum erneuten Soundcheck vorgefahren.

Plötzlich beginnt diese übliche Hektik, alle wollen noch irgendetwas von mir, und dann fahren wir auch schon los.

Clarissa will während der Fahrt zum Dome Entscheidungen zu allen möglichen Kleinigkeiten, die sonst mein Vater beantwortet, wenn er dabei ist. Kelsey empfängt uns mit noch mehr Fragen, rotem Lippenstift und elektrisch geladenen Haaren, die über ihr Inneres Aufschluss geben.

Nachdem ich einen kurzen finalen Soundcheck gemacht habe, hängen wir einen Moment mit den Musikern im Green Room ab, dem Bereich, wo man sich direkt vor oder nach dem Auftritt aufhält, und essen ein paar Snacks.

Keine Nachricht von Hailee bisher, und in ihrer Garderobe war sie nicht, als ich sie gesucht habe.

Der Green Room hier ist schlicht, aber mit den gleichen bequemen dunklen Sofas und Sesseln ausgestattet, die auch in den Garderoben stehen. Sogar eine Tischtennisplatte und ein Fußballkicker stehen zur Entspannung zur Verfügung. Dazu noch ein paar Plätze, an denen man sitzen und essen kann.

Tom ist dabei, der Drummer, den ich kaum kenne, der aber so gut vorbereitet ist, dass alles direkt super klappt. Er ist zurückhaltend und professionell und schon etwas älter. Der Bassist Liam ist in Begleitung seiner Freundin und ihrem gemeinsamen Baby nach Tokio gekommen. »Was ist das unter deinem Auge«, necke ich ihn, als wir an einem der Tische sitzen und Salat mit Tofu und vegetarische Sushi mampfen.

»Mach dich nur lustig, Finn. Babys auf Jetlag sind kein Spaß.«

Seine Freundin Kate trägt das acht Monate alte Baby um den Bauch, das friedlich schläft, und unterhält sich gerade mit Kelsey.

»Er erholt sich von der Nacht«, sagt Liam, der sich die Haare grau-lila gefärbt hat. »Da hat er sich verausgabt.« Den Lilaton seines Kopfhaars findet man in einer noch dunkleren Variante als Augenschatten wieder. Liam ist erst zwanzig, aber super happy mit dem Baby.

Im Anschluss bitte ich Clarissa um Ruhe, ziehe mich einen Moment in meine Garderobe zurück, um durchzuatmen, und schicke den Masseur wieder weg, den Clarissa besorgt hat.

Keine Nachricht von Hailee.

Nur Ichika ist noch da in ihrem schlichten blauen Kimono, dessen Modernität ich erst jetzt verstehe, da ich heute so viele traditionelle gesehen habe, dazu ein entspannter Gesichtsausdruck. An der Tür hat sie ihre neonpinken Turnschuhe mit dicken Sohlen abgestellt, die sie dazu trägt. Sie empfängt mich so freudig, dass ich mich tatsächlich nicht traue, sie wegzuschicken. Ich habe sogar zugestimmt, dass sie mir einen Tee zubereitet. Jetzt rührt sie unbeirrt mit einer Art hölzernen Schneebesen in einer kleinen Schale, in die sie smaragdgrünes Pulver und dampfendes Wasser aus dem Teekocher gefüllt hat. Im Anschluss reicht sie mir die blau-weiß gemusterte Schüssel mit der schäumenden Flüssigkeit.

»Matcha. Er gibt dir gute Energie«, sagt sie eifrig. »Möchtest du einen Moment allein bleiben, Finn?«, fragt sie, als hätte sie meine Gedanken gelesen.

Ich nicke dankbar. »Ja, eine halbe Stunde«, bestätige ich. Es ist ja noch etwas Zeit.

Finn: Bin in meiner Garderobe. Lass uns bitte noch mal sprechen!

Hailee hat die Nachrichten gesehen, behauptet jedenfalls die App. Schlimm genug, dass ich das kontrolliert habe wie ein verliebter Teenie. Aber ich will sie nicht in ihrer Garderobe überfallen. Ich lasse mich auf den schwarzen Sessel fallen, in dessen Polster ich tief einsinke, lehne mich zurück und gebe mich einen Moment meinem Handy hin. Ich will einen Augenblick Ablenkung von allem hier.

Nachdem Ichika gegangen ist, lese ich als Erstes den Familienchat, um runterzukommen.

Dad: Ich wünsche dir eine tolle Show. Clarissa schickt mir Bilder.

Dazu hat Dad ein Foto von sich und meinen zwei kleinen Schwestern gemacht. Alle drei grinsen in die Kamera und halten ihre Daumen hoch.

Mom: Bin so stolz auf dich. Du wirst wieder alle verzaubern! Mir geht es gut.

Meine Mutter postet allerdings keine Bilder in den Familienchat. Sie will uns nicht beunruhigen. Auch wenn sie eigentlich für humanitäre Angelegenheiten zuständig ist, besteht immer die Gefahr, dass sie versehentlich zwischen die Fronten gerät. Sie nimmt das in Kauf, weil sie das Gefühl hat, etwas tun zu müssen. Und wieder frage ich mich, ob mein »Geschenk der Musik an die Welt«, wie Mom es nennt, wirklich wichtig genug ist. Ob es nicht viel zu egoistisch ist, was ich hier tue. Gut, ich spende einen Haufen Geld an Ärzte ohne Grenzen und andere Wohltätigkeitsorganisationen, anonym natürlich, aber Geld spenden ist leicht. Nicht zu vergleichen mit dem, was sie tut.

Was meine Mutter zu wenig postet, machen meine Schwestern wieder wett. Die beiden haben jede Menge Fotos von sich in den absurdesten Posen geschickt. Ich ziehe eine Fratze und poste das Bild ebenfalls im Chat. Die beiden lieben es, wenn ich albern bin, und ich sehe ihre fröhlich kichernden Gesichter vor mir.

Kurz hatten Dad und ich überlegt, Weihnachten gemeinsam in Tokio zu feiern, haben uns dann aber doch dagegen entschieden. Meine Schwestern erleben genug seltsame Sachen mit Leuten, die unser Haus belagern, wenn ich dort bin. Außerdem soll sich auf keinen Fall wiederholen, was letztes Jahr Weihnachten passiert ist. Manchmal fühle ich mich wie eine Zumutung für ihr Leben. So wurden sie zum Beispiel schon von übereifrigen Eltern zu teuren Reiturlauben eingeladen oder zu Geburtstagen von Kindern, mit denen sie nichts zu tun haben. Es ist recht offensichtlich, welche Agenda die Eltern damit verfolgen …

Vielleicht bin ich übersensibel und wahrscheinlich manchmal sogar ungerecht. Aber es ist Fakt, dass mein Lieblings-Papparazzo Dave sie schon vor der Schule abgefangen hat, um sie über mich auszufragen. Ivy meinte, er hätte ihr gesagt, dass er ein alter Bekannter von mir sei und gerade noch Kontakt mit mir gehabt hätte. Alles so missverständlich formuliert, dass sie dachte, er sei wirklich ein Freund von mir. Dave trug einen Anzug und sah völlig anders aus als sonst – bestimmt mit Absicht, damit die Zwillinge ihn nicht vom Weihnachtsfiasko wiedererkannten. Ich spüre immer noch den Abgrund, der sich in meinem Bauch aufgetan hat, als ich das hörte, die Hilflosigkeit und Wut, nichts dagegen tun zu können. Er hatte kein Gesetz übertreten. Er kennt die Regeln genau.

Wie auf Kommando poppt eine Nachricht von Charlotte auf.

Charlotte: Wir haben nur einen Weihnachtswunsch: Nimm uns mit zu den Grammys! Ivy wünscht sich das Gleiche!

Das musste natürlich kommen. Sie quengeln mir schon lange die Ohren voll und wollen mit auf eine der fancy Veranstaltungen, zu denen ich am laufenden Band eingeladen werde – die Oscars, die Grammys. Aber das geht auf keinen Fall. Vor allem wegen Leuten wie Dave. Wenn ich meine kleinen Schwestern freiwillig mit zu einer Veranstaltung in der Öffentlichkeit bringe, verliere ich das Recht, anderen zu untersagen, Bilder von ihnen zu veröffentlichen. Nur deswegen konnten wir überhaupt die ganzen Fotos wieder von den Webseiten entfernen lassen und die Magazine Strafen zahlen lassen. Die beiden gelten nicht als öffentliche Personen, weil sie sich nicht freiwillig ins Blitzlichtgewitter gestellt haben.

Eine Nachricht im Familienchat leuchtet auf. Ivy hat als Antwort auf mein Foto ein GIF mit einer grinsenden Katze geschickt. Ich muss lächeln, und dann lande ich schon wieder auf Ellas Instagram-Seite, so unvermittelt wie meine Tante Ester immer behauptet, dass sie Schokoladenkekse isst: »Es gibt keinen Moment der Entscheidungsfindung, bevor der Cookie in meinem Mund gelandet ist. Purer Automatismus, bei anderen Leuten ist es der Fluchtinstinkt, der das Stammhirn beherrscht, bei mir sind es Cookies.«

Ella ist das erste Mädchen, das ich geküsst habe, mein Highschool-Sweetheart. Da waren wir fünfzehn. Damals war ich noch nicht berühmt, aber ich habe mich trotzdem ziemlich cool gefühlt mit meiner ersten Band, die ich gemeinsam mit Tobi gegründet hatte. Doch Ella wollte nicht mit mir zusammen sein. Ein Jahr später war sie wieder da. Mit ihrem YouTube-Kanal und großen Plänen. Sie war ein Stück meiner Jugend, sogar meiner Kindheit, und als alles so crazy wurde, dachte ich, dass ich mit ihr jemanden habe, der mich wirklich liebt, weil sie mich von früher kennt. Ich war so glücklich, als sie endlich meine Freundin wurde. Nie wäre ich auf die Idee gekommen, dass sie mich vor allem dazu benutzt, ihre Social-Media-Kanäle wachsen zu lassen. Dass alle diese Fotos auf Instagram und Videos auf YouTube, wenn wir gemeinsam kleine glückliche Momente erlebt haben, nur diesem Promotion-Zweck dienten. Bis sie Tobi auf der Weihnachtsfeier angetrunken gestanden hat, dass sie gar nichts von mir will, sondern schon seit Jahren in ihn verliebt ist. Er hat selbst fast geheult, als er mir das erzählt hat.

Im Nachhinein betrachtet kann ich noch immer nicht glauben, wie naiv ich war. Leider bin ich rausgerannt, und dort stand dann Dave, und ich bin total ausgerastet. Inmitten eines Blitzlichtgewitters. Und damit ging alles los. Das alles kommt hoch, als ich durch ihren Feed scrolle.

Obwohl mein Körper schon die mir bekannten unangenehmen Reaktionen zeigt, die Atemzüge oberflächlicher werden und ein ziehender Kopfschmerz einsetzt, mache ich weiter, bis ich über ein Bild von ihrem neuen Freund stolpere. Mein Daumen stoppt viel zu lange. »Meine einzige Liebe«, steht darunter. Mir bleibt kurz die Luft weg. Es ist Tam Archer. *Der* Tam Archer. Schauspieler, fünfzehn Jahre älter als sie, so reich, dass ihm das Geld aus den Ohren rausquillt. Mir wird total schlecht, und ich schicke das Bild an Tobi weiter, auch wenn er mir schon tausendmal gesagt hat, ich solle nicht dauernd ihre Kanäle checken. Aber Tobi wird vielleicht trotzdem ein Kotz-Emoji zurückschicken, wie sich das für einen guten Freund gehört.

Ich seufze und verlasse Ellas Profil, um noch kurz

durch meine Timeline zu scrollen. Im nächsten Moment erscheint ein Post von Hailee auf dem Bildschirm. Ich klicke auf ihr Profil. Dort sind Fotos aus Tokio – die Stadt bei Nacht durch die Scheibe des Aman fotografiert, Bilder, die offensichtlich vom Van heraus gemacht worden sind, der Onsen, das Nara Café gestern, die Selfies, die wir im Monster Café geschossen haben. Alles mit Captions verziert, als hätten wir die Zeit unseres Lebens. Diese oberflächliche Instagram-Heuchelei nervt mich, vielleicht noch mal mehr, nachdem ich gerade die Posts von Ella gesehen habe. Auf jedem Bild bin ich getagged, und alles ist mit reichweiteheischenden Hashtags versehen. Meine Motivation, mich mit ihr auszusprechen, sinkt mit jedem Hashtag. Lasse ich mich gerade schon wieder einlullen? Das Gefühl der Nähe gestern, habe ich es mir doch nur eingebildet? Aber wenn nicht …

Die Tür zu meiner Garderobe geht auf, obwohl auf einem großen Schild draußen steht, dass ich nicht gestört werden will. Okay, nein, die Tür zersplittert fast, und es ist ein Wunder, dass sie sich nicht aus der Verankerung löst.

Es ist Hailee.

Aber ich brauche einen Moment, um zu verstehen, dass sie es ist, denn sie ist in voller Auftritts-Montur: schwarze superkurze Lederhose, eine Art Bustier, das nicht ganz ihren Bauch verdeckt, dunkle Strumpfhose mit dramatisch orchestrierten Rissen, dicker Lidstrich und Boots, die Schuhe und Waffe in einem sind. Sie sieht aus wie aus einem Kampfmanga mit ihren wilden Haaren, ein Geschöpf aus einer anderen Welt, aus einem Film oder Videospiel. Für einen Moment bleibt mein Mund offen stehen, dann erst erkenne ich, dass ihr Ausdruck hart und ihr Gesicht bleich ist, weil sie ihre Lippen und Fäuste so fest zusammenpresst, dass das Blut daraus gewichen ist.

»Wie konntest du nur«, zischt sie und fuchtelt mit ihren Händen herum, die von absurd langen Nägeln verunstaltet sind. Schwarz, sie erinnern an Vogelkrallen. Ich schüttele die Gedanken ab, die ich gerade hatte, die Gedanken über ihre Beine, das Stück Bauch, ihre blauen Augen, das Gefühl, ihr nah zu sein, das ich hatte. Vor allem das.

»Wie konnte ich was? Ich glaube, ich war nicht derjenige, der gestern ohne ersichtlichen Grund total ausgerastet ist«, erkläre ich und versuche meine Stimme ruhig zu halten, trotz ihrer Aufgebrachtheit.

»Wie konntest du diese Fotos von mir posten? Wieso kannst du dich nicht einfach um deinen eigenen Scheiß kümmern? Es sollte nur für Japan sein und auch da bleiben. Es hat nichts mit meiner Musik zu tun.« Hailee hat sich vor mir aufgebaut und funkelt mich wütend an. Ihre Arme sind immer noch angewinkelt, die Hände verkrampft. Vielleicht sieht es zudem bedrohlicher aus, weil ich auf dem Sofa sitze und sie davor steht.

»Ich habe keine Ahnung, wovon du sprichst«, fahre ich sie hitziger an, als ich vorhatte, weil ihre Stimmung auf mich überspringt.

Sie stößt ein verachtendes Schnauben aus. »Nein, natürlich nicht. Du bist total unschuldig.« Ihre Stimme trieft vor Ironie.« Du dachtest, dass ich das *gern* posten möchte, weltweit, damit ich zum Gespött werde. Du stellst dich ja immer in bestem Licht dar.«

»Sag mal, wovon redest du eigentlich?« Irgendein Teil fehlt mir für dieses Gespräch. Ich erhebe mich vom Sofa, und plötzlich ist Hailee so nah, dass ich den Duft ihrer Haare riechen kann. Wir blicken uns an, kurz aus dem Konzept gebracht von der neuen Position.

Daraufhin macht sie einen Schritt zurück. Ihr Blick schweift durch den Raum und kommt anschließend zu mir zurück. Anklagend hebt sie die Arme. »Du weißt genau, was ich meine. Und dann noch diese Fotos, die aussehen, als hätten wir was miteinander. Du spinnst doch echt total!«

Ich hebe mein Handy nach oben, das ich immer noch in der Hand halte, zurück zu Instagram. Redet sie gerade von meinen Fotos?!

»War der Plan, mich hierher einzuladen, um mich zur Bespaßung deiner Follower zu benutzen, oder was? Oder wolltest du dein Image als Frauenhasser abmildern? Vertuschen, wie beschissen du deine Fans behandelst? Oder vielleicht doch die Gerüchte zerstreuen, dass du eigentlich auf Männer stehst und deine Fans jahrelang angelogen hast?«

Ihre Worte sind gezielte, giftgefüllte Pfeile. Von dort breitet sich das Gift direkt in meinem ganzen Körper aus, ich spüre förmlich, wie die Wut sich in mir ihren Weg bahnt. Wieder geht es um Bilder. Um scheiß Social Media. Hailee stützt die Hände in die Hüften, und irgendwie erinnert sie mich in ihrem Aufzug an eine finstere Version von Wonder Woman.

»*Ich* will mich bestimmt nicht mit Fotos von dir brüsten«, sage ich kalt.

»Hast du dir mal deinen Feed angesehen?«, schießt Hailee zurück.

»Meinen Feed? Entschuldige mal, du verkaufst dich

doch nonstop mit deinen ganzen Posts. Hey, Tokio hier, hey, Tokio da. Schaut mal, hier bin ich mit Finn. Es ist alles sooo toll! Blablabla!«

»Du drehst echt alles um, du spinnst ja wohl«, sagt Hailee.

»Was soll ich denn bitte schön umdrehen? Glaubst du wirklich, ein Verhältnis mit *dir* würde meine Karriere irgendwie voranbringen? Das kann ja wohl nicht dein Ernst sein.« Schon während ich den Satz sage, möchte ich ihn wieder zurücknehmen. Die Worte, den Tonfall, einfach alles, doch er ist draußen, und ich sehe, wie Hailee in sich zusammenfällt, als hätte ich sie mit irgendetwas Hartem getroffen.

Das, was zwischen den Zeilen meines Gesagten steht, ist eindeutig: Mit so einer Person, wie sie es ist, bringt Fake-Dating natürlich nichts. Umgekehrt allerdings schon. Ich bin selbst schockiert von der Bösartigkeit meiner Worte.

»Du bist genau, wie es in den Artikeln steht. Arrogant. Selbstherrlich. Berechnend. Stimmt alles.«

Ihre Stimme ist leise, aber ihre Worte treffen mich. Mehr Gift. Mehr Pfeile. Sie glaubt alles. Aber auch wenn ich mich gerade wie ein Arschloch verhalten habe, vorher war ich anders mit ihr. In meinem Inneren brodelt es. Es kotzt mich so an, diese Show-Welt. Diese Selbstdarstellung. Einfach alles.

Ich verschränke meine Arme vor der Brust und lasse mich zurück auf das Sofa fallen. Was hat mir dieser bescheuerte Coach für Aggressionsbewältigung geraten? Wenn du das rote Gefühl in dir spürst, das dunkle Brodeln, das sich wie eine Welle in dir ausbreitet, dann wehre dich nicht. Lass es in dir sprudeln, bemerke es, aber reagiere nicht. Reagieren ist optional. Du musst dem Drang nicht nachgeben, du kannst es einfach erspüren.

Fuck that shit!

»Du kannst ja einfach nach Hause gehen.« Es brodelt in jeder Faser meines Körpers. »Du brauchst nicht aufzutreten. Wir schaffen das auch ohne dich. *Dich* wird niemand vermissen.«

Ihre Mundwinkel zucken, und sie blinzelt mehrmals.

Doch ich kann mich nicht mehr zurückhalten. Die Wut verschafft sich in Form von Worten Raum. Und irgendwie weiß ich, dass ich gar nicht zu Hailee spreche, sondern zu jemand anderer, der ich nie meine Meinung gesagt habe. »Wetten, dass du gleich dennoch auf der Bühne stehst? Dass du angekrochen kommst und es dir scheißegal ist, ob du mich magst oder nicht. Du wirst eine Show abziehen und so tun, als wärst du meine beste Freundin, wie du es die ganze Zeit auf Instagram tust. Und weißt du, warum? Weil du gern hier sein willst, auf *meiner* Bühne. Dafür würdest du alles tun. Du willst Ruhm. Du willst den Erfolg. Du bist übrigens nicht die Einzige. Du willst dir die Chance natürlich auf keinen Fall entgehen lassen, nicht wahr?« Ich werfe ihr ein mitleidiges Lächeln zu. »Bis gleich, Hailee. Wir sehen uns dann auf der Bühne.«

Ich wende mich wieder ab. Die Wut in meinem Bauch fühlt sich wie Lava an. Die glühende Masse kriecht hoch in meinen Kopf, windet sich durch die Arme, bis in die Fingerspitzen. Aber als sie endlich gegangen ist, merke ich, dass mein Gesicht nass von Tränen ist. Ich habe gesagt, was ich schon immer sagen wollte. Allerdings der falschen Person.

Hailee

Drink some iced latte
Turn on the music
Sing along to a happy song
A little fucking loud

aus: *Fun without taking your clothes off,* Hailee Bridgewater

Eigentlich müsste ich schon in kleinen klebrigen Einzelteilen an der Decke hängen. Es ist unmöglich, dass ich noch nicht explodiert bin, so aufgebracht bin ich. Ich habe Hina gefragt, ob ich einen kleinen Moment nur für mich haben kann, damit sie das nicht mitbekommt. Gleich ist das Konzert, und ich bin mit meinen Gedanken noch voll woanders.

Ich haue mit der flachen Hand so fest auf den Tisch, der mir am nächsten steht, dass sich ein heftiger Schmerz bis in meinen Unterarm ausbreitet. Warum?! Anstatt sich für diese Scheiß-Posts bei mir zu entschuldigen, beleidigt er mich. Auch wenn ich mich bemüht habe, nicht zu viel anzuschauen, sehe ich die unendlich vielen Kommentare vor mir, die sich über das *Pancake Girl* lustig machen. Auf Social Media hat sich der Name bereits durchgesetzt. Dieses Mal sind es nicht nur ein paar Witze von alten Mitschülern in einer Gruppe, die ich schon verletzend genug fand. Es gibt Memes, die man googeln kann, und die mit immer neuen Texten verbreitet werden. Wie kann jemand so unfassbar gemein und rücksichtlos sein? Dieser Dave hatte recht. Die Artikel zu dieser Weihnachtsfeier, wo Finn ihn angegriffen hat, habe ich natürlich gelesen. Dave beschreibt Finn wirklich in katastrophalem Licht, mit immer wieder neuen Ausrastern. Er hat nicht übertrieben. Wenn Finn in Fahrt ist, ist er in Fahrt. Das habe ich gerade hautnah zu spüren bekommen.

Ich schreibe eine Nachricht an Marc. Keine Ahnung, warum der immer noch nicht hier ist.

Dann presse ich die Handgelenke in meine Augenhöhlen. Stark genug, um die Tränen der Wut zurückzuhalten, sanft genug, um nicht das ganze Make-up zu zerstören. Heulen ist bei Bühnen-Make-up verboten, und so wütend, wie ich gerade bin, würden da sicher eine ganze Menge Tränen kommen – mehr als sogar das wasserfesteste Make-up verkraften könnte. Die Maskenbildnerin hat nicht gespart. Wahrscheinlich war sie froh, dass sie endlich mal richtig zuschlagen durfte, bei Finn ist sie ja nur Statistin und darf ihre Cremetöpfe kaum anrühren. Da ist sogar die Haarbürste tabu.

Er ist bekannt dafür, ganz pur auf die Bühne zu gehen, in seinen Alltagsklamotten. Die sucht sein Stylist aus, den ich auch schon kennengelernt habe, aber der Job dieses Stylisten dürfte der langweiligste auf dem Planeten sein. Auch wenn ich gerade gesehen habe, dass er schon wieder neue Turnschuhe anhat. Und falls mich nicht alles getäuscht hat, waren das Nike Dunk SB Low Freddy Krueger. Die kenne ich, weil Evie mal dachte, sie auf *Resell* für ein paar Euro gekauft zu haben, aber dann waren es Fakes. Klar, Schuhe die weniger als 15.000 Dollar wert sind, lässt er nicht an seine Füße.

Ich werfe den Kopf nach hinten und stöhne laut auf. Dabei kratze ich mir aus Versehen mit einem der künstlichen Nägel über die Wange und ein stechender Schmerz durchfährt mich. Im Spiegel kann ich zusehen, wie das Blut wie in Zeitlupe durch den kleinen Schnitt hervorquillt. Auch das noch! Ich liebe die Optik dieser schwarzen Fingernägel, auf die sogar bunte Sugar Sculls gemalt sind, aber praktisch ist was anderes, und Gitarre spielen kann ich damit natürlich auch nicht so richtig. Wenn man ehrlich ist, ist es sogar problematisch, mit solchen Fingernägeln zur Toilette zu gehen, ohne sich den Hintern aufzuritzen.

Hintern. Das erinnert mich an Arsch. Und damit wären wir wieder bei Finn. Nur ein absolutes Oberarschloch würde solche Dinge von sich geben. Ich meine, ich weiß, dass ich hier der unwichtige Part bin. Für einen Moment sehe ich mich unschlüssig im Spiegel an. Oder? Meine Augen sind gerötet. Ich will einfach nur weg. Alles hinschmeißen und abhauen, mich verkriechen, mit Evie auf dem Sofa liegen, einen Film schauen oder die Siedler von Catan spielen, egal wie fanatisch sie dabei ist und wie gelangweilt ich währenddessen bin.

Seufzend greife ich nach meiner Ukulele und lasse mich auf das stylische schwarze Sofa fallen. So eins steht auch in Finns Garderobe. Wie er mich angeschaut hat, als er dort saß. Sein Blick, der fast verletzt aussah, bevor er … nun ja, nicht mehr verletzt, sondern nur noch verletzend war. Ich beginne zu spielen und zu singen. Meine Therapie für alles. So habe ich den Tod meiner Mutter verkraftet, die Sprüche in der Schule, weil ich so anders war. Die ganzen Rückschläge. Manchmal glaube ich, dass ich über die Musik mit meiner Mutter spreche, die mir damals das Ukulelespielen beigebracht hat.

Inzwischen sind Tausende von Menschen im Dome eingetroffen. Die Garderobe ist gegen Geräusche isoliert, aber trotzdem liegt Spannung in der Luft. Ich kann sie nicht nur spüren, sondern sehe sie natürlich auch auf dem an der Wand installierten Bildschirm, auf dem ich verfolgen kann, was draußen los ist. Es kommen immer noch mehr Menschen, und fasziniert beobachte ich, wie zivilisiert und geordnet der Einlass abläuft. Wenig Gedränge, jede Menge Fotos.

Vorhin hatte ich noch eine Probe mit den Musikern, und sie sind so unglaublich gut, dass alles reibungslos verlief, obwohl wir ja nicht groß eingespielt sind, uns kaum kennen. Mit so fantastischen Musikern habe ich es einfach noch nie zu tun gehabt. Ich freue mich, mit ihnen zu spielen, darauf konzentriere ich mich jetzt.

Ich schalte das Deckenlicht aus und stelle stattdessen eine Stehlampe neben dem Sofa an, die ein wärmeres Licht verbreitet. Dann schließe ich die Augen und versuche mich mit dem Gefühl zu verbinden, später für sie und mit ihnen zu spielen. Einfach einen Moment zu teilen. Und ohne, dass ich es bewusst steuere, beginne ich zu lächeln. Ja, *deswegen* bin ich gekommen.

Ich öffne die Augen wieder, es müssen ein paar Minuten vergangen sein, und beobachte die Fans. Die Einstellungen wechseln, verschiedene Eingänge werden gezeigt, unterschiedliche Perspektiven auf den Innenraum. Finn hat unheimlich gut gelaunte Fans. Einige sind verkleidet, sodass sie aussehen, als wären sie aus einem seiner Musikvideos entsprungen. So viele Menschen, die Einwohner einer ganzen Kleinstadt, sind angereist, teilweise von weit her. Bisher hat Finn nicht viele Konzerte im asiatischen Raum gegeben, aber er hat hier zahlreiche Fans, sogar Superfans, die sich monatelang freinehmen, ewig gespart haben, um ihn auf seinen Tourneen begleiten zu können. Die lassen sich auch das Weihnachtskonzert nicht entgehen.

Während ich die endlose Reihe von Konzertbesuchern betrachte, die auf die Tribünen gehen, und dabei wieder an den Saiten meiner Ukulele zupfe, steigt ein Gedanke in mir hoch, den ich bisher nicht zugelassen habe. Fast, als wollte ich mir die ganze Wut nicht verderben lassen: Ob Finn vielleicht wirklich nicht wusste, was auf seinem Instagram-Kanal gepostet wurde? Aber er muss das doch erlaubt haben. Gerade weil Social Media ihm wichtig ist und er sich über seine Darstellung so aufregt, wird er doch zumindest alles freigeben. Nein, nein, ich klinge fast wie eine dieser Frauen in einer toxischen Beziehung und beginne schon Entschuldigungen für ihn zu finden. Millionen Menschen folgen ihm, natürlich weiß er, was gepostet wird. Er gibt das frei. Und selbst wenn nicht – was er gerade gesagt hat, reicht wohl aus, mich von den ganzen positiven Gefühlen für ihn zu heilen. In einunddreißig Minuten soll ich auf seine Bühne gehen und singen. Sechs Lieder, bevor das eigentliche Konzert beginnt. Es gab mal die Idee, einen Song gemeinsam zu singen – ähh, nein. Wie hat er so schön gesagt? Auf *seiner* Bühne.

Was würde eigentlich passieren, wenn ich nicht raus gehe? Mein Atem beschleunigt sich, und meine Stirn beginnt zu prickeln, als ich den Gedanken habe und ihn nicht sofort wegschiebe.

Finn glaubt, dass ich nicht widerstehen kann. Was bildet er sich ein? Er würde sich ganz schön wundern, wenn ich einfach alles hinschmeiße und er plötzlich ohne Warmup-Act dasteht. Marc würde völlig ausflippen, aber das wäre nicht das erste Mal.

Finns Worte ärgern mich so sehr. Einmal die Tatsache, dass er glaubt zu wissen, wie ich funktioniere. Der Vorwurf, nur auf die Bühne zu wollen, egal mit wem, solange derjenige bekannt ist. Das nagt besonders an mir, weil natürlich ein Fünkchen Wahrheit drinsteckt. Ein fetter Funken. Nur hatte sich das gestern eigentlich geändert – bis er die Fotos gepostet hat. Außerdem war ihm doch eh total egal, wer als Warmup-Act kommt! Es ist so unfair, dass er sich so bescheuert verhält und mir dann vorwirft, dass ich trotzdem mit ihm auf die Bühne gehe!

Für einen kurzen Moment bin ich bis in die letzte Faser meines Körpers überzeugt, dass ich nicht auf die Bühne gehen werde. Ich springe vom Sofa auf, weil ich nicht mehr stillsitzen kann, und beginne durch den Raum zu kreisen.

Mein Handy leuchtet auf.

Marc from Hell: Flugzeug hat Verspätung, totaler Schneesturm in Dallas. Aber Clarissa sagt, du bist in allerbesten Händen und wirst das rocken.

Plötzlich kommt mir der Gedanken, dass Marc vielleicht gar nicht anreisen will und das nur eine faule Ausrede ist, weil ich letztlich eben nicht so wichtig bin. Und dann kommt mir noch ein anderer Gedanke. Finn will doch genau das, was ich gerade tue. Er will mir den Moment versauen. Wenn ich nicht gehe, werde ich mich unfassbar scheiße fühlen, aber wenn ich gehe, fühle ich mich genauso schlecht, weil er sich dann darin bestätigt sieht, dass ich nur seinen Ruhm ausnutze. Diese Story, die er sich ja selbst gern einredet. Macht er wirklich! Am liebsten würde ich ihm sagen: Hey, komm mal runter, so wichtig bist du auch nicht. Aber das klappt eben nicht bei jemandem, der zwei Tage hintereinander vor einer ausverkauften Location von der Größe des Dome Konzerte spielt. Das ist unglaubwürdig.

Verdammt noch mal!

Aber bevor ich hier eine weitere tragische, katastrophenartige Selbstmitleids-Geschichte zusammenbraue, wird mir klar, dass ich Finn nicht die Genugtuung geben werde, mir alles zu verderben. Dass es gar nicht um ihn geht. Und dass es außerdem völlig egal ist, ob ich für Marc wichtig bin oder nicht. Ich freue mich, auf dieser absurd großen Bühne zu stehen und diese Lieder zu spielen und zu rocken. Deshalb bin ich gekommen. Ich liebe Musik. Ich will mit so vielen Menschen da draußen einen Moment teilen. Ich will meine Zuhörer in diese Songs mitnehmen. Was andere sagen, denken und machen, kann mir scheißegal sein.

Ich bleibe vor dem Ganzkörperspiegel stehen und sehe dort die coole Hailee in ihren Boots und dem körperbetonten Leder-Outfit, die vor Selbstbewusstsein strotzt. Die

Hailee, die mit ihren rockigen Songs auf der Bühne steht. Auch wenn sie etwas anders ist als die Hailee, die ich bin, wenn ich meine eigene Musik schreibe, gefällt mir diese Version von mir. Sie ist tough. Und ihr ist völlig egal, was andere von ihr denken.

Ich merke, wie die Energie in meinen Körper zurückfließt, wie die Aufregung zurückkommt; die Vorfreude, die von der Herzfrequenz her vielleicht Angst ähnelt, aber sich einfach nur gut anfühlt. Ich stelle mir die Leute vor, schaue zurück auf den Bildschirm. Und dann beginne ich zu singen, und es fühlt sich eigentlich ziemlich gut an.

Es klopft es an der Tür, und Hina steckt den Kopf herein. »Alles in Ordnung? Noch zwanzig Minuten. Können wir rein?«

»Ich bin bereit«, erwidere ich und stelle mich etwas breitbeiniger hin. Powerhaltung. Habe ich mal in einem YouTube-Video gesehen. Sie funktioniert tatsächlich, meine Power ist auf jeden Fall zurück. Aber dann kommt Clarissa auch schon ins Zimmer und überrennt Hina in ihrer Eile, die schnell zur Seite hüpft. Clarissa ist ganz in Schwarz gekleidet, die Haare wieder hochgesteckt, perfekter Lippenstift, der sich nie abzunutzen scheint. Sie hat die Ausstrahlung einer unbeugsamen Königin, die nervige Lover problemlos hinrichten lässt, nachdem sie ihren Zweck erfüllt haben. Aber ich muss zugeben, wenn sie in der Nähe ist, hat man das Gefühl, dass alles schon irgendwie klappen wird. Sie hebt die Hand zum Gruß, während sie durch das Kopfmikro, das sie heute trägt, Anweisungen erteilt, die aber nicht mir gelten.

Ich trinke währenddessen Unmengen von Wasser. Damit ich nicht dehydriere, fülle ich vor jedem Konzert immer meine Wasserspeicher. Dann beginne ich auf der Stelle zu hüpfen und mich zu dehnen, mache einen Sonnengruß, lasse mich nach vorn fallen. Die Hose hält dieser Bewegung stand, ohne weiter aufzureißen. Was will ich mehr? Dann singe ich ein paar Zeilen. Jetzt wird das Konzert langsam Realität, und das Adrenalin haut richtig rein. Das Aufwärmen vertreibt die Nervosität und steigert gleichzeitig die Aufregung. Aber Dehnen ist wichtig, damit ich mir nicht gleich irgendein Band verletze oder mein Knie ausrenke. Unaufgewärmt habe ich mir mal den Rücken so schlimm verknackst, dass ich ein paar Tage nicht laufen konnte.

Ich mache ein paar Tanzmoves, und Hina steigt sofort mit ein, sodass wir kurz ausgelassen durch die Garderobe hüpfen. Hina trägt heute Leggings und ein superoversized weißes Sweatshirt mit einem Manga-Aufdruck, den ich nicht einordnen kann. Sie gibt alles beim Tanzen, und ich muss lachen, weil sie fast genauso aufgeregt zu sein scheint wie ich. Unsere Ausgelassenheit vertreibt den Rest der negativen Energie.

Ich bin das Gegenteil von K-Pop-Bands mit ihren einstudierten eleganten Bewegungen und aufwendigen Choreografien. Bei mir ist alles spontan und nicht sonderlich grazil. Es macht Spaß, so zu sein, wie ich auf der Bühne bin. Klar, ich schreibe selbst andere Lieder, aber in den Songs von Marc habe ich Power und einen Panzer gegen die Welt.

»Es sind so viele Leute da«, erklärt Hina mit glänzenden Augen. »Das wird der Wahnsinn.« Sie strahlt. »Alle werden dich lieben, Hailee!« Sie grinst mich breit an. »Du bist schon berühmt als Pancake Girl!«

Fuck. »Du hast das auch gesehen.« Ich erstarre. Für einen Moment hatte ich das fast vergessen. Vor lauter Ärger über denjenigen, der es gepostet hat …

»Ich glaube, alle haben das gesehen«, bestätigt Hina meine Befürchtung. Wer geht schon auf Finns Konzert, ohne ihm auf Instagram zu folgen?

»Das war so cool!«, fährt Hina fort.

Für einen Moment bin ich verdutzt. »Äh, nein. Das war nicht cool«, bringe ich mühsam hervor.

Aber Hina hört meine Antwort gar nicht mehr, weil Clarissa ihr irgendeinen Auftrag gibt und Hina einen Augenblick später nach draußen eilt. Ich schaue zu Clarissa, und für einen Moment sieht es in dem Licht so aus, als hätte sie gigantische Schatten unter den Augen mit sehr, sehr viel Make-up abgedeckt. Ihr Gesichtsausdruck wirkt irgendwie … traurig?

Als sie meinen Blick bemerkt, strafft Clarissa die Schultern. »Zehn Minuten«, erklärt sie. »Marc schafft es nicht, aber nach der Show ist er dabei.« Und schon ist sie wieder in ihr Handy versunken.

»Ich weiß«, sage ich. »Wetter. Das ist das Problem an Weihnachtskonzerten. Aber er hat gesagt, dass er auf jeden Fall noch kommt.«

»Hat er fest versprochen.« Clarissas Worte klingen seltsam bedrückt, als würde Marcs Abwesenheit sie betreffen und nicht mich.

Ich nicke, aber ich kann mich nicht mehr auf sie konzentrieren. Das Konzert, gleich wird es Wirklichkeit. Ich muss zurück in die Stimmung von gerade. Weg mit Finn und Pancake Girl. Vergiss es, Hailee, baue ich mich selbst in Gedanken auf, weil niemand sonst da ist, um den Teil zu übernehmen. Ich sende Evie eine Nachricht. »Gleich geht's los«, schreibe ich nur. Ich konzentriere mich ab sofort nur auf das Hier und Jetzt.

Auf dem Bildschirm sehe ich, wie immer noch mehr Leute ins Stadion strömen, wobei die meisten schon sitzen. Ich werde anfangen, während die letzten Leute eintrudeln. Das war der Plan. Ich singe ein paar Läufe, Auszüge aus Liedern, um mich weiter aufzuwärmen. Ich schließe die Augen und lasse meine Stimme lauter werden. Die ganze Wut auf Finn von vorhin – auf der Bühne kann ich sie brauchen. Ich kann sie kanalisieren und als Motor benutzen. Sie treibt mich an. Das wird ein Fest.

Hina kommt zurück. Ich stelle Musik an, und wir tanzen noch mal kurz herum. Dann springe ich auf das Sofa und breite die Arme aus.

Yes!

Clarissa, die tatsächlich von ihrem Handy hochgesehen hat, grinst über die Vorführung in der Garderobe, und ich stelle zum ersten Mal fest, dass sie ziemlich süße Grübchen hat. Sie schüttelt den Kopf, aber sie lächelt mir zu. Immerhin. »Das wird toll«, erklärt sie, doch es klingt ein wenig wie ein Befehl. Ich werde echt überhaupt nicht schlau aus ihr.

»Es ist Zeit.« Kelsey steckt ihren Kopf, auf dem ein roter Haarreifen leuchtet, durch die Tür. »Bereit?«

»Sehr bereit«, sage ich und klatsche die Hand ab, die sie mir hinhält.

»Au!«, ruft Kelsey und schüttelt ihre Hand aus, als wäre sie verknackst, aber sie lacht. »Höchste Zeit, dass du auf der Bühne Energie ablassen kannst.

Los geht's.«

Ich folge Kelsey, Clarissa geht hinter mir.

Auch Hina klatscht mich ab, läuft vor und verrenkt sich so, dass sie mir ihren Hintern entgegenstreckt und zwischen ihren Beinen hindurchschaut.

»Have fun«, sagt sie, während sie sich aufrichtet.

Ich muss lachen. Die Crew ist gut darin, einen vor dem Auftritt zu entspannen. Wir laufen an den Leuten vorbei, die in den Gängen stehen, den ganzen Menschen, die gebraucht werden, um eine Show dieser Größe auf die Beine zu stellen.

»Und was mache ich, wenn mir niemand zuhört?«, frage ich Hina, halb im Spaß, halb im Ernst. »Vielleicht reden die einfach weiter oder sind sauer, weil sie endlich Finn sehen wollen.«

Hina wirft mir einen warmen Blick aus ihren dunklen Augen zu, während wir die langen Gänge entlanglaufen. Die Leute treten von allein zur Seite. Ich konzentriere mich auf sie, damit meine Nervosität nicht zu stark wird. Der Blick in ihre Augen beruhigt mich.

»Kennst du den Komponisten Haydn?«, fragt Hina.

»Haydn?«, wiederhole ich verwirrt. »Klar kenne ich Haydn. Du meinst den klassischen Komponisten, oder?«

Sie nickt. »Genau. Ich habe früher am Konservatorium Violine gespielt. Er hat diese Symphonie mit dem Paukenschlag komponiert, damit das Publikum nicht auf den Sitzen eindöst, sondern ihm volle Aufmerksamkeit schenkt.«

»Ja?«

»*Du* bist der Paukenschlag. Ich freue mich echt. Ich liebe alles von dir, was ich bisher gehört habe.«

Ich muss lachen. Ich wusste bislang gar nicht, dass

Hina meine Musik wirklich wahrgenommen hat, und umarme sie kurz.

Inzwischen sind zwei weitere Mitarbeiter der Wolfcraft Crew dabei, die Verkabelung zur überprüfen. Ich bekomme meine In-ear-Monitors für die Ohren und das Mikro in die Hand.

»Hailee, du musst jetzt in Position«, drängt Kelsey.

Ich grinse sie und Hina an, atme noch mal tief durch und dann folge ich Kelsey die letzten Meter in Richtung Bühne.

Plötzlich verschiebt sich meine Aufmerksamkeit, als würde ich alles gleichzeitig wahrnehmen. Die Geräusche, das Gefühl des Betonbodens unter meinen Boots, der Luftzug an meinem nackten Bauch.

Das Blut in meinen Ohren beginnt zu rauschen. Mit jedem Schritt wird mehr Adrenalin durch meine Adern gepumpt, die Geräusche der Menge werden lauter, und ich schlüpfe immer weiter in mein Bühnen-Ich. Meine Schritte werden fester, meine ganze Haltung selbstbewusster. Kurz vor der Bühne stehen noch weitere Crewmitglieder, und ich spüre ihre Blicke auf mir. Sie nehmen mich plötzlich ganz anders wahr, und meine Haut beginnt zu prickeln. Bühnenpräsenz, hat Marc es genannt – ich hätte eine *erstaunliche* Bühnenpräsenz.

»Hab Spaß. Das ist dein Moment«, raunt Kelsey mir zu.

Und ich dem Augenblick weiß ich es. Ich schau auf mein Handy, bevor ich es Kelsey in die Hand drücke. Lächele, als ich die Nachricht von Evie sehe. *Möge die Macht mit dir sein.* Das haben wir früher immer gesagt, bevor wir aufgetreten sind. Ich habe so viele Gefühle für die Leute da draußen, ich werde ihnen alles geben.

Ich hole tief Luft und laufe die Stufen hoch auf eine Plattform an der Seite der Bühne, einen großen schwarzen Kubus, nicht beleuchtet, wo ich nicht gesehen werde. Oben angekommen, springe ich mit einem kraftvollen Satz auf die Bühne. Der Spot geht an, und schon als ich den ersten Ton singe, habe ich das Gefühl, abzuheben.

Diesen Auftritt habe ich mir angewöhnt, weil er jede Aufregung, jeden Impuls wegzurennen, in Vorwärtsschwung umwandelt. Ich bin so klein, so viele Leute. Hier vor mir ist ein Meer, in das ich eintauche. Das Stadion ist in bläuliches Licht getaucht. Mein Blick fällt auf die nicht enden wollenden Reihen von Menschen vor mir, an den Seiten, unter mir. Der riesige Dome wirkt voll besetzt. Ich sehe nur die Leute vor mir genauer, wenn das Licht günstig ist, meine Blicke treffen auf einige Mädchen, die so laut jubeln, dass ich zu ihnen gehe und ihre Hände schüttle, was sie zum Ausrasten bringt, auch wenn die Geräusche nicht wirklich zu mir dringen. Mein Blick gleitet zur Seite auf die riesigen Leinwände, auf denen ich mich selbst im Profil sehe, wie ich singe, aber der Anblick ist zu verwirrend, sodass ich wieder wegschaue.

Meine Stimme klingt bei den ersten Tönen noch ein klein wenig fremd, aber dann fängt sie an zu fliegen. Ich singe mein erstes Lied, ein lautes Lied, ein Cover von Kurt Cobain, und die Leute gehen direkt mit.

Die Bühne scheint riesig, aber ich habe so viel Energie, dass sie ganz mir gehört und ich das Gefühl habe, ewig weitermachen zu können. Ich kann mir nicht vorstellen, jemals müde zu werden. Vor mir erstreckt sich der Steg, der durch die Menge führt, aber von meiner Perspektive aus endet er im Nichts …

Es ist einfach das Unglaublichste, was ich je erlebt habe. Ich schwebe fast über die Bühne, singe weiter und verbinde mich mit allen. Mehr Adrenalin, ich wusste gar nicht, dass ich so viel davon besitze.

Schnell trinke ich etwas Wasser. Dann singe ich *He wasn't*, eine Nummer über Männer, deren Text ich liebe, und ich singe es besonders für Finn, denn ich brauche gerade keine Männer. Ich hoffe, er hört es.

Ich konzentriere mich auf eine jubelnde Gruppe neben der Bühne und singe für sie. Das mache ich meistens, ich wende mich an Einzelne, weil das besser funktioniert, als für alle zu performen. Ich liebe die Leute hier, und sie schenken mir ihre volle Aufmerksamkeit. Es gibt keine Lichtblitze, keine hochgehaltenen Handys in den Händen des Publikums. Und jetzt merke ich den vollen Effekt davon. Das Gefühl, dass alle wirklich hier sind und mitgehen, ist unglaublich. Das hatte Clarissa schon gesagt: Telefone sind bei den meisten japanischen Konzerten nicht erlaubt, weil man andere Besucher stören könnte. Das hier ist der Moment, den alle teilen, der einzige, den es gibt. Niemand nimmt eine Aufnahme mit nach Hause.

Ich lasse mich in den Augenblick fallen und von der Stimmung in der Halle mittragen. Ungläubig, was ich hier gerade erlebe, auf welcher Bühne ich stehe.

Jetzt gebe ich ihnen einfach alles, was ich habe. Sie kennen mich vielleicht nicht, aber ich gebe trotzdem alles für sie. Keine Ahnung, wie es weitergeht, aber jetzt bin ich hier.

Nach dem zweiten Song verbeuge ich mich atemlos.

Ich lasse meinen Oberkörper komplett nach vorn fallen, es ist eher eine Geste der Ergebung.

Es ist fast still in diesem riesigen Stadion, und ich höre nur meinen Atem. Meinen Herzschlag. Aber nur einen Moment. Dann bricht der Applaus über mir zusammen. Ich richte mich wieder auf.

»Hallo, Tokio!«, rufe ich. »Konbanwa.«

Mehr Jubel, der mich meine Bedenken von vorher augenblicklich vergessen lässt. Ich möchte sie wirklich alle umarmen, diese Menschen, die es mir so einfach machen. Eigentlich warten sie ja auf Finn. Nicht auf mich. Vielleicht hatten sie sogar noch auf Tobi gehofft, denn alle wissen, dass er ein Freund von Finn ist, weil sie früher mal zusammen in einer Band gespielt haben.

Ich verbeuge mich, wie ich es in den letzten Tagen geübt habe. »Heute war ich im Sensō-ji-Tempel im Stadtteil Asakusa«, erzähle ich. »Ich habe gelernt, dass es der älteste Tempel Tokios ist, und es war so wundervoll.« Die Leute flippen aus. Ich erzähle vom Onsen, von dem köstlichen Sushi, das ich gegessen habe. Dass ich nie weiß, ob ich mich richtig verhalte, und entschuldige mich schon jetzt für alle Fehler, die mir am heutigen Abend vielleicht noch passieren werden.

Die Menge jubelt. Ich bedanke mich, gebe den Musikern ein Zeichen, und das nächste Lied setzt ein. Die Musik fließt durch meinen Körper, der Beat schlägt in meiner Brust, mein Herz passt sich dem Takt an, und ich singe meinen nächsten Song, den ich so sehr fühle, *One Life.*

Ich renne auf der Bühne hin und her, meine Füße fliegen, ich riskiere, außer Atem zu kommen, greife nach den Händen der Leute vor der Bühne. Das Licht wechselt jetzt zu Rottönen, was unglaublich gut zu diesem Song passt. Mein ganzer Körper ist von Gänsehaut überzogen. Mein Herz hämmert. Ich fühle jedes Wort, jede Note dieses Songs. Ich bin an diesem Ort, den es nur hier gibt, denn obwohl ich laut bin, singe, auf dieser Bühne im Stadion bin, bin ich gleichzeitig so sehr in mir drin, echt, existiere, wie sonst nirgends. Danach folgen drei weitere Nummern. Vor dem letzten Lied verbeuge ich mich wieder tief, die Leute jubeln, sie rufen rhythmisch immer wieder das Gleiche. Es dauert einen Moment, bis ich verstehe, was sie sagen, und traue meinen Ohren nicht. *»Pancake Girl!«*, rufen sie und dann wieder: *»Pancake Girl, Pancake Girl, Pancake Girl!«*

Meine Beine, die sich gerade so stark anfühlten wie Stahlträger sind plötzlich wackelig, und die Energie in meinem Kopf verursacht mir einen Schwindel, dass ich mich hinsetzen sollte. Sie wissen es alle – sie haben es alle gesehen. Mein Magen dreht sich um sich selbst und verknotet sich zu einem winzigen harten Knäuel. Aber dennoch kann ich mich nicht ewig in dieser Vorwärtsbeuge verstecken.

In dem Moment kommt Finn auf die Bühne, einfach so, er ist zu früh, aber ich merke es an den Rufen des Publikums, dessen Schreie sich auf ein neues Level heben. Ich richte mich langsam auf, überwältigt von den widerstreitenden Gefühlen. Immerhin stehe ich noch, meine Beine halten mich irgendwie, und ich versuche meinen Gesichtsausdruck unter Kontrolle zu haben. Plötzlich sehe ich mich von außen hier stehen, nehme die riesigen Leinwände erneut wahr, auf denen jede Gesichtsregung zu sehen ist.

Inzwischen steht Finn neben mir. In seinem Sweatshirt sieht er aus wie vorhin, er ist so er selbst, so harmlos, dass ich für einen Moment völlig verdutzt bin. Finn strahlt Ruhe aus, die Ruhe ist vielleicht noch auffälliger, weil sie in so einem starken Gegensatz zum Publikum steht, das jetzt völlig ausflippt. Alle jubeln und klatschen, um ihn zu begrüßen. Er bleibt einen Meter von mir entfernt stehen und wendet sich an die Fans. Nur langsam lässt das Kreischen nach, der Jubel, bis er wirklich zu Wort kommt. Mehrmals hebt er die Arme und bittet durch Gesten darum, dass sich alle beruhigen.

Er strahlt. Nicht übertrieben, stattdessen mit einer entwaffnenden Ehrlichkeit. Allerdings schaut er dabei nicht mich an, sondern das Publikum. »Willkommen zu meiner Tokio-Show!« Die Leute rasten noch mehr aus, als hätte Finn gerade eine Formel verkündet, welche die Welt rettet, und nicht eine normale Begrüßung hervorgebracht. »Eigentlich hatte ich ja ein Problem«, beginnt er zu erzählen. Ich schaue ihn an, seltsam gefesselt von seinen Worten, fast wie gelähmt. »Mein Freund Tobi … Ihr kennt Tobi?«

Laute Zustimmung, die er versucht einzudämmen, bevor sie erneut völlig ausartet. »Ja, ich liebe Tobi auch, und eigentlich wollten wir zusammen hier in Tokio Weihnachten feiern. Wir haben früher in der Schule zusammen gespielt. Das wissen viele gar nicht. Jetzt sehen wir uns seltener, das ganze Konzert war unsere gemeinsame Idee. Denn ihr wisst schon: Es ist Weihnachten.«

Als er das sagt, halten ganz viele Leute rote Herzen hoch. Ich bin verwirrt. So viele kirschrote Herzen, woher kommen die denn plötzlich? Ich erinnere mich, dass Kento erzählt hat, dass heute und morgen die zwei größten Dating-Tage in Japan sind. Finn und ich geben Konzerte an den romantischsten Tagen Japans. Passt ja.

»Jedenfalls kann Tobi leider nicht hier sein.«

Ein bedauerndes Raunen geht durch die Menge, und Finn hebt die Arme.

»Aber dann habe ich Hailees Stimme gehört. Ich habe sie – und das weiß sie übrigens gar nicht – schon bei den Proben belauscht, und ich dachte mir, dass ihr sie auch lieben werdet.«

Wieder jubelt das Publikum. Finn klingt so überzeugend und ehrlich, als er das sagt, dass ich einen Moment stutze. War er wirklich so begeistert von meiner Stimme?

Er blickt mich an, direkt, warm, seine Augen glänzen, während er auf mich zukommt. Der Blick in seine Augen lässt mich für einen Moment die Pancake Rufe vergessen. Er stellt sich ganz nah neben mich und nimmt meine Hand. Seine ist kühl im Vergleich zu meiner, ich schwitze ziemlich stark nach meiner Performance. Ich habe all meine Wut herausgesungen, aber auch die anderen Gefühle in die Lieder gelegt, meine Traurigkeit, meine Hoffnung, meine Liebe für diesen Planeten.

Finn drückt meine Hand sanft, aber mit unglaublicher Sicherheit. Als wären wir Freunde, vertraut. Aber ja, wir sind es auch in diesem Moment, denn kein anderer versteht die Magie dieses Augenblicks so wie wir.

Alle Sachen, die vorher waren, sind weg. In dieser Sekunde sind sie nie passiert, weil wir irgendwie außerhalb der Zeit sind, hier auf der Bühne in dem Meer von Fans, die wir kaum sehen, aber deren Aufmerksamkeit wir spüren können. Niemand weiß, wie das ist, in diesem Stadion zu stehen. Vor wildfremden Menschen, mit denen wir jetzt durch unsere Musik verbunden sind.

Dann zieht er meinen Arm nach oben, wie die Schiedsrichter das mit den Gewinnern in einem Boxkampf machen. Ohrenbetäubender Jubel brandet auf, und ich spüre, wie sich ein unglaublich breites Grinsen auf meinem Gesicht ausdehnt. Mein Bauch fühlt sich an, als wäre er mit schillernden Seifenblasen gefüllt.

Finn lässt unsere Arme wieder sinken und drückt erneut meine Hand. »Für einen Moment dachte ich, dass Hailee heute gar nicht kommt, und ich bin unglaublich froh, dass sie auf mich gehört hat und jetzt hier ist«, erklärt er wieder mit dieser positiven Energie, aber dann dringt durch den samtigen Tonfall doch zu mir, was er eigentlich denkt. Ich blicke zu ihm, und dann sehe ich es auch in seinen Augen. Enttäuschung. Ablehnung. Mitleid. Am schlimmsten ist das Mitleid.

Siehst du, Hailee, du bist natürlich gekommen. Das lässt du dir nicht entgehen – so eine Werbemöglichkeit, die ganzen Leute. Egal wie bescheuert du mich findest.

Ich versuche krampfhaft, die Kontrolle über meinen Gesichtsausdruck zu behalten.

»Ich überlasse sie euch noch mal für ein Lied, dann komme ich wieder«, sagt Finn in dem gleichen ruhigen Tonfall von vorhin, der mir, ohne dass ich mich im Geringsten dagegen wehren kann, einen Schauer über den Rücken jagt. Dann hebt er die Hand zum kurzen Abschied, und alle rasten aus.

»Finn, Finn, Finn! Come back!«, rufen sie.

Im Weggehen bedeutet er den Musikern, wieder anzufangen, und sie setzen sofort ein. Ohne auf *mein* Zeichen zu warten. Es ist *mein* letztes Lied, und ich verpasse meinen Einsatz! Völlig überrumpelt lege ich los. Mein fast vergessener Zorn ist innerhalb von Sekunden wieder zurück. Und in meinem Kopf dröhnt es. Ich kann nur eines denken: Arschloch!

Ich singe meinen letzten Song, aber es ist kein Vergleich zu vorher. Diesmal schaffe ich es nicht, die Wut zu kanalisieren. Ich bin nicht wirklich in mir drin. Danke, Finn. Einmal vergesse ich sogar den Text, aber ich improvisiere. Meine Beine fühlen sich plötzlich hölzern an. Schwer. Keine Ahnung, wie gut es funktioniert, wie sehr man merkt, dass ich nicht mehr in mir drin bin, sondern neben mir stehe und mir selbst zuschaue.

Dann ist mein Auftritt zu Ende. Die Leute jubeln, ich bilde mir ein, dass sie weniger aus dem Häuschen sind als vorher, ich habe keine Ahnung. Ich bin wie betäubt. Ich bleibe noch kurz stehen, blicke auf diese unglaubliche Anzahl an Menschen, die sich hier für die Musik versammelt haben. Dann stapfe ich in einem Gefühlschaos aus Performance-High und Wut von der Bühne. Ich stürme durch den Backstagebereich zu meiner Garderobe, reiße die Tür auf und knalle sie im nächsten Moment wieder hinter mir zu. Schreiend stürze ich mich auf ein völlig unschuldiges Kissen und schleudere es quer durch den Raum.

Gedämpft höre ich, wie die Menge im Stadion wieder loslegt, als Finn die Bühne erneut betritt.

Pancake Girl.

Hailee

The new me is actually still me
Just more real

aus: *Floating*, Hailee Bridgewater

Afterparty auf Japanisch. Ich sitze in einem der exklusivsten Restaurants, die ich jemals von innen gesehen habe. Die Wände bestehen komplett aus Holz und sind nur wenig von strategisch angebrachten Lichtkegeln beleuchtet, die den warmen Holzton betonen. Über uns hängt ein faszinierender Kronleuchter, der aus gläsernen Kirschblüten zusammengesetzt ist. Die Wanddekoration besteht aus Leuchtkästen, in denen Dinge wie Bambuspflanzen oder Baumstämme zu sehen sind, die allerdings wie Kunstwerke präsentiert werden. Alles wirkt maximal minimalistisch. An dem langen flachen Tisch sitzen Duzende von Menschen, die irgendetwas mit dem Konzert und Finn zu tun haben. Natürlich ist das ganze Restaurant gemietet, und wir haben zusätzlich mit unserer Gruppe einen eigenen Raum.

Ich bin schon etwas angetrunken. Der Sake ist lecker, scharf und mild gleichzeitig. Man kann überhaupt nicht einschätzen, wie viel Alkohol er enthält, wobei schon klar ist, dass der Reiswein trotz des süßen Geruchs wohl kaum mit Obstsaft zu vergleichen ist. Mein Kopf fühlt sich an, als würde er in einer Wolke stecken, und ich kann der unendlichen Menge von Informationen und Ratschlägen, die Marc mir ins Ohr brabbelt, kaum folgen. Er ist doch noch gekommen, meine Befürchtungen waren tatsächlich nur eingebildet.

»Deine Power war einfach großartig. Ich wusste, dass du es absolut hinbekommst, auch ohne mich.« Er sitzt aufgeregt neben mir, gegelte Haare, schlanker, als ich ihn in Erinnerung hatte. Sein Fitnesstraining scheint sich auszuzahlen. Er trägt zudem ein hautenges schwarzes Hemd, um die Aufmerksamkeit gekonnt auf die neuen Muskeln und das fehlende Fett zu lenken.

»Hast du denn alle Nummern gesehen?«

»Ich war wirklich schon zum zweiten Song im Stadion in der Box. Mit Clarissa.« Seine Augen wandern zu der Stelle, wo Clarissa sitzt. Er lächelt ihr zu. Im Networking ist er ein Ass.

Sie lächelt zurück. Wie ich finde, wesentlich liebenswürdiger als jemals zuvor. Eigentlich lächelt sie jeden anderen freundlicher an als mich.

»Ich habe die ganze Zeit das Gefühl, dass Clarissa mich nicht sonderlich mag.« Ich stochere in dem Fisch herum, der vor mir steht. Er ist geschwärzt und mit einer Soße beträufelt, die süßlich-scharf im Mund zergeht. Ich glaube, ich bin jetzt leider für Supermarkt-Sushi fürs Leben versaut.

Marcs Kopf schnellt zu mir zurück. »Quatsch. Sie fand deinen Auftritt auch richtig gut.«

»Auch das letzte Lied?«

Er legt die Stirn in Falten. »War voll okay, das mit dem Text hat niemand gemerkt. Kann mal passieren, dass die Nerven mit einem durchgehen. War nicht schlimm.«

Ich werfe ihm einen zweifelnden Blick zu. Natürlich hat man es gemerkt. Aber es hilft jetzt nichts mehr.

»Du siehst schick aus heute«, bemerke ich, um das Thema zu wechseln, weil er es in dem engen Hemd definitiv auf ein Kompliment angelegt hat.

Marc ist Anfang vierzig, kleidet sich normalerweise gern wie ein Student in Sweatshirts und Band-T-Shirts und betont ständig, dass er sich noch genauso fühlt wie mit zwanzig.

»Danke«, nickt er mit zufriedenem Gesichtsausdruck. Er nimmt mein Handy und macht ein Foto von uns beiden. »Kannst du später posten. So gut sehe ich vielleicht nie wieder aus, wenn ich weiterhin so viel Tempura esse«, meint er grinsend, während er mir mein Telefon wieder in die Hand drückt.

»Social Media nervt mich gerade extrem, und dann dieser Pancake …«

»Es ist für deine Zielgruppe einfach richtig wichtig, ihnen immer wieder Einblicke hinter die Kulissen zu geben, Hailee«, unterbricht mich Marc. »Und ich glaube übrigens, Finn steht auf dich.« Er zwinkert und wirft einen Blick zu Finn, der mit Clarissa und ein paar Musikern aus seiner Band zusammensitzt.

Eigentlich sieht er ziemlich glücklich aus. Der Anblick löst ein beklemmendes Gefühl in mir aus, wegen dem, was passiert ist. Auf der Bühne. Aber auch schon vorher. Vielleicht habe ich überreagiert? Natürlich bin ich nach meinem Auftritt nicht in der Garderobe geblieben, während er gespielt hat. Finns Stimme hat eine magnetische Wirkung auf mich. Nach den ersten paar Liedern bin ich doch in die Box gegangen, wie sie hier genannt wird, wo ich auch Marc getroffen habe. Die Box ist eine Kabine, von der man einen super Ausblick auf die Bühne hat, ohne dass man von draußen gesehen werden kann. Und ja, auf der Bühne war Finn völlig gelöst und hatte eine unglaubliche Ausstrahlung. Die Stimme, die Energie: Da hat man sofort verstanden, wie er zu einem Star werden konnte. Er war so charmant zu seinen Zuhörern, liebevoll. So wie ich ihn gestern zum Teil erlebt habe. Bis er dann eben doch ganz anders war. Ich unterdrücke das nervige Gefühl, dass ich aufstehen und mich entschuldigen will. Aber sofort fallen mir wieder die Dinge ein, die er mir gesagt hat. Er muss sich mindestens genauso entschuldigen. Warum kann ich diese bescheuerten Gedanken nicht einfach abstellen?! In dem Moment trifft sein Blick meinen. Und der Blick schlägt ein und bringt instant diese ganze verworrene Gefühlssuppe in mir zum Kochen. Ich werde nicht mehr hinschauen.

»Quatsch. Wie kommst du auf so einen Blödsinn, dass Finn auf mich steht?«, entgegne ich etwas verspätet und definitiv zu barsch.

»Ich habe ihn beobachtet, als du auf der Bühne warst. Der hat dich mit seinen Augen verschlungen, nur FYI.« Marc macht einen zufriedenen Gesichtsausdruck.

»Marc, eine Sache kann ich dir schwören: Finn steht nicht auf mich. Es ist eher das … Gegenteil.« Ich reiße mich zusammen, nicht zu Finn zu schauen, wie ich es schon die ganze Zeit tue. Es ist zu aufwühlend.

»Was jetzt genau?« Marc schiebt sich zwei Sushi direkt

hintereinander rein, nimmt einen großen Schluck Sake und fixiert mich interessiert. Im Vergleich zu anderen Menschen läuft Marc immer auf doppelter Geschwindigkeit. Aber ich habe mich schon an seine Art gewöhnt. Ich will ihm allerdings nicht diese ganzen verfahrenen Situationen mit Finn erklären. Marc ist kein sonderlich guter Geheimnisträger. Als ich nicht antworte, fügt Marc hinzu: »Du warst aber auch richtig gut in Form auf der Bühne, und dein Outfit war der Hammer. Ich kann Finn verstehen.«

Ich verdrehe die Augen. »Marc. Schluss. Echt nicht.« Ich hole tief Luft. »Das Publikum war mega und die Bühne einfach ein Traum. Das war ein High, total irre vor so vielen Menschen hier zu performen. Ich kann nicht glauben, dass es morgen noch ein Konzert gibt. Danke, Marc. Das wollte ich schon die ganze Zeit sagen.« Ich presse kurz seinen Arm. Mein Dank ist ernst gemeint. Wer hat die Möglichkeit, so eine Erfahrung als Musikerin zu machen? Nicht viele.

Marc nickt zufrieden.

Auf den Finn-Kommentar gehe ich nicht mehr ein. Stattdessen versuche ich, unser Gespräch auf ein für mich viel wichtigeres Thema zu lenken: »Ich frage mich ja, wann ich anfangen kann, mehr meine eigenen Sachen …«

Marc legt seine Hand auf meinen Arm und setzt den mir schon bekannten Welpenblick auf. »Hailee. Du weißt, dass ich das Beste für dich will. Und das sage ich nicht nur so. Dein Erfolg ist mein Erfolg.« Er grinst. »Aber wir müssen dich erst mal zu einer Hausnummer im Rock machen, danach sehen wir weiter. Das ist alles Strategie. Okay?«

Mehr Welpenblick, der wohl meinen Widerstand auflösen und mich gleichzeitig beruhigen soll. Er schiebt seinen Teller zur Seite. Die lange Serie von Gerichten – jede Menge unterschiedlich zubereiteter Fisch, Tempura, Sushi und Schüsselchen mit Nudeln für die »westlichen Gaumen« –, die wir in der letzten Stunde serviert bekommen haben, scheint zu Ende zu sein. Dabei hat Clarissa wohl extra darum gebeten, dass das Abendessen nicht zu lange dauert.

»Ich frage mich manchmal, ob das nicht der falsche Weg ist«, gebe ich zu. »Also für andere vielleicht nicht, aber für mich.«

»Wenn es der total falsche Weg wäre, würdest du nicht hier sitzen.«

Wahrscheinlich hat er recht. Ich muss einfach noch mehr Geduld haben, und meine Songs sind vielleicht auch noch nicht so weit.

»Das Pancake Girl war schlimm.«

»Blödsinn, das ist ein Spitzname.«

»Ich brauche keinen. Finn hat diese Bilder gepostet, das hat er extra gemacht.«

»Quatsch. Das stört wirklich niemanden. In Japan haben viele Idols Spitznamen, das ist nett gemeint.«

Bevor ich endlich fragen kann, wie genau Clarissa überhaupt auf mich gekommen ist und warum ich engagiert worden bin, springt Marc auf. »Ich gehe jetzt noch mal zu Clarissa, Manager-Talk.« Er zwinkert mir zu und wendet sich in Clarissas Richtung, die für die Afterparty ein hautenges rotes Kleid trägt, was wenig der Fantasie überlässt. Außerdem sind ihre langen blonden Haare offen, und sie trägt auffällige Ohrringe mit zwei großen schwarzen Steinen. Irgendwie wirkt sie aufgedrehter als sonst. Gerade lacht sie wieder laut und streicht sich eine Strähne aus dem Gesicht. Vielleicht war sie vor dem Konzert doch angespannter, als man ihr angemerkt hat.

Und schon ist Marc weg. Dabei hatte ich noch so viele Fragen – zum Beispiel, wie sich eigentlich mein neues Pancake-Girl-Ich mit dem Rock-Image verträgt. Vielleicht sollte ich mehr Sake trinken? Nein, lieber nicht. Sonst mache ich am Schluss irgendwelche dummen Dinge, die ich später bereuen werde …

Ich drehe mich zu meinem anderen Tischnachbarn, einem Amerikaner, Cameron oder so ähnlich. Nur nicht zu Finn schauen. Ich habe vorhin gedacht, dass er mich angestarrt hat. Ich muss also dennoch hingeschaut haben, irgendwie quer um die Ecke aus dem Augenwinkel. Das ist doch echt nicht normal!

Cameron. Was macht er noch gleich? Ist er Produzent? Hat er eine Plattenfirma? Ist er selbst Musiker? All die Dinge, die die anderen Leute mir erzählt haben, verschwimmen ineinander. Aber ich höre Marcs Stimme im Ohr, die mich ermahnt, nett zu sein. Cameron zückt sein Handy und macht ein Foto von uns.

»Für mein Insta, okay?«

Automatisch strahle ich in die Kamera. Ich habe Spaß! Ich bin gut drauf, ich habe keine Selbstzweifel, sondern ein tolles Selbstwertgefühl, Tokio ist das Beste und so weiter …

Cameron hat für das Foto seinen Arm um mich gelegt, und ich merke, wie seine Hand viel zu forschend meinen Rücken hinuntergleitet. Freundlich, aber bestimmt rücke ich ein Stück von ihm weg. Für einen Moment sehne ich mich doppelt stark nach meiner Schwester und meiner Familie, die wahrscheinlich gerade feiern. Ich schaue extra nicht in den Chat, wo bestimmt schon Weihnachtsbilder drin sind, sonst flenne ich los.

Doch dann bemerke ich Clarissas Blick, der erstaunlich glasig ist, aber sie lächelt immer noch. Sogar ihre Haare sehen ein klein wenig zerzaust aus. Sie steht auf und kommt kurz zu mir herüber. Schwankt sie? Marc glotzt ihr ziemlich hemmungslos auf den Hintern, als sie läuft. Gut, der ist auch nicht zu übersehen in dem Kleid.

»Alles klar, Hailee? Du warst echt gut, und jetzt ist Marc ja zum Glück auch da. Aber ich habe doch gut auf dich aufgepasst, oder?« Clarissa zieht eine Schnute, die so gar nicht zu ihr passt. Ich hoffe nur, Marc hat ihr nicht erzählt, dass ich das Gefühl habe, dass sie mich nicht mag. »Was ist eigentlich das da an deiner Wange? Das ist mir schon aufgefallen, als du auf der Bühne warst.«

»Ich habe mich aus Versehen gekratzt.« Zur Erklärung halte ich meine Hand mit den langen Nägeln nach oben.

»Soll ich jemanden zum Abmachen schicken?«, fragt Clarissa mit besorgt zusammengezogenen Brauen.

»Alles gut. Mache ich später. Die kann man ziemlich einfach ablösen. Ich habe das Lösungsmittel von der Maskenbildnerin bekommen.«

»Da bin ich aber froh«, erklärt Clarissa, und diesmal höre ich mit Sicherheit, dass sie ein wenig lallt. Es passt gar nicht zu ihrer sonst so kontrollierten Art, dass sie zu viel trinkt.

Dann leuchtet ihr Handy auf. Ein Lächeln huscht über Clarissas Gesicht, und im nächsten Moment richtet sie sich auf und wankt, ja sie wankt wirklich, wieder zu ihrem

Platz zurück. Merkwürdig das alles. Aber vielleicht ist es auch nur der Sake, den sie nach ihrer Power-Pilates-Stunde und Green-Smoothie-Dauerdiät nicht verkraftet. Ist schon ziemlich stark das Zeug – und es sorgt dafür, dass sich die Welt weich und flauschig anfühlt. Wir müssen das doch irgendwie lösen können.

Mein Blick bleibt an Finn hängen, der gerade von einer der Bedienungen, die sich hier unaufdringlich und lautlos um das Wohl der Gäste kümmern, Wasser nachgeschenkt bekommt. Ich greife zu meinem eigenen Wasserglas und lasse einen großen Schluck kühl meine Kehle heruntergleiten.

Jetzt beugt sich Cameron wieder zu mir und schaut dabei alles andere als unauffällig in meinen Ausschnitt. »Und gefällt es dir? Weihnachten in Tokio ist doch mal was anderes?«, fragt er.

»Definitiv was anderes«, murmele ich.

»Du bist eine Abenteurerin, das spüre ich.« In meinem Kopf beginnen die Alarmglocken leise zu bimmeln. Er schaut mich viel zu vielsagend an. »Ich wollte dir noch sagen, falls du mal einen anderen Manager brauchst, kannst du dich gern an mich wenden.«

»Warte mal, versuchst du gerade, mich abzuwerben?«, frage ich direkt und extra laut, woraufhin sein Blick sofort zu der Stelle schnellt, wo Clarissa sitzt und sich mit handverlesenen Leuten von der Presse unterhält.

»Hey, hey!«, ruft Cameron und nimmt die Hände hoch, als hätte ich ihm eine Pistole auf die Brust gesetzt. »Ich kenne doch Marc, er ist ein guter Freund von mir. Das würde ich niemals tun.« Leiser setzt er hinzu: »Aber du kannst mein Angebot ja einfach mal im Kopf behalten – falls du mal eine Veränderung suchst. Nichts weiter.« Dann beugt er sich vor und flüstert mir ins Ohr. »Ich gebe dir mal einen Tipp: Es ist immer gut in diesem Business, ein paar Leute zu kennen, die auf dich stehen. Die dir helfen können, wenn es mal nicht so gut läuft – wenn du verstehst, wie ich das meine.«

Ich spüre seinen heißen Atem an meinem Ohr, und ein bisschen feucht wird es auch. Plötzlich merke ich, wie er mit seinem Finger meinen Unterarm entlangstreicht. Ich schaue zu, als wäre das ein fremder Arm. Cameron flirtet mit mir. Oder nein, er versucht, mich anzuheizen, was ihm im sprichwörtlichen Sinne gelingt, denn mir wird augenblicklich heiß – nur hat das nichts mit seinen Annäherungsversuchen zu tun.

»Ein gemeinsames Foto?«, fragt er und zieht mich näher.

Ich ziehe meinen Arm weg und rücke noch ein Stück von ihm ab. Dann funkle ich ihn an. »Hast du mir gerade ein Angebot gemacht im Sinne von: ›Fuck me, und ich bringe dich ganz groß raus‹?«

Finn

You told me forever, but
You are still breathing
Your forever is much, much
Shorter than mine

aus: *Pretty Addictions*, Finn Wolfcraft

Cameron, dieser ätzende Typ, sieht aus, als würde er Hailee gleich das Gesicht abschlecken. Was für ein widerlicher Schleimer. Seine viel zu forschen Finger streichen über ihren Unterarm. Ich habe Gerüchte gehört, dass er so etwas immer wieder bei hübschen Frauen versucht. Sein Ruf eilt ihm voraus, aber jetzt sehe ich es mit eigenen Augen. Der Typ hat einen vom Gewichtstraining aufgepumpten Oberkörper, dennoch wirkt er, als würde er zu viel und zu fettig essen. Das erklärt auch den öligen Glanz auf seinem Gesicht.

Ich sehe genau, wie Cameron das Foto ausnutzt, um sie noch näher an sich heranzuziehen. Und es ist mit Sicherheit kein Zufall, dass er sie dabei so schräg an seinen Oberkörper drückt, dass ihre Brust seine berührt. Wo ist sein anderer Arm? Um die Taille, oder ist das der Po,

Hüfte? Was für ein Arsch. Ich stehe auf und gehe zu den beiden rüber.

»Wir müssen gehen, morgen ist noch ein Konzert«, ermahne ich Hailee.

Sie ist tatsächlich schon etwas von ihm abgerückt, stelle ich mit Beruhigung fest, und Cameron hat auch einen konsternierten Ausdruck im Gesicht, den ich mir nicht ganz erklären kann.

»Alles unter Kontrolle«, versichert Hailee knapp. Sie scheint verstanden zu haben, warum ich gekommen bin, und möchte mir sagen, dass sie keine Hilfe von mir braucht. Oder will. Ihre Lippen glänzen, und mein Blick bleibt etwas zu lang an ihnen hängen. Aber ich sehe den Trotz in ihren Augen. Sie ist noch immer sauer auf mich.

Ich habe mir vor dem Essen endlich die Fotos auf meinem Instagram-Kanal angeschaut, welche die Social-Media-Managerin gepostet hat. Ich kneife kurz die Augen zusammen und atme tief ein.

»Ich muss dringend was mit dir besprechen.«

»Schon nach Hause, Finn? Hailee ist gut drauf, sie will noch ausgehen«, schaltet sich Cameron ein.

Hailee wirft ihm einen empörten Blick zu. »Sag mal, hast du gar nicht gehört, was ich gerade gesagt habe?«

Cameron lacht. Er trägt eine Art Siegelring, der seine wurstigen Finger betont. »Natürlich, aber das war doch alles nicht ernst gemeint. Du musst dich locker machen.« Er sieht nach Zustimmung heischend zu mir, dreht sich dann aber schnell wieder zu Hailee.

»Er ist schon ein bisschen eine Spaßbremse, dieser Wolfcraft«, erklärt Cameron jetzt Hailee und kichert. Wo ist seine Hand, verdammt noch mal?

Immerhin habe ich den Eindruck, dass so was wie Ekel in Hailees Augen aufschimmert und sie sich weiter von ihm weg lehnt.

»Ich verstehe schon, warum Clarissa so Probleme hat, ein Good-Boy-Image für dich aufzubauen. Was das für Kosten sind, wenn man so spaßbefreit ist.« Er amüsiert sich über seinen eigenen Witz. An seinem Kinn hängt noch irgendetwas – ein Stück Sushi? »Ist doch alles nicht so ernst gemeint, Leute.« Wieder ertönt sein aufgesetztes Lachen.

Das erstirbt allerdings, als er mich anschaut. Wahrscheinlich habe ich das Gegenteil von einem Pokerface. Ich werde Clarissa sagen, dass sie den Kerl nie wieder mitbringen soll. Ich sehe an Camerons Reaktion, dass er meine Gedanken gelesen hat und merkt, dass er zu weit gegangen ist. Bemerke, wie er langsam seine Hände zurückzieht, wie ein eingeschüchterter Oktopus. Was für ein Horrortyp. Klar, er will es sich nicht mit mir verderben, weil ich in seinem Universum viel Macht habe. Leute kenne. Verbindungen herstellen kann. *Fuck you, Cameron.*

Ich halte Hailee meine Hand hin und schaue in ihre blauen Augen. Allerdings schiebt sie ihre Unterlippe nach vorn und bleibt sitzen. Dies ist ein Friedensangebot – das muss sie doch verstehen. Sie schaut mich abwartend an.

»Ich poste selbst nichts auf meinem Insta«, sage ich unvermittelt.

Cameron sieht verwirrt aus. Wenn ich noch länger in sein dummes Gesicht schauen muss, weiß ich nicht, was ich tue.

»Wenn du mir ein paar Minuten gibst, erkläre ich es dir.« Ich versuche es mit einem freundlichen Gesichtsausdruck. Ich hoffe, sie versteht, dass ich nicht lächele, weil ich denke, dass zwischen uns nichts vorgefallen ist, sondern, weil ich keinen Bock darauf habe, dass Cameron irgendetwas mitbekommt. Er schaut schon jetzt viel zu neugierig zwischen ihr und mir hin und her.

Ich halte ihr noch mal meine Hand hin. Hailee wirft einen Blick auf Cameron, und vielleicht legt sie ihre Hand dann nur in meine, weil sie genauso wenig wie ich Cameron in unsere Auseinandersetzung miteinbeziehen will, was ich eine super Idee finde. Der Typ ist null koscher. Ich habe keine Lust, dass er nur das geringste bisschen über mich weiß.

Ich ziehe sie hoch. Sobald sie steht, lässt sie meine Hand los. Aber sie folgt mir nach draußen.

»Und jetzt?«, fragt Hailee.

Sie versteckt nicht mehr, dass sie nur mitgekommen ist, weil sie den Raum verlassen wollte.

»Der Typ war das Letzte. Was hat sich Clarissa da nur bei gedacht?« Ich fahre mir durch die Haare. »Und wieso saßt du neben ihm?«

»Keine Ahnung, war die Sitzordnung, die angegeben war«, erwidert Hailee. »Keine optimale Sitzordnung, in der Tat.«

Wir bleiben in einer Flurnische stehen, die nur von einem Aquarium erhellt wird, das in die Holzwand eingelassen ist. In dem mit Grünpflanzen dekorierten Becken, welche an Miniatur-Trauerweiden erinnern, ziehen einige fette Goldfische ihre Runden. Ein paar Kellner eilen an uns vorbei, aber sie beachten uns nicht.

Ich weiß nicht, wie ich beginnen soll. Wir wissen beide, dass es eigentlich nicht um Cameron geht.

»Ich wusste nichts von den Bildern. Echt nicht. Ich hätte das nie gepostet. Aber dein Verhalten hat mich getriggert.«

»Es waren ja nicht nur die Fotos. Dazu kam die Nummer auf der Bühne. Ich hätte mir nie vorstellen können, wie falsch du sein kannst, wo du doch so bekannt dafür bist, dass du so authentisch bist«, erwidert Hailee. Aber in ihrer Stimme liegt mehr Verletztheit als Wut.

»Ich war nicht falsch. Ich war professionell.« Diese Nische ist nicht groß, Hailee ist mir sehr nah, was nicht dabei hilft, dass mein Kopf wirklich klarer wird. Keine Ahnung, ob sie ihre Wirkung auf mich kennt.

»Wenn das jetzt die Entschuldigung war, dann gehe ich wieder rein«, sagt Hailee und macht Anstalten, sich umzudrehen.

»Warte«, sagte ich und greife nach ihrem nackten Arm, um sie festzuhalten. »Glaub nicht, dass mir die Dinge egal waren, die du gesagt hast. Ich habe die Bilder auf meinem Insta wirklich erst vor dem Abendessen gesehen.«

Sie stoppt abrupt, ihr Arm ist warm. Ich ziehe meine Finger wieder zurück.

»Hailee. Es tut mir leid. Ich habe mich vorhin bescheuert verhalten und ein paar Dinge gesagt, die ich überhaupt nicht gemeint habe. Das … passiert mir manchmal. Und ich möchte versuchen, es dir zu erklären.« Ich atme einmal tief durch. Hailees Augen sind so konzentriert auf mich gerichtet, dass ich Angst habe, jetzt etwas Falsches zu sagen und alles wieder kaputt zu machen. Ich muss es einfach mit der Wahrheit versuchen. »Als ich dich bei deiner ersten Probe gehört habe … da habe ich vergessen, dass ich dich eigentlich nicht mögen wollte. Und ja, ich war nach unserer ersten Begegnung in der Lobby möglicherweise doch mehr beleidigt, als ich mir selbst eingestehen wollte. Weil ich dich schon an dem Abend im Hotel total süß fand. Und interessant. Und … keine Ahnung, ich mochte dich eben. Einfach so. Und die gemeinsame Zeit in den Cafés und im Onsen – ich habe das echt genossen. Und dann habe ich nicht verstanden, warum du mich beim Meet & Greet erst mit dem Fisch gerettet hast, aber dann abgehauen bist. Ich danke dir echt für die Sache mit dem Fisch, also …« Ich seufze. In ihrem Gesicht kann ich keine Reaktion lesen, aber Hailees aufmerksamer Blick macht mich … nervös. Oder schwindelig. Irgendwie so was. »Mein Instagram-Kanal wird von einer Social-Media-Managerin betreut. Ich wusste nichts von den Fotos. Und wenn ich ganz ehrlich sein darf: Ich persönlich finde die Bilder überhaupt nicht schlimm.« Als ich merke, wie sich ihr Ausdruck ändert, rudere ich schnell zurück. »Das ist meine Wahrnehmung. Und ich kann mir vorstellen, dass es dich sicher aus der Bahn geworfen hat, als du gesehen hast, dass die Bilder online sind. Und ja, es war nicht okay, dass sie ohne dein Einverständnis gepostet wurden. Vielleicht hilft es ja ein bisschen, zu wissen, wie sehr die Leute hier dich für die Pancake Aktion feiern! Ich meine, hast du den krassen Jubel gehört?« Ich werfe ihr ein aufmunterndes Lächeln zu, doch Hailee schaut mich weiterhin mit einem Ausdruck aus Wut und Enttäuschung an. »Jedenfalls … Ich habe das nicht gewusst«, betone ich schnell noch mal. »Du hast mich so überfahren mit deinen Vorwürfen, da habe ich einfach blind zurückgeschossen. Mich wühlt das alles ziemlich auf. Du …« Für einen Moment fehlen mir die Worte, und ich schlucke schwer. Ein sehr dicker schwarz-goldener Goldfisch schaut uns durch das Glas des Aquariums unentwegt an, als gäbe es was zu sehen. Ich reiße mich von seinem Anblick los und schaue wieder zu Hailee. »Du hast mir mehrfach mehr als deutlich zu verstehen gegeben, wie wenig du von mir hältst. Und deswegen …« Ich stocke erneut. »Mensch, Hailee! Was soll ich denn dann bitte anderes denken, wenn du plötzlich doch nett zu mir bist, als dass du mich nur als Karrieresprungbrett benutzt!«

»Was für ein Quatsch«, unterbricht mich Hailee, aber ich habe den Eindruck, dass sie mir glaubt.

Ich nicke und seufze. »Das soll keine Rechtfertigung meines Verhaltens sein. Oder meiner Worte. Aber glaub mir bitte, dass es mir ehrlich leidtut. Ich … habe da einfach keine guten Erfahrungen gemacht. Da reagiere ich vielleicht über.«

»Okay«, erwidert sie nach einem Moment und sieht mich mit einem etwas anderen Ausdruck als vorhin an. Wärmer. Offener.

»Der Fisch macht mich nervös«, bemerkt sie und nickt in Richtung des Goldfischs, der geduldig und aufmerksam an der Scheibe klebt.

»Mich auch. Der stalkt uns. Würdest du noch woanders mit mir hin? An einen Ort ohne neugierige Goldfische? Ich brauche keinen Nachtisch mehr und denke, wir haben genug mit wichtigen Leuten gelabert. Clarissa kann zufrieden sein.«

»Und jetzt soll ich auch noch den Nachtisch opfern«, stellt Hailee mit Grabesstimme fest. Ihr resignierter Gesichtsausdruck verwirrt mich. Aber dann stiehlt sich ein kleines Lächeln in ihr Gesicht. Das war nicht ernst gemeint.

»Lass uns zum Van, dann schauen wir weiter«, schlage ich vor, bevor sie es sich anders überlegt, und schicke Kento eine Nachricht.

Wir machen noch einen Umweg durch die Küche, den uns eine Kellnerin zeigt. Dort bedanken wir uns bei den Köchen, die sich freundlich und gut gelaunt vor uns verbeugen. Dann nehmen wir den Hinterausgang, der uns in eine wenig befahrene Straße entlässt, wo Kento schon bereitsteht.

Als wir uns in die weichen Polster des Vans fallen lassen, bin ich doppelt froh, dieses Abendessen verlassen zu haben. Ich gebe Kento Anweisungen, in Richtung des Hotels zu fahren. Ich will nicht ins Hotel, aber irgendetwas muss ich sagen. Dann schicke ich noch eine Nachricht an Clarissa. Das ist fast wie ein Reflex, sie weiß immer, wo ich bin. Normalerweise denke ich gar nicht darüber nach. Heute schon. Denn sie antwortet sofort.

Clarissa: Hailee ist bei dir?

Ich schaue einen Moment zu lange auf die Nachricht, aber wenn ich nicht antworten würde, wäre das noch komischer.

Finn: Ja, sie fährt auch zurück.

Mich irritiert selbst, dass ich Clarissa gegenüber ausnahmsweise so vage bin. Ich schätze sie sehr – als Managerin, aber auch als Freundin. Doch gleichzeitig komme ich nicht umhin zu denken, dass ich eigentlich kein Leben führen sollte, in dem ich mich für jede Sekunde rechtfertigen muss.

»Du wusstest echt gar nicht, dass die Fotos gepostet wurden? Du schaust noch nicht mal drauf?«, unterbricht Hailee meine Gedanken. Sie sitzt seitlich neben mir, hat den Kopf ans Polster gelehnt, aber mir zugewandt. Wir haben uns fast automatisch auf die gleichen Sitze gesetzt, auf denen wir bei unserer langen Fahrt saßen.

»Ich hasse Social Media. Ich will auch meinen privaten Account schon ewig löschen. Clarissa hat ein Team, das den öffentlichen Auftritt managt. Sie gibt alles frei.«

»Aber sie wusste auch, wie schrecklich ich die Bilder fand. Wie kann sie das freigeben! Ich … « Sie zögert kurz und streicht ihre Haare nach hinten, zwirbelt sie, um sie dann wieder fallen zu lassen, sodass sie locker um ihre Schulter liegen. Sie sieht aus wie ein schwarzhaariger Engel. »Ich weiß nicht, warum sie so etwas tut, außer, dass sie mich ärgern will. Oder mir schaden will«, sagt Hailee.

Kurz bin ich sprachlos. Ihr Tonfall war ernst, sie glaubt das wirklich.

»Vielleicht wollte sie dir einen Gefallen tun? Die Fotos erregen Aufmerksamkeit. Es hat funktioniert – das hat man vorhin beim Konzert ja gemerkt. Alle lieben den Werbespot.«

Hailee schnaubt verächtlich. »Weißt du, wie peinlich das ist? Jetzt nennen mich alle *Pancake Girl.*« Auf ihrem Gesicht liegt ein unglücklicher Ausdruck. »Ich will nicht für einen Werbespot in der Dose mit Pancakes auf den Hintern bekannt sein. Stell dir vor, alle würden in dir nur den *Typen mit den teuren Nike-Turnschuhen* sehen statt einen Musiker.«

»Ich kann verstehen, wie du dich fühlst. Glaub mir – du kennst die Presseberichte, die über mich kursieren. Versuch einfach, es nicht zu nah an dich ranzulassen. Alles wird wieder vergessen, schneller als du denkst.« Ich zucke mit den Schultern.

»Wenn alles so schnell vergessen wird, ist mir nicht klar, warum Clarissa so besorgt um dein Image ist. Und du regst dich doch noch viel mehr über die Paparazzi auf. Du scheinst ja nicht mal selber zu glauben, dass alles einfach vorbeizieht.«

»Das stimmt. Aber das hat andere Gründe.«

»Du weißt schon, dass die Formulierung *das hat andere Gründe* Nachfragen geradezu herausfordert.«

»Weiß ich. Gib mir etwas Zeit.«

Für einen Moment schweigen wir. Im Van ist die Nachtbeleuchtung an, das heißt, der vaneigene Sternenhimmel leuchtet in einer Schattierung zwischen pink und lila.

»Okay«, sagt Hailee. »Ich habe mal Werbung für XTRA-Gas gemacht, ein Mittel gegen Blähungen. Das hat einige Leute sehr amüsiert. Werbung ist bei mir einfach ein wunder Punkt.«

»Oh. Okay. Ja, wir alle haben wunde Punkte.«

Ohne den Konflikt ist da nichts, was uns entfernt. Es bleiben eigentlich überwiegend Gemeinsamkeiten. Und mein zu schneller Puls. Ich will mehr über Hailee erfahren. Ich will ihr näher sein, als ich es gerade bin.

»Warum hat sie immer die allerhässlichsten Weihnachtspullover an?«, unterbricht Hailee erneut meine Gedanken. Sie hat ihr Handy in der Hand und scrollt durch ihre Nachrichten. Ihr Kopf ist nach vorn geneigt, und ihre Haare verdecken seitlich ihr Gesicht.

»Was?«, frage ich verwirrt.

»Meine Schwester Evie. Sie hat immer die allerhässlichsten Weihnachtspullover an. Und jedes Mal gewinnt sie, wenn es darum geht, den furchtbarsten aufzuspüren.«

Als sie hochschaut, merke ich, dass eine Träne über ihre Wange rollt, die sie ignoriert und stattdessen aus dem Fenster schaut.

Ich spüre den Impuls, die Träne mit meinem Daumen wegzuwischen und sie zu trösten. Aber obwohl meine Hand kribbelt, tue ich es nicht.

»Weißt du … Wenn du nicht mehr sauer bist und meine Entschuldigung annimmst, könnten wir auch zusammen Weihnachten feiern?«

»Heute ist Heiligabend. Meine Familie sitzt zu Hause. Meine Eltern und meine Oma sind gerade bei meiner Schwester – und ich bin zum ersten Mal nicht dabei.« Hailee schluckt und fügt dann ganz leise mit zitternder Stimme hinzu: »Ich vermisse sie so sehr.« Ohne auf meine Frage einzugehen, schaut sie weiter aus dem Fenster.

»Weihnachten in Tokio«, sagt sie nach einigen Augenblicken der Stille. Sie wischt sich mit der Hand über die Augen, schaut mich aber noch immer nicht an.

»Genau«, bestätige ich vorsichtig. »Kento. Was macht man hier an Heiligabend?«, frage ich ihn.

»Also, die meisten gehen auf Dates. Es ist das Fest der *Liebe.*« Kento grinst. »Ich habe für morgen ein tolles Restaurant für meine Freundin und mich gebucht.«

»Das Fest der Liebe«, wiederholt Hailee. Aber ich höre,

dass sie ein wenig amüsiert ist. »Stimmt, das hattest du erzählt. Also das Schicksal hat schon Sinn für Ironie«, murmelt sie.

»Okay, dann gehen wir jetzt eben auf ein Date«, erwidere ich und versuche, nicht zu breit zu grinsen. »Lass uns in ein Restaurant gehen. Ich habe vorhin kaum was gegessen«, füge ich hinzu, und die Tatsache, dass sie nicht widerspricht, spornt mich an. »Irgendwelche Ideen, Kento?«

»Also für die schönen Restaurants ist es jetzt schon zu spät«, erwidert Kento, stoppt den Van am Straßenrand und überlegt, während er uns durch den Rückspiegel mustert. Dann dreht er sich zu uns um.

»Schöner Pulli«, murmelt Hailee. Kento trägt ein rotes Sweatshirt mit einem Weihnachtsbaum. »Ich könnte, glaube ich, auch noch was essen. Bin kaum dazu gekommen, weil ich mit der Abwehr von Cameron beschäftigt war.«

»Danke für das Kompliment.« Kento grinst und fährt sich durch die kurzen blondgefärbten Haare. »Also ich hätte eine Idee. Das ist typisch japanisch, aber es ist definitiv kein fancy Restaurant.« Er lächelt verschmitzt.

Hailee und ich schauen uns an, und das plötzliche Einvernehmen zwischen uns gefällt mir.

»Wir sind gespannt. Wir sind beide total down-to-earth, nicht wahr Hailee?«, sage ich.

Ein kleines Lächeln umspielt ihre Lippen.

»Okay, dann lasst euch überraschen!«, ruft Kento und startet den Motor.

Als er losfährt, lehne ich meinen Kopf seitlich gegen die Rückenlehne und schaue wieder zu Hailee.

»*Ich* bin down-to-earth. Ich weiß nicht, wie man mit

Nike-SB-Dunk-Low-Paris-Sneakers wirklich down-to-earth sein kann?«, bemerkt Hailee und wirft mir einen herausfordernden Blick zu.

»Bitte was?«

Sie verdreht die Augen. »Deine Sneakers. Die kosten ein Vermögen. Meine Schwester steht auch auf Sneaker. Deine waren mir direkt suspekt. Ich habe sie gegoogelt.«

Ich schaue zu meinen Füßen. Meine Sneakers haben ein rotes Nike-Zeichen und bestehen aus beigen und buntgemusterten Teilen. »Du kennst das Modell?«

»Sag mir nicht, dass du es nicht kennst«, erwidert Hailee und schlägt sich gespielt erschrocken die Hand vor den Mund. »Komm schon, Finn!«

Ich werfe ihr einen zweifelnden Blick zu. »Die waren ein … Geschenk?«

Hailee lässt ihren Kopf so schwungvoll gegen die Rückenlehne fallen, dass ich vor Schreck die Luft anhalte. Aber zum Glück ist hier alles superweich gepolstert.

»Du trägst die allerkrassesten Sneakers und weißt es noch nicht mal? Trittst du deshalb auch hemmungslos in Matschpfützen auf der Straße?« Sie starrt mich gespielt entgeistert an.

»Sneakers sind zum Laufen da. Ich hatte nicht vor, sie in eine Vitrine zu stellen«, entgegne ich schulterzuckend.

»Ich fasse es nicht. Okay, aber wenn man noch nicht mal weiß, dass man Sneakers, die für Tausende von Dollars gehandelt werden, trägt, ist man vielleicht sogar noch weniger down-to-earth, als wenn man es weiß. Das Level von Ignoranz ist quasi strafbar.«

Für einen Moment starrt Hailee mich auffordernd an,

doch als ich nichts erwidere, zuckt sie mit den Schultern und schaut wieder aus dem Fenster.

Stille breitet sich zwischen uns aus. Ich würde diesen Moment gern nutzen, um endlich mehr über sie zu erfahren, keine Ahnung, warum ich mich so schüchtern fühle. »Du warst so gut heute. Ich hatte Gänsehaut«, wage ich einen neuen Vorstoß.

Hailee dreht ihren Kopf langsam zu mir herum. Es ist dunkel im Van, nur von draußen fallen die Lichter der Straßenbeleuchtung und der Geschäfte ins Auto und werfen bläuliche Schatten auf ihr Gesicht. Sie hat ihren Kopf genau wie ich angelehnt, so schauen wir uns an, während wir von der Federung des Vans sanft geschaukelt werden. Trotz des Abstands zwischen uns fühlt sie sich nah an. Vielleicht weil wir allein im Auto sind. Ihr Blick bohrt sich forschend in meinen. Unvermittelt denke ich an das Gefühl ihrer Hand in meiner.

»Du warst auch gut. Wieso bist du so ruhig und entspannt auf der Bühne?«, fragt sie mich.

Ich zucke mit den Schultern. »Das täuscht. Bin ich eigentlich gar nicht, ich wirke nur so.«

Sie denkt eine Sekunde über meine Worte nach. »Du machst gar keine große Show, und die Leute lieben dich trotzdem. Das finde ich bewundernswert.«

»Die Leute haben dich auch geliebt. Wirklich. Das musst du gemerkt haben.« Ich denke an das Konzert zurück und daran, wie die Menge bei Hailees Auftritt getobt hat.

»Das letzte Lied war shit«, sagt Hailee.

»Es war total okay«, erwidere ich. Sie war nervöser bei der letzten Nummer, das habe ich auch gemerkt.

Hailee seufzt. »Sie lieben das, was ich ihnen zeige.« Hailee hebt ihre Hand hoch. Sie hat immer noch diese schrecklichen Fingernägel. Sie klopft damit gegen das Fenster, was einen seltsamen Ton ergibt.

»Die Teile sind grausig.«

Hailee lacht. »Stimmt. Ich muss sie später echt abmachen. Sie gehören halt zur Show. Die Fingernägel sind Teil meines Kostüms.« Sie schmunzelt. »Das sind Waffen, die sich schon gegen mich gewandt haben.«

Hailee deutet auf ihre Wange, wo der Kratzer ist, der mir natürlich längst aufgefallen ist. Durch die Verletzung fällt noch mehr auf, wie makellos ihre Haut ansonsten ist.

»Irgendwie …« Ich grinse, weil mein Gedanke so bescheuert ist. »Du sagst, die Fingernägel sind wie Waffen, die dich verletzt haben. Man könnte es fast metaphorisch deuten, dass sich dein Bühnenoutfit gegen dich wendet.«

Hailee runzelt die Stirn. »Wie meinst du das?«

»Wieso trägst du diese Verkleidung? Warum zeigst du nicht mehr von dir selbst, Hailee? Was gibt es zu verlieren?«

Unsere Blicke treffen sich, und ich habe das Gefühl, in ihren blauen Augen zu versinken.

»Finn, ich …« Mein Blick wandert unvermittelt zu ihren leicht geöffneten Lippen.

»Hier sind wir«, verkündet Kento und zerstört den intimen Moment.

Wie aus einer Trance erwacht, wische ich mir mit der Hand übers Gesicht. Ich habe vergessen, dass wir irgendwo hinwollten. Am liebsten wäre ich ewig mit Hailee weitergefahren.

Sie räuspert sich. »Kentucky Fried Chicken?«, fragt Hailee skeptisch.

Wir stehen vor einem grell erleuchteten Laden. Ein Schnellrestaurant?

»Das ist eine japanische Weihnachtstradition«, bestätigt Kento.

»Nicht dein Ernst«, entfährt es mir.

Wir starren durch die Scheiben auf die lange Schlange, die durch die verglaste Eingangstür bis auf die Straße reicht. Auch im Innenraum sind unheimlich viele Leute. Ansonsten sieht der KFC aus wie jeder andere.

»Das ist ein Witz, oder? Wie kommt man denn auf so was?«, frage ich.

»Nein, kein Witz. Ehrlich nicht. Es gab in den 1970ern zu Weihnachten eine Werbung von Kentucky Fried Chicken. Damit fing es an. Der Besitzer eines Ladens hatte sich eine Marketing-Idee ausgedacht: Kentucky zu Weihnachten. Er berief sich auf die amerikanische Tradition, einen Truthahn zu essen, aber da Kentucky Fried Chicken eben Hühner hatte, wurde der Truthahn zu Hühnchen. Und aus dieser Werbung entwickelte sich die Tradition. Inzwischen gibt es sogar einen Weihnachts-Familien-Karton. Der ist groß und hübsch dekoriert und bis obenhin voll mit frittiertem Hühnchen.«

Ich begutachte den KFC genauer. Vor dem Geschäft wurde weihnachtlich geschmückt: Tannenbäume sind aufwendig mit Lichterketten verschönert, die Stämme und jeder Ast wurden einzeln umwickelt, was eine verzauberte Atmosphäre schafft. Und auch im Laden gibt es grün-rote Dekoration. Ich entdecke sogar eine Statue von Colonel Sanders, die ein Weihnachtsmann-Outfit trägt. Wahnsinn … Und Kento hat recht: Ein Kunde nach dem anderen verlässt den Laden und schleppt große, mit grünen Schleifen dekorierte Container in durchsichtigen Tüten heraus.

»Also ich stelle mich jetzt in die Schlange«, verkünde ich mit einem breiten Grinsen und ziehe mir meine Baseball-Kappe tief ins Gesicht. Dann wickle ich mir noch einen grauen Schal um den Hals und schlüpfe in den dunklen Mantel. Perfekt getarnt.

»Zieh dir lieber auch etwas über den Kopf. Nicht, dass dich die Leute erkennen«, warne ich Hailee.

»Die kennen mich doch eh nur als Pfannkuchen. Solange ich mir keine Dose über den Kopf stülpe, bin ich sicher«, gibt sie ironisch zurück, greift aber trotzdem nach ihrem Parka mit Kapuze, den ich ihr zuwerfe.

»Lässt du uns da an der Ecke raus und wartest auf uns?«, frage ich Kento.

Er nickt und lächelt, offensichtlich zufrieden, dass sein Plan aufgegangen ist.

Hailee

Sometimes I want to nail you down
Nails made of sugar, so
I can suck your nails
When I cover your palms
With kisses
But still nails
So you can never leave me

aus: *The kind of love that breaks your heart*,
Hailee Bridgewater

Wir stellen uns in die Schlange bei KFC, aber mir fällt es schwer zu warten. Ich bin aufgedreht und hibbelig, erst wegen des Konzerts, jetzt wegen … Finn? Nach dem Auftritt ist mein Herz überhaupt noch nicht zur Ruhe gekommen.

Finn steht vor mir in seinem schwarzen Mantel, und mir fällt wieder auf, wie groß er ist. Leider entgeht mir auch nicht, wie gut er aussieht. Und wenn ich daran denke, wie er auf der Bühne gesungen hat, kriecht mir eine Gänsehaut den Nacken hinauf. Das muss aufhören. Ich will nicht zu einem Groupie mutieren. Jedenfalls nicht zu einem aufgelösten, der sich halb ohnmächtig in seine

Arme werfen möchte, wie ungefähr zehntausend Frauen vorhin.

Nach zehn Minuten beginnt Finn, unruhig mit den Füßen zu scharren. »Und, wie fühlt sich das Leben down-to-earth so an?«, frage ich ihn und blinzele interessiert.

Er lächelt gequält. Finn ist offensichtlich auch nicht so gut im Warten. »Ist auf jeden Fall eine interessante … Erfahrung. Immerhin gibt es hier einen echten Weihnachtsmann, von wegen besinnliche Stimmung und so.«

Wir betrachten die lebensgroße Figur mit rotem Anzug und Plüschkragen vor uns.

»Weißer Schnäuzer und Kinnbart aus Plastik?«, frage ich zweifelnd.

»Erkennst du ihn nicht? Das ist der KFC-Mann!«, erwidert Finn gut gelaunt.

Ich betrachte die gepolsterten Hüften der merkwürdigen Weihnachtsmann-Statue und die Brille, die an der Oberseite einen dicken Hornrand besitzt und mich an meine alte Kunstlehrerin erinnert.

»Das ist Colonel Harland Sanders, der KFC-Gründer, den man auf dem Logo sieht«, sagt Finn und grinst noch breiter. Wieso fallen mir seine Grübchen eigentlich erst jetzt auf?!«

Nun sehe ich es auch und bekomme große Augen. Was in den USA der Coca-Cola-Weihnachtsmann ist, dessen Aussehen die Vorstellung von Generationen geprägt hat, ist in Japan offenbar der KFC-Gründer. Das hat die Firma ganz schön gut hinbekommen.

Wir machen ein Selfie mit dem Weihnachts-Colonel, wie schon ein paar andere vor uns, und Finn tippt danach auf seinem Display herum.

»Ach, du postest doch selbst?«, frage ich unschuldig, spüre aber einen Anflug von Panik. Ich hatte ihm das geglaubt mit seinem Instagram. Er hat mich doch nicht angelogen?

Finn wirft mir einen Blick zu und steckt das Handy dann wieder in seine Hosentasche. »Ich habe das Bild an meine Schwestern geschickt. Wie gesagt: Ich poste nichts. Aber vermutlich werde ich das Selfie auf deinem Instagram-Profil sehen, oder nicht?«

Okay, er ist offensichtlich genauso misstrauisch, wie ich es bin. Na toll.

»Kann sein. Aber wenn du das nicht willst, dann nicht. Wir sind ja hier ganz *privat* unterwegs, dachte ich«, erwidere ich.

»Du kannst das Foto posten, wenn du willst. Nur eine Bitte: Falls du es in deinem PR-Wahn postest, dann bitte auf keinen Fall jetzt. Sonst ist es vorbei mit inkognito«, sagt Finn bestimmt.

»Ich überlege es mir«, antworte ich vage, aber mehr, um ihn zu provozieren. »Einige Leute haben den PR-Wahn halt nötiger als andere …«

Finn mustert mich, und ich kann sehen, wie es in seinem Kopf arbeitet. Doch dann zuckt er nur mit den Schultern und erwidert nichts.

Okay, Hailee, Themawechsel.

»Solange wir hier in dieser Endlosschlange stehen, könnten wir ja schon mal darüber nachdenken, was wir nach unserem Festtagsessen machen. Ich möchte nicht ins Hotel, sondern ausgehen und noch was von Tokio sehen. Du nicht auch?« Nach einem kurzen Moment gebe ich mir einen Ruck und füge hinzu: »Also, falls du Lust hast, noch was zusammen zu machen.«

Finn scheint einen Moment zu überlegen. Seine Augen schimmern in der Ladenbeleuchtung. »Natürlich will ich was von Tokio sehen, und ich verbringe gern den Abend mit dir. Unter einer Bedingung: keine Fotos, kein Instagram. Ich weiß, du liebst deine Fans – ich meine auch. Aber das heißt trotzdem nicht, dass sie jede Sekunde unseres Lebens verfolgen müssen. Mein Vorschlag wäre, dass wir die Deluxe-Weihnachts-Chicken-Wings mit ins Auto nehmen. Und dann fragen wir Kento nach Ideen.« Er schiebt die Hände in seine Manteltaschen und zieht die Schultern hoch, als wäre er sich nicht ganz sicher, ob das die richtige Entscheidung ist. Da sind wir schon zwei. Aber auch wenn ich rational denke, dass ich vorsichtig sein sollte, ist das nur eine Hälfte von mir. Mein Körper sendet eindeutige Signale, dass er will. Der hat *keinerlei* Zweifel, was Finn angeht.

Ich nicke. »Okay, Deal. Keine Fotos.« Ich strecke Finn meine Hand entgegen, aber statt einzuschlagen, nimmt er meine in seine. Das heißt in dem Fall, meine komplette Hand verschwindet in seiner. Er hat mit Sicherheit keine Probleme, auf der Gitarre weite Barrégriffe hinzubekommen. Seine Haut ist warm, und die Fingerkuppen sind rau. Wir berühren uns viel länger als nötig, bis ich mich räuspere und meine Hand wegziehe. Mein Herzschlag hat sich gerade jedenfalls noch mal mindestens verdoppelt. »Stehst du auch noch so unter Strom? Das Konzert war einfach so krass. Diese Energie in der Halle, so was habe ich noch nicht erlebt.« Ich habe fast das Gefühl, dass das eine Ausrede ist. Denn für die Energie gerade ist nicht nur das Konzert verantwortlich.

»Ja, das war bisher eine meiner aufregendsten Shows.« Finn lächelt sein wirklich extrem anziehendes Lächeln.

Nein, ich werde jetzt nicht weiter auf seinen Mund starren!

Dann nimmt sein Gesicht plötzlich ernstere Züge an. »Aber ich denke jedes Mal, das ist das letzte Mal.« Finn fährt sich nachdenklich durch die hellbraunen Haare.

Für einen Moment bin ich völlig verwirrt. »Wieso das letzte Mal? Du machst doch eine riesige Tour nächstes Jahr? Du willst aber nicht aufhören?«

Finn seufzt. »Natürlich nicht. Die Tour steht seit zwei Jahren fest. Aber ich denke jedes Mal, dass es nicht noch größer werden kann. Dass das jetzt der absolute Höhepunkt war. Habe ich aber vor einem Jahr auch schon gedacht.«

»Du meinst, dass dein Zenit überschritten ist und du bald wie ein in die Jahre gekommener, frustrierter Sportler endest, der von Talkshow zu Talkshow tingelt, um bloß nicht aus der Öffentlichkeit zu verschwinden?« Die Bemerkung scheint ihn aufzuheitern.

»Das ist einfach ein wunderschönes Bild, das du da von meiner Zukunft zeichnest. Vielleicht kannst du es ja in einen neuen Songtext einbauen. Ich freue mich schon, wenn du mir die Texte zeigst.«

»Mal sehen. Aber mal im Ernst. Meine Mutter hat immer gesagt, man soll sich das Jetzt nicht ruinieren, nur weil man denkt, dass da noch was kommt – was Besseres oder Schlechteres. Sie meinte, dass sie es bereut, nicht jeden Tag im Bikini am Strand getanzt zu haben, als sie zwanzig war. Stattdessen hat sie sich über ihre Oberschenkel aufgeregt.«

Finn gluckst. »Interessanter Vergleich. Und – holt sie es jetzt nach?«

Ich werfe ihm einen Blick zu. »Nein. Sie lebt nicht mehr.«

»Oh.« Sein Lächeln verschwindet, und er sieht mich mit ehrlichem Mitgefühl an. Schnell schaue ich weg, weil es so seltsam intim ist.

»Schon gut. Sie ist schon gestorben, als ich acht war. Ich habe eine sehr liebe Stiefmutter. Die meine ich meistens, wenn ich von meinen Eltern rede. Als ich zehn war, kam Erika in mein Leben; sie ist jetzt meine Mom. Sie hat alles getan, um eine gute Mutter für Evie und mich zu sein, und ich würde sie nie enttäuschen wollen. Alles gut.« Ich räuspere mich kurz. »Aber von meiner leiblichen Mutter habe ich das Talent zum Singen geerbt. Meine Schwester Evie und ich habe unsere Band damals irgendwie auch für sie gegründet. Die Liebe zur Musik verbindet uns.«

Finn schweigt. Ich kenne das schon, Leute wissen oft nicht so recht, was sie sagen sollen, wenn ich von meiner Mutter erzähle. Um das Gespräch zu retten, wechsle ich schnell das Thema.

»Marc sagt immer, dass die jubelnden Leute im Publikum einem etwas von ihrer Energie übertragen. Anfangs fand ich diesen Gedanken total unsinnig, aber inzwischen …«

Finn grinst.

Er sieht einfach süß aus, wenn er grinst. Äh, nein. Tut er nicht.

»Bei mir ist es genau das Gegenteil. Ich brauche selbst

ganz viel Energie, damit ich mit dem Publikum mithalten kann. Deshalb nehme ich mir vor Konzerten auch immer viel Zeit für mich, um ganz zu mir zu kommen.«

»Du meinst, die Menschen ziehen dir Energie ab? Mich elektrisiert es. Ich bin mindestens dreimal so lebendig, wenn ich auf der Bühne stehe. Vielleicht bin ich süchtig danach. Wenn ich da performe, dann ist irgendwie alles *richtig*. Auf der Bühne habe ich gar keine Zweifel.«

Ich atme tief aus, die Schlange rückt endlich weiter vor. Im Laden riecht es frittiert, aber appetitlich, alles ist extrem sauber und ordentlich. Mir läuft das Wasser im Mund zusammen. Vorhin im Restaurant habe ich kaum etwas gegessen, weil ich noch so aufgedreht war.

»Willst du nicht mal anfangen, deine eigenen Songs zu spielen? Ich bin mir sicher, dass sie gut genug sind. Jeder Musiker steht der eigenen Arbeit zu kritisch gegenüber.« Finn mustert mich neugierig.

»Natürlich, möchte ich das. Mehr als alles andere … Aber Marc sagt, ich muss erst mal irgendein Image aufbauen, das Wiedererkennungswert besitzt, und dann kann ich später immer noch machen, was ich will. Na ja, und die rockigen Songs sind ja nicht schlecht. Außerdem darf ich zusätzlich coole Lieder covern. Weißt du …« Ich schaue Finn direkt an. »Als mein Bühnen-Ich bin ich ein ganz anderer Mensch. Ich schlüpfe in eine Rolle, lebe mein Rock-Image, bin viel selbstbewusster, viel hemmungsloser, und die Meinungen von anderen sind mir egal. Das liebe ich.« Ich schenke Finn ein kurzes Lächeln.

»Spielst du mir mal ein Lied vor, das du geschrieben hast?«, fragt Finn.

Ich halte meine Hand mit den bunten Sugar-Skulls-Nägeln hoch. »Das wird aktuell schwierig.«

»Die Dinger haben was von einem Horrormovie. Warum tut man so was?« Er verzieht das Gesicht, als hätte er Schmerzen.

Ich muss kichern. »Ich mag sie. Vielleicht genau deshalb.«

»Oder nutzt du deine Fingernägel gerade als Ausrede?«

»Quatsch«, erwidere ich abwehrend. »Ich arbeite gerade sogar an einem neuen Song. Tokio inspiriert mich.«

»Ich habe da eine Idee«, sagt Finn plötzlich. Dann beugt er sich vor und sieht mir tief in die Augen, ein wenig von oben, weil er schließlich ziemlich groß ist. Dieser Blick verwandelt meine Muskeln augenblicklich in Pudding, als würden sie durch eine irre chemische Reaktion, von der uns in der Schule nie jemand etwas erzählt hat, spontan aufgeweicht werden. Ich halte mich unauffällig an einem Geländer fest. Jetzt bloß nicht umfallen. »Willst du es morgen spielen?«, fragt Finn, und seine Mundwinkel verziehen sich zu einem kleinen Lächeln.

»W...was?«, frage ich ehrlich verwirrt, weil auch mein Gehirn offensichtlich gerade nur noch aus Pudding besteht.

»Dein Lied. Morgen Abend. Mach dir die Fingernägel ab, und spiel es. Die Leute werden es lieben, da bin ich mir sicher.« Finn schenkt mir wieder so ein unglaublich süßes Lächeln. »Und ich auch«, fügt er dann hinzu.

Ich muss schlucken. Er ist so nett, so voller Wärme. Als hätte er wieder alle Mauern runtergefahren. Man kann sich kaum vorstellen, wie kalt er ist, wenn er sie hochfährt. »Dafür, dass du den Song noch nicht mal kennst, bist du ganz schön hartnäckig. Aber ich bin noch nicht so weit. Wirklich nicht«, erwidere ich. Natürlich bin ich geschmeichelt, dass er das sagt. Doch im nächsten Augenblick bahnt sich ein anderes Gefühl seinen Weg. Es steigt nach oben und füllt meinen ganzen Körper aus: Angst. Die Befürchtung, dass die Leute diese Musik, die mir so viel bedeutet, die so viel von mir zeigt, nicht mögen werden. Dass sie noch nicht fertig ist.

Finn beugt sich noch ein Stück weiter nach vorn und nimmt meine rechte Hand. Ich überlasse sie ihm, als hätte ich keinen eigenen Willen. Ich habe auch keinen, der hat sich bei seiner Berührung scheinbar verabschiedet, als wäre er ausgeknipst. Finn klopft auf die Nägel und betrachtet sie. »Als du angekommen bist, hattest du noch Gitarrennägel«, bemerkt er. Dann lässt er meine Hand wieder los. Ich vermisse seine Berührung sofort. Ich schlucke schwer.

Dann schaut er hoch, und unsere Blicke treffen sich erneut. Wieder baut sich eine Stromleitung zwischen uns auf. Oder ein Laserstrahl, der mitten in meinen Magen schießt. Schnell wende ich mich ab. Finn ebenfalls.

»Ich finde, wir sollten auf den Konzerten zu Hause im Publikum auch Handys verbieten. Die Leute sind viel weniger abgelenkt«, schlage ich vor, um die Stille zu überbrücken.

»Das macht keiner mit. Und das Management will die Fotos ja auch, weil natürlich die Fans, die wie wild posten, die beste Werbung sind.«

Wir kommen endlich am Tresen an. »ご注文はお決まりですか？«, fragt die Dame in blauer Uniform mit rosa Kragen.

»Entschuldigung. Wir sprechen kein Japanisch. Könnten wir die Weihnachtsbox haben?«, fragt Finn auf Englisch und deutet auf die weihnachtlich grün-rot dekorierte Box auf der Speisekarte. Dazu bestellen wir noch eine kleine Box mit Chicken-Wings für Kento, und ich wähle eine Melonenlimo, die es in den USA nicht gibt.

»Wo könnten wir ausgehen?«, fragt Finn Kento, als wir wieder im Van sitzen und zufrieden unser Weihnachtsmahl verputzen. »Irgendwo, wo es kein Fotogewitter gibt.«

Der Van riecht schon nach wenigen Sekunden wie eine Frittenbude, aber Kento hat sich ziemlich über seine Weihnachtsbox gefreut, auch wenn er sie sich für später aufbewahren will. Drive-in-Feeling in Tokio.

Kento überlegt einen Moment. Dann dreht er sich mit einem begeisterten Gesichtsausdruck zu uns. »Ich glaube, ich habe die perfekte Idee. Golden Gai, das alte Vergnügungsviertel in Shinjuku. Da sind Fotos offiziell verboten, und viele Besucher lieben es. Es ist ein bisschen altmodisch, aber es gibt jede Menge Bars und kleine Restaurants«, schlägt Kento vor.

»Du bist der Boss, Kento, wir vertrauen dir. Ich meine, du hast uns gerade ein Weihnachtsdinner bei Kentucky Fried Chicken vermittelt. Natürlich trauen wir deinem Urteil. Drinks reichen, denke ich. Essen können wir gleich nichts mehr, glaube ich.«

Kento lacht, und schon wenige Augenblicke später fahren wir wieder durch das nächtliche Tokio.

Inzwischen gefällt mir die Beleuchtung viel besser. Sie ist auf andere Art cozy als zu Hause, und umso länger ich sie anschaue, desto magischer wirkt sie. Es gibt Plätze, die sind so kunstvoll beleuchtet, dass es scheint, als würden glitzernde Schneeflocken über einem Lichtermeer schweben. Andere Straßenzüge werden von Bäumen gesäumt, die mit unzähligen grünen Lichtern bestückt sind. Dazwischen stehen ebenso grün leuchtende Büsche, fast wie aus einem Zauberwald von Peter Pan. Und dann die Schaufenster mit gigantischen roten Schleifen und ein Schmuckgeschäft mit einer überdimensionierten Perle. In der nächsten Straße ist jeder Ast mit zierlichen rosafarbenen Feenlichtern umschlungen, sodass die Bäume aussehen wie mit Zuckerwatte dekoriert.

»Ich fahre einen Umweg, damit ihr einen Blick auf die Lichtershow in Roppongi werfen könnt. Sie ist so cool!«

Während wir also das (ungelogen!) köstlichste Hühnchen essen, das ich jemals probiert habe, fahren wir an den in unwirklichen Blau- und Pinktönen glitzernden Plätzen in Roppongi vorbei. Kento hat nicht zu viel versprochen. Die Lichteffekte wirken eher wie Special Effects im Kino, bei denen elegante Laserschwerter durch die Luft wirbeln.

»Das ist der Lieblingsplatz meiner Freundin«, erklärt Kento. »Wir kommen jedes Jahr zusammen hierher.«

»Und du opferst heute dein romantisches Weihnachtsdate für uns«, bemerke ich. »Ich habe ein schlechtes Gewissen.«

»Das ist schon okay. Ich habe ihr versprochen, dass es morgen doppelt gut wird«, sagt Kento. »Und heute feiert sowieso Akaris Zimmergenossin im Studierendenwohnheim Geburtstag.« Er wirft Finn durch den Rückspiegel einen Blick zu. »Ihre Mitbewohnerin hat fast ihr ganzes Zimmer mit Bildern von dir tapeziert, Finn, und sie ist Teil der größten japanischen Finn-Wolfcraft-Fan-Community. Wenn sie wüsste, dass Akaris Freund dich fährt, würde sie komplett ausrasten«, sagt Kento schmunzelnd.

Da kommt mir eine Idee. »Finn, wie wäre es, wenn du diesem Mädchen am romantischsten Tag in Japan das beste Weihnachts- und Geburtstagsgeschenk in einem machst?«, frage ich aufgeregt.

Er sieht mich zweifelnd an. »Ich habe Angst vor dem, was du als Nächstes sagst. Wenn wir dahinfahren, dann …«

»Nein, nicht hinfahren«, sage ich zu Finn. »Ich habe deine Fans gesehen. Das war krass heute. Aber wir schicken ihr ein Video«, schlage ich Finn vor. Ich halte mein Handy hoch. »Wie heißt die Mitbewohnerin?«, frage ich Kento.

Finn wirkt immer noch nicht überzeugt.

»Siehst du, du bist schon voll abgehoben. Du hast die Möglichkeit, ihr den besten Moment ihres Lebens zu schenken. Los, wir machen das jetzt. Wenn ich mir vorstelle, dass mir Ed Sheeran ein Geburtstagsvideo schickt …« Ich boxe Finn in die Seite, woraufhin er ein unwilliges Schnauben von sich gibt.

»Wie heißt die Mitbewohnerin?«, wiederhole ich an Kento gewandt.

»Sie heißt Honoka«, erklärt er, und ich sehe im Rückspiegel, wie seine Augen aufgeregt blitzen.

»Hi, Honoka«, beginne ich in die Kamera zu sprechen. »Ich bin hier mit einem Musiker, der dir gern etwas sagen möchte.« Dann schwenke ich das Handy auf Finn, der zu überrascht ist, um zu widersprechen.

»Guten Abend, Honoka«, wiederholt er stattdessen.

Ich nicke ihm zu und verziehe mein Gesicht zu einem

übertriebenen Grinsen. Dann kneife ich ihn mit der anderen Hand in die Taille.

Finn zuckt und verdreht ganz leicht die Augen, aber er geht darauf ein und bringt ebenfalls ein Lächeln zustande. »Hi, Honoka, ich wollte dir nur die besten Geburtstagswünsche senden. Ich habe gehört, dass du meine Musik magst. Das macht mich glücklich. Ich hoffe, du feierst schön mit Akari.«

Ich würde an Honokas Stelle dahinschmelzen, wenn ich so eine Videobotschaft bekäme.

»Ich wünsche dir, dass im nächsten Jahr alle deine Träume in Erfüllung gehen. Vielleicht sehen wir uns ja beim Konzert.« Dann verabschiedet sich Finn, und ich beende die Videoaufnahme. »Ich klinge wie eine schlecht versteckte Werbebotschaft«, bemerkt er etwas zerknirscht.

»Du bist aus der Übung. Ich sag dir, die Frau wird diesen Geburtstag nie vergessen. Du weißt wahrscheinlich gar nicht, wie es ist, für jemanden zu schwärmen.« Ich airdroppe den Film grinsend an Kento. »Kannst du weiterleiten?«

»Das ist einfach so unfassbar nett«, sagt er, total aus dem Häuschen. »Meine Freundin wird sich so freuen, und Honoka wird ausrasten. Das … ist wirklich unglaublich toll.«

Ich werfe Finn einen zufriedenen Blick zu. »Siehst du. Eine gute Tat am Tag.« Ich beiße in das nächste Hühnchenstück, das saftig und knusprig im Mund zergeht. Auch die Saucen sind lecker, am meisten mag ich die Honig-Senf-Sauce. In den USA war ich vielleicht einmal in meinem Leben bei Kentucky Fried Chicken, weil ich es immer etwas ekelig fand. Hier ist KFC eine der edleren

Fast-Food-Ketten. Jetzt probiere ich auch endlich einen Schluck von der neongrünen Melonenlimo – die im nächsten Augenblick fast in Finns Gesicht landet, weil ich kurz davor bin, die Flüssigkeit wieder auszuspucken. Nur mit Mühe schlucke ich sie runter. Die Limo ist einfach viel zu süß.

»Hey, Hauptact. Danke für die großzügige Einladung zum Weihnachtsdinner«, bemerke ich, und beiße schnell noch mal in mein Hähnchen, um den süßen Limo-Geschmack zu vertreiben.

»Hey, Warmup-Act, danke für die nette Begleitung und das Coaching für den Umgang mit Fans«, erwidert Finn. »Du machst das echt gut«, fügt er hinzu, während er sich die Hände an einer Serviette abwischt.

»Du warst auch nicht ohne«, erwidere ich gnädig und muss selbst grinsen, denn das ist die Untertreibung des Jahrtausends. Finn war der absolute Hammer. Aber das weiß er. Das brauche ich ihm nicht noch mal auf die Nase zu binden. »Deine Texte sind gar nicht so schlecht«, füge ich hinzu. »Du schaffst es, sie erstaunlich unschnulzig rüberzubringen. Als ich mit meiner Schwester die *Nuclear Barbies* hatte …«

»*Nuclear Barbies?* Wow. Das klingt vielversprechend!«, unterbricht Finn mich, und ich muss grinsen.

»Es war eine fantastische und schräge Zeit. Unsere Musik war so ähnlich wie die Songs, die ich jetzt singe. Rockig und so. Aber mein Geschmack hat sich geändert, und für meine Solo-Karriere habe ich mir eigentlich etwas ganz anderes vorgestellt. Na ja, aber Marc ist halt mehr auf die alten Sachen angesprungen – dadurch ist er überhaupt erst auf mich aufmerksam geworden. Warte …« Ich halte ihm mein Smartphone entgegen, zeige ihm meinen Bildschirmschoner: ein Foto der *Nuclear Barbies* in voller Montur. Blaue lange Haare, Leder mit Nieten, blauer BH.

Finn betrachtet den Schnappschuss grinsend. »Sehr nuclear. Und dann hast du einfach gemacht, was Marc gesagt hat.« Er sagt es ganz nüchtern – wie eine Tatsache. Überhaupt nicht provokant. Trotzdem klingt es irgendwie armselig in meinen Ohren.

»Nun ja, das war eben die Voraussetzung, unter der er mich genommen hat. Und wenn du die ganze Wahrheit wissen willst …« Ich werfe ihm einen vielsagenden Blick zu. »Ich will wirklich kein Mitleid, aber ich habe ungefähr ein Jahr von Tütensuppen gelebt. Du kannst dir bestimmt vorstellen, dass ich einfach nur froh war, dass sich überhaupt irgendein Agent oder Manager für mich interessiert hat. Und die *Nuclear-Barbies*-Phase war ja nicht schlecht. Ich habe mal gelesen, dass Schauspieler, einmal etabliert, oft immer wieder für die gleiche Rolle gecastet werden und quasi in einer Rolle stecken bleiben. Ich verstehe jetzt, was sie damit meinen. Ich trage mit den *Nuclear Barbies* immer noch mein altes Image mit mir rum. Es ist nur noch mein Bühnen-Ich. Das ist ein bisschen so, als würde ich in einen Fatsuit reinsteigen, der meine eigentliche Identität bedeckt.« Dieser merkwürdige Vergleich ist mir einfach so rausgerutscht. Wahrscheinlich, weil das frittierte Comfort-Food dafür sorgt, dass ich einerseits an Fatsuits denken muss, andererseits, dass ich mich sicher fühle.

»Du versteckst dich also in einem *Nuclear-Barbies*-Fatsuit«, bemerkt Finn.

»Ja, ich schätze, das könnte man so sagen. Aber so ungewöhnlich ist das nicht. Es gibt schließlich viele Comedians, die eine ganz eigene Persönlichkeit entwerfen, mit der sie dann ihre Show gestalten. Ich weiß nicht, wie du das machst. Wenn du da vorn stehst, ändert sich fast nichts«, sage ich. »Abgesehen davon, dass du mir mit einem Lächeln einen reingedrückt hast, was eine Unverschämtheit war. Aber gut, wunder Punkt, habe ich verstanden. Ansonsten hat man nicht das Gefühl, dass du wirklich eine Show machst, du bist einfach du selbst. Bei mir frage ich mich manchmal, wer ich ohne meine Bühnen-Identität überhaupt bin. Ist auf Social Media ja auch so. Da weiß ich bisweilen genauso wenig, wo die Show anfängt und was ich selbst bin. Ich weiß ja kaum noch, was meine natürliche Haarfarbe ist.« Der Typ bringt mich dazu, auszupacken. Anders kann man das einfach nicht beschreiben.

»Ich denke, dass eine besondere Kraft darin liegt, auf der Bühne man selbst zu sein. Es stimmt. Ich versuche, mich nicht zu verstellen. Meistens jedenfalls. Ich bin ehrlich. Das spüren die Leute. Und es ist total befreiend, das auf die Bühne zu bringen. Du bist nackt und verletzlich, aber es macht dich stark, auch wenn das nicht logisch klingt. Du solltest es einfach mal versuchen.«

Ich weiß nicht, was ich drauf erwidern soll. Doch ich spüre, dass eine Wahrheit in seinen Worten liegt, die mir Angst macht. »Ich werde darüber nachdenken«, verspreche ich. »Aber eine ganz andere Sache geht mir nicht aus dem Kopf …« Ich räuspere mich. »Ich frage mich echt, wie mein Manager es geschafft hat, einzufädeln, dass ich mit dir auftrete.«

»Ich auch«, erwidert Finn nüchtern.

»Danke. Jetzt fühle ich mich besser.« Mein ironischer Tonfall verdeckt hoffentlich, dass ich bei der Aussage einen deutlichen Stich verspüre, egal wie unbeabsichtigt sie war.

»Nein, so meinte ich das nicht.« Finn umfasst kurz meine Schulter, und echtes Mitgefühl steht in seinem Gesicht. »Ich meine, ich war überrascht, wie gut du bist. Richtig gut …« Er zieht seine Hand zurück, schnell, als hätte er sich verbrannt. »Aber ich bin ehrlich: Ich dachte eigentlich, Clarissa fragt jemand … nun ja, Bekannteren.« Er wirft mir ein schuldbewusstes Lächeln zu. »Hat nichts mit deiner Musik zu tun, echt nicht.«

Seine Bemerkung hallt dennoch dumpf in meinem Magen nach. Irgendwie höre ich zwischen den Zeilen, dass das alles nur ein Versehen war. Vielleicht hatte Clarissa sogar jemand anderen gefragt, und der ist auch abgesprungen, oder so was?

»Und ich war überrascht, dass du doch anders bist als … andere behaupten«, wechsle ich das Thema.

Finns Gesicht verfinstert sich. Aber ich lasse mich jetzt nicht abbringen, ihn zu fragen, was mir schon die ganze Zeit unter den Nägeln brennt. »Ich verstehe es wirklich nicht. Es passt alles nicht zusammen. Das, was deine Freundin sagt …«

»Ex-Freundin«, unterbricht er mich. »Es gibt das Wort Freundin aktuell nur mit dem Zusatz Ex davor.«

Ohne, dass ich es will, macht mein Herz einen kleinen Sprung bei dieser Bemerkung.

»Und dann diese Angriffe auf Journalisten«, fahre ich schnell fort, bevor eine unangenehme Pause entsteht und auffällt, wie froh mich die Tatsache macht, dass er Single ist. »In einem Moment wirkst du abweisend, mehr wie ein Einzelgänger, dann wieder fast aggressiv. Im nächsten Augenblick bist du so … sympathisch, und ich habe das Gefühl, dass wir uns total nah sind, obwohl wir uns kaum kennen. Was ist denn letztes Weihnachten genau passiert mit Ella?«

Er seufzt. »Okay, aber nur ganz kurz. Ella hat quasi unser ganzes Privatleben öffentlich gemacht. Alles, was wir unternommen haben, war nur Mittel zum Zweck für perfektes Bildmaterial. Erst die angeblich große Liebe, dann Drama und Liebesdrama.« Er atmet schwer. »Und das Schlimmste war vielleicht, dass sie die ganze Zeit über in meinen Freund verliebt war, nicht in mich. Ich war viel zu blind, es zu bemerken.«

»Die romantischen Videos von euch wirkten so echt.«

Er wirft mir einen Blick zu, eine Mischung aus Ungläubigkeit und Verzweiflung.

»Sie waren echt. Aber nur mein Teil.« Er reibt sich den Nacken. »Ich frage mich wirklich immer, wer Zeit hat, sich solche Videos anzusehen. Okay, Frage beantwortet.« Finn wirkt aufgewühlt, ich kann sehen, wie schnell sein Brustkorb sich hebt und senkt.

Ich atme tief ein, als könnte ich ihn mit meinem Atmen beruhigen. »Es tut mir leid. Du hast recht. Und ja, ich schaue mir definitiv zu viele bescheuerte Videos an.«

Inzwischen bin ich peinlich darauf bedacht, dass unsere Beine nicht aneinanderstoßen, wenn der Van über irgendein Straßenloch fährt. Draußen ziehen die Häuser und Geschäfte Tokios vorbei, aber ich schaue nicht hin, ich nehme die ganze Zeit eigentlich nur noch Finn wahr.

Finn reibt sich erneut mit der Hand über den Nacken. »Du wolltest mir doch einen deiner Songs zeigen. Hast du einen auf dem Handy? Falls du ihn schon nicht im Stadion spielst, dann zumindest für mich?«, fragt er.

»Du bist echt neugierig, und ich habe nie zugestimmt.«

»Ich mag Musik halt«, sagt Finn grinsend. »Ist so ein Hobby von mir.«

»Wenn du lieb zu mir bist.«

»Wenn ich lieb bin, zeigst du mir das Tattoo, dachte ich.«

»Du vergisst echt nichts, oder? Warum bist du jetzt so nett zu mir, frage ich mich. Du willst dir doch nur einen Platz in meinem Vorprogramm sichern, wenn ich mit meinen eigenen Liedern voll durchstarte.«

»Vielleicht. Singst du mir jetzt eins vor? Du kannst auch einfach a capella singen, ganz low-key.«

»So, gleich sind wir da«, kündigt Kento zum Glück in diesem Moment an. Er lässt uns an einer Straßenecke raus und verspricht in der Nähe zu bleiben, sodass wir ihn später anrufen können, um zurück zum Hotel zu fahren.

Dann öffnet sich auch schon die automatische Tür, und ein Schwall kühle Luft tritt herein. Dringend nötige Kühlung für uns beide. Jetzt merke ich erst, wie sehr meine Wangen zu glühen begonnen haben. Nicht nur meine Wangen. Ich bin durch und durch ein Glühwürmchen und froh über die schummrige Beleuchtung in der Gegend.

Hailee

And I said: »No one needs to know
what we do«
My hair in his hair
My clothes on the floor

aus: *I like you more than I planned,* Hailee Bridgewater

Golden Gai ist ein Bezirk voller schmaler Gassen und kleiner Straßen mit vielen zum Teil winzigen Kneipen und Restaurants. Die Häuser sind flach und sehen geradezu provisorisch aus, wie willkürlich zusammengezimmert. Oben auf den Dächern laufen freiliegende Elektroleitungen entlang, man hat wirklich nicht das Gefühl, dass man im modernen Tokio ist, die Zeit ist hier schon vor Längerem stehen geblieben. Jetzt im Dunkeln wird alles von roten und warmweißen Lampen und Lichterketten erleuchtet, wodurch das Ganze noch nostalgischer aussieht –, insgesamt bleibt die Beleuchtung aber spärlich, was vielleicht auch ganz gut ist.

Wir sind in die erstbeste Gasse gelaufen, ohne wirkliches Ziel. Jetzt laufen wir nebeneinander, und ich könnte wahrscheinlich in jeder Sekunde sagen, wie viel Zentimeter zwischen Finn und mir liegen. Eigentlich baumeln unsere Arme ungezwungen an den Seiten herunter, sie berühren sich in keiner Sekunde wirklich, aber die ganze Zeit fast. In meinen Gedanken hallen all die Dinge nach, die Finn vorhin gesagt hat – dass er mich direkt mochte, dass er die Zeit mit mir genauso genossen hat. Diese Überlegungen helfen natürlich erst recht nicht dabei, mich zu entspannen. Vielleicht bilde ich es mir ein, aber wirklich überall sind Liebespaare. Man sieht keine wild rumknutschenden Paare, und sogar Umarmungen sind eher selten, aber viele halten sich an den Händen. Als ich eine Gruppe Mädchen sehe, welche die Herzschilder vom Konzert dabeihaben, zucke ich zusammen.

»Was ist?«, fragt Finn alarmiert, weil ich automatisch an seinem Arm gezogen habe.

»Die Herzen vom Konzert«, erkläre ich und deute in Richtung der Mädchen.

Unwillkürlich ziehen wir unsere Kopfbedeckungen tiefer ins Gesicht, und ich versinke buchstäblich in meinem Parka. Meine Augen suchen die Umgebung nach einem potenziellen Fluchtweg ab. Doch die Mädchen nehmen überhaupt keine Notiz von uns und laufen scherzend und kichernd an uns vorbei.

Das ist noch mal gut gegangen. Keine Ahnung, was passiert wäre, wenn wir entdeckt worden wären. Verrückt, dass man sich Fluchtwege überlegt wie ein gesuchter Schwerverbrecher …

Der Schein der Laternen spiegelt sich in den Glasfronten. Ich fühle mich wie in einer Zauberwelt, vielleicht verschärft durch die beleuchteten Schneeflocken, die als weihnachtliche Dekoration angebracht wurden.

Mein Handy vibriert mit einer Nachricht von meiner

Schwester: ein Foto von ihrem Fernseher, wo ein Ausschnitt vom Grinch zu sehen ist, und ein Selfie mit ihrem Mann James. Sie sitzen in rot-grün karierten Weihnachtspullovern vor dem Bildschirm und trinken heiße Schokolade mit Marshmallows aus Rentier-Tassen, die ich schon kenne. Ich zeige Finn das Bild. »Hier, das habe ich aufgegeben, nur um mit dir zu singen«, jammere ich gespielt, aber ich vermisse die beiden in diesem Augenblick tatsächlich ziemlich schlimm, insbesondere Evie.

»Den Grinch sehen sich meine Schwestern wahrscheinlich auch gerade an. Ich fürchte, das ist ihr Lieblingsweihnachtsfilm«, entgegnet Finn, und seine Gesichtszüge werden weich. Dann stutzt er. »Warte mal, das war doch deine Schwester, die auch eine *Nuclear Barbie* war, oder?«, fragt er.

Auf dem Foto hat Evie den Babybauch in den karierten Weihnachtspulli gequetscht, trägt Perlenohrringe und einen Haarreifen aus dunkelgrünem Samt. Sie sieht aus wie eine brave Mutti aus der Vorstadt – das bemerke ich erst jetzt, wo ich versuche, sie mit fremden Augen zu sehen. Aber der Eindruck täuscht. Meine Schwester hat viel Power und ist weitaus weniger angepasst, als man ausgehend von diesem Bild meinen könnte.

»Ja, ist schwer zu glauben, ich weiß.« Ich schmunzle. »Aber Evie hatte früher oft bunte Haare und ist in den seltsamsten Anzügen auf die Bühne gegangen. Sie war echt cool – ist sie immer noch. Ich liebe meine Schwester! Aber jetzt lebt sie ihren Sinn für Romantik aus. Und zu Weihnachten mag sie es, das ganze Haus überüppig zu dekorieren – es ist erstaunlich, dass überhaupt noch Strom für die Nachbarschaft übrig bleibt.«

»Würde meinen Schwestern gefallen. Ich sehe da Parallelen zwischen dem Grinch und Dekorationswahn«, erklärt Finn.

»Wir sollten ab jetzt immer zusammen Weihnachten feiern«, schlage ich vor, aber ich verschlucke mich an der letzten Silbe, obwohl das natürlich ein Witz sein sollte.

Finn schmunzelt.

Wir laufen an unzähligen Restaurants und Kneipen vorbei, teilweise sind sie so winzig, dass nur eine Handvoll Leute reinpassen. Immer wieder dringen Musikfetzen aus den Läden, und die wildesten Gerüche hängen in der Luft. Rauch, scharfe Essensdüfte, Fisch, Alkohol. Aber gegen weiteres Essen bin ich gerade wirklich immun. Ich lasse den Blick schweifen und ziehe meinen Parka etwas fester um mich. Trotz der Kälte tut die frische Luft sehr gut und klärt meinen Kopf.

»Hier? Das sieht nett aus.« Finn bleibt stehen. »Und es ist extra schummrig, was uns doch gerade recht kommt.«

Ich nehme die kleine Bar näher in Augenschein. Vor dem Laden hängen rote Laternen, und ein Schild wirbt für besondere Drinks, auch wenn ich nicht genau verstehe, was das Besondere an den Drinks sein soll. Doch wenige Augenblicke später quetschten wir uns auch schon auf kleine Hocker an einen Tresen aus glänzendem orangefarbenem Plastik. Die Gäste der Bar stellen eine Mischung von Nationalitäten dar, viele Japaner, aber auch einige ausländisch aussehende Personen, die meisten sind jung, vermutlich Studierende.

Finn ist ungefähr einen Meter zu groß für diese Umgebung und wirkt wie ein Riese im Zwergenhaus. Bevor ich mal wieder zu sehr über sein Aussehen nachdenke, ziehe ich schnell die Getränkekarte zu mir heran. Zum Glück sind alle Drinks mit Foto abgebildet, unter denen neben den japanischen auch englische Beschreibungen stehen.

Neben uns sitzen zwei weitere unschwer als Touristen zu erkennende Gäste, die sich dröhnend auf Englisch unterhalten.

»Ich will ehrlich gesagt lieber Tee als Schnaps«, stelle ich fest.

»Was bist du bitte für ein Rockstar?«, schimpft Finn ironisch. Dann bestellt er uns zwei Tee und eins von den anderen Getränken. »Damit wir nicht rausgeworfen werden, weil wir ihre besonderen Drinks nicht zu würdigen wissen. Wir können ihn ja notfalls verschenken«, sagt er schulterzuckend.

Kurze Zeit später nippen wir vorsichtig an unseren heißen Keramikschalen, um uns nicht zu verbrennen. Es ist bitterer Matcha-Tee, aber er tut gut nach dem fettigen Essen.

Finn wirft mir über den Rand der grünen Tasse einen prüfenden Blick zu. Unsere Beine stoßen aneinander, weil wir so eng nebeneinandersitzen. Sein Gesicht ist wirklich nah, und ich werde nicht müde hineinzusehen. Dann stellt er die Tasse ab, lehnt sich seitlich mit der Schulter gegen die Wand, sodass er die Arme vor der Brust verschränken kann. Vielleicht um das Gleichgewicht auf dem kleinen Hocker zu halten. Oder um etwas Distanz zwischen uns zu bringen, weil er diese Nähe so aufwühlend findet wie ich?

»Ich habe erstaunlich viel Spaß mit dir, Warmup-Act«, stellt er fest. Seine Augen blitzen.

»Entschuldige mal, was ist das denn bitte für ein Kompliment? Wieso ist das erstaunlich?« Auch wenn Finns Oberkörper jetzt etwas weiter weg ist, wobei ›weit‹ weg in dieser winzigen Bar relativ ist, hilft das wenig, weil die Berührung unserer Beine schon ausreicht, um mich völlig aus der Fassung zu bringen. Wenn dieses Kribbeln Schmetterlinge sein sollen, dann sind die definitiv zu lange um ein Atomkraftwerk geschwirrt und elektrisch aufgeladen. Nein, Hailee, stopp jetzt! Echt nicht. Ich denke mir einfach ein neues Bild für dieses Gefühl aus, damit ich nicht auf noch mehr dumme Gedanken komme. Vielleicht sind das keine Schmetterlinge im Bauch, sondern – Kakerlaken? Das würde sich schließlich genauso anfühlen. Bingo – sofort ersetzt Ekel das Kribbeln in meinem Bauch.

»Ist irgendetwas?«, fragt Finn und wirft mir einen prüfenden Blick zu.

»Nichts, nur ein Gedanke«, erwidere ich schnell. Einer, den ich ihm selbstverständlich nicht erklären kann. Hätte eh keine Zukunft … Und wieso überhaupt verliebt? Was denke ich da!? Kakerlaken. Kakerlaken. Kakerlaken.

Unruhig rutsche ich auf meinem Hocker herum, stoße dabei unsanft gegen Finns Knie und verliere fast das Gleichgewicht auf der rutschigen Oberfläche. Seine Hand schnellt nach vorne, und kurz umfasst er mein Bein. Ich zucke übertrieben zusammen.

»Sorry«, presst er hervor und zieht seine Hand so schnell zurück, als hätte er sich wehgetan.

Das mit den Kakerlaken hat leider null funktioniert. Bei der Berührung habe ich schon wieder einen Stromschlag bekommen, der immer noch in meinem Bein nachwirkt, wo seine Finger eine Art pulsierenden Abdruck hinterlassen haben.

»Wir müssen gehen«, zischt Finn in diesem Moment.

»Aber, wir sind doch gerade erst gekommen?«, gebe ich genauso leise zurück.

Finn bleibt regungslos sitzen und sieht mich vielsagend an, was dazu führt, dass auch ich mich versteife. Jetzt merke ich, dass die Gespräche der Nachbarn leiser geworden sind. Finn beugt sich wieder zu mir, bemüht sich dabei, mich nicht zu berühren, was nicht einfach ist, weil hier kein Platz ist und ich ohnehin schon fast zwischen seinen langen Beinen sitze.

»Die haben uns, glaube ich, erkannt, und irgendwie habe ich kein gutes Gefühl bei denen«, flüstert er.

Ich versuche, unauffällig hinter ihn zu schauen, bevor ich seinen eisernen Griff spüre, diesmal an meinem Arm.

»Nicht so hinschauen. Die erkennen dich doch auch sofort.«

Sogar wenn ich das nicht glaube, kann ich nicht verhindern, dass mir der Satz schmeichelt.

Bevor ich weiter nachdenken kann, hat Finn drei 5.000 Yen-Scheine – warte mal, das sind weit über hundert Dollar? – auf den Tresen gelegt, nach meiner Hand gefasst und zieht mich hinter sich her. Im Rausgehen sehe ich aus dem Augenwinkel ein erhobenes Smartphone. Von wegen Handyverbot.

Als wir auf die Gasse treten, verfällt Finn sofort in eine schnelle Gangart und schreitet mit großen Schritten voraus. Es ist immer noch kühl, nur seine Hand ist warm in meiner. Er zieht mich weiterhin hinter sich her, fast wie ein störrisches Kind. Ich verfalle in einen leichten Trab, um mithalten zu können.

»Nicht rennen«, raunt er mir zu.

»Deine Beine sind doppelt so lang wie meine. Wenn ich nicht rennen soll, müsste ich in diese Gangart wechseln, die die professionellen Schnellgeher bei Wettbewerben verwenden. Diese Technik beherrsche ich aber nicht«, zische ich zurück.

»Wäre aber sexy«, erwidert Finn trocken und verringert immerhin sein Tempo ein kleines bisschen.

Ich muss grinsen, weil ich sofort diesen komisch wiegenden Gang der professionellen Geher vor mir sehe. »Bring mich nicht zum Lachen«, presse ich hervor, als ich versuche, irgendwie mitzuhalten, ohne dass es total nach Weglaufen aussieht.

Er wendet sich zu mir und gibt mir mit dem Kopf ein Zeichen, das ich nicht wirklich deuten kann. Dann biegt er abrupt ab und führt mich um zwei weitere Ecken, und plötzlich stehen wir in einer stockdunklen Gasse. Es riecht nach … Ingwer? Mango? Alles Mögliche gleichzeitig.

Weil wir ganz regungslos stehen, merke ich erst jetzt, wie schnell unser Atem geht, seiner und meiner. Aus unseren Mündern entweichen weiße Atemwolken, die sich im schummrigen Dunkel mischen, das nur von weiter entfernt liegenden Lichtquellen diffus erhellt wird. Wir stehen nah aneinander. Ich kann seinen Atem nicht nur sehen, sondern auch hören, bemerke seine Wärme und vor allem seinen Geruch, ein herb-frisches Aftershave mit einem Hauch Orange. Am meisten bewusst ist mir allerdings seine Hand, die meine nicht losgelassen hat, warm und fest, regungslos, auch wenn es sich anfühlt, als müsste sie vibrieren. Die ganzen Gefühle von vorhin sind zurück. Es ist aufregend, mit ihm hier zu stehen.

»Was war das? Bist du gar kein Musiker, sondern ein

Geheimagent und diese Schnulzsänger-Sache war nur eine Tarnung? Du wirkst zu professionell. Ich wette, du beherrschst sämtliche Kampftechniken, burmesisches Boxen und so.«

»Falls das Schnulzsänger-Image meine Tarnung sein soll, ist die außer Kontrolle geraten, würde ich sagen«, erwidert er trocken.

»Nirgendwo ist man besser getarnt als auf einer Bühne im Zentrum der Aufmerksamkeit. Alte Agentenweisheit«, erkläre ich.

Wir stehen noch immer nah voreinander, und ich frage mich, ob Finn genauso wenig weiß wie ich, was er tun soll. Mein Herz pocht jedenfalls so laut, dass ich ganz froh bin, meinen dicken Parka zu tragen, der eine Art Schalldämmung darstellt. Ich schaue in sein Gesicht, das im Halbdunkel liegt, und mein Magen schlägt schon wieder einen Purzelbaum. Ich bin nicht besser als die ganzen Fans vorhin – einige mussten von der Security »gerettet« werden, weil sie in Ohnmacht gefallen wären.

»Manchmal finde ich diesen Zustand wirklich wahnsinnig mühsam«, sagt Finn leise und lässt meine Hand los, ganz langsam und zögerlich.

»Was?« Oh nein. Ich bin mühsam? Ich hoffe, er hat nicht gemerkt, wie ich kurz vorm Herzinfarkt stehe, und denkt nicht, dass ich auch nur so ein Fangirl bin, das lediglich den Finn auf der Bühne sieht und nicht ihn.

»Das alles halt. Das Unnormale. Das Wegrennen. Das Verstecken.« Seine Stimme ist nur ein Flüstern. Aber ich höre trotzdem jedes Wort, weil ich ihm so nah bin. »Ich wollte nur Musik machen. Und ja, ich darf das nicht öffentlich sagen, dann geht sofort ein Aufschrei los, dass ich undankbar bin für den ganzen Erfolg, die Fans, das Geld. Wegen des Erfolgs glauben alle, dass sie sich, indem sie meine Musik kaufen, auch ein Anrecht auf mein Leben gekauft hätten. Deshalb ist die Empörung groß, wenn ich einen Paparazzo anschreie, weil er mich nicht in Ruhe lässt.«

»Oder du ihn so stark schubst, dass er hinfällt, sich einen Arm bricht und seine Ausrüstung kaputt ist.«

»Weil er sich fallen gelassen hat, dabei so dämlich war, auf eine Kante zu treffen und seine Kamera extra auf den Boden geknallt hat«, ergänzt Finn. »Es gibt nicht nur eine Version der Geschichte.«

»War doch nur ein Beispiel«, lenke ich schnell ein, weil ich merke, wie Finns Anspannung steigt. Das Thema führt bei ihm immer sofort zu körperlichen Reaktionen, das habe ich ja schon gemerkt. Und jetzt ist definitiv nicht der Moment für eine lautstarke Diskussion.

»Ja, ich werde gelegentlich wütend. Aber ich glaube, das ist normal. Wegen so etwas wird man nicht sofort in ein Aggressionsbewältigungs-Seminar geschickt.« Es klingt allerdings so, als wollte er sich selbst davon überzeugen, dass seine Reaktionen normal sind.

»Damit sollte dir wahrscheinlich einfach geholfen werden«, schlage ich versöhnlich vor.

»Nein, damit sollte die Öffentlichkeit beruhigt werden. Ich sollte demonstrieren, dass ich meine Schuld eingesehen habe. Man wollte einen offiziellen Kniefall. Clarissa hat mich dazu gedrängt. Ich weiß, sie wirkt, als hätte sie ein Herz aus Stein. Aber sie hat es manchmal nicht so leicht mit mir, und sie macht das schon seit Jahren. Und sie hat auch die Phase mitgemacht, als ich wegen Ella echt am Boden war. Das Klicken von Kameras und jedes Blitzlichtgewitter haben mich total fertiggemacht. Ich habe es Clarissa zuliebe getan.« Finns Kiefer verhärtet sich. »Aber eigentlich hätte ich diesen Mistkerl verklagen wollen.«

»Die Sache scheint dich immer noch ziemlich wütend zu machen«, bemerke ich vorsichtig. »Aber vielleicht sollten wir lieber an einem ruhigeren Ort über das Thema sprechen?«

Finn entfährt ein frustriertes Stöhnen, und er fährt sich mit der Hand über das Gesicht. »Okay. Ich weiß nicht, ob ich wirklich weiter darüber reden will. Aber wir sollten uns hier rausschleichen, Kento rufen und zurückfahren. Unauffällig. Langsam. Wir nehmen die andere Seite. Ich bin gerade irgendwie nicht im Öffentliche-Person-Modus. Und ich glaube, wir sollten lieber früher als später hier weg, denn wenn die Leute aus der Bar diese Fotos auf Social Media posten, wird es möglicherweise ungemütlich. Bei den vielen Fans, die in der Stadt sind.«

»Außer auf der Bühne bist du nie im Öffentliche-Person-Modus.«

Er blinzelt einmal kurz, aber erwidert nichts.

»Okay, du hast recht. Und morgen ist ein weiteres Konzert – da sollten wir großen Aufruhr besser vermeiden.« Ich würde am liebsten noch länger mit Finn durch Tokio wandern. Aber natürlich sollten wir besser zurück.

Finn ruft Kento an, wechselt einige schnelle Sätze mit ihm, und als er auflegt, nickt er mir zu.

»Okay. Dann los.« Ich gehe mit schnellen Schritten los, immer darauf bedacht, zwar zielstrebig, aber nicht gehetzt zu wirken. Gar nicht so leicht. Finn folgt mir, und wir eilen Seite an Seite durch die engen Gassen.

Als wir zurück auf der Hauptgasse sind, wechsle ich in ein noch schnelleres Schritttempo. Beim Laufen bemühe ich mich, niemandem ins Gesicht zu schauen. Zum Glück ist es in den Gassen so dunkel.

Dann sehen wir auch schon unseren Van an der verabredeten Straßenecke. Wenige Augenblicke später sitzen wir drin, und Kento fährt sofort los. Langsam rollen wir an einer Baustelle vorbei, auf der ein weißbehandschuhter Arbeiter darauf achtet, dass wir einen Sicherheitsabstand einhalten. Es ist möglicherweise der sauberste Bauplatz, den ich je gesehen habe.

»Kento, das war super! Vielen Dank«, sagt Finn und lässt sich seufzend nach hinten in den Sitz fallen.

»Keine Ursache, ihr zwei. Ich bin froh, dass ich euch schnell da rausholen konnte. Zum Glück ist nichts passiert. Jetzt bringe ich euch auf direktem Weg zum Hotel«, meint Kento.

Auch ich merke, wie die Spannung von mir abfällt und die Aufregung langsam abebbt. Ich lehne meine Stirn gegen das kühle Fenster und lasse die Lichter des nächtlichen Tokios an mir vorbeiziehen. Auch wenn ich am liebsten alles so genau aufnehmen würde, als hätte ich eine Kamera im Kopf, merke ich, wie mir die Augen zufallen. Die letzten zwei Tage waren vollgepackt mit aufregenden Momenten – zahlreiche Eindrücke dieser faszinierenden Stadt, das Wahnsinns-Konzert und Finn. Immer wieder Finn …

»Fuck!«

Ich schrecke unsanft auf und sehe mich irritiert um. »Was ist los?«, murmele ich schlaftrunken.

»Das war keine gute Idee.«

Wir sind schon kurz vor dem Aman, doch vor dem Eingang steht eine ganze Gruppe von Leuten mit Transparenten und gezückten Kameras. Fans, aber auch jede Menge Profis, wie sogar ich sofort erkenne.

Und dann sehe ich Dave, den ich von den Bildern in den Artikeln wiedererkenne, die ich gegoogelt hatte. Kurz bleibt mir die Luft weg. Ich wage gar nicht, daran zu denken, wie Finn wohl auf ihn reagiert.

»Was ist denn hier los?«, fragt Kento irritiert.

»Irgend so ein Musiker soll hier im Hotel Gast sein«, erkläre ich.

Finn wirft mir einen vernichtenden Blick zu. Dann lehnt er sich nach vorn und legt die Stirn gegen die Vorderlehne. »Kento, ich kann das gerade nicht. Ich kann da nicht rausgehen. Kannst du einen Ort empfehlen, wo wir ungestört sind. Wo es anonymer ist? Mir ist das alles zu viel.« Finns Stimme klingt bittend und ernst. Dann wendet er sich zu mir. »Okay?«

Ich nicke stumm. *Ungestört. Anonym.* Mein Herzschlag beschleunigt sich aus völlig falschen Gründen beim Blick in seine braunen Augen.

Kento hat schnell reagiert und ist schon vorm Hotel abgebogen, bevor die Leute sicher sein konnten, dass es sich um den Wolfcraft-Van handelt. Jetzt lenkt er uns in eine ruhige Seitenstraße, wo er den Van anhält. Dann dreht er sich zu Finn. Er schiebt die Augenbrauen zusammen und mustert ihn eingehend. Danach sieht er mich an. Aber anders, eher wie ein misstrauischer Vater.

»Ihr seid schon volljährig, nicht wahr?«, fragt er.

»Ja«, erwidern wir beide brav.

»Dann habe ich eine Idee.«

Finn

I am like the weather
A non-linear equation
Of the most convoluted kind
And you are the butterfly
That flaps its wings and causes
A hurricane in my heart
A hurricane in my heart

aus: *Kiss me better*, Finn Wolfcraft

Wieder geht es durch das von den abgefahrensten Lichtinstallationen erhellte Tokio. Ich schaue aus dem Fenster des Vans, als mein Handy mit einer Nachricht blinkt.

> **Tobi:** Geile Show! Jede Menge Postings online gesehen, sah krass aus. Hailee ist eine Granate mit Wahnsinnsstimme! So schnell ist man ersetzt … 😭 Ist sie nett? Auf den Bildern siehts nach true love aus, aber das ist Clarissas Interpretation 😊 Schade, dass sie dich *eigentlich* scheiße findet. Die Story amüsiert mich immer noch.

Ich halte das Handy so, dass Hailee es nicht sieht. Sie hat

aber sowieso den Kopf gegen die Scheibe gelehnt und schaut nach draußen.

Finn: Es war der Hammer. Hailee ist tatsächlich gut. Sie ist anders.

Tobi: *Sie ist anders*???? Ich lese da was zwischen den Zeilen ...

Finn: No worries. Oder vielleicht doch.

Tobi: ?? Oh! Viel Spaß. Aber easy. Du kennst sie seit einem Tag. Kleine Warnung von gutem Freund.

Bevor ich etwas erwidern kann, hält Kento vor einem unauffällig aussehenden grauen Gebäude.

»Bist du sicher, dass es der richtige Move war, das Aman Hotel kampflos aufzugeben?«, fragt Hailee.

»Nein«, erwidere ich schlicht, aber wahrheitsgemäß. »Sicher bin ich nicht. Vielleicht hätte ich mich auch einfach durch die Leute durchkämpfen sollen. Lächeln, ein paar Fotos, Unterschriften. Keine Ahnung, warum mir das vorhin so unmöglich vorkam. Aber seit dieser Sache mit Dave …«, ich muss schlucken, als ich den Namen ausspreche, weil meine Stimme sich sofort verändert, »… ist das wie eine Blockade. Allein der Gedanke an diese ganzen Fotos und das Wissen, dass er ebenfalls in Tokio ist … Es ist so, als würde mir jemand eine Schlinge um den Hals legen und langsam zuziehen.«

»Das klingt schlimm. Und auf der Bühne hast du das gar nicht?«, fragt Hailee.

Ich schüttele den Kopf. »Ich stehe problemlos vor Tausenden Menschen auf der Bühne, und dann das. Ein paar Leute haben mich spüren lassen, dass sie glauben, dass ich mich nur wichtigmachen will. Es klingt ja sogar für mich absurd.«

»Jeder hat seinen eigenen Cocktail von Ängsten und Albträumen«, sagt Hailee und sieht mich mitfühlend an. Ihr Blick ist so warm, dass sich der Knoten im Hals wieder löst und meine Stirn zu prickeln beginnt. Hailee bringt Gefühle in mir hervor, von denen ich nicht wusste, dass ich sie noch habe. Aber zum ersten Mal habe ich nicht das Bedürfnis, sie sofort zu ersticken, als würde ich eine Decke über ein Feuer werfen.

»Das Hotel wird einigermaßen ausgebucht sein, wegen Weihnachten und so«, unterbricht Kento meine Gedanken. Sein Telefon vibriert schon wieder, und man sieht das Bild einer hübschen Frau.

»Du kannst ruhig drangehen. Ist das Akari? Ich habe ein schlechtes Gewissen, dass wir euch um euren gemeinsamen Abend bringen.«

»Ich rufe sie gleich zurück. Keine Sorge!« Kento lächelt. Dann räuspert er sich. »Ich warte hier, und wenn es ausgebucht sein sollte, bringe ich euch zu einem anderen Hotel. Aber dieses hier hat Fenster, und ihr mögt ja den Ausblick über Tokio so. Normale Love Hotels sind fensterlos. Das hier ist komplett diskret. Es gibt kaum Orte, wo man weniger Leute treffen muss, wenn man nicht möchte.« Wieder lächelt er. »Ich will mich natürlich nicht selbst loben, aber das Hotel ist perfekt. Ihr werdet gleich verstehen, was ich meine. Außerdem könnt ihr so lange hierbleiben, wie ihr wollt, und müsst nur für die Zeit des Aufenthalts bezahlen.« Kento sagt das alles nicht ansatzweise anzüglich oder mit einem übertriebenen Augenzwinkern, aber dennoch hört sich das Hotel für mich etwas … komisch an.

»Warte mal, das klingt ein wenig nach … Bordell?«, frage ich vorsichtig.

»Nein«, erwidert Kento schnell. »Das ist ein Love Hotel. Da gehen ganz normale Paare hin, die mal ihre Ruhe haben wollen. Man kann auch allein hin. Wohnungen in Tokio sind gewöhnlich ziemlich klein, da tut ein Tapetenwechsel hin und wieder ganz gut. Sonst ist es auch nicht so voll. Das ist jetzt nur wegen Weihnachten, wegen der ganzen Dates.«

Ich blicke zu Hailee, die mich mit einer Mischung aus Verlegenheit und Neugier anschaut. Aber ihre blauen Augen blitzen. Ich mag ihre Neugierde. Dann lächelt sie mich an. »Warum nicht? Wir können ja wieder gehen, wenn es uns nicht gefällt. Vielleicht haben die Leute vor dem Aman in der Zwischenzeit die Geduld verloren, und wir können rein?«, schlägt sie vor. »Ist doch lustig.«

Sie hat recht. Ich habe den Impuls, wieder nach ihrer Hand zu fassen, aber ich weiß nicht, ob sie das komisch findet. Aufdringlich. Normale Dates gehen schließlich auch nicht direkt gemeinsam in ein Hotel. Ich fühle mich gerade so unsicher wie in der Highschool.

Finn, reiß dich zusammen.

Schnell steigen wir die Stufen zum Eingang des Hotels hoch. Hailee hat die Hände tief in den Taschen ihres Parkas vergraben und schaut konzentriert nach vorn. Sie ist also auch ein bisschen nervös, immerhin.

Wir fahren in den sechsten Stock, das Hotel belegt nur die oberen Stockwerke, und treten aus dem Fahrstuhl direkt in eine Art Empfangsbereich. Die Atmosphäre gleicht ungefähr der an einem verlassenen Flughafen. Es gibt verschiedene Check-in-Schalter, wo Empfangsdamen in weißen Kostümen mit neckischen Hütchen sitzen, die an altmodische Stewardessen erinnern. Aus den Lautsprechern erklingt eine Version von Jingle Bells, die in den Ohren schmerzt vor Kitsch. Die Damen haben die Hände in den Schoß gelegt und rühren sich nicht.

»O mein Gott«, flüstert Hailee. »Erinnert mich gerade an apokalyptische Zombie-Filme, dich nicht?«

Ich wünschte, ich könnte es abstreiten. Ich trete an den ersten Schalter. »Guten Abend, könnten wir einchecken?«

Die Frau reagiert nicht, und das Wort Zombie klingt in meinem Kopf nach.

Hailee stößt mich mit dem Ellenbogen in die Rippen und hält sich kichernd die Hand vor den Mund.

»Die lebt überhaupt nicht. Das ist eine Puppe«, keucht sie, mühsam um Fassung ringend, und drückt auf den Knopf auf der Theke. Sofort beginnt eine Tonbandstimme auf Japanisch zu reden. Wir schauen uns mit aufgerissenen Augen an. Im Anschluss wird die Nachricht zum Glück auf Englisch wiederholt. Ich soll den Computer vor dem Tresen zum Einchecken nutzen.

»Das meinte Kento also mit anonym.«

»Sollen wir Ihnen mit dem Gepäck helfen?«, fragt plötzlich eine süßliche Stimme neben uns, wo ein freundlicher Roboter steht, der mich irgendwie an R2-D2 erinnert und die Arme hochhält, um meinen Koffer entgegenzunehmen.

»Danke schön, wir haben kein Gepäck«, erwidere ich, und R2-D2 rollt davon. Er scheint mich verstanden zu haben. Vielleicht braucht man wirklich keine Menschen hier. Am anderen Ende des Empfangsraums ist ein Staubsaugerroboter damit beschäftigt, den Boden zu reinigen.

»Die Zimmer haben Themen«, erklärt Hailee, die noch im Computermenü tippt, mit einem nervösen Lachen. »Das mit dem Love Hotel ist wohl doch wörtlich gemeint. Ich glaube, hier bleiben keine Wünsche offen. Falls du also heute im Dschungel, in einer Galaxie oder im Krankenbett übernachten willst ...«

Wir scrollen uns gemeinsam durch den Katalog. Tatsächlich, ein Zimmer ist als Baumhaus eingerichtet, inklusive sich um die Bettpfosten windenden Lianen. Im Krankenhaus-Zimmer liegen auch Arztkittel bereit und eine vollständige Ausrüstung mit Stethoskop, weißen Metallgitterbetten und reinweißem Bettzeug. Daneben ein blauer Arztstuhl auf Rollen. Kopfkino.

Es gibt futuristische Roboterzimmer und ein Weihnachtszimmer mit tanzenden Mini-Weihnachtsmännern und künstlichen Weihnachtsbäumen, die sogar auf dem Bildschirm so stark blinken, dass einem schwindelig wird. In dem Zimmer kann man mit Sicherheit kein Auge zutun.

»Wir, also, wir sind ja vielleicht gar nicht so lange hier. Wir nehmen dann ... nur eins, oder?« Ich merke, wie Hitze in meinen Nacken hochkriecht, aber viele dieser Zimmer sind ganz klar für romantische Nächte gedacht, das hatte Kento fast harmloser dargestellt. »Also, nicht dass du denkst, also, ich könnte auch …«

»Klar, ein Zimmer. Zwei wären auch voll teuer«, unterbricht Hailee mich.

Schnell scrolle ich weiter.

Ein anderes Highlight ist ein Rokoko-Zimmer, in dem es aussieht wie zur Zeit von Ludwig dem Vierzehnten. Man kann sich auch ein Korsett anziehen, das in einer Plastikfolie frisch gereinigt bereitliegt. Hilfe.

Wir wählen schließlich das Dalmatiner-Zimmer, das vollständig mit weißen und schwarzen Punkten übersäht ist, aber immerhin keine grelle Eigenbeleuchtung besitzt.

Sich höflich entschuldigend verkündet die Computerstimme, dass das Zimmer leider ausgebucht ist, und fragt, ob er uns die noch verfügbaren Angebote zeigen soll. »Ja, gerne«, erwidere ich ironisch. Die ganze Suche hätten wir uns sparen können, denn der Computer schlägt nur zwei Räume vor: das Dinosaurier-Zimmer mit einem künstlichen Lagerfeuer, Sandboden und irritierenden Dinosaurier-Augen-Lichtern – und das Hello-Kitty-Zimmer, das, nun ja, seinem Namen auch alle Ehre macht.

»Dinosaurier«, sage ich. »Nicht toll, aber Hello Kitty verursacht mir Brechreiz.«

»Hello Kitty!«, ruft Hailee und klatscht in die Hände. »Das ist ein Traum aus meiner Kindheit, den du mir nicht verwehren kannst. Diese Chance kann ich mir nicht entgehen lassen.« Sie schaut mich so eindringlich an, dass ich lachen muss.

»Dinosaurier«, sage ich.

»Wir losen«, erwidert Hailee fröhlich und grinst. »Schere-Stein-Papier? Kennst du?«

»Natürlich kenne ich das.«

»Spielst du viel?«

»Das letzte Mal im Kindergarten.«

Hailee nickt, als hätte ich ihr gerade eine wichtige Information über mich gegeben. Was auch immer.

»Hello Kitty? Du willst also wirklich riskieren, eine Allergie gegen Rosa zu entwickeln?«, frage ich, als Hailee begeistert in Stellung geht.

»Absolut. Los geht's. Bereit?«

Ich nicke, und wir verstecken beide unsere Hände hinter dem Rücken.

»Wir spielen nur ein einziges Mal, okay?«

Ich verdrehe die Augen als Antwort und nicke.

»Schnick, schnack, schnuck!«, ruft sie, und gleichzeitig bringen wir je eine ausgestreckte Hand nach vorn.

Ich wähle Stein. Sie Papier.

Hailee strahlt mich an. »Hello Kitty!«, ruft sie begeistert. »Du bist echt so leicht zu schlagen.«

»Entschuldige mal, das ist Glück«, verteidige ich mich, während sie strahlend das Hello-Kitty-Zimmer im Computer auswählt.

»Das hat nichts mit Glück zu tun«, erklärt sie. Das ist ein psychologisches Spiel. Männer tendieren dazu, beim ersten Durchgang den Stein zu wählen. Als erfahrener Spieler weiß man das allerdings. Dann hättest du die Schere gewählt. Aber die Info über deine Spiele-Expertise hast du mir ja freiwillig gegeben.«

»Du willst mir sagen, dass das Taktik war?«

»Absolut. Wenn man mehrere Runden spielt, gibt es noch anderes zu beachten, das ist Wissenschaft und wurde mit Tausenden von Probanden wiederholt. Wenn man gewonnen hat, tendiert man nämlich dazu, die Wahl zu wiederholen. Hat man mehrmals verloren, ändert man hingegen die Wahl, und meist wählt man dann das, womit der andere gerade gewonnen hat. Wenn man das berücksichtigt, kann man immer gewinnen.«

»Erstens weiß ich nicht, wie lange ich bräuchte, um dann überhaupt eine Entscheidung zu fällen, wenn ich diese ganzen Faktoren berücksichtigen soll. Ich habe ja keinen eingebauten Intel-Prozessor. Und zweitens bist du manipulativer als die Pressestelle eines Diktators«, stelle ich fest. »Das macht mir Angst.«

Hailee lacht fröhlich, und ich lasse schnell meine Kreditkarte scannen, bevor sie Einspruch erheben kann. Aber der Moment im Tempel ist mir in Erinnerung.

Der R2-D2-Roboter will uns den Weg zeigen, aber irgendwann hängen wir ihn ab und kommen nach einem kurzen Gesichtsscan in unser Zimmer. Wir sind noch keinem einzigen Menschen begegnet.

Hailee stürzt los, streift sich im Laufen die Boots ab und wirft sich mit Schwung auf das ausladendende Himmelbett, über dem ein Hello-Kitty-Kopf als Rückenlehne thront.

»Ich liebe es!«, ruft sie kichernd.

Hier waren eindeutig Perfektionisten am Werk. Es gibt Hello-Kitty-Lampen, Unmengen rosa Tüll und Lichtkästen, in denen das weiß-rosa Katzenmädchen in verschiedenen Lebenssituationen zu sehen ist. In einem der Kästen hat sie allerdings verbundene Augen und Handschellen. Ooookay.

Plötzlich geht das Licht aus, nur an der Decke leuchtet noch ein pinker Sternenhimmel.

»Was um Gottes willen ist das?«, entfährt es mir.

»Das ist das romantische Nachtlicht«, erklärt Hailee ganz selbstverständlich. »Man kann auch die Farbe ändern.« Sie wechselt wild zwischen Blau- und Lilatönen.

Auf der Suche nach einer Minibar finde ich einen Schrank, in dem man zwar Getränke und Snacks, aber ebenso Kondome kaufen kann. Dann entdecke ich auch noch plüschige Handfesseln und rosafarbene Mini-Vibratoren. Ich schlage die Tür schnell zu und trage zwei Cola und eine Zitronenlimo zu Hailee ans Bett.

»Oder hättest du lieber einen Pancake Drink?«, schlage ich Hailee vor, die sich im Schneidersitz aufs Bett gesetzt hat. Sie hat ihr Sweatshirt abgestreift, das sie nach dem Konzert angezogen hatte, und trägt nur ein enges schwarzes Top, das mich unweigerlich an ihr Bühnenoutfit denken lässt, und wie sie darin ausgesehen hat. Der Anblick und der Gedanke lassen meinen Magen ein kleines Stück tiefer fallen. Ich hoffe, sie merkt nicht, dass es mich Anstrengung kostet, nicht auf ihren Körper zu starren. Ihre Lippen.

»Zum Glück erscheint mir das nur noch wie ein Traum, dass ich diese Werbung gemacht habe.« Ihre Augen sind so traurig, als sie das sagt, und am liebsten würde ich sie in den Arm nehmen. Aber ich traue mich gerade nicht einmal, näher an sie heranzugehen. Wahrscheinlich bin ich der schüchternste Popstar, der jemals im Dome aufgetreten ist. So fühle ich mich gerade.

»War ja klar, hätte auch Clarissa merken müssen, wie bescheuert du es fandest, auch wenn du nach dem Shooting cool getan hast.«

Unschlüssig bleibe ich vor dem Bett stehen, sodass meine Knie gegen die harte Kante stoßen. Mich neben Hailee auf die Matratze fallen zu lassen, traue ich mich nicht. Nein, ich bin nicht so schüchtern wie in der Highschool, es ist eher das Niveau eines Dreizehnjährigen in der Middle School!

»Wer hätte gedacht, dass meine Coolness mal zu gut funktioniert«, murmelt Hailee und verdreht die Augen.

»Ich glaube, du unterschätzt, wie unnahbar du oft wirkst«, sage ich. »Als würdest du über den Dingen stehen und als könnte dir nichts etwas anhaben.«

Hailee gibt einen überraschten Laut von sich, stützt ihren Ellenbogen auf und legt ihr Kinn in ihre Hand. Ihre Haare liegen aufgefächert um ihre Schultern. »Das kann ich mir kaum vorstellen. Das ist eigentlich nur auf der Bühne so.«

»Die Fatsuit-Persönlichkeit?«

Sie gibt einen glucksenden Lacher von sich und nickt. »Dann lebe ich diesen Charakter. In mir drin … da ist alles ziemlich anders.« Sie schiebt in halb gespielter Verzweiflung mit beiden Händen ihre Haare nach hinten. Ihr Blick bleibt an meinem hängen, und ihre Augen glänzen feucht.

»Ich sage jetzt etwas, das du nicht hören willst. Aber ich denke, du kämpfst nicht genug für deine eigene Musik. Deine Songs sind schon lange fertig, aber du traust dich nicht, sie zu spielen. Du behauptest, dass Marc schuld ist, dass er nicht will, dass du deine eigenen Lieder spielst. Aber ist das nicht eine Ausrede? Es ist sicherer, die Songs von anderen zu spielen.«

Jetzt glänzen ihre Augen wirklich feucht.

»Vielleicht hast du recht«, erwidert sie leise. »Sobald ich

meine Gitarre habe und meine eigenen Lieder singe, ist da keinen Fatsuit mehr, und ich kann mich nicht mehr verstecken. Und was passiert, wenn die Leute meine Musik dann nicht mögen? Das wäre … hart.«

»Das ist das Risiko. Man muss immer damit rechnen, abgelehnt zu werden. Wenn man etwas wirklich will, muss man riskieren, dass es weh tut.«

Für einen Moment hängen diese Worte zwischen uns, und vielleicht hört Hailee genau wie ich, was ich ebenfalls damit meinen könnte: uns.

»Es beschäftigt mich echt ziemlich, dass Clarissa mich hassen könnte«, erklärt Hailee, um das Thema zu wechseln, und schaut zur Seite. Sie redet, wenn sie nervös ist. Das kenne ich inzwischen schon.

Eine Falte erscheint an ihrer Nasenwurzel. Wieder überkommt mich der Drang, sie in den Arm zu nehmen. Stattdessen überkreuze ich meine Arme vor der Brust und trete von einem auf das andere Bein. Die Frau macht mich nervös, und ich weiß auch, warum. Weil sie eine ziemlich starke Wirkung auf mich hat – in jeder Beziehung. Das ist angsteinflößend.

»Clarissa ist der Grund, warum du hier bist. Sie hat dich engagiert.«

»Und wir können uns beide nicht erklären, wieso«, ergänzt Hailee.

Weil ich nichts darauf zu erwidern weiß, gehe ich zu dem rosafarbenen Vorhang, der das ganze Fenster bedeckt, und ziehe ihn zur Seite. Das nächtliche Tokio breitet sich vor uns aus. Dadurch, dass wir nicht so weit oben sind, wirkt es fast noch greifbarer.

»Wow«, entfährt es Hailee.

Ich schiebe den knallrosa Stoff vollständig zur Seite, um die größtmögliche Sicht zu haben. Hinter mir höre ich, wie Hailee aufsteht und ebenfalls zum Fenster kommt.

»Der Blick von hier ist anders als der im Aman. Die unterschiedlichen Weihnachtsbeleuchtungen sind besser zu erkennen, die Leute auf der Straße … Alles ist lebendig und gleichzeitig verlassen. Erinnert mich irgendwie an die Bilder von Edward Hopper.«

Für einen Moment stehen wir nebeneinander und betrachten die unwirkliche Welt draußen, auch wenn ich eigentlich nur Hailee wahrnehme, ihren Geruch, ihre Körperwärme. Sie ist so nah, dass ich fast ihren Herzschlag hören kann.

Ich hole Luft. »Das war ein total schöner Abend mit dir«, sage ich, ohne sie anzuschauen. »Ich weiß nicht, warum ich vorher so gemein zu dir war. Ich bin total paranoid.« Der Satz treibt mir absurderweise fast Tränen in die Augen. Zum Glück verschwindet das Gefühl nach ein paar Sekunden wieder.

»Ich kann es verstehen«, erwidert sie leise. »Wäre ich auch, wenn mir das passiert wäre, was dir passiert ist. Danke, dass ich mit dir auf der Bühne stehen darf. Das war … das ist ein Traum. Wie das hier …« Sie seufzt. »Egal, was meine Mutter sagt, ich bin jetzt schon traurig, dass dieser Moment irgendwann enden wird«, wispert sie leise und wirft mir einen vorsichtigen Blick zu, was ich aus den Augenwinkeln sehe.

Ich weiß nicht, wieso, aber in diesem Moment greife ich ganz automatisch nach ihrer Hand. Sie ist kleiner als meine, wärmer, aber sie liegt perfekt in meiner. Mit der

Berührung entsteht eine Art Energiefeld, und die Realität löst sich noch ein wenig mehr auf.

»Ich komme mir total bescheuert vor, das zu sagen«, fährt sie fort. Ihre Stimme ist melodisch, leise, fast flüsternd. »Aber ich habe bereits die ganze Zeit ein schlechtes Gewissen. Ich fand deine Musik schon immer sensationell. Sie hat mich berührt. Okay, da bin ich natürlich nicht die Einzige, wenn ich an heute Abend denke …«, sie atmet kurz schnaufend die Luft aus. »Aber ich habe nur zu gern die negativen Geschichten über dich geglaubt. Vielleicht weil ich nicht ertragen kann, dass jemand einfach perfekt ist und alles hat. Das …«, sie schaut nach vorn auf die Stadt vor uns, während sie spricht, »tut mir total leid.«

Ich schüttele den Kopf, weil mir ein Kloß im Hals steckt und ich meiner verräterischen Stimme nicht traue. Ihre Hand liegt noch immer warm in meiner, und ich umfasse sie etwas fester.

»Und«, fährt sie fort, »ich kann wirklich verstehen, dass du mir gegenüber reserviert warst. Es ist sicher schwer, anderen zu vertrauen, wenn man oft nur als der Star wahrgenommen wird, und nicht als der Mensch, der hinter diesem öffentlichen Selbst steht.« Hailee schmunzelt. »Weißt du, als wir uns das erste Mal gesehen haben, in der Lobby im Aman, fand ich dich doch auch direkt süß – und da wusste ich wirklich nicht, wer du bist.«

»Süß?«, erwidere ich. »So richtig kawaii-niedlich wie dieses Zimmer?«

Sie stößt ein glucksendes Kichern aus. »Im Nachhinein habe ich mich total geärgert, dass ich dich so angefaucht habe. Zu meiner Verteidigung: Ich war extrem übermüdet, weil ich dachte, es sei eine gute Idee, den ganzen Flug wachzubleiben, um ja nichts von meiner aufregenden Reise zu verpassen.« Sie pustet sich verlegen eine Strähne aus dem Gesicht »Wie dem auch sei. Es ist natürlich super albern, dass ich dich … kawaii finde. Schließlich sind wir ja Kollegen und total professionell und so. Mal abgesehen davon fände Marc es großartig, dass ich dich wirklich … mag und …«

»Clarissa fände es auch toll«, unterbreche ich sie.

Für einen Moment schweigen wir. Die Bedeutung unserer Worte klingt in der Stille nach, sodass es sich nicht anfühlt, als wären wir ruhig. Der Raum ist voller Energie.

»*Clarissa* fände es toll, wenn wir was … miteinander hätten?«

»Absolut. Bin mir ziemlich sicher.«

»Aber, vor dem Konzert, da hast du …«

Ich wünschte, ich könnte die Zeit zurückdrehen. Ich weiß kaum noch, was ich gesagt habe, aber ich erinnere mich an den bitteren Geschmack, den meine Worte hinterlassen haben. »Ich bin ausgerastet, als du das gesagt hast mit den Fotos, dass *ich* dich für *mein* Social Media benutzen würde. Das hat was in mir ausgelöst … Es tut mir so leid.« Ich hebe die Hand, schiebe ihre Haare zurück und lege meine Hand vorsichtig auf ihre Schulter und lasse sie dort liegen. Ihre Haut glüht.

Sie dreht sich zu mir, ihre Augen glänzen. Dann nickt sie.

Langsam hebe ich die Hand wieder von ihrer Schulter, weil ja kein Grund besteht, sie dort zu lassen, und ihr entfährt ein kleiner Seufzer.

»Ist okay, ich war auch kein Engel«, sagt sie. »Und es stimmt, dass ich wegen der Chance gekommen bin, im

Dome zu spielen, und nicht, weil ich in dich verliebt war.« Ihre Stimme verhakt sich an dem Wort verliebt, dann fährt sie eilig fort. »Aber dass Marc und Clarissa fast die gleiche Absicht hatten, ist doch … bescheuert. Ich meine, wir haben ja wohl noch das Recht, über unsere Freizeit und Gefühle zu bestimmen, und sind nicht ihr Spielball. Ich lasse mich nicht manipulieren, den Gefallen tun wir ihnen nicht.« Hailee verschränkt ihre Arme vor der Brust und sieht mich trotzig an, ein Hauch von Verzweiflung im Gesicht. Mehr als ein Hauch.

Für einen Moment blicken wir uns nur an, aber plötzlich bin ich mir total sicher. »Aber es wäre natürlich doppelt absurd, wenn wir uns jetzt anstrengen, uns doof zu finden, weil wir nicht das tun wollen, was unsere Manager gut fänden. Dann wären wir erst recht Opfer ihrer Meinung«, sage ich und greife nach Hailees Hand. Sie löst sofort ihre verschränkten Arme und überlässt sie mir. Ich beginne sie zu streicheln, fahre die einzelnen Finger entlang. Ihr Blick hängt an meinen Lippen, zwischen ihren Augen immer noch diese Falte. Ich glaube, sie fühlt sich genauso hilflos wie ich diesen ganzen Gefühlen gegenüber. Mein Herzschlag beschleunigt sich weiter, mein ganzer Körper steht unter Strom. »Wahrscheinlich war dies das schönste Weihnachtsdate, das ich jemals hatte«, sage ich, wobei meine Stimme etwas krächzig klingt.

Sie hat den Blick nicht von mir genommen, und ganz langsam, wie in Zeitlupe, verschwindet die Falte, und ein Lächeln entsteht in ihren Mundwinkeln.

»Ich hatte noch nie ein Weihnachtsdate. Ich habe keinen Vergleich«, murmelt sie.

»Was war das denn bitte für eine Antwort?«, erwidere

ich und muss ebenfalls lächeln, ohne dass ich aufhöre, sie zu streicheln. »Aber es tut mir leid, dass ich diese Honmei choko nicht dabeihabe, wie es sich gehört.«

»Das ist ein Valentinstagbrauch. Außerdem verschenken die Frauen die Schokolade«, erklärt sie und kaut auf ihrer Unterlippe. »Du bringst alles durcheinander.«

»Ich bin durcheinander.«

Es ist jetzt so viel flimmernde Energie im Zimmer, dass wir mindestens so leuchten müssten wie die Roppongi-Weihnachtsinstallation.

»Oh, na dann … Vielleicht kannst du mir statt der Schokolade ein Lied von dir vorspielen oder endlich das Tattoo zeigen?«, frage ich sie und lege meine Hand vorsichtig auf ihre Schulter zurück. Weil sie nur das kleine Top anhat, landet sie sofort wieder auf ihrer Haut.

Hailee dreht ihren Oberkörper gleichzeitig ein paar Zentimeter in meine Richtung, und sofort bleibt mein Blick wieder an ihren Lippen hängen. Sie haben deutlich geschwungene Bögen, auch ohne Lippenstift haben sie einen Himbeerton, der unheimlich anziehend ist, sogar wenn er jetzt im Halbdunkel kaum zu erkennen ist. Ich weiß, wie ihre Lippen aussehen, ich habe zu oft hingeschaut, und reiße mich nur mühsam los. Denn jetzt ist etwas in Gang gesetzt, was schon die ganze Zeit unter der Oberfläche gebrodelt hat. Eigentlich nicht weit darunter, ich habe es nur mit aller Kraft ignoriert.

»Wenn du es nicht jetzt spielst, machst du es morgen beim Konzert? Du könntest dir diese Nägel abmachen und deine Ukulele mitbringen«, wage ich einen zweiten Anlauf.

»Du gibst echt nicht auf. Marc würde ausrasten«, sagt Hailee, ihre Stimme klingt heiser.

»Marc hat damit nichts zu tun. Du musst dich trauen«, sage ich, und ihr Blick sagt mir, dass ich recht habe.

Ihre Schulter scheint unter meinen Fingern zu pulsieren. Unsere Atemzüge mischen sich. Ihre Haare sind lang und glänzend schwarz, aber zwischen den Fingern sind sie noch viel weicher, als ich es gedacht hätte. Ihre dichten Wimpern umrahmen ihre Augen. Das bläuliche Licht von draußen spielt auf ihrem Gesicht. Das Bild kommt zurück, wie sie heute auf der Bühne stand. Sie war atemberaubend.

Und dann taumele ich fast zurück, weil Hailee sich in einer so abrupten Bewegung nach vorn gelehnt hat, dass unsere Lippen hart aufeinandertreffen und unsere Zähne mit einem gruseligen Geräusch gegeneinander klacken.

Hailee zieht ihren Kopf ein wenig zurück. »Oh«, entfährt es ihr.

»Alles okay, keiner rausgefallen«, nuschele ich und lasse meine Hand auf ihren Rücken gleiten. Diesmal versuchen wir es mit weniger Schwung. Ihre Lippen auf meinen, langsam. Warm, weich. Sie schiebt ihren Arm um meine Taille und zieht mich näher zu sich heran. Ich folge der Aufforderung nur zu gern. Vorsichtig umschlinge ich ihren Rücken. Unsere Lippen lösen sich keine Sekunde voneinander, meine Augen sind geschlossen, und ich überlasse mich ganz dem Gefühl. Ihre tastende Hand auf dem Rücken, ihre Hüften, die an einigen Stellen meine streifen. In meinem Kopf sind nur noch Seifenblasen, der Moment ist perfekt. Keine Ahnung, wo der Kuss hinführen wird, ich lasse mich einfach treiben.

Als ich sie noch näher zu mir ziehen will, rutscht meine Hand unter ihr Top, weil es so kurz ist. Sie zuckt zusammen, doch gleichzeitig wird ihr Kuss intensiver, ihre Umarmung fester.

Der Kuss ist langsam und schnell im Wechsel, zwischen uns ist ein Strom entstanden, als würden die Gefühle von einem zum anderen übertragen werden.

Ich will die Zeit anhalten, genau jetzt, vor diesem Fenster in Tokio.

Hailee

I devour you like a scavenger

aus: *Sugar Nails*, Hailee Bridgewater

Ich weiß nicht genau, wie wir so schnell hier gelandet sind, aber jetzt liegen wir auf dem Bett. Ich unten, er oben – und dann doch wieder nicht, weil wir uns drehen, ein Bündel aus Körpern, sein Mund auf meinen. Ich kann nichts mehr wirklich auseinanderhalten, seine Finger, seine warmen Lippen, die sich gerade einen Weg meinen Hals hinunterbahnen, weil dieses elektrische Kribbeln sich von unseren Lippen bis zu jedem Winkel meines Körpers ausgebreitet hat. Finn war so zurückhaltend, aber jetzt ist er fast gierig. Er nimmt das Küssen ernst und macht eine Kunst draus. So bin ich noch nie geküsst worden. Seine Hände streicheln meine Wangen, und als ich meine Finger in seinen Haaren versenke, gibt er ein kleines Geräusch von sich, und eine weitere Hitzewelle zieht sich meinen Nacken herunter.

Seine Hände ertasten meinen Körper, fahren den Rücken entlang, ein wenig hektisch, als wüsste er nicht, wo er anfangen soll. Es fühlt sich überhaupt nicht merkwürdig an, mit ihm auf diesem Bett zu liegen und rumzuknutschen, als wären die Weichen dazu schon viel früher gestellt worden. Der ganze Widerstand war nur gegen ein seltsames öffentliches Bild gerichtet, das es so gar nicht gibt. Den Finn hier, den Jungen aus der Lobby, fand ich sofort anziehend.

»Ich bin klar im Kopf«, sage ich irgendwann zwischen den Küssen.

»Du sagst das wie eine Drohung«, erwidert Finn atemlos, und ich kann im Schein der rosafarbenen Sternendecke sehen, dass er lächelt. Ich kann es auch hören. Seine Haare stehen in alle Richtungen, kein Wunder, und kitzeln an meinem Hals. Im Halbdunkel erkenne ich auch, wie sein Brustkorb sich schnell hebt und senkt.

»Ich meine, der Sake ist lange her und morgen gibt es keine Ausrede. Wir liegen hier in diesem irren Hello-Kitty-Zimmer, aber ich weiß schon genau, was ich tue.«

»Ich auch, Hailee. Ich weiß es genau. Und ich weiß es morgen auch noch, wenn das Licht grell ist und die Performance weitergeht.« Während er spricht, streichelt er mit dem Daumen meine Schläfen entlang, die Kante des Kinns.

Irgendwie ist das die schönste Antwort, die ich mir je hätte vorstellen können.

»Warum sagst du das?«, fragt Finn, und ich höre eine winzige Unsicherheit in seiner Stimme.

»Ich bin nur verwundert. Über mich. Und über dich.«

Wir liegen seitlich voreinander, seine Hand fährt meine Seite entlang, die Biegung meiner Hüfte und wieder nach oben. Ich bewege mein Bein, und ein komisches Geräusch entsteht.

»Kann es sein, dass es blubbert?«, fragt er.

»Was blubbert?«, frage ich zurück und überlege, ob mein Magen komische Geräusche von sich gegeben hat, wie er das manchmal tut.

»Das Bett.«

»Unsere Matratze?«

»Hast du's nicht gemerkt? Ich glaube, es ist ein Wasserbett.«

Ich bewege mich leicht hin und her, und ja, es fühlt sich merkwürdig an, das Bett gibt nach.

»Warum gibt es Wasserbetten?«, frage ich. »Was für eine komische Idee ist das eigentlich, auf Wellen zu liegen?«

»Einige schwören scheinbar drauf.«

»Das ist eins dieser Dinge, die man nicht googeln will.« Ich beuge mich wieder weiter vor, ich will nicht reden, ich will ihn küssen.

Finn lässt sich nicht lange bitten. Seine Lippen landen auf meinen, ich schiebe vorsichtig meine Beine zwischen seine, um ihm möglichst nah zu sein, und wir tauchen wieder ab in diese Welt, die hinter meinen Augenlidern dunkel und doch voller Farben ist.

Aber schon kurze Zeit später hält er wieder inne. Auch sein warmer Atem hat sich von meinem Gesicht entfernt, nur seine Hand liegt noch an meiner Wange. Als ich die Augen öffne, schaut er nach unten. Meine Hose hat sich im Liegen etwas tiefer auf meine Hüften geschoben.

»Ich glaube, jetzt ist der Moment gekommen«, flüstert Finn und sieht mich danach erwartungsvoll an.

»Welcher Moment?« Ich bin verwirrt und … etwas nervös, weil, keine Ahnung, wie es jetzt weitergeht, was er …

»Das Geheimnis, das du lüften wolltest.«

Ich blinzele verwirrt. Dann deutet er mit dem Kopf nach unten. Mir wird noch heißer.

»Ähh, warte mal … also …«

»Das Tattoo«, unterbricht Finn, löst die andere Hand von meinen Rippen und schlägt sich damit vor die Stirn. »Was dachtest du denn?« Er schaut wieder hoch und legt amüsiert den Kopf schief.

»Ah, klar«, erwidere ich lahm und bin erleichtert und verwirrt und alles gleichzeitig. Das Tattoo. Oh Mist. Aber egal, ich hatte es versprochen. Und früher oder später führt wohl kein Weg dran vorbei. Mit einer Hand schiebe ich die Hose noch ein Stück tiefer.

Finns Augen bleiben dort kleben. Dann runzelt er ein wenig die Stirn und beugt sich weiter nach unten. »Ist es das, was ich denke, das es ist?«

Ich nicke und seufze. »Wir hatten halt eine Avocado-Phase. Avocado-Schlafanzüge, Avocado-Pantoffeln, Avocado-Sweatshirts und Avocado-Tassen. Wir dachten, es sei süß. Meine Schwester hat die andere Avocado-Hälfte, die mit Stein. Wir haben damals Schere-Stein-Papier gespielt, und ich habe verloren.«

»Das ist schwer vorstellbar.«

»Sie war vorbereitet, ich nicht. Da habe ich mir geschworen, dass mir das nie wieder passiert.«

Mit den Fingerspitzen streicht er über das kleine grüne Tattoo, und sofort breitet sich eine Gänsehaut aus. Ich spüre die Berührung bis in die Fußspitzen.

»Es ist knuffig«, bemerkt er.

»Nicht so wirklich beeindruckend und ohne tiefsinnige

Bedeutung. Und zum Glück nicht in Originalgröße«, ergänze ich. »Aber bereuen kann ich es auch nicht.«

Er lässt seinen Kopf auf das Kissen fallen.

»Ich mag dich ziemlich, Hailee.« Finn schaut mich durchdringend an, und irgendwie muss ich meine Augen schließen, weil ich nicht weiß, wo ich hingucken soll.

»Alles okay?«, fragt er verunsichert.

Ich nicke.

Sein Atem ist laut, ich lausche auf Veränderungen. »Wirklich?«, fragt er.

Ich schlage die Augen auf und lächele. »Ja, wirklich. Es ist nur alles so viel gerade.« Ich kann gar nicht aufzählen, wie viel ... Diese Gefühle, alles geht so schnell.

»Für mich ist das auch so«, sagt er leise. »Ich ... damit habe ich einfach nicht gerechnet.« Seine Worte machen komische Sachen mit mir. Mindestens genauso seltsame Dinge wie seine Berührungen.

Finn lässt seine Hand auf meiner Hüfte liegen, und dann richtet er sich wieder auf und legt seine Stirn gegen meine. Sein Atem streichelt mein Gesicht. Dann streicht er mit den Fingern am Bund meiner Hose entlang. Ich weiß nicht, ob ich ihn noch mal warnen soll, dass die Bühnen-Hailee und die echte Hailee zwei sehr unterschiedliche Personen sind. Die echte Hailee ist gerade unsicher, vielleicht auch, weil sie denkt, dass sie viel mehr Erfahrung haben sollte, wissen müsste, wie das alles funktioniert, entspannter sein könnte, mutiger.

»Deine Hose nervt, Hailee. Sie sieht eng aus. Unbequem. Willst du sie ausziehen?«

Ich muss lächeln und fühle mich sofort entspannt – bis ich realisiere, dass ich danach nur noch einen Slip trage.

Und zwar nicht den schönsten, den ich im Schrank habe. Ich schaue Finn unsicher in die Augen. Auch er wirkt nervös. Sein Mund ist leicht geöffnet, seine Stirn gekräuselt.

»Ja, sehr unbequem«, erwidere ich heiser und schlucke. Langsam öffne ich den Knopf meiner Hose und beginne, sie mir mit fahrigen Händen auszuziehen. Danach helfe ich Finn dabei, seine Hose auszuziehen.

Doch dann fühle ich mich plötzlich total überfordert. Was denkt er eigentlich, was wir jetzt machen? Was erwartet er von Hailee Bridgewater? Ich lege meine Hand seitlich auf seine Boxershorts. Und atme zitternd aus.

Er lächelt. »Was denkst du gerade?«

»Ich weiß nicht«, bringe ich atemlos hervor. »Es ist verwirrend.« Seine Lippen sehen so einladend aus. Warum küsse ich sie nicht?

Finn nickt und streichelt mein Gesicht. »Wir haben Zeit, oder? Wir müssen nicht alles in einer Nacht wissen.«

Kurz schließe ich die Augen. Ich hatte vergessen, dass er es ist. Dass ich ihm trauen kann. Ich nicke, und dann landen seine Lippen auf meinen, drängend, als wäre ihm genau wie mir gerade klar geworden, was das eigentlich heißt. Dass wir beiden wollen, dass es noch viele Nächte geben wird. Sein Kuss wird tiefer, jagt mir einen Schauer über den Rücken. Ich lege meine Hand auf seine Brust und fühle, wie schnell sein Herz pocht. Dann zieht er mich noch näher an sich heran, und ich liebe jede Sekunde. Ich brauche nicht aufzupassen oder mich zurückzuhalten, weil er nichts erwartet, was ich nicht auch will, und ich fühle mich so leicht, als würde ich jeden Moment abheben. Und mit jeder Sekunde weiß ich, dass ich noch mehr Zeit brauche. Viel mehr. Mit ihm.

Finn

You inhabit my body
More thoroughly than any lover

aus: *Stop Watering Dead Plants,* Finn Wolfcraft

Sanfte Musik weckt mich. Sie klingt, als würde sie direkt aus dem Himmel kommen. Meditationsmusik von irgendwelchen göttlichen Wesen. Wohlig kuschle ich mich in das weiche Kissen. Dann erklingt plötzlich ein Katzenmiauen, wie von einer hungrigen Katze, die irgendetwas haben will. Ich schlage die Augen auf. Alles ist pink. Kein Zartrosa, sondern eine pinke Schattierung, die in den Augen brennt.

Und dann dämmert es mir: Ich bin nicht im Himmel, sondern im Love Hotel. Mein Arm ist steif, weil Hailee darauf liegt, und mit einem Schlag kommen alle Erinnerungen zurück. Hailee schläft auf dem Bauch, ihr Gesicht ist zu mir gedreht. Schwarz glänzende Strähnen bedecken Teile ihres Gesichts und breiten sich auf dem Kissen um sie herum aus. Sie trägt nur ihr schwarzes Top und ihre Unterwäsche.

Für einen Moment bleibe ich bewegungslos, aber mit pochendem Herzen liegen, trotz des schmerzenden Arms.

Der liegt nämlich unter ihrem Hals. Erstaunlich, dass ich von der Taubheit nicht schon früher aufgewacht bin. Die Melodie wird leiser, das Miauen lauter – jetzt sehe ich, dass es von dem Hello-Kitty-Wecker neben dem Bett kommt. Sanft und ganz langsam ziehe ich den Arm unter Hailee weg. Sie gibt ein leichtes Seufzen von sich, wacht aber zum Glück nicht auf. Ich mache den Wecker aus. Es ist sieben Uhr. Ich hatte ihn nur zur Vorsicht gestellt. Eigentlich hatten wir schon in der Nacht zurück ins Aman gehen wollen. Doch dann kam irgendwie alles anders als geplant …

Hailee schläft noch so fest, ihre Lippen leicht geschwollen von den Küssen, und ich kann nicht widerstehen, vorsichtig ihre Schläfen zu streicheln. Ihre schwarzen Wimpern bilden dunkle Halbmonde um ihre Augenlider. Ich hätte es nie für möglich gehalten, aber am liebsten würde ich mich gerade noch ein paar Tage mehr in diesem pinken Zimmer hier verstecken. Mit ihr. Ich küsse sie auf die Wange, und ihre warme Haut steigt mir sofort zu Kopf, bringt mich dorthin, wo wir gestern waren. Ich möchte dahin zurück.

Es fühlt sich so vertraut an. Trotzdem fühle ich mich gerade fast so wie damals, als ich das erste Mal ein Mädchen auf einer Party geküsst habe und am nächsten Tag nicht wusste, ob wir jetzt zusammen sind oder nicht. Das Mädchen hieß Ella und hat mich später nur ausgenutzt. Ich kneife die Augen zusammen, um den Gedanken zu vertreiben. Der hat hier gerade nichts zu suchen. Hailee ist anders. Egal, wie kurz ich sie kenne. Tobis Warnung hin oder her.

Auch wenn ich diesen Moment ewig hinauszögern

möchte, weiß ich doch, dass wir uns langsam auf den Weg zurück zum Hotel machen müssen. Heute Abend ist schließlich unser zweites gemeinsames Konzert – und darauf freue ich mich.

»Hailee«, flüstere ich. »Wir müssen zurück.«

Ihre Augenlider bewegen sich, und ich befreie ihr Gesicht von den Haarsträhnen. Aber sie wacht nicht auf. Sie schläft ganz schön fest. Vielleicht lasse ich sie einfach schlafen. Soweit ich weiß, hat sie heute keine Termine – und der Jetlag ist auch an Tag drei noch spürbar. Außerdem fällt nicht auf, dass wir gemeinsam woanders waren, wenn ich alleine zurückkehre. Was mir definitiv lieber ist. Ich habe weder auf dumme Sprüche noch auf dämliche Gerüchte Lust.

Vorsichtig schiebe ich mich aus dem Bett, darauf bedacht, dass es nicht zu sehr wackelt und zu laut gluckst.

Ich klaube meine Sachen auf dem Fußboden zusammen und gehe kurz ins Bad. Im Spiegel blicken mir glänzende Augen entgegen, fast ein bisschen zu wach. Ich bin aufgeputscht von den ganzen Gefühlen, die ich habe.

Die Vorstellung, heute Abend mit ihr auf der Bühne zu stehen, ist nun irgendwie doppelt aufregend. Ich starre mich immer noch im Spiegel an, aber ohne mich zu sehen. Stattdessen tauchen Bilder von gestern Abend vor mir auf. Der Moment vor dem Fenster, unser Kuss, die Weichheit ihrer Haut, wie sich ihre Taille anfühlt, die Gänsehaut unter meinen Fingern, wie leidenschaftlich sie mich geküsst hat.

Irgendwie fühlt sich alles viel leichter an. Schnell schreibe ich Kento eine Nachricht mit der Bitte, mich abzuholen. Ich werde ihm sagen, dass er Hailee dann später zum Aman zurückbringen soll.

Ich ziehe mich an, spritze mir etwas Wasser ins Gesicht und werfe dann noch einen letzten Blick auf die schlafende Hailee. Ich versuche, mir alle Details einzuprägen. Vielleicht weil ich jedes Fitzelchen Wissen über sie sammeln möchte, um sie noch besser kennenzulernen. Um meinen Gefühlen, die nach viel zu kurzer Zeit viel zu groß und heftig sind, einen Sinn zu geben. Damit ich sie vor mir rechtfertigen kann.

Okay, ich überanalysiere wahrscheinlich. Lass uns den Tatsachen ins Auge sehen: Ich bin in Hailee Bridgewater verknallt, und ja, ich kenne noch nicht mal ihren richtigen Nachnamen, wahrscheinlich ist das ein Künstlername.

Alles ist ein bisschen unscharf, und meine Augen brennen, weil ich die Kontaktlinsen nicht rausgenommen hatte. Ich laufe zur Rezeption herunter, die genauso verlassen ist wie gestern. Die Damen mit den weißen Kappen sitzen immer noch mit im Schoß gefalteten Händen schweigend hinter dem Schalter. Beim Check-out muss ich einen letzten Gesichtsscan machen. Dann trete ich durch die Tür nach draußen. Inzwischen ist es schon halb acht, und der Himmel ist unglaublich schön. Es dämmert in Schattierungen von Rosa – und dann trifft mich der erste Blitz. Meine Hand zuckt nach oben, um die Augen zu schützen, und ich halte wie versteinert inne.

Gegenüber auf der anderen Straßenseite stehen sie. Eine kleine Fantraube. Aber vor allem Profis. Es sind vielleicht zehn, alles professionelle Fotografen mit fetten Kameras. Solche mit großem Zoom, die auch aus zweihundert Metern Entfernung einen Pickel erkennbar machen können, wenn sie wollen.

Ich unterdrücke den Impuls, zurück ins Hotel zu laufen. Für einen Moment, leider viel zu lang, stehe ich erstarrt und mit einem ertappten Gesichtsausdruck vor dem Love Hotel. Genug Zeit für die Fotografen, einige wertvolle Schnappschüsse von mir zu ergattern.

Meine Gedanken rasen, und mein Herzschlag verdoppelt sich. Ist uns doch jemand gefolgt?

Plötzlich habe ich das Gefühl, keine Luft mehr zu bekommen, und merke, wie meine Finger zu zittern beginnen. Oh nein. Ich kenne diesen Zustand. Ich bin hier, wach und anwesend, aber irgendwie kann ich zusehen, wie es passiert, als würde ein Stück von meinem Körper gar nicht zu mir gehören und wäre nicht steuerbar. Als wäre ich gefangen. Die Erkenntnis, dass ich das Zittern nicht unter Kontrolle bekomme, macht mich noch panischer. Mir bricht der Schweiß aus, und innerhalb von Sekunden spüre ich, wie mir ein Tropfen den Nacken herunterrinnt. Ich sehe nichts mehr fokussiert, was mir die Luft zum Atmen raubt. Wut steigt in mir auf. Panik und Wut liegen bei mir nah beieinander, warum auch immer das so ist. Hat vorm Aman jemand gesehen, dass wir im Van saßen?

Jemand ruft meinen Namen und reißt mich damit aus meiner Erstarrung. Ich ziehe mir die Kapuze meines Hoodies über den Kopf, ignoriere die Hitze und hebe die Schultern hoch. Wie ich es hasse. Tränen der Wut steigen mir in die Augen. Aber jetzt nicht weinen. Bloß nicht heulen, das würde allen so passen. Ich möchte am liebsten losrennen und die Reporter verjagen. In meinen Träumen renne ich ihnen mit ausgebreiteten Armen entgegen, und sie laufen davon wie eingeschüchterte Wildtiere. Dann merke ich, dass ein aufgeregtes Tuscheln durch die Menge geht, gefolgt von hektischen Bewegungen und einem noch schnelleren Blitzlichtgewitter.

Oh nein. Mir wird schlecht.

Ich drehe mich langsam um – und dort sehe ich sie.

Hailee.

Scheiße.

Wie schnell hat sie sich bitte angezogen und ist mir nach draußen gefolgt? Sie sieht schön und sexy aus, etwas verschlafen mit ihren zerzausten Haaren. Hailee trägt immer noch ihr Tanktop, das Sweatshirt nur in der Hand. Das ist das perfekte Futter für die Fotografen.

All diese Gedanken benötigen nur den Bruchteil einer Sekunde. Ich will ihr zurufen, dass sie wieder zurück ins Hotel gehen muss, dort warten soll, bis Kento sie abholt. Aber ich kann nicht sprechen. Mein Mund ist völlig ausgetrocknet, und mein Hals klebt zusammen.

Stattdessen tut sie genau das, was sie nicht tun sollte. Sie sieht mich an und beginnt auf mich zuzulaufen – und zwar mit einem Gesichtsausdruck, als wollte sie bei mir Schutz suchen.

Verdammte Scheiße.

Hailee

Turn up the music
Turn down the drama

aus: *We all ache for something*, Hailee Bridgewater

Ich habe das Gefühl, in eine Falle getappt zu sein, die aus Reportern und Kameras und Tageslicht und Rufen besteht. Ich blinzele in die Menge. Gerade habe ich noch geschlafen, war in dieser wohligen Traumwelt mit Finn, aber die einrastende Tür hat mich geweckt, als er das Zimmer verlassen hat. Spontan bin ich aufgestanden, habe mich so schnell angezogen, wie wohl noch nie in meinem Leben, und bin ihm hinterhergeeilt. Ich wollte nicht allein zurückbleiben, vielleicht wollte er mich schlafen lassen.

Es dauert einen Moment, bis ich verstehe, was hier los ist, denn solche Situationen habe ich bisher nur im Fernsehen gesehen. Aber diese Menschen sind wegen Finn hier. Und wegen mir. Wegen uns. Nie hätte ich gedacht, wie bedrohlich Paparazzi wirken können, die unerbittlich Fotos schießen. Was für eine Aggressivität von Filmkameras ausgehen kann, die erbarmungslos draufhalten.

Ich erblicke Finn, der mir einen seltsam distanzierten Blick zuwirft, den ich nicht deuten kann. Er wirkt wie benommen. Ich will zu ihm. Aber Finn wendet sich ab und läuft los, ohne auf mich zu warten. Meine Brust zieht sich zusammen. In dem Moment kommt unser Van um die Ecke und hält am Straßenrand. Ich beherrsche mich, nicht laut zu rufen, mir sind die vielen Zuschauer dieser Szene bewusst.

Scheiße. Wie sieht das hier aus? Ich weiß, wie sehr Finn es hassen muss. Mir bleibt nichts anderes übrig, als ihm zu folgen, auch wenn ich die Bilder fast schon vor mir sehe, die bescheuerten Schlagzeilen, dass wir zusammen eine Nacht im Love Hotel verbracht haben. Die Spekulationen über etwas, was doch nur uns gehört, was so neu und verwirrend ist, dass wir selbst keine Ahnung haben, wie wir damit umgehen sollen. Ich halte den Kopf gesenkt, um ein möglichst schlechtes Motiv abzugeben, ziehe die Schultern hoch, verdecke mein Gesicht mit den Haaren, weil ich leider keine Sonnenbrille habe. Ich möchte nur noch hier weg. Es ist so erniedrigend.

Dann kommt mir ein weiterer Gedanke, als ich zügig in Richtung Van gehe. Sehen wir mit unseren hochgezogenen Schultern und hektischen Schritten nicht auch noch aus, als würden wir uns dafür schämen? Wir flüchten panisch, als hätten wir gerade ein schweres Verbrechen begangen. Irgendwie macht mich das sauer. Welches Verbrechen? Wofür muss ich mich eigentlich schämen? Ich habe nichts Unrechtes getan!

Ich verlangsame meinen Schritt und richte mich auf. Dann hole ich tief Luft und streiche die Haare nach hinten. Ich werde mich nicht jagen lassen. Oder mich verstecken. Die spinnen doch wohl. Ich höre allerdings, wie das Klicken der Kameras noch lauter wird und erkenne einen schmuddeligen Bart und eine umgekehrte Yankee-Baseball-Kappe. Dave.

Ich blicke direkt in seine Richtung, sehe seine wässrigen Augen, bevor er eins hinter der Kamera versteckt, das andere zukneift. Ich möchte ihm am liebsten diesen einen Finger entgegenstrecken. Aber ich beherrsche mich. Das Bild gönne ich ihm nicht. Außerdem würde ich ihm zutrauen, mich wegen Beleidigung zu verklagen oder was auch immer. Was für ein armseliges Leben, anderen Leuten hinterherzufahren und sie ständig gegen ihren Willen zu fotografieren. Ich setze ein trotziges Lächeln auf. Sie können mich mal.

Inzwischen bin ich am Van angelangt, in den Finn kurz vor mir verschwunden ist, einige Fotografen sind mir gefolgt. Die Tür geht auf, mehr Fotos, die Linsen zielen ins Van-Innere. Dann spüre ich den viel zu festen Griff von Finn an meinem Arm.

»Au!«, quieke ich.

»Wo bleibst du denn?«, fragt Finn mit zusammengepressten Zähnen, lässt mich aber sofort wieder los, und ich krabbele ins Wageninnere.

»Nicht ausrasten, Finn, weißt du ja!«, ruft jemand in dem Moment mit Hohn in der Stimme in den Wagen hinein. Ich sehe Finns angespannte Faust mit weißen Knöcheln direkt vor mir.

Klick. Klick. Klick.

Endlich bin ich drin, rutsche auf einen der Sitze, und die Tür fährt zu.

»Du hast lange gebraucht«, zischt Finn vorwurfsvoll. Seine Stimme ist belegt und atemlos. Er klingt überhaupt nicht wie er selbst.

»Ich lasse mich nicht terrorisieren«, erkläre ich aufgebracht.

»Nein«, erwidert Finn. »Du lässt dich fotografieren. Du hast ihnen gerade richtig schöne Motive gegeben. Das war eine Art Laufsteg.«

Toll. Jetzt ist er sauer auf mich. Aber er ist blass, und seine Augen sind rotunterlaufen. »Warum bist du denn einfach gegangen, ohne mich zu wecken?«

»Darum geht es doch gar nicht. Weißt du, was die wieder schreiben werden? Dave hatte schon Dollarzeichen in seinen Augen.« Finns Stimme klingt gepresst, und er wirkt kurzatmig, als hätte er gerade einen Sprint hingelegt. Er geht nach vorn und lässt sich dort schwer in den Sitz fallen. Plötzlich ist er weiter weg als jemals zuvor.

Ich würde ihm gern folgen und ihm meine Hand auf den Arm legen, ihm sagen, dass doch alles nicht so schlimm ist und er sich nicht verrückt machen soll. Aber seine Körperhaltung zeigt, dass er das nicht will. Er wirkt so aufgebracht, und jeder Muskel scheint angespannt. Deshalb lehne ich mich ein bisschen vor, sodass er mich zumindest hören kann.

»Wenn du dir von ihnen ständig die Laune verderben lässt, haben sie gewonnen. Das weißt du schon, oder? Gib ihnen doch nicht so viel Macht.«

»Jemand hat geredet«, erklärt er mit angespanntem Kiefer, ohne auf meine Bemerkung einzugehen. Er dreht sich nicht um. »Wie kann das sein, dass jemand Bescheid weiß? Wir haben mit niemandem geredet. Keiner wusste, dass wir hier sind.«

Hilflos schüttele ich den Kopf. »Dabei haben wir nichts gemacht. Was ist daran so interessant?«

»Na ja, das ist wohl klar, Insta-Queen. Wir kommen gemeinsam aus einem Love Hotel.«

Mir bleibt die Luft weg. Von dem, was er sagt, und vor allem, von der Art, wie er das sagt. Er spricht mit mir, als wäre ich schuld. »Aber das ist doch nicht verboten«, erwidere ich. Insta-Queen. Was soll das denn jetzt? »Wir brauchen uns nicht zu schämen. Ich meine, wir sind jung, wir haben beide keine andere Beziehung.« Ich zögere kurz. »Wir können machen, was wir wollen.«

Ich höre nur ein Seufzen. »Hailee, ich glaube, du verstehst nicht. Sie haben die Fotos. Jetzt schreiben sie über uns, was *sie* wollen. Keine Kontrolle mehr. Lass mich bitte einen Moment.« Er klingt so hohl und weit weg, dass es mir die Tränen in die Augen treibt, aus Wut und aus Frust, dass er mich so wegschiebt.

»Was sie Gehässiges schreiben, sagt nur etwas über sie aus. Nichts über dich. Ich verstehe das sehr wohl. Ich bin ja nicht völlig bescheuert.«

Jetzt dreht Finn sich zu mir. Seine dunklen Augen ruhen einen Moment auf mir. Aber sie sind kalt und verschlossen. Er wirkt fast wie eine andere Person. »Dein Manager wird ziemlich happy sein über diese erfreuliche PR-Aktion«, sagt er reserviert.

»Das Gleiche könnte ich von Clarissa sagen.« Ich will ihn trösten. Aber er beschuldigt mich. Warum tut er das?

»Clarissa ist seit Jahren bei mir. Schon von Anfang an. Ich vertraue ihr.«

Ich presse die Lippen zusammen und sage gar nichts mehr. Denn es ist deutlich, was er damit meint: Er vertraut Marc nicht.

»Wenn wir gleich am Hotel aussteigen, schaust du nach

unten, schaust böse, wir fassen uns nicht an. Das werden richtig miese Fotos, die man schlecht verkaufen kann, falls schon jemand auf uns wartet.«

Ich erwidere nichts, weil ich weiß, dass alles, was ich gerade sagen könnte, falsch wäre.

Für einen Moment schweigen wir. Kento fragt, ob alles okay ist, aber keiner von uns beiden antwortet ihm.

»Sag mal, eine Sache frage ich mich ja: Wie hast du dich so schnell angezogen? Als ich gegangen bin, dachte ich, dass du im Tiefschlaf bist, aber du warst ja schon zwei Minuten nach mir unten«, sagt Finn nach einer Weile und dreht sich noch mal um.

»Ich weiß nicht. Es ging eben schnell.« Ich schaue aus dem Fenster, weil ich nicht will, dass er sieht, dass ich kurz davor bin loszuheulen. Diese Eiseskälte in seiner Stimme nach der Wärme von gestern Abend macht mich fertig. Und ich höre sehr wohl die Vorwürfe in seinen Worten. Als hätte ich die Paparazzi gerufen.

Wie kann er das tun? Aber ich habe gerade nicht die Kraft, mich zu wehren. Die Enttäuschung fühlt sich an, als hätte ich ein Stück Blei verschluckt. Das ist einfach nicht fair.

Finn

Skin so hot
Hair blowing in the wind
These are the days we will never forget

aus: *Beautiful Fool*, Finn Wolfcraft

Ich versuche, Clarissa zu erreichen, aber sie geht nicht dran. Clarissa geht nicht dran! Das ist in den letzten fünf Jahren noch nie passiert, glaube ich. Ich schreibe ihr eine Nachricht. Und dann noch eine.

»Scheiße, wieso geht sie nicht dran!«, rufe ich laut und muss mich beherrschen, mein Handy nicht gegen die Fensterscheibe des Vans zu knallen. Ich höre, wie Hailee erschrocken aufkeucht.

»Sie meldet sich bestimmt gleich«, murmelt sie. Doch ich höre es nur wie durch eine Wand. Alle Nähe ist wie weggeblasen und kommt mir wie eine Illusion vor. Gestern war nicht echt.

Als wir am Hotel in der Tiefgarage ankommen, springe ich sofort auf. »Ich muss Clarissa finden«, sage ich zu Hailee, während ich aus dem Van steige, und stürme Richtung Hintereingang davon. Ich kann nicht hierbleiben, ich muss einfach nur weg.

Zum Glück sind weit und breit keine Paparazzi zu sehen.

Immer noch nichts von Clarissa. Und das genau jetzt, wo ich so dringend mit ihr sprechen will. Ich bin noch immer aufgewühlt von dem Anfall vorhin, fühle mich jetzt fast wie verkatert und leer. Ich habe mich während der Fahrt auf meinen Atem konzentriert und alles andere ausgeblendet.

Aber jetzt werde ich langsam wieder nervös. Ist Clarissa etwas passiert? Was ist los? Ist ihr Telefon kaputt? Clarissa ist *immer* erreichbar und flippt aus, wenn sie in ein Funkloch kommt. Ich komme mir vor wie eine gluckenhafte Mutter, die darauf wartet, dass ihr Kind pünktlich nach Hause kommt. Aber nein, so schwierig war es noch nie, sie zu erreichen.

Ich stürme durch den Hotelflur, ignoriere die Blicke der Leute und mache mich auf den Weg zu ihrem Hotelzimmer, wo sie ihr Office eingerichtet hat. In den Hotels bekomme ich meist das schönste Zimmer, sie das zweitschönste, so hat es sich eingebürgert.

Ehrlicherweise muss ich oft nicht mal bezahlen, weil das Hotel es als Werbung ansieht, wenn ich komme.

Wenige Minuten später, in denen mich auch die Zen-Klänge und sanft beleuchteten Gänge des Hotels nicht beruhigen können, klopfe ich an Clarissas Tür. Durch die Holztür dringt gedämpft ihre Stimme. Normalerweise schickt sie mir eine Nachricht, wenn sie telefoniert und ich währenddessen anrufe – sie ist personifiziertes Multitasking.

Ich klopfe noch mal lauter an die Tür. »Clarissa?«, rufe

ich und ignoriere den irritierten Blick anderer Gäste am Ende des Ganges.

Einen Moment herrscht Stille.

»Finn, ich komme, gib mir eine Minute.«

Nach vierzig Sekunden geht die Tür auf, und Clarissa steht im Jogginganzug vor mir, die blonden Haare offen und verstrubbelt, kein Make-up, als wäre sie gerade aus dem Bett gestiegen. Sie sieht ungefähr zehn Jahre jünger aus ohne ihre strenge Frisur und ihre üblichen Hosenanzüge.

»Alles klar? Bist du krank?«, frage ich sie, während ich ihr verändertes Aussehen in mich aufnehme.

Sie nimmt ihre Haare mit beiden Händen und dreht sie am Hinterkopf zu einem Knoten zusammen. »Ja, alles gut. Entschuldigung, ich habe … deinen Anruf verpasst«, entgegnet sie zerstreut.

»Wir müssen reden«, erkläre ich. »Es ist wichtig.«

Sie nickt, greift nach ihrem Handy, das auf einer Ablage liegt, und kommt vor die Tür. »Lass uns zu dir gehen. Bei mir ist Chaos.«

Ich schaue auf ihren Jogginganzug. Kein Outfit, in dem Clarissa normalerweise rumläuft. Noch nicht mal auf einem Hotelflur. Sie ist wirklich neben der Spur. Aber irgendwie fast beruhigend, dass auch Clarissa mit dem Jetlag kämpft. Manchmal vergesse ich, dass sie ein Mensch ist. Sie wirkt oft genug wie ein Roboter, so unermüdlich, nie Urlaub, kaum Freizeit. Sie sagt so Dinge wie »Du bist meine Familie«, was mir ein ungutes Gefühl gibt. Ich mag Clarissa natürlich sehr gern, doch Familie ist doch was anderes.

Ein paar Minuten später sitzen wir auf dem breiten

grauen Sofa bei mir und trinken ungesüßten, eiskalten Matcha-Tee aus der Minibar. Der Tee macht wach.

»Es tut mir so leid, ich hab noch geschlafen. Das ist mir unglaublich unangenehm.« Sie wirkt ehrlich entsetzt über sich selbst.

»Clarissa. Alles gut. Aber die Posts hast du schon gesehen, oder? Ich habe bisher noch nicht geschaut, doch ich bin mir sicher, dass die ersten online sind.« Ich seufze. »Und ich glaube nicht, dass ich sie sehen will.«

Wieder ein verwirrter Gesichtsausdruck, aber dann hat sie schon ihr Handy rausgeholt und beginnt zu scrollen.

»Oh nein«, entfährt es ihr. Ihr Blick klebt am Bildschirm.

»Es waren jede Menge Paparazzi vor dem Love Hotel. Sogar Dave.«

»Love Hotel?«

Ich hole tief Luft und gebe ihr eine Zusammenfassung davon, was passiert ist. Was genau zwischen Hailee und mir los ist, lasse ich aus. Ich weiß es selbst nicht mehr so richtig, es wirkt wie aus einer vergangenen Zeit.

»Ihr hättet ja auch nicht so früh vom Abendessen weggehen müssen«, erklärt Clarissa. »War doch nett.«

»Ganz ehrlich, schlepp bitte nie wieder diesen Cameron an.«

»Ist ein Freund von Marc.«

»Das macht es nicht besser. Der hat sich total an Hailee rangemacht.« Ich schaue Clarissa eindringlich an. »Aber wer bitte hat geredet? Ich hatte das Gefühl, dass die genau Bescheid wussten, dass wir im Love Hotel übernachtet haben.« Ich überlege weiter. »Gestern Abend in der Bar wurden wir definitiv erkannt, aber das waren nur normale Fans. Obwohl, vielleicht waren die auch schon informiert.«

Clarissa wirft mir einen angespannten Blick zu. »Ich mag es nicht sagen, aber der Einzige, der Bescheid wusste, war Kento. Und das glaube ich einfach nicht.«

»Nein, Kento war das nicht«, stimme ich ihr zu. »Der wurde voll durchgecheckt und hat hier schon alle A-Lister der Welt gefahren, deshalb haben wir ihn ja genommen. Totale Diskretion. Auf Kento ist hundertprozentig Verlass. Ich habe aber eine Vermutung. Marc, der Agent von Hailee. Der wirkt nicht viel besser als dieser Cameron, wenn ich ehrlich sein soll, von wegen toxische Männlichkeit. Was Hailee so erzählt hat …«

Clarissa blinzelt zweimal, um zu verstehen, was ich gerade gesagt habe. »Marc ist es auf gar keinen Fall. Totaler Quatsch. Er kommt vielleicht im ersten Moment so rüber, aber er ist nicht so«, wiegelt sie entschieden ab und schüttelte mehrmals den Kopf, als wäre das völlig absurd.

»Wieso bist du dir da so sicher? Er wollte doch ausnutzen, dass Hailee viel Presse bekommt. Sie hatte von ihm die Anweisung, extra viel zu posten und …«

»Das kann sein, aber das habe ich auch gesagt. So hinterrücks die Presse informieren – so etwas macht Marc nicht«, unterbricht Clarissa mich. »Ich kenne ihn ja noch von ganz früher.«

»Du kennst ihn von früher?«

Clarissa seufzt. »Aus ganz alten Zeiten. New York und so. Glaub mir einfach.« Sie macht eine kurze Pause und dreht noch mal ihre Haare neu ein. So unruhig ist sie selten. »Du weißt, dass ich es hasse, keine Kontrolle zu haben. Aber ein paar Fotos mit Hailee, seien wir mal ehrlich, sind doch zero Problem. Erwartet eh jeder, dass du so ein Leben führst. Ich weiß, das ist nicht der Grund dafür, dass du dich so aufregst, aber versuch es mal so zu sehen. Konzentrier dich auf heute Abend. Es wird so groß.«

Ich atme aus. Sie hat recht. Irgendwie hilft es mir, dass sie sich nicht aufregt. Denn Clarissa kann sich ziemlich aufregen, wenn sie Bilder nicht bewusst platziert hat, sondern andere einfach machen, was sie wollen.

»Wo ist dein Kampfgeist? Du bist so untypisch milde heute.« Ich runzle die Stirn.

Clarissa zuckt mit den Schultern. »Ich versuche zu relaxen.« Sie ist wirklich anders, aber ihre Haltung ist ansteckend.

»Vielleicht verwirrt es mich auch nur, dich ohne Schminke und im Jogginganzug zu sehen«, sage ich und muss zum ersten Mal wieder lächeln. »Steht dir gut.«

Clarissa verdreht die Augen, aber ich habe das Gefühl, dass sie errötet. Auch das sehe ich zum ersten Mal. Ein seltsamer Tag. Ich denke an Hailee und meine Reaktion gerade. Das war wieder einer dieser Tunnel-Momente. Dann kenne ich mich selbst nicht, ich muss mich bei ihr entschuldigen. Sofort. Es ist doch verrückt, dass ich einen Moment dachte, dass sie es war. Natürlich ist das idiotisch. »Ich fänd es übrigens schön, wenn Hailee eines ihrer eigenen Lieder singen würde heute Abend. Und vielleicht eins gemeinsam mit mir. Du hattest schon recht, sie hat echt eine coole Stimme.«

»Das würde ich allerdings wirklich nicht machen«, widerspricht Clarissa sofort und stellt den Matcha-Tee so energisch auf den Tisch, dass er fast überschwappt. »Ich finde, es ist super, wie es gelaufen ist. Jetzt gibt es ein Gerücht, dass du mit Hailee was am Laufen hast. Aber natürlich streitest du es ab und so weiter, und dann war's das auch mit Hailee. Wenn sie so einen prominenten Platz auf deiner Bühne bekommt, wirst du die Gerüchte nicht mehr los. Und es ist ziemlich viel Air-Time für sie.«

»*Du* hast sie mir ans Herz gelegt.«

Clarissa wippt nervös mit dem Fuß. Sie ist echt konfus heute. Sie blickt nach draußen auf die Skyline, dann gibt sie sich einen Ruck.

»Finn, ich weiß nicht so richtig, wie ich dir das sagen soll, schließlich müsst ihr ja noch auf die Bühne, und ich kenne dich. Aber ich will ehrlich sein. Wenn ich so darüber nachdenke, gibt es eigentlich nur eine Person, die der Presse einen Tipp gegeben haben könnte. Das ist wahrscheinlich die Person, die du am wenigsten im Kopf hast und der du das nicht zuschreiben willst. Vor ein paar Tagen hättest du es ihr sofort zugetraut, aber sie hat dich eingewickelt.« Clarissas Stimme ist sanft.

»Wie bitte?«

»Hailee. Sie hat dich überzeugt. Ganz ehrlich, was könnte ihr Besseres passieren?«

»Du hast mir selbst gesagt, dass es gut sei, wenn es ein bisschen so aussieht, als wären wir BFFs.«

»Das stimmt. Aber für Hailee ist dies hier eine echte Chance. Ihre Karriere könnte dank einer Affäre mit dir durch die Decke gehen. Sie wäre nicht die Erste, die das ausnutzt, wie wir wissen.«

Ich blinzele einmal. Und zweimal. Und ja, ich weiß, dass es stimmt. Das sind schließlich genau die Gedanken, die ich auch hatte. Und immer wieder weggeschoben habe.

»Wie kommst du darauf?«, bringe ich mühsam hervor. Ich will es noch mal hören.

»Nun ja, ihre Situation ist ziemlich verzweifelt, weil sie schon lange auf eine Chance wartet. Sie hat ja auch die Pancake Werbung gemacht, die ihr im Anschluss offensichtlich peinlich war. Aber letztlich ist ihr egal, mit was sie berühmt wird. Wir kennen solche Leute doch. Um jeden Preis. Und wenn sie es clever anstellen, schaffen sie das auch. Ich will jetzt eigentlich nicht Ella erwähnen, aber … Ich will dich nur warnen, damit es dir nicht noch mal passiert. Aber sonst gibt es keine andere Erklärung. Ich meine das gar nicht mal böse. Ich finde Hailee viel cooler, als ich dachte. Und ich verstehe ihren Ehrgeiz. Aber ich dachte, du solltest wissen, wie ich darüber denke. Marc war es nicht. Dann bleibt echt nur Hailee selbst. Ich will nur dein Bestes, Finn, das weißt du.« Sie lehnt sich vor und drückt meinen Arm. Clarissa ist nicht groß in liebevollen Gesten, das ist gerade schon eine ziemliche Zuneigungsbekundung.

»Ich denke darüber nach. Danke, Clarissa«, sage ich tonlos. Ich muss jetzt allein sein, Energie tanken. Mich auf das Konzert vorbereiten.

Clarissa geht, aber eine halbe Stunde später bekomme ich eine Sprachnachricht und ein paar Textnachrichten von ihr. Schon als ich sie öffne, weiß ich, dass ich den Inhalt eigentlich nicht lesen will.

Clarissa: Finn, ich habe nicht so tolle Nachrichten. Ich hatte recht. Ich habe dieses japanische Fan-Forum gefunden. Und, nun ja, sie hat es selbst gepostet. Nimm es nicht persönlich. Schließ damit ab, sie ist nur der Warmup-Act. Nichts weiter.

Clarissa schickt mir einen Haufen Screenshots und Links. Ich gehe einen nach dem anderen durch, und mit jedem wird mir mehr übel. Ich bin einfach so dämlich. Ich habe es nicht geschnallt. Ich hatte mir geschworen, nie wieder so naiv zu sein, und trotzdem bin ich genau da gelandet.

Tatsächlich. *Hailee_singer.* Das muss ihr Profil sein. Auf dem Bild ist sie noch mit blonden Haaren zu sehen. Die Posts sind auf Englisch, die Forum-Sprache, deshalb kann ich alles lesen. Es gibt Posts, wo sie unter dem Titel *Nachrichten für true fans* postet. Der eine Screenshot zeigt den Hinweis auf Golden Gai. Die Bar wird allerdings nicht erwähnt. Ich erinnere mich, dass Hailee am Handy war, als wir rumgelaufen sind. Der nächste Screenshot zeigt einen Post über das Love Hotel. Sogar mit einem Bild. Ich habe gar nicht gemerkt, dass Hailee ein Foto gemacht hat. Und dann sehe ich einen Post mit dem Titel *Tolle Möglichkeit für Finn-Spotting*, der einen Verweis auf das Love Hotel und eine ungefähre Zeitangabe beinhaltet. Es gibt in den USA auch solche Foren, einige werden sogar von Paparazzi betrieben.

Natürlich. Jetzt ist alles klar. Deshalb ist sie auch so langsam gelaufen, um den Fotografen richtig viel Zeit für die Fotos zu geben. Deshalb war sie so schnell aus dem Hotel raus, damit es noch genug Aufnahmen mit ihr und mir zusammen geben konnte. Und ja, sie hat sich wahrscheinlich vorher nur schlafend gestellt und hat alle informiert, während ich im Bad war.

In den Posts verweist sie auf ihr Instagram-Profil. Na klar, sie will noch ein paar neue Follower generieren. Das ist einfach nur krank. Wie kann man so falsch sein?

Hatte sie nicht sogar vorgeschlagen, ins Love Hotel zu gehen? Nein, das war Kento, aber Hailee fand die Idee direkt super. Es passt alles. Und ich bin darauf reingefallen. Schon wieder. Obwohl ich das doch hätte wissen müssen nach Ella. Ich habe echt gar nichts gelernt …

Bevor ich wirklich drüber nachdenken kann, habe ich schon gegoogelt. Und da sind sie. Fotos, Artikel. Jeder kennt jetzt Hailee und das Love Hotel in Tokio.

Ich spüre einen scharfen Kopfschmerz und einen bitteren Geschmack auf der Zunge. Das macht mich alles so sauer – und hilflos. Und verzweifelt, weil ich mich selbst für all das hasse. Eine grauenhafte Mischung. Aber jetzt ist es zu spät. Natürlich kommen auch lieb gemeinte ›Warnungen‹ an Hailee, ob sie sich wirklich auf mich einlassen will, wo ich doch beziehungsunfähig bin – dazu noch mit meinem Hang zu Aggressionen. Mein Puls ist schon wieder am Anschlag, und die Übelkeit und das Schwindelgefühl kommen zurück, als würde ich noch immer vor dem Love Hotel stehen. Die ganzen Fotografen, die mich benutzen.

Mein Kopf fühlt sich an, als würde er explodieren.

Hailee

Sorry for the disappointment, dude
But these witches don't burn anymore

aus: *I'm sorry I was not what you wanted,*
Hailee Bridgewater

»Clarissa, ich muss mit dir sprechen.«

Ich habe Finns Managerin in der Lobby ausfindig gemacht, nach den Hinweisen von ein paar Leuten an der Rezeption. Sie sitzt vor einem der bodentiefen Fenster, aber sie hat keinen Blick für die atemraubende Tokio-Skyline. Sie starrt konzentriert auf ihr iPad und arbeitet. Neben ihr liegen einige Papiere.

Als ich sie anspreche, wirft sie mir einen überraschten und ziemlich kühlen Blick zu. Ihre Haare fallen weich über ihre Schultern, sie trägt keinen Hosenanzug, sondern eine Jeans und eine rote Bluse und wesentlich weniger Make-up als sonst.

»Du hättest das echt nicht posten sollen, Hailee«, sagt sie, bevor ich sie überhaupt etwas fragen kann. »Finn mag das nicht.«

Für einen Moment bleibt mein Mund offen stehen. Was? Sie fängt jetzt auch damit an?

»Ich habe nichts gepostet, was er nicht wollte. Das ist totaler Quatsch.« Ich bemühe mich, ruhig zu sprechen. Zwei Tische weiter sitzen andere Gäste, die miteinander reden. Vielleicht ist das gut so, sonst würde ich ausrasten. Ich kann nicht glauben, dass Clarissa mich mit diesem Satz begrüßt hat. Für einen Moment bin ich wie betäubt und hilflos. Ich muss mit Marc besprechen, was ich tun soll. Das ist absurd und so unfair!

Clarissa presst die Lippen zusammen, aber nicht so, als würde sie mir glauben, sondern eher so, als wollte sie mit weiteren Diskussionen keine Energie verschwenden.

Okay, dann muss ich meine Strategie ändern. Marc ist nicht hier. Doch vielleicht kann ich endlich etwas anderes klären.

»Ich weiß, dass ich nicht die Nummer eins auf deiner Favorite-People-Liste bin, und ich habe auch nicht das Gefühl, dass du mich engagiert hast, weil ich musikalisch deine erste Wahl war. Ich mache mir nichts vor: Es gibt eine lange Liste von Musikern und Musikerinnen, die direkt zugesagt hätten. Und dann jetzt diese Vorwürfe, einfach so. Also, bitte sag mir die Wahrheit. Es bedeutet mir wirklich viel.« Ich mache eine Pause, um den Worten den nötigen Ernst zu verleihen. »Warum, in aller Welt, hast du *mich* als Warmup-Act engagiert?«

»Weihnachten ist die Auswahl geringer«, antwortet Clarissa wie aus der Pistole geschossen. Es geht los, wie ich befürchtet habe. Ich will es genauer wissen. Vielleicht bin ich Masochistin, aber ich will die ganze Wahrheit.

»Klar, aber diese Möglichkeit hätten trotzdem viele nicht ausgeschlagen. Es gibt ja auch ohne Ende Musiker, die überhaupt kein Weihnachten feiern, für die bedeutet diese Zeit des Jahres sowieso nichts.«

Clarissa tippt mit den Nägeln auf den Tisch und beißt sich auf die Unterlippe, statt mir eine Antwort zu geben. Auch dieses lange Zögern ist irgendwie untypisch.

Dann scheint sie einen Entschluss gefasst zu haben.

»Okay.«

»Okay?«, wiederhole ich als Frage.

»Okay, ich sage dir die Wahrheit. Ich habe dich nicht wegen deiner Musik engagiert«, beginnt sie.

O. Mein. Gott. Ich wusste es.

»Also, ich weiß natürlich, dass du singen kannst, also gut singen. Und Marc hatte mir auch von dir erzählt.«

»Ja?«, frage ich noch mal, um ihr klarzumachen, dass das bisher keine Erklärung war.

Sie holt tief Luft. »Ich habe dich wegen Marc engagiert«, erklärt sie dann.

»Wegen Marc? Aber warum?« Die Antwort ist mehr als unspektakulär. Er hat irgendwas von einem Gefallen gemurmelt, das weiß ich noch, aber …

Clarissa fährt sich durch die Haare, sodass sie plötzlich wild um ihren Kopf stehen.

»Wir lieben uns«, bringt sie dann hervor, als würde sie mir gerade von einer todbringenden Krankheit erzählen.

»Wie bitte?« Ich starre sie entgeistert an.

»Ja, schon lange. Also, ich meine … Ich dachte, aus uns wird niemals etwas werden. Aber nun …«

Ich bin fassungslos. Mein Mund bleibt einen Moment offen stehen.

»Es ist noch sehr frisch. Seit gestern.« Während dieser Worte stiehlt sich ein Lächeln auf Clarissas Gesicht, das breiter und breiter wird. »Ich wusste nicht, ob er noch wollte, weil ich ihn so lange habe warten lassen, aber … jetzt sind wir zusammen.«

»Ach so. Das ist schön«, stammele ich und meine es auch so. Ich freue mich ja für sie. Hinter der Marc-Sache scheint eine längere Geschichte zu stecken. Aber Clarissa scheint offenbar völlig vergessen zu haben, worüber wir vorher gesprochen haben. »Ich muss los, wir sehen uns später«, sage ich schnell, bevor sie merkt, wie mir die Tränen in die Augen schießen.

Ich stürme los in Richtung der Aufzüge, als die Erkenntnis über mir zusammenbricht: Es hat nichts mit mir als Musikerin zu tun, dass ich hier bin. Es ist völlig egal, wie oder was ich singe. Clarissa hätte jeden genommen, solange Marc der Manager ist. Es ist wirklich reiner Zufall, dass ich mit Finn auftreten darf. Langsam wird mir die gesamte Tragweite dieser Erkenntnis bewusst: Ich bin noch viel weiter von einer Karriere als Musikerin entfernt, als ich dachte. Und zudem beschuldigt Clarissa mich, Finns Vertrauen missbraucht zu haben. Aber weil sie mich auf ein ehrgeiziges Musiksternchen reduziert, nimmt sie es mir persönlich kaum übel.

Ich eile durch die Lobby, und als ich bei den Aufzügen ankomme, brechen die Tränen unkontrolliert aus mir heraus.

Finn

You can say things that people
Find deep and bond with you
You can make people fall in love with you

aus: *Pretty Addictions*, Finn Wolfcraft

Hailee öffnet nicht, als ich an ihre Zimmertür klopfe. Ich will gerade klopfen, als ich die gedämpfte Musik höre. Ihre Stimme. Und dann noch Gitarre, nein, es ist der höhere, irgendwie kompaktere Klang einer Ukulele. Automatisch halte ich inne und höre zu. Sie singt ein Lied, einen langsamen Song mit einer Melodie, die ich nicht kenne. Ich verstehe nur ein paar Worte, irgendetwas mit Tokio. Die Musik ist zart, etwas melancholisch, aber mit einem interessanten Rhythmus.

Dann drücke ich gegen die Tür und merke, dass sie gar nicht verschlossen ist. Vorsichtig schiebe ich die Tür mit der Schulter auf. Hailee sitzt auf dem Boden, neben ihr das rote Notizbuch, in das sie im Café reingeschrieben hat, in den Armen ihre Ukulele. Sie spielt und singt dabei mit geschlossenen Augen. Es ist warm in ihrem Zimmer, weil die Sonne hereinscheint und die Klimaanlage ausgestellt ist. Ganz kurz scheint die Zeit stillzustehen. Ich vergesse alles, was ich gerade sagen wollte, und höre nur ihre klare Stimme.

Sie trägt schon ihr Bühnenoutfit, das irgendwie an Catwoman erinnert. Aber ganz ehrlich, sie würde wahrscheinlich auch in einem Kartoffelsack gut aussehen. Ich beiße mir so fest auf die Lippe, dass es weh tut. Und genau davon habe ich mich täuschen lassen. Mal wieder – mein dummes, naives Herz.

Da blickt Hailee auf. Ihr Blick, der eben noch in die Ferne oder nach innen gerichtet war, fokussiert mich, zeigt Überraschung, ihre Augenlider flackern kurz, die blauen Augen weit geöffnet. Sie hört auf zu spielen. »Finn, was machst du …« Sie bricht mitten im Satz ab, und ihr Gesicht nimmt einen hoffnungsvollen Ausdruck an. Zuversichtlich. Wie kann sie nur! In der nächsten Sekunde und nach dem Verklingen der Musik ist meine Wut zurück. Ich werde mich nicht einlullen lassen und balle die Fäuste, um mich selbst daran zu erinnern.

»Ich weiß, dass du es warst.«

»Was war ich?« Hailee verzieht ihr Gesicht, kraust die Stirn.

»Ich weiß, dass es kein Zufall war. Du hast die Paparazzi vors Love Hotel gelotst. Du hast gar nicht mehr geschlafen und bist extra quasi in Zeitlupe vor den Fotografen geflüchtet. Tolle Show!«

»Wovon redest du?« Ihre Stimme wird aufgebrachter.

»Die großartigen japanischen Fans?« Ich male Anführungsstriche in die Luft beim Sprechen. »Ich war total bescheuert, natürlich kennst du diese Fans nur zu gut. So gut, dass du glaubst, ihnen einen Gefallen tun zu können.

Ist ja auch eine Win-win-Situation: Du lieferst ihnen Infos, und sie feiern dich.«

»Was redest du da?«

Meine Güte, sie ist echt so gut.

»Hailee.« Ich werde ruhiger. »Es ist nicht das erste Mal, dass mir das passiert. Aber ich hatte mir einfach gewünscht und gehofft, dass es anders ist. Dass *du* anders bist. Dabei habe ich dich doch am ersten Tag schon ganz richtig gesehen. Mein Gehirn ist ganz offensichtlich ein löchriger Schweizer Käse, der das vergessen hat.«

Sie sieht verdattert aus, zwischen ihren Augen kräuseln sich mehr Falten. »Ich habe vorhin im Van schon gemerkt, dass du mich wegen der Paparazzi beschuldigst.« Ihre Stimme klingt heiser und kraftlos. »Aber ich wollte es nicht wahrhaben. Ich habe mir eingeredet, dass du nur so aufgeregt bist, weil du wütend warst. Dass du nach dem letzten Abend natürlich niemals auf so eine abwegige Idee kommen würdest.« Sie schluckt und befeuchtet sich die Lippen, bevor sie weiterredet. »Glaubst du wirklich, dass ich so etwas tun würde?« Diesmal liegt ein flehender Ausdruck in ihren Augen. Ich konzentriere mich auf meine geballten Fäuste, die mich daran erinnern, mich nicht einlullen zu lassen von dieser perfekten Show. Ich will es nicht noch mal erleben. Nie wieder. Ich habe schon einmal tausend Entschuldigungen gefunden, unendlich viele Erklärungen für Dinge, die faktisch nicht anzuzweifeln waren.

Ich kann nichts antworten, sondern stoße nur ein verächtliches Schnauben aus.

Hailees Gesichtszüge verhärten sich. »Denkst du ernsthaft, es ist so eine tolle Auszeichnung, als ›die Freundin von Finn‹ bekannt zu werden? Meinst du wirklich, dass ich das will? Wenn du mich in der Hinsicht noch nicht verstanden hast, dann weiß ich auch nicht …«

Während sie spricht, bleibt ihre Stirn zusammengezogen. Mein Herz pocht so stark, dass es sich anfühlt, als würde es gleich platzen. Ich bin so wütend auf alles – und vor allem darauf, dass wir nicht einfach mit der Leichtigkeit von gestern Abend weitermachen können. Dass es eine Lüge war …

»Bitte geh sofort aus meinem Zimmer, ich will dich nicht mehr sehen«, sagt Hailee. »Jetzt.«

Ich brauche keine weitere Aufforderung. Echt nicht.

Hailee

I go as hard as I want to
Who says I must conceal what I'm made of
If I don't want to

aus: *He wasn't*, Hailee Bridgewater

Finns Anschuldigung trifft mich mit voller Wucht, als hätte er mir ein Schwert in den Magen gerammt und es dort stecken gelassen. Wie viel Mist kann ein Mensch in weniger als zwei Stunden ertragen? Erst die Sache, dass hier niemand an meine Musik glaubt und der Auftritt im Dome mit irgendeiner verqueren Liebesgeschichte meines Managers zusammenhängt, und dann das. Der Typ war mir bis vor drei Tagen noch völlig egal, nein, wenn man ehrlich ist, fand ich ihn sogar total schrecklich. Mal abgesehen von seiner Musik.

Ich hätte den ganzen Mist, den ich über ihn gelesen habe, doch glauben sollen. Und vor allem hätte ich den gestrigen Abend nicht so ernst nehmen dürfen. Hallo, Finn ist ein Popstar! Wäre ich nicht gewesen, hätte es sicher genug andere Anwärterinnen gegeben. Es waren gestern eine Menge Frauen da, die wären problemlos mit ihm in jedes

Hotel der Welt gegangen, meinetwegen auch einfach in seine Garderobe, bereit für alles.

Aber angeblich ist er ja nicht so … Gestern habe ich ihm abgenommen, dass ihm das alles zu viel bedeutet, als dass er mal eben mit jemandem schlafen will. Mir hat der Abend ja auch viel bedeutet. Und er kann sich wahrscheinlich gar nicht vorstellen, wie sehr mich seine Worte aufgewühlt haben, dass ich zu viel Angst habe, meine eigenen Lieder zu spielen, weil er etwas über mich verstanden hat, das ich bisher selbst nicht begriffen habe.

Ich springe auf und beginne durch das Zimmer zu tigern, vor und zurück. Wie kann er glauben, dass ich so publicitygeil bin? Und das nach gestern! Dann wäre ja alles Fake gewesen.

Ich ziehe mir das Bühnenoutfit wieder aus, das ich vorhin eigentlich nur ein letztes Mal anprobieren wollte, packe alles zusammen, damit es später zur Location mitgenommen wird und gehe raus. Frische Luft.

Draußen ist es eiskalt. Aber kein Schnee weit und breit.

Ich laufe wie blind los, hauptsächlich darauf konzentriert, nicht mitten auf der Straße anzufangen zu heulen. Die Wege kommen mir noch viel fremder vor, die Leute wirken heute abweisend, noch nicht mal die Weihnachtsdekoration kann mich aufheitern. Aber mir ist alles egal. Hauptsache nicht stehen bleiben. Google Maps wird mich schon irgendwie zurückführen. Ich renne ziellos herum, mein Atem hinterlässt weiße Wölkchen in der Luft, aber auch die Gänsehaut fühlt sich richtig an. Nur einen Schal habe ich mitgenommen, um meine Stimmbänder vor der Kälte zu schützen.

Gerade denke ich, dass ich das Konzert heute Abend

gar nicht spielen will. Diesmal wirklich nicht. Ich versuche, meine Schwester anzurufen, aber sie geht nicht dran. Also schreibe ich ihr eine Nachricht.

Wäre doch ein cooler Skandal, der Warmup-Act taucht nicht auf, und vorher erscheinen die Fotos von heute früh – perfekt. Wahrscheinlich gäbe es eine richtig hohe Geldstrafe für mich. Keine Ahnung, was in den Verträgen drinsteht. Bestimmt würde niemand jemals auf die Idee kommen, so ein Ding sausen zu lassen, aber ich bin mir sicher, dass da irgendeine krasse Klausel drin ist. Clarissa macht nur absolut wasserdichte Verträge. Und bei Marc habe ich wahrscheinlich auch irgendwo unterschrieben, dass ich dafür persönlich haften muss. Ich habe Marc kurz geschildert, dass Finn und Clarissa mich dafür verantwortlich machen, dass die Fotografen informiert wurden. Er hat mir versprochen, mit Finns Team zu reden. Aber er ist im Kopf doch eh mit seinen Gefühlen für Clarissa beschäftigt. Abgesehen davon will Finn gar nicht die Wahrheit wissen. Das habe ich schon verstanden. Der durchlebt die ganze Zeit den Film mit seiner alten Freundin in Dauerschleife.

Plötzlich erregt ein Schild meine Aufmerksamkeit. Ein Bild einer flauschigen, grauen Katze, die eine schwarze Zeichnung an der Schnauze hat. Wie Popcorn! Ich spüre einen kleinen Stich in meinem Herz, ich vermisse meine Katze. Das mag albern klingen, aber vielleicht vermisse ich sie sogar mehr als meine Familie. Sie hat einfach keinerlei Erwartungen an mich, außer dass ich sie füttere und streichele. Mit niemandem auf der Welt habe ich ein derartig entspanntes Verhältnis.

Cat Café steht über dem Bild, und ich erinnere mich

daran, dass ich schon davon gehört habe – den berühmten Tiercafés in Japan mit Igeln, Eulen und eben auch Katzen, mit denen man sich entspannen kann.

Ich überlege nicht lange, und ein paar Minuten und eine Fahrstuhlfahrt später werde ich am Eingang des Cat Cafés von einem netten jungen Typen mit einem Topfschnitt begrüßt. Er ist etwa in meinem Alter. Auf seinem schwarzen Shirt ist ein weißes Katzenlogo, darunter steht *Ewwww. People.* Okay. Hier bin ich richtig.

»Wie lange möchtest du bleiben?«, fragt er freundlich und hält mir eine Art Menükarte hin.

Für jede Viertelstunde muss ich eine Gebühr bezahlen, aber ich kann so lange bleiben, wie ich mag, versichert er mir. Nun ja, das kann ich verstehen, bei den Gebühren.

Aber ich habe mein Gesicht für eine Pancake Werbung hergegeben, da werde ich mir wohl ein paar Minuten in einem Katzen-Café leisten können. Zum Glück funktioniert meine Kreditkarte auch wieder. Marc scheint endlich Geld überwiesen zu haben.

Das Café selbst besteht aus einem minimalistisch, aber dennoch gemütlich eingerichteten Raum mit einer gepolsterten Bank, die sich an allen hellgelb gestrichenen Wänden entlangzieht. In regelmäßigen Abständen stehen kleine, runde Holztische, an denen Besucher sitzen, Kuchen essen und etwas trinken. Desinfektionsmittel steht bereit, wenn man das Katzenstreicheln und essen nicht zu sehr vermischen will.

In der Mitte steht eine Art Riesenkratzbaum mit verschiedenen Schlafkojen. Und ja, es gibt wirklich richtig viele Katzen, die einen entspannten Eindruck machen. An der Seite sind Katzenklappen, wo sie sich zurückziehen können, wenn sie genug von den Besuchern habe. Ich glaube, es geht ihnen ganz gut hier.

Eine fette Perserkatze kommt direkt auf mich zu und streicht an meinem Bein entlang. Sie spürt wahrscheinlich, dass ich eine Katzenliebhaberin bin, und sofort fühle ich mich besser. Ich wähle einen kleinen Tisch nahe am Fenster und hole mein Notizbuch heraus. Vielleicht kann ich da später all meine giftigen Gedanken rauslassen, aber erst mal werde ich so viele Katzen streicheln wie möglich. Die Perserkatze drückt ihren Kopf gegen meine Hand und beginnt zu schnurren. »Hey Katze, ich mag dich auch.«

An der Wand hängt eine Karte mit einer Übersicht, Abbildungen aller Katzen und ihre Namen. Es gibt jede Menge unterschiedliche Rassen und Mischlinge. Ich erkenne eine große Maine Coon mit extra flauschigem Hals, eine Ragdoll mit weißem Fell, schwarzen Ohren und stahlblauen Augen sowie eine Bengalkatze, die aussieht wie ein kleiner Leopard – dazu jede Menge Hauskatzen in allen Schattierungen.

In einem Seitenraum zocken Kinder an Computerspielautomaten, während die Mütter Kaffeeklatsch machen. Praktisch, die bleiben bestimmt länger, als sie vorhatten, wenn die Kinder mit Spielen abgelenkt sind.

Eine Barista bereitet mir liebevoll eine heiße Schokolade mit einem Katzengesicht zu, und als ich mich an einen der runden Tische setze, kommt die Bengalkatze zu mir. Als würde sie spüren, dass ich Trost gebrauchen kann. Sie legt sich neben mich und schließt die Augen. Einfach so. Ich muss lächeln, sie hat ja recht. Wenn man einen Ort zum Schlafen hat, was zu Essen und Freunde, ist alles okay. Ich könnte auch wieder bei Starbucks jobben und abends meine Musik machen statt dieser Karriere hinterherzulaufen. In dem Moment, als hätte sie meinen Gedanken gespürt, kommt eine Nachricht von meiner Schwester.

Evie: Kannst du reden?

Im Café gibt es zum Glück einen Bereich, wo man telefonieren darf. Das ist in Japan eher ungewöhnlich, es gilt schnell als Geräuschbelästigung. Also schnappe ich mir meinen Kakao und verziehe mich in die Telefonecke.

»Ich habe es gesehen. Ist das wahr???«, sind Evies erste Worte, so aufgeregt, dass ich fast wieder lachen muss. Dann erzähle ich ihr, was in den letzten Tagen passiert ist, die wie eine Ewigkeit wirken.

»Du überlegst wirklich, heute Abend gar nicht zu spielen?«, fragt sie, als ich am Ende der Geschichte angekommen bin. Sie macht eine schockierte Pause. »Jetzt mal im Ernst, du kennst den Typen seit drei Tagen. Nur weil er irgendwelche ungerechtfertigten Annahmen macht, heißt das noch lange nicht, dass du diesen wichtigen Auftritt sausen lassen solltest. Das ist doch sein Problem.«

»Ich hatte gestern schon überlegt, den Auftritt sausen zu lassen, als ich sicher war, dass er die Fotos vom Pancake Girl gepostet hat. Aber ich dachte, dass letzte Nacht alles geändert hätte. Nun ist es noch verletzender, dass er so was denken kann.«

»Vielleicht fand er deine Anschuldigungen gestern ja auch verletzend.«

»Evie.«

»Eigentlich bin ich auch der Meinung, dass man sich selbst überlegen kann, von wem man sich ärgern lässt.

Aber das war, bevor er mich für alles verantwortlich gemacht hat. Das kann ich gerade nicht wegschieben.«

Ich kann nicht mehr drüber reden. Sonst heule ich los. Schnell schließe ich die Augen und presse die Tränen zurück. Nein, ich werde das nicht zulassen.

»Gibt ihm nicht so viel Macht über dich. Also ehrlich, Hailee. Für diesen Moment und diese Chance hast du so lange gearbeitet. Du weißt nicht, was daraus entstehen kann. Und danach musst du diesen Finn ja nie wieder sehen.«

Evie ist nicht umsonst meine Schwester. Sie weiß immer das Richtige zu sagen.

»Du würdest es mega bereuen«, fährt sie fort. »Es ist wie damals mit dem Abschlussball in der Schule, wo du nicht hinwolltest.«

Ich stutze. »Und dann habe ich mich überreden lassen und bin hingegangen. Ein grauenhafter Abend mit einem linkischen Date mit Mundgeruch, der mir auch noch die Füße plattgetreten hat. Äh …«

»Oh, stimmt. Schlechtes Beispiel«, erwidert Evie. Sie lacht nervös auf, und ich muss tatsächlich schmunzeln.

Ich habe plötzlich so gar keine Lust mehr, über Finn zu reden und wechsele das Thema. »Und, wie läuft es? Spielst du dem Baby schon die ganze Zeit Mozart vor, damit es ein Genie wird?«

Evie lacht. Aber da ist Traurigkeit in ihrer Stimme.

»Ich habe die Bilder deiner Weihnachtsparty gesehen. Es sah klasse aus. Also, es sah auch übertrieben und crazy aus, aber klasse.«

»Du meinst, die beleuchtete Kutsche mit vier Rentieren vor dem Haus war zu viel?« Sie kichert. »Ich habe jede

Idee umgesetzt, die Pinterest zum Stichwort ›Weihnachtsparty‹ ausgespuckt hat. Aber irgendwie … Ach, Hailee, ich bin auf dem besten Weg, eine Desperate Housewife zu werden. Die Leute sind nett hier und so, aber … die ertränken ihre untergegangenen Träume in Eierlikör-Cocktails mit Weihnachtsmützchen. Ich vermisse New York total.«

»Ich dachte, du wärst froh, aus New York weg zu sein, wo sich alles darum dreht, das angesagteste, coolste Restaurants zu finden, die nächste Party, die richtigen Leute.«

»Hier in der Kleinstadt geht's nur um das perfekte Rezept für Glühwein.« Sie macht eine kurze Pause. »Ich vermisse es echt so sehr, mit dir zu singen. Ich bin neidisch. Wir könnten wieder als *Nuclear Barbies* zusammen auftreten. Stell dir mal vor, wie viel Spaß wir hätten!«

»Oh Mann, stimmt. Oder vielleicht doch irgendwann unsere eigenen Songs spielen.«

Eine Pause entsteht.

»Hailee. Meinst du das ernst? Du weißt, dass ich schon ewig glaube, dass du das tun solltest. Ich bin happy, wenn ich im Hintergrund ein paar Vocals mache. Woher kommt der Sinneswandel?«

»Weiß nicht. Ich denke plötzlich, dass es richtig sein könnte.« Ich verschweige, dass Finn es gesagt hat. »Marc würde mir am liebsten zehn Piercings durch die Lippe stechen fürs Image«, fahre ich schnell fort, um zu verhindern, dass meine Gedanken wieder zu Finn driften.

Evie lacht. »Dann könnte ich hier meine Nachbarinnen schocken mit meiner kleinen Schwester. Ich kann echt nicht abwarten, bis du kommst und mir jedes Detail erzählst.«

Irgendwie habe ich plötzlich eine Vermutung. »Hast du dich mit James gestritten? Alles okay?«

»Nicht wirklich gestritten.« Evie seufzt. Die Perserkatze kommt, und legt sich auf das Sofa neben mir. Ich kraule sie hinter den Ohren, und sie beginnt wohlig zu schnurren. Ich muss ganz dringend meine Nachbarin bitten, mir ein paar Fotos von Popcorn zu schicken, um die sie sich kümmert.

»James ist suuuuper besorgt und sauer, wenn ich zwei Schluck Cola trinke … wegen des Babys.«

Meine Schwester liebt Cola, und sie weiß, dass Cola nicht gesund ist.

»Er hat ja recht, aber es waren wirklich nur zwei Schluck. Und dann frage ich mich, wie es erst mal wird, wenn das Baby da ist. Er hat mir schon Tipps gegeben, wie lange ich stillen soll und überhaupt, weil er diese ganzen Ratgeber gelesen hat.«

»James beruhigt sich schon wieder. Er ist einfach nervös. Und er liebt dich total.«

»Ich weiß. Trotzdem würde ich am liebsten in einen Flieger steigen und zu dir kommen. Aber keine Airline nimmt mich mehr mit.«

Ich schaue aus dem Fenster. »Das wäre so krass. Wir würden so viel Spaß haben. Aber weißt du, was lustig ist? Ich habe letztens gedacht, dass ich gerne mehr bei dir in Pennsylvania wäre. Das muss doch irgendwie einzurichten sein.«

»James meinte, wenn ich wollte, gäbe es die Möglichkeit, nach Jersey zu ziehen. Wir würden uns häufiger sehen, und wir könnten vielleicht wieder gemeinsam Musik machen. Außer du bist dann wahrscheinlich schon viel zu berühmt.« Evie macht eine Pause.

»Meinst du das ernst?« Ihre Worte sind wie ein kleiner Hoffnungsschimmer, der sich mit jeder Sekunde, die verstreicht, weiter ausbreitet. Das wäre einfach …«

»Ich meine es todernst. Seine Firma hat da eine Zweigstelle, er hat letztens ein Angebot bekommen. Und ich würde sowieso was Neues suchen nach der Geburt.«

Mein Herzschlag beschleunigt sich. »Glaub mir, ich bin noch lange nicht berühmt. Und ich merke immer mehr, wie ich viel lieber wieder die Freiheit haben möchte, das zu machen, was ich will oder noch besser, das, was *wir* wollen.«

»Wir könnten uns umbenennen in die *Nuclear Mamas?*«, schlägt Evie vor.

»Ich bin Katzen-Mama, das passt!« Wir kichern. »Du weißt schon, was ich meine, wir könnten einfach machen, was wir wollen, unser Ding. Wir hatten so viel Spaß, und es ging um nichts, wir haben ja nie viel verdient. Aber seit ich mit der Musik Geld verdienen soll, bin ich in gewisser Weise nicht mehr ich selbst.«

»Du hättest tatsächlich Lust? Ich hatte Angst, du willst nicht mehr, nachdem ich einmal ausgestiegen bin. Ich habe allerdings eine Bedingung.«

»Eine Bedingung?« Ich halte inne, verunsichert, was da kommt.

»Wir spielen wirklich deine Lieder. Nicht, dass du später einen Rückzieher machst. Sie sind zu gut, um hinter geschlossenen Türen zu versauern.«

Ich schlucke und nehme einen tiefen Atemzug. »Okay.«

»Dann … rede ich mit James.«

Augenblicklich fühle ich mich viel leichter, als wäre ein unsichtbares Gewicht von mir abgefallen, das ich vorher gar nicht bemerkt hatte. »Du kannst dir nicht vorstellen, wie glücklich mich das gerade macht. Das Verrückte ist, dass Finn die Musik macht, die er liebt, berühmt ist, einfach alles – und er ist trotzdem unglücklich. Irgendwie habe ich immer gedacht, dass ich glücklich sein werde, wenn ich erfolgreich bin. Aber das ist Quatsch. Mit dem Erfolg kommen andere Probleme. Ich will lieber … also, ich will am liebsten wieder mit dir spielen.«

»Du machst mich genauso happy. Aber Hailee, heute Abend: So eine Chance kommt nicht wieder. Bis die *Nuclear Mamas* auf so einer Bühne stehen, können noch ein paar Jahrzehnte vergehen. Mach die geilste Show. Der Dome, Baby, der Dome!«

Inzwischen schnurren drei Katzen um meine Beine. Ich bin ein Katzenmagnet.

»Du hast recht. Auch wenn der Abschlussball nicht das richtige Beispiel war. Ich glaube, du hast mich gerade gerettet. *Das* hätte ich bereut. Es wird großartig. Danke, Evie.«

Hailee

How calm his beauty leaves me
I could never have imagined
So little turmoil and no
Longing for it

aus: *The kind of love that breaks your heart*,
Hailee Bridgewater

Ein paar Stunden später sitze ich in voller Montur in der Garderobe. Die Anspannung wächst, seit Ewigkeiten strömen schon wieder Leute in die Halle. Hina hat mich ewig bearbeitet und scheint endlich zufrieden mit ihrem Werk. Dabei haben wir Lieder aus den 90ern gehört, *Backstreet Boys*, *The Spice Girls* und *Oasis*, aber jetzt stelle ich die Musik ab. Im Spiegel sehe ich tatsächlich wie eine Königin aus, Typ dämonische Herrscherin.

»Hina, kannst du mir eine ehrliche Antwort geben?«, bitte ich sie, als sie noch etwas mehr blutrote Farbe auf meine jetzt kurzen Nägel tupft. Die langen habe ich schon gestern Abend abgemacht.

»Natürlich«, erwidert Hina mit einem Lächeln. Sie trägt ein anderes oversized Sweatshirt mit einer neuen Manga-Figur darauf.

»Ich meine eine ehrliche Antwort, so, als würdest du nicht für diesen Job bezahlt, okay?«

»Alle Japaner sind ehrlich. Lügen ist hier verboten«, erklärt sie.

Ich stutze.

Sie verdreht die Augen. »Du glaubst jeden Mist, oder?« Sie schiebt sich noch ein Stück Bohnenpaste vom Buffet rein. Sie hat auch schon jede Menge Seeigel gegessen. Und blaue Donuts, die heute zusätzlich aufgetaucht sind.

»Also, was ist los?«

»Ist diese Hose zu eng? Sie ist noch enger und kürzer als die von gestern. Wusste gar nicht, dass das geht. Kann man damit auf eine Bühne gehen?« Ich drehe mich um und strecke ihr meine volle Breitseite entgegen. »Es fühlt sich nämlich so an, als würden meine Pobacken aus der Shorts herausquellen. Ich kann mich nicht daran erinnern, dass sie so knapp waren.«

»Es sieht gut aus. Aber ist das bequem?«

»Es fühlt sich komfortabler an, als es aussieht. Und die Strumpfhose verhindert ja, dass die Shorts in die Poritze rutscht. Dann wäre sie nur noch eine Art Jeans-String-Tanga. Aber auf der Bühne kann ich ja schlecht meine Hose aus der Poritze herausfummeln.«

Hina kichert. »Ich glaube nicht, dass das passieren wird. Die Hose steht dir super! Und das Oberteil ist echt Hammer. Batman?«, bemerkt sie.

Ich blicke an mir runter. Es ist schwarz und das Dekolleté nur von einer Art Spinnweben überzogen, was mich überzeugt hat, auch wenn ich aktuell nicht mehr genau sagen kann, warum eigentlich.

»Wenn ich dich beschreiben müsste, würde ich sagen,

du siehst aus wie ein sehr, sehr böses Schneewittchen.« Hina strahlt.

Ja, sie hat ganze Arbeit geleistet. Wir schlagen ein und machen zusammen ein Bild, und dann knipst sie ein Foto von mir, das ich auf Insta poste – für meine Schwester. Wenn Finn wieder denkt, dass ich Insta-besessen bin – nun gut, das ist sein Problem. Ich habe die letzten Stunden versucht, einfach nicht daran zu denken, was passiert ist. Ich weiß, dass alle diese Dinge da sind und in mir rumoren, tief unten, wo sie nur darauf warten, wieder hervorgeholt zu werden. Aber nicht jetzt. Gerade ist es zu viel. Jetzt werde ich Musik machen. Danach werde ich mich der Wirklichkeit stellen und versuchen, irgendeinen Sinn daraus zu stricken. Und wenn der Sinn war, dass ich wieder Musik mit Evie mache, dann kann ich damit leben.

#readyfordome

Finn

Wondering what the children will
Think about
Later. If they will have something to write about

aus: *My Pretty Legend*, Finn Wolfcraft

Meine Garderobe kam mir kurzzeitig wie ein Gefängnis vor, aber irgendwie hat Ichika es geschafft, dass ich dageblieben bin, während immer mehr Fans in den Dome strömen, wie ich auf dem Bildschirm verfolge. Sie haben Poster dabei, und einige tragen Kostüme, die mit meinen Videos in Zusammenhang stehen, oder Fan-Shirts von alten Alben. Sie lachen, sind aufgeregt und versprühen gute Laune. Viele haben die Herzen dabei, die am Eingang ausgeteilt werden. Die Ironie des romantischen Weihnachtens spüre ich heute besonders. Aber es hilft mir, diese Bilder zu sehen, ich schulde meinen Fans diese Show. Gerade ihnen. Sie wissen gar nicht, wie sehr ich mich über ihre Treue und Begeisterung freue. Ihre Kultur ist anders, die Sprache …, aber meine Musik erreicht sie trotzdem. Obwohl einige noch nicht mal die Texte verstehen, kommt die Message an. Es ist schwer zu beschreiben, wie nah mir das geht. Oder nein, leicht. Es bedeutet mir alles. Meine Fans bedeuten mir alles.

Und deswegen fühle ich mich auch so schlecht, dass ich mich dermaßen zurückgezogen habe, dass diese ganzen ätzenden Gerüchte aufgekommen sind. Aber ich konnte nicht, es war wie eine Blockade.

Hier in Tokio habe ich mich aus der Deckung gewagt. Und was habe ich davon? Mein Herz rast immer noch, sobald ich daran denke. Wie konnte Hailee mir das antun? Wie konnte sie mir so unglaublich dreist ins Gesicht lügen? Ich bin wütend, und gleichzeitig könnte ich jede Sekunde losheulen, weil ich so enttäuscht bin. Dumm. Unendlich dumm.

Ich schlage mit der Faust auf den Tisch, und es scheppert überraschend laut. Ichika, an die ich in diesem Moment nicht gedacht habe, lässt vor Schreck eine Tasse fallen. Sie zerspringt in viele Teile, und sie entschuldigt sich überschwänglich.

»Es war mein Fehler, Ichika«, sagte ich zu ihr und reiße mich zumindest für den Moment zusammen. »Sorry.« Ich bücke mich und helfe ihr, die Scherben einzusammeln, trotz ihres Protests. Sie trägt wieder ihren Kimono, aber als ich mich hinknie sehe ich, dass sie darunter leuchtend grüne Socken mit aufgedruckten Weihnachtspudeln anhat.

Ein dumpfes Klopfen dringt von der Tür zu mir. Ich ignoriere es und sammele weiter die Scherben auf.

Ichika sieht mich fragend an.

»Dort steht ein großes Schild, dass ich nicht gestört werden will«, erkläre ich.

Es klopft erneut. Lauter.

Ichika geht zur Tür, während ich mich aufs Sofa setze.

Die Scherben sind beseitigt. Ich nehme mir den Zauberwürfel, der dort liegt. Das ist eine alte Angewohnheit von mir, um meine nervösen Finger zu beruhigen.

»Entschuldigung, Finn. Es ist dort jemand, der sagt, dass es sehr dringend ist.« Ichika sieht mich eindringlich an.

»Ich habe gleich meinen Auftritt.« Ich kann wirklich nicht. Gerade heute.

Ichika geht noch mal zur Tür. Sie kommt wieder. Sie ist ganz blass. »Bitte, bitte, entschuldige, Finn. Es ist Kento, und es ist so wichtig, dass du es noch vor dem Konzert erfahren musst.«

»Kento.« Ich schließe die Augen und atme einmal tief ein. Irgendwie dachte ich, dass es Hailee ist, und jetzt bin ich erleichtert und enttäuscht zugleich, auch wenn das völlig unlogisch ist. Dass Kento mich sprechen will, ist so abwegig, dass ich zustimme. »Okay.« Ich nicke.

Dann steht Kento vor mir in schwarzer Hose und einem weißen Leinenhemd. Sein sonst immer strahlendes Lachen ist völlig verschwunden. Er ist total aufgelöst, seine blond gefärbten Haare stehen in alle Richtungen. Unter seinen Augen sind Schatten. Er sieht aus, als hätte er geheult.

»Um Himmels willen, was ist los?«

»Es ist etwas ganz Furchtbares passiert.«

»Mit deiner Freundin? Du hast doch heute das Abendessen. Ist nicht dein freier Abend?«

»Ich… ich habe gehört, wie Clarissa im Auto telefoniert hat, wegen den Paparazzi und Hailee und … Ich liebe Akari, und wir …« – Kento schluckt so mühsam, als hätte er ein trockenes Noriblatt im Hals stecken – »wir teilen alles, auch unseren Standort, weißt du?«

»Deinen Standort?« Ich verstehe nichts.

»Über Google. Dann wissen wir immer, wo der andere ist. Und Akari würde nie etwas Dummes damit machen, aber weißt du, sie hat eine Mitbewohnerin und …«

»Das Mädchen, dem wir das Video geschickt haben«, unterbreche ich ihn. Kento nickt. »Das war ein Fehler. Auf ihrer Party waren noch mehr Fans, und danach wussten sie, dass ich dich fahre. Meine Freundin würde nie etwas sagen …« Er hält sich die Hand vors Gesicht. »Aber dann hat die Mitbewohnerin meinen Standort auf Akaris Handy verfolgt. Das lag offen rum, und Passwörter sind nicht wirklich Geheimnisse in der WG. Und dann wusste Honoka, wo ich bin. Und wo du bist.«

»Das ist egal. Hailee hat den Standort in einem Fan-Forum geteilt.« Ich bin verwirrt.

Kento sieht plötzlich noch gequälter aus. »*Hailee_singer?* Das war die Mitbewohnerin. Es ist halt so: Viele behaupten, dass sie Insider-Informationen hätten. Honoka hat gedacht, wenn sie es als Hailee postet, glauben die Leute ihr.«

Ich starre ihn ungläubig an. Alle meine kreisenden Gedanken kommen knirschend zum Stillstand. Auf dem Bildschirm neben mir erkenne ich, dass es bald losgeht. Die Reihen haben sich gefüllt, es sind so unglaublich viele Menschen.

»Ich habe alles bei Clarissa mitangehört, auch wie wütend sie auf Hailee ist. Dabei trifft sie überhaupt keine Schuld. Es tut mir so leid … Ich weiß, dass du mich jetzt feuerst und …« Kento hört auf zu reden und sieht mich an wie der unglücklichste Mensch auf der Welt. »Honoka macht sich selbst solche Vorwürfe, sie hat sich gar nicht so viel dabei gedacht. Sie ist eigentlich kein schlechter Mensch und …«

»Egal«, unterbreche ich Kento. »Ist egal. Darum geht es nicht.«

Kento tritt von einem Bein auf das andere. »Ich will es so gern wiedergutmachen. Und ihr habt euch so gestritten. Das ist das Schlimmste. Ihr mögt euch.«

Langsam und knirschend setzen sich meine Gedanken wieder in Bewegung. Es sind noch zehn Minuten, bis Hailee auf die Bühne muss. Vielleicht auch weniger. O mein Gott, ich setze mich auf den Stuhl und stütze meinen Kopf in die Hände.

Ich blicke zu Kento, der so unfassbar unglücklich aussieht, dass es schon fast komisch ist. »Alles gut, Kento, geh bitte. Mach dir keine Sorgen«, presse ich heraus.

Und Kento geht tatsächlich, weil Ichika ihn sanft, aber bestimmt hinausbegleitet. Dann kommt sie zurück und hockt sich vor das Sofa, sodass wir auf Augenhöhe sind. »Sie ist bestimmt noch in der Garderobe. Wenn du jetzt hingehst, kannst du vielleicht mit ihr sprechen.«

Ich blicke zu ihr.

Sie nickt mir zu. Aufmunternd. »Keine Angst. Entschuldigungen sind magisch. Sie können alles verändern.«

Sie sieht so harmlos aus. Aber in dem Moment denke ich, dass sie viel mehr begriffen hat, als ich bisher begriffen habe.

Eine Minute später tehe ich vor der Tür mit dem Schild

»Hailee Bridgewater«. Ich habe sie immer noch nicht gefragt, wie ihr richtiger Name ist.

»Hailee, ich muss kurz mit dir sprechen.«

Die Tür geht auf, und ich blicke in das Gesicht von Hina, ihrer Maskenbildnerin.

»Sie ist schon los hinter die Bühne«, sagt sie. Sie zieht die Nase kraus. »Ich glaube nicht, dass sie dich sehen will, wenn ich ehrlich sein soll.«

Scheiße.

Hailee geht gleich raus, und ich weiß, wie das ist. Aufregung, Anspannung, Vorfreude. Es ist eigentlich gerade keine Zeit für diese ganzen Gefühle. Ich muss mir irgendetwas einfallen lassen.

Finn

If you write your own songs
You should have the right to the sequel

aus: *Shut up and smile, Boy,* Finn Wolfcraft

Ich bin im Green Room und renne im Kreis. Ich muss meinen Körper unter Kontrolle bekommen. Immer noch stehe ich völlig neben mir. Es ist genau das passiert, was ich befürchtet habe: Leute wie Ella und Dave und dieser bescheuerte Ruhm haben alles kaputt gemacht. Ella, die Dave selbst für die Weihnachtsfeier nach Hadonfield geholt hatte, wie ich später erfahren habe. Sie hatte nicht damit gerechnet, dass der Abend so katastrophal enden würde, hat danach aber die Krise maximal für sich genutzt. Die Tatsache, dass ich Dave so anging, dass er stolperte und man das als Angriff darstellen konnte, war wegen all der Schlagzeilen ein Glückstreffer für sie.

Aber Hailee ist nicht Ella. Warum habe ich nicht einfach meinem Gefühl vertraut? Wieso glaube ich immer sofort, dass ich betrogen worden bin? Als würde ich nur nach Bestätigung dafür suchen, was ich ohnehin denke. Meine Gedanken sind eine manipulative Maschine geworden, die mir einredet, dass Leute mich hintergehen, mir Panikattacken beschert und mich paranoid macht.

Ich gehe zum Bildschirm, alle Gefühle sind im Magen verknotet, ich atme mühsam, als würde ein Gewicht auf mir liegen. Ich muss mir was überlegen, schnell, um diese Gefühle aus der Welt zu schaffen, bevor ich rausgehe.

Auf dem Bildschirm erscheint Hailees Profil in Großaufnahme. Sie fegt über die Bühne, und ich höre die Rufe des Publikums bis hierher. Die Vibrationen der Bässe kitzeln mich durch die Sneakers, weil ich so nah an der Bühne bin.

Kesley kommt vorbei, dann Clarissa, ich nicke allen beruhigend zu, alles okay. Sie wissen, dass ich meine Ruhe haben möchte vor der Show.

Hailee ist so gut, sie ist so verdammt gut. Ihr Bühnen-Outfit ist übertrieben, aber irgendwie hat es Humor. Ihre Stimme geht unter die Haut und bringt alles in mir zum Schwingen. Ich weiß nicht, wie es in ihr aussieht, aber offenbar schafft sie es, alles irgendwie mit in die Show zu nehmen. Wie kann ich ihr sagen, dass es mir leidtut? Dass ich mich selbst dafür hasse, was ich getan habe?

Ein Windhauch trifft meine Wange, als Ichika sich neben mich stellt.

»Finn?«

Ich nicke, verwirrt.

»Ich habe ein kleines Geschenk für dich.«

Sie überreicht mir eine bunt dekorierte Schachtel mit Schokolade.

»Das ist Giri choko. Weil du so ein toller Chef bist«, sagt sie. »Es ist zwar noch nicht Valentinstag, aber trotzdem.« Sie lächelt mich an, ihre Augen blitzen.

Ich bin gerührt, und mir schießen Tränen in die Augen, ohne dass ich etwas dagegen tun kann.

»Das schenkt man Leuten, die man mag. Also«, ich merke, wie sie leicht errötet, »als Chef natürlich.«

Ich wische mir mit dem Ärmel über das Gesicht und lächele sie an. »Danke, ja, ich weiß, Kento hat es mir erklärt. Aber ich habe echt Mist gebaut mit Hailee.«

Ihr Gesicht leuchtet auf. »Sie ist eine so tolle Sängerin«, sagt Ichika und deutet auf den Bildschirm, wo Hailee mit hochgestreckten Armen weiterhin die Halle rockt, die sich im Takt mitbewegt.

»Ich bin verliebt. Und ich war gemein zu ihr«, sage ich. Keine Ahnung, warum ich mich gerade Ichika anvertraue, aus unerklärlichen Gründen habe ich Vertrauen zu ihr. Es ist vielleicht leichter, als es irgendjemandem zu sagen, den man kennt.

»Wolltest du dich nicht entschuldigen?«

»Es war zu spät.«

»Es ist nie zu spät«, widerspricht Ichika.

Und dann merke ich, dass es still geworden ist nach dem ganzen Trubel. Das Rauschen von draußen ist abgeflacht.

Atemlos betritt Clarissa den Green Room, Marc im Schlepptau.

»Finn, was ist los, ich dachte, du wärst schon draußen?«, fragt Clarissa, ihre Haare zu einem hohen Pferdeschwanz gebunden. Ihre Augen glänzen. Neben ihr steht Marc, und ich habe den Eindruck, dass seine Hand leicht auf ihrem Rücken ruht. Und dann raffe ich es plötzlich.

»Ihr beide?«, frage ich und schaue von einem zum anderen. Marc in einem schwarzen Hoodie, Bartstoppeln, er hat etwas von einem alt gewordenen Studenten, daneben Clarissa, ausnahmsweise ohne Lippenstift, dafür aber mit roten Wangen, als hätte sie eine Allergie. Oder zu viel geknutscht. Und zwar mit jemandem, der Bartstoppeln hat.

Clarissa erwidert nichts. Sie blickt mich nur entschuldigend an. Dabei muss sie sich überhaupt nicht rechtfertigen. Ich bin nur überrascht. »Das hätte ich ja niemals erraten! Ich freue mich für euch«, sage ich ehrlich.

Clarissa wirft mir ein dankbares Lächeln zu. Dann nickt sie leicht zum Bildschirm. Dort sehe ich die vielen Köpfe, Hände, die Plakate, die Luftballons, die Lichter, die durch die Halle gleiten. Meine Welt.

Und dann, ganz plötzlich, habe ich eine Idee. Die, auf die ich gewartet habe. Es ist so simpel, so banal, ganz natürlich. Und sofort fühlt sich alles ganz einfach an. So, als wäre irgendein Hebel umgelegt worden. Auf einmal habe ich die Zuversicht, dass ich das doch noch hinbekomme. Dass es irgendwie geht.

Ich nehme meine Gitarre und laufe Richtung Bühne. Gerade konnte ich meine Füße kaum heben, jetzt federt der Boden. Als hätte mir jemand Helium in die Adern gefüllt. Es muss einfach klappen. Clarissa begleitet mich, zupft an mir herum.

Die Wände im Gang, der zur Bühne führt, sind grau. Ich laufe an geöffneten Türen vorbei, Leute kommen mir entgegen. Einige sind zu beschäftigt mit ihren Aufgaben und nehmen mich kaum wahr. Andere lächeln, nicken mir zu, deuten eine Verbeugung an, heben die Hände für ein Highfive oder rufen: »*Have a great show!*«

Die Geräusche werden lauter und lauter, das undefinierbare Rauschen ist nun als Jubel erkennbar, so viele

Stimmen und Rufe. Durch den Platz hinter der Bühne, der einen kreisförmigen Ausblick aufs Stadium gewährt, sehe ich die Lichtshow in der Arena – die weißen und pinken Lichter, die über die Menge gleiten. Sie rufen meinen Namen, ihre Liedwünsche, irgendwelche Dinge, die ich nicht verstehe.

Ich hole tief Luft, und dann gehe ich raus.

Jetzt flippen alle total aus. Der Jubel wird noch lauter, und auf meinen Armen breitet sich eine Gänsehaut aus. Ich gehe weiter, gehe an den Rand, wo es dunkel wird, wo ich aus den Scheinwerfern treten muss, um einzelne Gesichter zu erkennen. Unzählige Finger greifen nach meinen, winken mir zu. Ich schüttele ein paar Hände, blicke in ein paar strahlende Gesichter, die sich ungläubig verziehen, als sie merken, dass ich ihnen wirklich die Hand gebe, richte mich auf, um zu winken. Ihr Jubel trägt mich, ich bin von solcher Dankbarkeit erfüllt, und ich habe das Gefühl, dass ich abhebe. Sie bedeuten mir alles. Alles habe ich ihnen zu verdanken, aber am meisten danke ich ihnen, dass sie mich verstehen. Dass sie meine Musik lieben, etwas, was ich machen kann und was mich rettet, weil es mir so wichtig ist. Ich kann noch nicht mal genau sagen, wovor es mich rettet, aber meine Musik ist etwas, was immer Sinn macht.

Ich verbeuge mich, nehme das Mikrofon und beginne das erste Lied zu singen. Die Leute gehen sofort mit. Der Song handelt von der Highschool, vom frühen Erwachsenwerden, Ruhm, von der ersten großen Liebe, den Enttäuschungen und meiner Familie. Das Lied handelt, wie so viele Lieder, auch von mir selbst. In den Lichtstrahlen tanzt Staub, dahinter die Leute vor mir in bläulichem

Licht, überall rote Herzen. Eingerahmt von den Leuchtstreifen scheint die Bühne über den Menschen zu schweben.

»Hallo Tokio«, sage ich, als ich fertig bin, und muss eine Weile warten, bis die Halle sich wieder beruhigt hat. Ich blicke über die Menge, es ist immer so unwirklich, sich vorzustellen, dass jeder einzelne Punkt eine Person ist, die meine Musik hört, die wegen *mir* gekommen ist.

»Ich liebe eure Stadt. Die letzten Tage waren unglaublich. Jetzt will ich jedes Jahr Weihnachten wiederkommen, weil Tokio die Stadt mit den schönsten Lichtinstallationen ist. Danke dafür.« Ich verbeuge mich tief. Alle jubeln, sie rufen die Lieder, meinen Namen, alles Mögliche, schreien einfach so.

»Okay, ich muss euch aber noch etwas erzählen. Mögt ihr Hailee?«

Ein lauter Jubel durchdringt die Halle, einige rufen ihren Namen. Andere rufen: *»Pancake Girl!«*

»Ich mag sie auch. Ich wollte nur sichergehen, dass wir uns einig sind. Später mehr dazu.« Ich grinse breit. Es ist wirklich Helium in meinen Adern, alles ist leicht. »Gestern habe ich ein paar Fans getroffen. Und ich treffe momentan selten Fans, wie ihr wisst. Aber viele wissen nicht, warum ich mich so zurückgezogen habe.«

Jetzt ist es ganz still in der Arena. Als hätte ich auf Pause gedrückt.

»Ich habe viele Gerüchte über mich gelesen, und es tut mir leid, dass ich viele Veranstaltungen abgesagt habe. Dass ich einige Leute enttäuscht habe. Ich war panisch, dass Dinge über mich geschrieben werden, die ich nicht beeinflussen kann, und dass ich sowieso nichts mehr kontrollieren kann. Es wird wahrscheinlich noch eine Weile so bleiben. Ich arbeite dran, glaubt mir, aber ich kann es im Moment nicht ändern. Aber Leute, ich liebe euch. Ihr seid das Größte für mich. Und ihr gebt mir die Möglichkeit, ein Leben zu führen, das ich mir niemals erträumt hätte. Aber vor allem versteht ihr meine Musik. Das bedeutet mir alles.«

Mehr Jubel.

»Und noch etwas.«

»Ich habe mich in Tokio verliebt.«

Lautes Jubeln und tausende rote Herzen, die mir entgegenleuchten.

Es war eine zweideutige Aussage, nicht jeder hat sie verstanden, aber vielleicht die eine, die zählt.

Hailee

My love is my love
Not your love, my love

aus: *You're my safe high*, Hailee Bridgewater

Nachdem ich fertig war, bin in meine Garderobe gegangen, beflügelt vom Auftritt, der einfach mega war. Ich habe mir die Sachen vom Leib gerissen und mich kurz abgeduscht. Es war das Unglaublichste, was ich je gesehen habe, diese Bühne. Wenn ich die Augen schließe, kann ich den Moment noch zurückholen. Ich werde mich so oft wie möglich daran erinnern, damit das Bild und die Gefühle nie verblassen.

Jetzt sitze ich auf dem kuscheligen Samtsessel in der Garderobe und kann nicht aufhören, auf den Bildschirm zu schauen, meine Enttäuschung ist für den Moment fast vergessen, weil ich das Geschehen auf der Bühne verfolge.

Finn in einem T-Shirt, den Hoodie hat er vorhin ausgezogen, ich sehe ihn mit fremden Augen, wie er dort steht. Ja, ich verstehe, warum er ein Frauenschwarm ist.

Er wirkt so unangestrengt und natürlich. Er benimmt sich so nett wie die unauffälligen Typen an meiner Highschool – nur eben mit einem extra hübschen Gesicht und gepaart mit der Tatsache, dass er gar nicht unauffällig ist. Vielleicht ist das die Killer-Kombination.

Ich greife nach einem der Kekse neben mir, der salzig auf der Zunge zerschmilzt.

Finn singt gerade *Stop Watering Dead Plants*. Das hatte die Menge sich gewünscht. Sie verhält sich wie einer dieser riesigen Pazifik-Fischschwärme, wo jeder Fisch sich mit dem anderen verbindet und alle zu einer Einheit werden, die in die gleiche Richtung schwimmen. Er ist so gut.

Dann klopft es, und Marc kommt herein, ohne auf ein Herein zu warten.

»Du warst sensationell«, sagt er und tritt an mich heran, beginnt fast geistesabwesend meine Schultern zu massieren. Es ist eine harmlose, nett gemeinte Geste, trotzdem stört mich gerade, mit welcher Selbstverständlichkeit er das tut. Als wäre er mein Vater oder als würde ich ihm gehören, als hätte ich keine persönliche Sphäre.

Ich rutsche ein Stück auf dem Sessel vor und drehe mich zu ihm um. »Marc. Es war wirklich toll. Aber ich glaube, ich will mehr meine eigenen Lieder singen.« Der Zeitpunkt ist nicht gut – doch ist er das jemals? Meine Haare liegen feucht im Nacken, und ich knote sie einmal um sich selbst. Sie haben schon nasse Flecken auf meiner Schulter hinterlassen.

»Du kamst super an. Das war der Wahnsinn. Die Menge ist ausgerastet.« Dann stutzt er. »Was hast du gerade gesagt?«

Ich nicke. »Ich mag die Lieder, die ich singe. Aber eben nicht nur. Und diese Sache mit dem Image …«

»Du meinst, weil Finn macht, was er will? Das ist echt eine Ausnahme.« Er kraust die Stirn, als würde er noch nicht ganz begreifen, wovon ich rede. Ein etwas zu intensiver Moschus-Geruch steigt mir in die Nase. Er hat sein Aftershave so großzügig aufgetragen wie damals die Jungs in der Highschool, die die Menge noch nicht einschätzen konnten. Clarissa hat in der Tat ungewöhnliche Auswirkungen auf ihn.

»Ich weiß, dass ich dann vielleicht nicht so interessant für dich bin und …«

Marc mustert mich mit zusammengekniffenen Augen. Dann weicht er einen Schritt zurück. »Sag mal, du hast es noch nicht mitbekommen, oder?«

»Was mitbekommen?« Ich wollte eigentlich weiter über das Thema reden, aber irgendetwas sagt mir, dass das hier gerade wichtiger ist.

»Dass die Mitbewohnerin von Kentos Freundin unter deinem Namen eure Standorte in diesem Fan-Forum gepostet hat? Gestern, heute, sie hatte Zugriff auf das Handy von Kentos Freundin und dann … «

»Sie hat unsere Standorte geteilt?«

Marc nickt. Er trägt ein Band-T-Shirt von Lil Wayne. »Hat Finn sich schon bei dir entschuldigt? Der war wohl am Boden zerstört, meinte Clarissa, und hat versucht mit dir zu reden.«

Mein Blick geht instinktiv zum Bildschirm. Dort ist er. Ich merke, wie die Aussage mein Blut zum Rauschen bringt. Ich hatte alle Gedanken so gut unterdrückt, und jetzt das.

»Sie … hat den Standort geteilt? Ich verstehe nicht, was du meinst.«

»Kentos Freundin kennt seinen Standort, weil sie ihre Standorte teilen. Und nachdem ihr der Mitbewohnerin dieses Video geschickt habt, sind die Mädels neugierig geworden, und es sieht danach aus, dass sie euren Standort dann weitergegeben haben.«

Für einen Moment bin ich wie gelähmt. Oh Mann. Dieses Geburtstagsvideo. Es war meine Idee. »Das ist doch echt nicht dein Ernst.« Meine Gedanken gehen alle durcheinander.

»Mein voller Ernst. Finn hat dich vor deinem Auftritt sprechen wollen. Er war echt am Boden zerstört, weil er dich verdächtigt hat. Die Freundin hat sich im Forum auch noch als Hailee ausgegeben, damit man ihr glaubt. Es ist ganz schön verkorkst.«

Ich schaue zurück zum Bildschirm und mustere Finn. »Er wirkt nicht am Boden zerstört.«

»Hailee. Das ist die Bühne. Natürlich nicht. Aber hast du gar nicht gehört, was er vorhin gesagt hat?«

Ich habe keine Ahnung, was er meint. »Ich war kurz duschen.«

»Er hat öffentlich erzählt, dass er Mist gebaut hat. Er spricht die ganze Zeit zwischen den Liedern davon, was für Fehler er gemacht hat, weil er so paranoid geworden ist und überhaupt. Und ich meine, ich mag ein stumpfer Typ sein, aber er redet immer wieder von dir.«

Ich schaue zurück zum Bildschirm. Aber Finn ist nicht mehr auf der Bühne. Ich bin seltsam betäubt.

»Hörst du das?«, sagt Marc und kräuselt die Stirn ungläubig.

Ich brauche ein paar Sekunden, bis ich verstanden habe, was dort gerufen wird. Aber nein, ich habe richtig gehört. Sie rufen: *»Hailee! Pancake Girl!«*

Dann geht die Tür auf. Es ist Finn, schweißüberströmt,

die Haare zerzaust. Er ignoriert Marc, der die Hände hochnimmt, als wollte er sagen, dass er unschuldig ist. »Hailee. Willst du einen deiner Songs singen?« Er deutet auf die Ukulele in der Ecke. »Ich glaube, die Leute würden es mögen.« Er wischt sich den Schweiß von der Stirn. »Wir können nachher reden, und du brauchst mir auch nicht zu verzeihen. Aber sie fänden es toll, wenn du spielst. Ich warte draußen auf dich. Ich hoffe, du kommst.« Und damit dreht er sich um und ist wieder weg.

Ich starre auf den Bildschirm, und bevor ich ihn dort sehe, weiß ich, dass er zurück ist, weil die Zuschauer wieder zu Kreischen beginnen.

Ich blicke zu Marc, der nur noch den Kopf schüttelt, aufsteht und mir meine Ukulele reicht. Ich schaue in den Spiegel, die Leggings, die nassen Haare. Und dann muss ich fast lachen, so albern fühle ich mich, als hätte ich einen absurden Streich ausgeheckt. Es ist alles so verrückt. Ich verstehe noch nicht genau, was los ist, und überhaupt, aber ich weiß, dass ich jetzt da rausgehen und spielen sollte.

Ich schlüpfe in meine Turnschuhe und gehe den Gang hinunter in Richtung Bühne, höre, wie das Rauschen der Menge lauter wird, sehe ein Stück der großen seitlichen Leinwand. Der Luftzug, der mir entgegenkommt, kühlt meine Haut.

»Guten Abend noch mal«, sage ich, als ich die Bühne betrete. »Finn hat gesagt, ich soll zurückkommen. Ich habe nicht wirklich damit gerechnet«, sage ich und zeige auf mein Outfit, halte eine Strähne meiner feuchten Haare hoch. »Ich habe in den letzten Tagen in Tokio ein Lied geschrieben. Es hat noch keinen Titel, und es ist auch noch nicht ganz fertig. Aber ich dachte, ich spiele es für euch.« Ich zucke mit den Schultern und blicke zu Finn, der am Rand steht und mir zunickt. Er sieht etwas unsicher aus, schüchtern. Die Leute haben so laut geschrien, aber jetzt beruhigen sie sich langsam. Und dann beginne ich zu singen.

Ich schließe die Augen und spiele die Melodie, singe den Text meines neuen Songs. Dabei gehe ich über die Bühne, und dann betrete ich den langen Steg und setze mich auf den Hocker, der noch dort steht von Finns letztem Song. Ich habe schon zwei Abende vor so vielen Menschen gespielt, aber das hier ist noch einmal völlig anders. Ich mache keine Show. Es gibt keine große Geste. Ich sitze auf dem Steg nah an der ersten Reihe Zuhörer, die ruhig geworden sind, um mir zuzuhören. Ich kann in ihre Gesichter schauen, während ich spiele. Ich singe die Melodie und fühle jedes Wort. Ich spiele für sie, für alle, und ich weiß, dass ich vor allem für meine Mutter singe, die mir das alles beigebracht hat. Ich werde keine Angst mehr haben, nicht gut genug zu sein, weil ich verstehe, dass sie es immer genug fand und es darum gar nicht geht. Dass ich die Lieder nicht für mich behalten muss, um ihr nah zu sein. Das Lied war gerade noch meins, jetzt gehört es uns allen.

Dann höre ich auf und schaue zu Finn. Die letzten Noten hängen in der Luft, die Stille ist noch voller Musik.

Und nach einer endlos scheinenden Pause beginnt die Menge zu rasen. Die Menschen erwachen aus einer Starre, und sie toben. Das Geräusch jagt mir Schauer über den Rücken. Ich habe es mir nicht eingebildet, es ist dagewesen. Sie haben es gespürt in dem Lied, meine Freude, meine Hoffnung, meine Trauer und meine Hilflosigkeit, weil ich das Leben oft einfach nicht verstehe. Aber in allem ist Schönheit, und alles ist es wert zu existieren.

Finn macht ein paar Schritte auf mich zu, nimmt vorsichtig meine Hand, und ich umarme ihn. Einfach so.

»Hailee«, sagt er. »Das war wunderschön. Ich bin so froh, dass ich endlich einen deiner Songs hören durfte. Danke, dass du gekommen bist. Ich würde mich freuen, wenn du auf mich wartest später.«

Ich richte mich wieder auf, und wir sehen uns an. Alles liegt in diesem Blick. Und deshalb nicke ich. »Okay«, sage ich, entfernt vom Mikro, damit nur er es hört, bevor ich begleitet von tosendem Jubel wieder von der Bühne gehe. *»Hailee! Pancake Girl!«*, schallt es hinter mir. Aber diesmal muss ich darüber lächeln.

Ich drehe mich um und sehe, wie er die Hand hebt und die Musik setzt ein mit einem neuen Lied: *Pretty Addictions.*

Er war noch gar nicht fertig, denke ich. Er hat mich einfach mitten im Konzert zu sich geholt.

Hailee

Dry your tears and touch the sky

aus: *Mom, who knew?*, Hailee Bridgewater

Es hat tatsächlich angefangen zu schneien, als es zum Flughafen geht. Kento hat den Scheibenwischer des Vans auf die höchste Stufe gestellt und fährt langsam, während dicke Flocken gegen die Scheibe prallen.

»Wie war dein Date noch? Ich hoffe, du hast Akari nicht zu lang warten lassen.«

»Es war sehr schön«, sagt er und schaut lächelnd nach draußen. »Danke, dass ihr nicht böse auf mich wart, das hätte mir das Herz gebrochen.«

»Wie könnte ich auf jemanden böse sein, der mir ein Weihnachtsdinner bei Kentucky Fried Chicken ermöglicht hat?«, sagt Finn grinsend.

Finn und ich sitzen gemeinsam auf der Rückbank, wir haben unsere Finger ineinander verschränkt, aber oben drauf liegt eine Jacke, sodass niemand das wirklich sieht. Mir fällt auf, dass Finn auch ohne die ganzen doofen Erfahrungen mit den Paparazzi wahrscheinlich einfach eine sehr private Person ist. Er hält meine Hand unter der Jacke, nicht weil er vor irgendjemandem verstecken will, was er für mich empfindet, sondern weil er das Gefühl für sich haben will.

Ich schaue zu ihm rüber und lasse meine Finger unter der Jacke seinen Arm hochwandern. Dann lächeln wir uns an.

Ein letztes Mal fliegt Tokio an den Fenstern vorbei. Nach dieser Autofahrt verabschieden wir uns. Wir fahren gemeinsam zum Flughafen, dort trennen sich unsere Wege. Ich fliege über New York nach Pennsylvania, um Evie zu sehen, bevor es endgültig zurück nach New York geht.

Finn fliegt nach L.A. Sie haben eine Maschine gechartert, und sein ganzes Team reist zusammen. Er lebt in einer Welt, in der man eben ein eigenes Flugzeug hat.

Doch unter dem ganzen Ruhm ist er einfach Finn, ein Typ mit einem wunderschönen, gebeutelten Herzen, der seinen Weg genauso sucht wie ich.

»Ich habe noch etwas für dich. Du darfst es aber erst zu Hause aufmachen«, sagt Finn. Er beugt sich vor und holt mit einer Hand einen verknoteten Stoffbeutel aus dem Rucksack, der neben ihm steht. Er reicht ihn mir, und kurz müssen wir unsere Finger voneinander lösen.

»Was ist das?« Ich nehme den quadratischen Beutel in die Hand.

»Das ist eine besondere Verpackung aus Stoff, nennt sich Furoshiki.«

Der Inhalt fühlt sich ebenfalls weich an.

»Hat Ichika für mich eingepackt, das hätte ich so schön nicht hinbekommen. Ist ein kleines Mitbringsel von meinem Besuch im Sensō-ji-Tempelbezirk. Ich bin mir zu hundert Prozent sicher, dass ich deinen Geschmack getroffen habe.«

»Du warst auch da? Du bist ganz schön selbstbewusst.«

Er nickt. »Du wirst sehen«, sagt er leise.

Seit gestern hat mich eine seltsame Ruhe befallen. Ich habe keine Angst mehr, dass das alles nicht funktioniert. Denn ich kann gar nichts verlieren. Alles, was mir wichtig ist und was ich brauche, kann mir niemand wegnehmen.

Finn sieht nachdenklich aus dem Fenster, seine Hand liegt noch immer in meiner. In dem Moment scheint sich mein Herz auszudehnen.

»So glücklich war ich lange nicht mehr«, sage ich leise. Und ja, vielleicht solle man so was nicht sagen, wenn man erst einen Tag zusammen ist. Vielleicht kriegt er Schiss. Vielleicht bin ich zu direkt. Aber es ist die Wahrheit.

»Ich habe schon häufiger gehört, dass ich Frauen glücklich mache«, erwidert er, mit diesem kleinen Lächeln im Mundwinkel. Mir gefällt es, wenn er so leichtherzige Sprüche macht.

»Vielleicht gibt es sie bald wieder, die *Nuclear Barbies* in einer neuen Version.«

»Warum nicht *Nuclear Avocados*, um zu zeigen, dass ihr euch weiterentwickelt habt?«, fragt Finn und zwinkert mir zu.

Finn

A room will be ready for you
In my house. I will leave the lights on

aus: *My Pretty Legend*, Finn Wolfcraft

Bald ist der Moment des Abschieds gekommen. Marc fliegt mit Hailee zurück, und am liebsten würde ich mit ihm die Plätze tauschen. Dann hätten wir noch ein wenig mehr Zeit zusammen, denn wir hatten viel zu wenig. Aber meine Schwestern warten auf mich, und wir wollen noch ein kleines bisschen Weihnachten nachholen.

Wir fläzen uns auf die breiten Sessel einer VIP-Lobby, bis wir zu unseren unterschiedlichen Gates müssen, ich zu einem speziellen Terminal. Vor den großen Fenstern fällt unermüdlich der Schnee, der den Flughafen in frisches Weiß getaucht hat. Alles wirkt gedämpfter, stiller, friedlicher. Ich setze mich kurz zu Marc, als Hailee und Clarissa zusammen Richtung Toilette verschwinden.

»Marc. Ich wollte dich noch mal warnen. Ich weiß nicht, ob dir wirklich klar ist, was du da gerade machst und was das für Konsequenzen haben kann. Ich beobachte das.«

»Was?« Marc blickt verwirrt von seinem Handy auf, ein

Smartphone mit einem riesigen Display, fast ein iPad. Seine Augen sind nicht sonderlich gut, aber Brille macht alt, hat er mir vorhin erklärt. »Ich bin ihr Manager, was meinst du genau? Und, Finn, nur weil ihr jetzt so einen auf Turteltäubchen macht …« Er hält inne, als er meinen Blick sieht. Dann räuspert er sich. »Also, ich meine, du musst dich nicht als ihr Beschützer aufspielen. Und unter uns: Den braucht sie sowieso nicht. Sie kann gut auf sich selbst aufpassen. Sie liegt mir ja schon länger in den Ohren mit ihren eigenen Liedern, aber ich habe das vielleicht echt ein bisschen falsch eingeschätzt.« Er schiebt die Unterlippe nach vorn, er ist nicht gewöhnt, Fehler zuzugeben. »Sie war wirklich gut, und seien wir doch mal ehrlich: Es hat bestimmt auch geholfen, dass sie bei dir auf der Bühne gesungen hat. Es gibt jede Menge Posts dazu, trotz der No-Handy-Policy. Ein paar Leute haben natürlich illegal mitgefilmt. Daraus könnte noch was entstehen.«

»Ich meinte gerade übrigens Clarissa.«

»Oh.« Marcs Blick ändert sich, er wirkt vernebelter, ein verträumter Ausdruck legt sich um seine Augen.

»Ich hoffe für dich, dass deine Absichten ernst sind. Clarissa mag dich wirklich sehr.« Ich werfe ihm etwas zu, was ich für einen drohenden Blick halte. »Erstens will ich nicht, dass sie verletzt wird. Und zweitens möchte ich nicht erleben, was passiert, wenn Clarissa Liebeskummer hat. Ich habe keine Ahnung, was los ist, wenn sie unglücklich ist. Nimm›s nicht persönlich, aber ich hatte den Eindruck, du bist eher so ein Womanizer.«

»Hey Mann, du schätzt mich völlig falsch ein. Ich mag ja ein harter Manager sein, aber mein Herz besteht nicht aus Eisen. Clarissa, wie soll ich sagen, war halt schon immer was ganz Besonderes. So ein taffer Cookie. Ich habe sie jahrelang bewundert, und ich hätte wirklich nie gedacht, dass ich eine Chance bei ihr hätte, wenn ich ehrlich bin. Neben ihr komme ich mir wie ein kleines Würstchen vor. Ich meine, du weißt gar nicht, was für ein Schwein du mit ihr …«

»Marc, glaub mir, ich weiß sehr genau, wie viel ich Clarissa zu verdanken habe. Ohne sie wäre ich nicht da, wo ich jetzt bin.«

Marc nickt. »Ich war schon früher in sie verliebt. Aber sie hat mich immer abblitzen lassen.« Er streicht sich über das stoppelige Kinn und sieht ehrlich zerknirscht aus.

»Was?«

»Ja, ich habe mich ziemlich lang um sie bemüht. Ich kenne sie noch von früher aus New York. Clarissa hatte mich schon damals voll in der Hand. Ich meine, ich habe gestern vor Freude geheult wie ein Baby, dass sie es ernsthaft mit uns versuchen will.« Sein Gesicht verändert sich, und er schaut mich voller Panik an. »Hey, aber erzähl ihr das nicht! Ich weiß nicht, ob sie weiß, was ich für ein Waschlappen bin, wenn es um sie geht. Dann werde ich vielleicht uninteressant. Mann zu sein ist ganz schön kompliziert.«

Ich klopfe ihm auf die Schulter. »Ach, Marc. Nur weil du Gefühle zeigst, bist du noch lange kein Waschlappen. Mach dir nicht so einen Kopf.«

Da kommt Hailee zurück. Sie trägt ein dunkelgrünes Foo-Fighters-T-Shirt, Jeans und Boots. Ihre Haare hat sie hinten zusammengebunden. Mir wird warm, wenn ich sie nur ansehe. Ich sehe sofort die Bilder von gestern Abend wieder vor mir und muss kurz die Augen zukneifen, damit ich nicht laut aufseufze. Ich springe auf und gehe ihr entgegen.

»Du hast mir gefehlt«, raune ich ihr ins Ohr. Dann nehme ich ihre Hand und ziehe sie mit mir, zumindest aus den Augen der Crew um die Ecke.

»Wir müssen in zehn Minuten los!«, ruft Clarissa uns hinterher. Ihre Haare trägt sie heute wieder offen. Man kann echt nicht behaupten, dass der romantische Spirit vom japanischen Weihnachten an meinem Team vorbeigegangen ist, wenn Clarissa und ich mit rosa Herzchen in den Augen wieder zurückfliegen.

Ruheraum steht auf einer der Türen. Ich schaue hinein, und wir haben Glück. Niemand sonst ist drin. Wir schlüpfen in den Raum, und ich drücke die Tür so zu, dass Hailee vor mir steht, die Tür im Rücken.

»Viel Schnee hier in Tokio«, sagt Hailee. »Du solltest aus dem Fenster hinter dir gucken. Man schaut direkt aufs verschneite Rollfeld.«

»Du kannst nicht glauben, wie uninteressant ich das finde«, raune ich ihr ins Ohr und küsse ihren Hals. Ich weiß, dass sie dort kitzelig ist, und ich kann es nicht erwarten, noch mehr Dinge über sie herauszufinden.

»Kannst du dir bitte dieses zitronige Shampoo aus dem Hotel besorgen? Es wird mich immer hieran erinnern.« Ich grabe meine Nase in die Haare auf ihrer Schulter und atme tief ein.

»Hieran? Woran?«, fragt sie, aber ihre Stimme ist etwas fiepsig. Ich mag es, wenn sie sich nicht mehr so gut konzentrieren kann, weil sie von mir abgelenkt ist.

»An den Moment, wo es angefangen hat.«

Ihre Antwort ist nur ein kleines Seufzen.

»Sag mal, wie heißt du eigentlich?«

»Das ist jetzt ein Scherz, oder?«

»Heißt du wirklich Hailee Bridgewater, oder ist das ein Künstlername?«

»Ich heiße wirklich so. Warum fragst du?«

»Nur so. Klingt fast zu perfekt für eine Singer-Songwriterin, als dass es der echte Name ist. Willst du nicht mit zu mir kommen Hailee Bridgewater?«, nuschele ich in ihre Haare. Ich schließe die Augen und atme sie einfach ein, genieße die Nähe und die Wärme. »Ich würde sofort mit zu dir kommen, auch auf dem letzten Sitz der Holzklasse, aber meine kleinen Schwestern warten. Wenn du mitkommst, könntest du sie kennenlernen.« Ich hebe meinen Kopf und sehe sie an. Ich habe es gesagt. Und ich glaube, es gibt wenig, dass ich je so ernst gemeint habe im Leben.

Ihre Augen weiten sich. »Und deine ganze Familie ist auch da.«

»Meine Mutter ist noch auf Einsatz, aber der Rest schon.« Ich zucke mit den Schultern. Dann lege ich meine Hand auf ihre Schultern, nein, auf das Stück Haut, das das Foo-Fighters-T-Shirt freilässt, und beginne sie dort zu streicheln. Es ist komisch, ich habe das Gefühl, dass mein ganzer Körper zu kribbeln beginnt, als würde sie *mich* streicheln und nicht umgekehrt.

»Das geht jetzt schon sehr schnell.« Ihre Stimme klingt heiser.

Ich beuge mich vor und küsse sie auf die Schläfe. »Hast du Angst?«, frage ich sie.

Hailee presst trotzig die Lippen zusammen. »Ich habe weniger Angst, als du denkst, aber du spielst nicht mit legalen Mitteln.«

Ich ziehe eine Linie aus kleinen Küssen ihre Schläfe herunter.

»So kann man keinen klaren Gedanken fassen«, beschwert sie sich.

»Das ist der Sinn des Ganzen. Ich verwirre dich, und dann sagst du Ja, bevor du es gemerkt hast.« Ich lasse meine Hand sanft in ihren Nacken gleiten, und wie zur Antwort zieht Hailee mich noch näher an sich, bis mein Körper der Länge nach an ihren gepresst ist.

»Wir können auch einfach so stehen bleiben«, schlägt sie vor. »Der Moment ist schon ziemlich optimal.«

»Die nächsten Wochen sind die ruhigsten im ganzen kommenden Jahr. Wir hätten Zeit füreinander und könnten uns noch besser kennenlernen. Ich weiß, dass es schnell geht. Aber so ganz normales Dating ist ein bisschen schwierig in meinem Leben.« Ich fahre mit dem Daumen ihren Hals entlang. »Aber wenn wir es versuchen wollen, dann wäre jetzt die beste Zeit.«

Sie seufzt. »Ich will nicht, dass du aufhörst, aber denken kann ich so wirklich nicht.«

»Dann läuft alles nach Plan.« Ich lasse meine Hand ihren Rücken hinuntergleiten. Die Vorstellung, dass wir uns gleich trennen müssen, ist ziemlich unerträglich.

»Marc würde das natürlich mega finden.« Hailee schiebt ihre Hand unter mein Shirt auf meinen nackten Rücken.

Ich ziehe die Luft ein. »Ich glaube, dass er vermutlich selbst mitkommen würde, wegen Clarissa.« Meine Stimme klingt belegt. »Du schlägst mich mit meinen eigenen Waffen«, sage ich, weil ich merke, wie sich auf meinem Rücken eine Gänsehaut ausbreitet.

»Siehst du mal«, entgegnet sie leise.

»Wenn die Presse davon Wind bekäme, dass du Silvester bei mir in L.A. verbringst ... Dave würde dich in seine VIP-Liste aufnehmen, und du hättest keinen Moment Ruhe mehr. Ich kann schon das Aggressionsbewältigungsseminar für dich buchen, wenn du willst.«

Hailee schiebt mich ein Stück von sich weg und mustert mich. »Wir haben keinen wirklichen Einfluss darauf, was sie schreiben. Deswegen sollten wir die Artikel einfach nicht lesen. Müssen wir uns direkt vornehmen.«

»Du hast recht. Da liegt noch ein langer Weg vor mir, das alles abzuschütteln. Aber wenn du mich unterstützt, schaffe ich es bestimmt.«

»Ich werde immer für dich da sein, Finn«, sagt Hailee und drückt meine Hand. Dann wird ihr Blick ganz weich. »Es ist alles so unwirklich ...«

»Dann lass es uns Wirklichkeit werden lassen. Wir kommen aus Tokio zurück und bringen alles mit nach Hause, was hier war. Also, nur die guten Momente ...«

Für einen Augenblick hält Hailee inne. Sie runzelt ihre Stirn, was dazu führt, dass mein Herz anfängt, schneller zu schlagen.

»Also, natürlich nur, wenn du willst ...«, füge ich eilig hinzu.

»Das wäre ein guter Titel«, sagt sie dann.

»Was wäre ein guter Titel?« Jetzt bin ich verwirrt.

»Dass wir aus Tokio zurückkommen und alles mitbringen, was hier war. *From Tokyo with Love.* Klingt irgendwie gut.« Sie sieht zu mir hoch, ihre blauen Augen leuchten. »Das ist der perfekte Titel für meinen Song!«

Ich schmunzele. »Bevor du jetzt wieder dein Notizbuch

rauskramst und anfängst diese, wenn ich das mal anmerken darf, von mir geklaute Idee aufzuschreiben … Kannst du bitte meine Frage beantworten?«

Hailee fixiert mich und nickt dann. »Ja, ich will.« Sie strahlt, und mein Herz macht einen kleinen Hüpfer. »Wenn du mir den Titel schenkst, widme ich dir das Lied. Deal?« Sie schaut mich mit mehr Vertrauen an, als ich bisher verdient habe. Sie schenkt es mir einfach.

Ich nicke, ziehe sie an mich und küsse sie.

From Tokyo with Love.

Lust auf einen japanischen Nachmittagstee?

Meine Freundin Simone Wille, die Japan liebt und *zufälligerweise* auch ein japanisches Backbuch geschrieben hat (*Tokyo Cakes*, Berlin Verlag), hat mir ein Rezept für *Anpan* – Brötchen mit Bohnenpaste – für euch zum Nachbacken verraten. Dazu gibt es eine *Matcha-Latte*. Ich bin Matcha-besessen, für mich die einzige Alternative zu Kaffee. Also, los geht's!

Wenn ihr die Rezepte ausprobiert, schickt mir bitte Fotos oder markiert mich auf Instagram. Ich freu mich!

Matcha-Latte

Früher wurde Matcha-Tee nur während Teezeremonien gereicht, aber inzwischen gibt es Matcha auf der ganzen Welt zu allen möglichen Anlässen! So macht ihr euch eine köstliche Matcha-Latte:

Für 1 Portion

ca. 50 ml Wasser
1 TL Matcha-Teepulver und etwas Pulver zum Bestäuben
240 ml Milch
Zucker oder heller Reissirup (optional)

- Wasser kochen und 10 Minuten abkühlen lassen (dann hat es ca. 80 Grad).
- Matcha-Pulver in ein Glas füllen, mit Wasser auffüllen und mit Bambusbesen (der Klassiker) oder Milchschäumer leicht schaumig schlagen.
- Anschließend die Milch aufschäumen und vorsichtig einfließen lassen. Danach den Milchschaum mit etwas Pulver bestäuben.
- Wer mag, etwas süßen. (Ich mag es herb-bitter.)
- Wer es lieber cool möchte, kann die Milch kalt werden lassen und Eiswürfel hinzufügen. Es gibt kaum etwas, das erfrischender ist!

Anpan – Brötchen mit Bohnenpaste

Für 6 Brötchen

Teig
150 g Mehl Typ 550
3 g Trockenbackhefe (halbes Päckchen)
5 g Magermilchpulver (kann man auch weglassen)
1 Ei
70 ml Wasser (handwarm)
15 g Butter
15 g feiner Zucker
3 g Salz (ca. halber Teelöffel)

Füllung
200 g Tsubu An (oder Anko, süße rote Bohnenpaste)
Schwarze Sesamsamen (optional)

- Mehl in eine Schüssel sieben, anschließend Trockenhefe und Milchpulver mit Schneebesen gründlich untermischen.
- Ei verquirlen, davon 15 g abwiegen und zur Mehlmischung hinzufügen.
- Restliches Ei beiseitestellen.
- Handwarmes Wasser, Butter, Zucker und Salz zum Mehl geben und mit dem Knethaken bearbeiten, bis sich der Teig in der Mitte zusammenrollt.
- Weitere 5 – 10 Minuten geschmeidig kneten.
- Zur Kugel formen und 40 – 50 Minuten an einem warmen Ort gehen lassen.
- Den Teig anschließend von Hand durchkneten. In 6 gleich schwere Stücke teilen und zu Kugeln formen.
- Teigkugeln flach drücken, Füllung darauflegen und rundum fest mit Teig verschließen.
- Umdrehen, eventuell Kugel nachformen. Mit der glatten Seite nach ob aufs Backblech setzen.
- Zugedeckt noch mal an einem warmen Ort 35 Minuten gehen lassen.
- Backofen auf 180 Grad erhitzen.
- Restlich verquirltes Ei mit Esslöffel Wasser verrühren und damit die Teigkugeln bestreichen.
- Mit Sesamsamen bestreuen oder kreuzförmig einschneiden und die Brötchen 10 – 15 Minuten backen.

Ich wünsche euch viel Spaß beim Ausprobieren! Lasst es euch schmecken.

TRIGGERWARNUNG
(Achtung: Spoiler!)

From Tokyo with Love enthält Elemente,
die triggern können.

Diese sind:

Panikattacken, Angstanfälle

Danke,

erstmal an den ONE Verlag und sein tolles Team, dass ihr euch für Tokio zu Weihnachten mit viel Musik begeistern konntet! Allen voran Dank an Katharina Runden, best Lektorin ever, dass du mit mir gekämpft hast, als es ein überraschend tiefes Tal gab. Ohne dich hätte ich das niemals geschafft. Das ist keine Floskel.

Danke an Akari für die liebevoll gestalteten Japanisch-Stunden und deine Unterstützung mit vielen Japan-Tipps! Dafür gibt es jetzt auch eine Akari im Buch … Danke an die Testleser*innen wie Tina Kötter (Danke auch für die Fotos!) und Kati & Mari von @Lesefiber.buchpost (Das war toll!) und Simone Feller (über Mirai Mens).

Danke wie immer an Christine, meine wunderbare Agentin.

Und natürlich danke ich euch, liebe Leser und Leserinnen, für eure Unterstützung und dass ihr mich durch euer Feedback und die vielen Posts überhaupt motiviert, zu schreiben, und dafür sorgt, dass es Spaß macht. Ich freue mich über jede Nachricht. Danke an ACJJ für alles, was wichtig ist.

Julia